影视同期书

战毒

WHITE WAR

战敌战己

毒心毒身

黄育德 \ 剧本原著

王文杰 \ 小说改编

中国法制出版社

CHINA LEGAL PUBLISHING HOUSE

目 录
Contents

·序章·

猎人行动

2017年7月16日深夜，警局办公楼里的很多办公室都熄灯了，唯独NB的会议室中依然灯火通明。几个警员面色凝重地看着电视上正在播放的一则新闻：

最近调查结果显示，本港吸毒人数有上升趋势，而年龄却相反，最小的吸毒者只有12岁。报告同时指出，本港近年正成为国际毒贩集团的中转热销点，毒品问题非常严重……

一个身材中等、精悍结实的警官一手拿着文件夹，一手端着个白色的水杯，他用膝盖顶开门走了进来，转头看了一下电视说："各位的娱乐生活都挺丰富吗？一个个都光领薪水不用做事吗？"几名警员齐刷刷地站起来打招呼："程Sir！"

"我们看新闻，也能提高对罪犯的警惕！"其中一个身材高挑的漂亮警花对旁边的警员问道："修平，我说的对不对？"一旁高瘦的年轻警员忙点头附和："盈盈，你说的没错。"

程天对自己的组员很纵容，随后他指着赵盈盈和许修平说："你们的想法如此一致，不如早点结婚？"这一对大高个对视一眼，神色很尴尬。

很快程天转身把电视机关了："上级接到神秘线报，最近会有泰国的毒贩到中国香港地区出货，而且数量非常大，上头点名要我们把交易时间和地点找出来，大家有何想法？"

赵盈盈立刻说："当然要靠志忠啦，他的社会圈子最广。"

坐在她身旁的李志忠沉思片刻说："大力可能知道，他最近到处散货，消息很灵通。"

程天一脸贼笑道："好，那把他抓回来突审。"

李志忠皱眉反问道："天哥，硬抓不太好吧？"

程天无赖地说："那就想个办法。"

香港油麻地区域的上空，有无人机无声地划过，镜头拍摄下霓虹灯绚烂的酒吧区，后巷有三人正在围攻一人。一名匆匆路过的神秘男子，如幽灵般从他们身边飘走。他来到巷子尽头，在隔街茶餐厅点了杯冻柠茶，店里的灯光打到他脸上，此人正是程天。

程天端着茶，刚走出茶餐厅大门，差点被一个狂奔的小子撞倒。那人没道歉，还回头骂了句脏话。顺着这小子跑来的方向望去，便是夜场最热闹的地段。

酒吧大厅烟雾弥漫，音乐震耳欲聋，一群人兴奋地在舞池中扭动。程天路过此地，找了个最佳的观察位，全身隐匿于黑暗中，盯住正推门进入夜场的那些背影。很快，他便认出来一个人，正是他们要抓的猎物——大力。

“猎人就位，目标正前往目的地，行动开始！”他从上衣口袋里掏出无线耳机夹在耳朵上，按下启动键直接低声说道。说话期间，他的视线便没离开过对面的夜场。“收到，猎头随时待命支援。”耳机那头的 IT 天才许修平坐在监控车上回应，他面前摆满了电脑和音频设备，能随时与执行任务的同事传话。随后程天继续下令，“盈盈，目标已入酒吧，你去第二间 VIP 包厢探路。”

赵盈盈按下耳机低声答应，她端着水果盘，穿过门口衣着妖娆的女人，没推门就听到厢内划拳喝酒的声音。可她推门而入后，并没瞧见有人喝酒，而是全都在低头吸粉，均为飘飘欲仙的样子。

赵盈盈镇定地上前，放下水果盘时，用纽扣中的针孔摄像头拍下吸毒的画面。她摆好水果盘，抬眼瞧见一个打扮得像“富二代”公子哥的人，正揽住身旁女伴的香肩，神情很是满足。

赵盈盈的眼中闪过一丝讶异，她差点没认出眼前的人。不过，对方根本没看她，目光紧盯着正在吸毒的胖子。赵盈盈趁机再次按下拍摄键，成功拍下胖子吸毒的画面。

忽地胖子抬头，正好直视赵盈盈，把她吓了一大跳，连忙避开对方的目光。

与此同时，监控车上看到画面的许修平也紧张起来，但他很快听到“富二代”开口了。

“力哥，你今晚提供的货很正，我全都要了。”

“忠少，只要你钱够多，自然不会缺货，无论什么货都有！”

李志忠松开美女，坐姿微微前倾，从裤子口袋里抽出一大沓钞票：“这一万元是定金，待我取货成功再付尾款，如何？”

大力哥接过钱邪笑着说：“好，忠少果然大方，以后常做常有。”

李志忠拍拍他的肩膀，低声道：“力哥，今晚美女多，能再点份‘快餐’吗？”

大力哥连连点头："行，我通知阿强送货。"

赵盈盈见大力把钱收好，拿起手机到一旁打电话，悄悄按下对讲机的按钮，将大力与毒贩通话的相关信息传输到监控车内。监控车上的许修平快速地敲击着计算机，先启动了一个卫星定位软件匹配和搜寻位置。十几秒后，许修平才按下对讲机："讯号显示，快餐车在碧街！"

收到消息的程天从黑暗中走出来，到夜场附近的马路上。对记忆超强的他而言，这不是一条马路，而是一幅平面导航图。他掏出薄荷糖罐，倒出一颗糖丢到嘴里，边嚼边闭上双眼，他的大脑快速分析对方可能逃跑的行驶路线。片刻后，程天睁开眼，按住耳机说："猎头，你将交通灯都变成红色，别的同事去碧街补位。"

"好。"许修平开始操控电脑，改变了交通灯的颜色。

程天一直在暗中注意马路对面的情况：此时大力正偷偷往碧街走，全然不知志忠正尾随他。很快，一台红色的士隔老远就冲大力打双闪灯，随后就停在了他的身边。一切都在程天的意料之中，程天转身向指挥车走去并下达命令："猎物入闸，开始行动！"

此时大力正靠在车门上，从口袋摸出钱边数边说："阿强，你不愧是快餐王！"

阿强打开车门把东西丢给大力，顺势接过钱笑道："力哥下令，我岂敢迟到？"

"警察，全部不许动！"李志忠大喊一声，拔出腰后的枪。

"见鬼！"阿强来不及拉上车门，猛地一踩油门向街口冲去，怎料街口的车辆已经堵成了长龙。他将方向盘猛地一打，就要开上上街沿，结果一辆车斜着狂奔而出，"砰"的一声撞向他的左前方，把他的车卡到路灯边上。

随后，大力掉头向另一个方向狂奔，结果街口突然冲出一个人来，抬腿向他的小腹踢去。大力将身子一缩，连滚带爬地闪开，一伸手正好摸到一根钢筋，抬头一看才认出是之前的女服务员，即为成功补位的赵盈盈。

大力看后暗骂了一句"死八婆"，抡起钢筋去打赵盈盈。

赵盈盈飞起一脚踢飞钢筋，又冲上去抓住大力的手臂，一个背摔把人摔到地上。

大力被摔了个头晕目眩，嘴里哀号："救命啊，警察打人啦！"

程天这时已从车里跳下来，他去看了看阿强的快餐车，又检查了指挥车，还发现了趴在方向盘上呻吟的阿强，对旁边的志忠说："忠仔，指控他违章驾驶跟损害公物。"

随后，程天隔老远就看见赵盈盈把大力按在地上，下场很惨。

待程天走近之后，赵盈盈才说："阿天，锁他回去突审，争取套出泰国那边的消息。"

第1章

车场火拼

布控抓捕

中国香港九龙机场的闸机口处，人流如潮。在这里看久了，就会不自觉有种人如蝼蚁，忙碌一生不过只是不停把行李从一个地方搬到另一个地方的错觉。然而人类世界远远没有蚂蚁社会那般单纯和谐，看似平常的人潮里，往往潜伏着汹涌暗流。

程天斜倚着一个空柜台，拿出一粒薄荷糖丢到嘴里。他看似是在嚼口香糖，实则目不转睛地盯着穿过闸机的人流。在他四周分散着简称为NB的中国香港地区毒品调查科的警员，众警经过乔装打扮，分别扮作游客、工作人员或接机者在闸口外布控埋伏，准备一举抓捕泰国毒王的养子兼副手——马君。

无论是线报还是犯罪嫌疑人大力的口供，都证实马君会乘坐这一趟班机前来中国香港地区，跟臭名昭著的贩毒社团福兴堂进行交易。程天的脑海里一张张闪过会议室幻灯片里马君的照片，跟经过的旅客一一比对着，然而目标一直没有现身。

扮成清洁工的林家豪忍不住在对讲机里问："天哥，没见人，难道从另一边走了？"

NB行动组的组员警花赵盈盈也接茬说："人已经快走光了。"

程天双眉紧锁，一双眼睛紧紧盯着闸机口，却故意慢条斯理地回应："别急，肯定是这个闸口！就算不信线报，不信大力的口供，也要相信自己的眼睛，再等等看。"

赵盈盈听罢忍不住说："大力那个拿根钢筋就敢拒捕的小拆家，他的口供可靠？"

就在这时，一直沉默不语的警员李志忠突然说："有人出来了……"

众人一起向闸机望去，只见两个男乘客带着一个女人走出了闸机。

要说奇怪，这三个人很奇怪。但看来看去，两个男人无论身高面貌都跟照片上的马君差异太大。"又不是。"林家豪不禁叹了口气。

程天一言不发，他目不转睛地盯着那个女人，总觉得处处都不对劲。

这个女人盘着头，画着很浓的妆，五官十分立体，透射出一种妖异的中性美，身上穿了一件紧绷暴露的短裙，每走一步，都会露出白嫩结实的大腿，而纤细的腰肢和丰满的臀部则会随之夸张地扭动，宛如一条起舞的蛇。但仔细看，就会发现她指节又粗又大，脚背上青筋隆起。这家伙很可能是一个变性人，程天暗自猜想。

女人留意到程天在扫视自己，却大大方方地从他面前经过。就在那一瞬间，程天忽然闻到了一股香水味，他在心中喃喃自语道："C J Winter（某品牌香水）？"

"目标已经出现，准备抓捕！"程天在对讲机里发出指令。

没错，那个"女人"，正是马君。

马君也意识到自己的行踪已经暴露。他心里恼火，头脑却冷静无比，左兜右转，带着程天来到停车场，然后故意放慢速度等他跟近。突然，马君"哎呀"一声，脚下高跟鞋一扭，似乎崴到了脚不得不停下来。

程天猝不及防，正要转身离开，却不想马君忽然转身一个箭步，如同毒龙摆尾般，飞起一脚朝程天头部踢去。程天眼疾手快，抬肘挡住这一脚，不过手臂却是震到发麻，耳边也嗡嗡作响。

马君一击不中，双手一挥。他身边两个高大的男保镖，立刻如饿狼捕食般扑向程天。转眼间，三个男人就打成一团。正在这时，就听见一阵发动机的吼叫伴随着刺耳的轮胎摩擦地面声响起，一辆白色七人座面包车飞快地转弯过来，又一个甩尾，正好停在马君面前。

马君面无表情地看了一眼刚刚将一个保镖打倒在地的程天，转身跳上了车。

程天抬起头，却惊讶地发现车里坐着一个熟人——合联社的金牌打手纹龙。纹龙冲程天啐了一口，拉上了车门。车子发出一阵刺耳的轰鸣，箭一般地蹿了出去。

程天奋力将另一名保镖拦腰抱住，一个倒摔，把他摔在地上，又用力扭转他的手腕，把他双手铐到了背后。

李志忠和林家豪也开着车赶到，程天让家豪负责处理保镖，自己跳上了车。

"追，追前面的那台白色面包车！"程天气喘吁吁地命令道。

李志忠来不及多问，一踩油门，飞快地驾车冲出了停车场。

"各单位注意，疑犯乘坐一辆七人座的白色面包车逃离中，准备追踪。"程天通过警用通讯台下达命令。

通讯台里立刻传来了许修平的声音："疑犯的车刚刚经过，要不要拦截？"

许修平为NB行动组的探员，头脑特别灵活，韧性十足，他不仅是程天最铁的兄弟，还是最得力的搭档。听到他的声音，程天心里少许宽慰了些，不动声色地说："不要拦截，暗中跟踪，看他们跟什么人接头。"

此时程天和志忠已经上了指挥车，通过车厢里横七竖八的显示器监视着各辆警车的情况。

程天看到载着马君的车忽然放慢了速度，跟在他后面的许修平因为开在空旷的外车道，如果跟着减速就太显眼了，于是拿起对讲机调度道："修平，你不要再跟了，以免被发现，后备车补上。"赵盈盈早就在后备车上等候指令，听见调派，立刻回复"收到"，催动油门跟了上去。

许修平则顺势打个转向灯，开着车转弯离去。然而驾驶白色面包车的司机很狡猾，在车流中忽快忽慢，如同一条穿行在水草间的鱼。不一会儿，又利用一个红绿灯，把赵盈盈也逼了下去。

程天早有准备，他亲自驾驶指挥车，不紧不慢地贴了过去。李志忠在旁边一边盯着监控器，一边说："要讲赛车，我们这辆车是不行。但比游车河，我们可没怕过谁。"

他话刚说完，那台面包车发出一声轰鸣，就像加装了助推器一般，玩儿命地开了起来。

李志忠被吓了一跳，破口大骂道："真是见鬼，开这么快，难道发现我们了？"

程天的脸色一沉，低声说："不管了，全速追击！"

只见两辆面包车一前一后，如出了圈的奔牛一般，在车辆川流不息的马路上狂奔。一时间险象环生。程天跟着马君的面包车连闯了两个红灯，最终被一辆突然横穿马路的婴儿车挡住了去路，只能眼看着对方扬长而去。

李志忠因急刹车差点儿甩飞出去，脸上写满了不甘，"居然让他们跑了！"程天脸上阴云密布，却淡淡地说："香港地区就这么大，他们能往哪里跑？"

车窗外面，阳光正好，可程天反而嗅到了一股暴雨将至的味道。

车场火拼

警察局会议室里，NB的组员们正在开会。其实并非开会，而是在发泄。

"可恶，居然让他们溜走了！"李志忠讲完马路上的追逐过程，忍不住骂道。

许修平最擅长动脑，他分析道：“根据情报显示，马君这次来香港地区是要进行毒品交易。如果是交易，可又没随身带货，那很可能这批货已经到了，而交易的地方就是他们的藏货地点。”

赵盈盈向来快人快语，插嘴说道：“推理正确，可交易地点在哪儿？”

许修平仍在思索，没有回答，而是自顾自地说：“只是古 Sir 的情报上说，马君要跟福兴堂交易，怎么突然冒出来个合联社？”

李志忠直接脱口而出：“说不定是两个社团要合作。”

赵盈盈夸张地笑了一声：“这样一来岂不是天下大乱？”

说到这里，大家不禁面面相觑。

福兴堂和合联社是眼下香港地区最强盛的两大社团，不但人多势众，而且财大气粗，势力已经渗透到了商界和政界，可谓到了能明目张胆为非作歹的地步。也就好在这两大社团一向不和，互相牵制，才让警方能松一口气。如果两家的老大展开合作，恐怕香港地区就要永无宁日了。

一直没说话的程天左右看了看，开口道：“喂，别太紧张，马君这次来多半就是跟福兴堂谈判而已。只是我们还不知道详细的交易地点，以及跟合联社有什么关系。”

就在这时，程天的手机突然响了起来。他看了看手机，眉宇间阴霾一扫而光，站起身来大声说：“各位，我接到线报，马君的货是昨天 13：40 从葵涌 B 闸口出货，交易时间和交易地点另行通知，大家打起精神来，准备做事！”

所有的警员哗啦一声一起站了起来，齐声答道：“Yes，Sir！”但脸上都挂着很大的不高兴。隔壁兄弟最靠不住，这都快成了所有警员的共识了……

几个钟头后，一座不起眼的废车场外。

程天带着组员埋伏了很久，如果线报没错，此处就是福兴堂与马君的交易地点。等了大约半个钟头，两辆车开了进来，从车上下来几个人在废车场里查看，应该是地头蛇福兴堂的小弟。又过了十多分钟，一辆黑车缓缓驶入，停在了空地中间。许久之后，一辆白色轿车也开了进来，远远停在黑车的对面。

这时两辆轿车几乎同时打开车门，明显是要当面谈大生意了。

白色轿车上下来的人身材削瘦高挑，一身白色西装潇洒无比，正是穿回男装的马君。他的保镖也下了车。黑车上先下来两个马仔，站在车门左右，又扶出一个壮汉。只见他膀大腰圆，穿着酱红色西装，剃了个光头，脖子里挂着一条粗大的黄金链子。

程天一眼就认出来，正是福兴堂三大天王白板。

白板看见马君，露出浮夸的假笑道：“马老板，好久不见，你今天这件衣服很有品位！”

马君轻轻摇头，微微一笑说：“白掌柜说笑了，你其实是想说江叔去马尔代夫度假了对吧？他刚才已经跟我通过电话了。”他嗓音清亮中又透着一丝沙哑，还带了点泰国腔调的妩媚，听上去绵软诡异。

白板先是一愣，接着哈哈大笑道：“马老板快人快语，那交易应该没问题吧？”

马君仍然面带微笑，调侃道：“您是福兴的三大天王，怎会信不过呢？”

白板向旁边马仔耳语两句，马仔转身钻进车子，从里面拖出一个黑色的皮箱，放到白板的脚下。白板双眼不离马君左右，伸手拍拍箱子，箱子便发出砰砰的闷响声，显然里面装满了东西。

马君正想继续说话，突然他猛地一转头，尖着声音喝道：“什么人？”

程天旁边的许修平被他叫的浑身一个机灵，就看见对面埋伏着的隔壁督察石 Sir 已经和兆辉带着兄弟们跳出去了。

许修平怒骂道：“简直乱来，这都还没进行交易啊！”

许修平跟兆辉平时就斗气，现在看到对方犯错，更气不打一处来。程天看到隔壁兄弟已经悉数现身，但对方人多势众，便挥了挥手，也带着手下从藏身处走了出来。

一开始兆辉等人出现时，马君和白板看警察人少，并不放在心上。等程天一众也出现，场面局势大变。马、白二人的脸色也跟着变换数次。

白板举起双手拍了几下，抬高嗓音说：“几位警官有何贵干？”

石 Sir 见我众敌寡，举着枪大声说：“白大天王，你这是要开港泰 Party 吗？”

白板无赖地说：“事先声明，这次是我自己出来赚钱，跟我们老大没关系！”

程天双眼紧盯着马君，嘴上却说：“白板哥竟如此忠心？你全揽到自己身上，就跟你们福兴堂没瓜葛了？只不过马君暗中跟合联社的纹龙哥搞在了一起，你私下和他一起捞钱，江叔那儿怕不好过关吧？”

马君也早已认出程天，一双弯刀似的眼睛向他射出犀利的杀气，用他特有的绵软腔调冷笑道：“你们这些男人真麻烦，我只是做点小生意，何必紧紧相逼？”

白板听了程天的话，他眼神转动，旁边小弟脸上则露出蠢蠢欲动的表情。

石 Sir 没有察觉到这些微妙变化，下令道：“废话少说，开始搜查！”

就在警员们向四面搜索散开的瞬间，马君飞快地在腰带上按了一下，只听一声巨响，头上一辆大吊车的吊索上爆炸出一团烟火，紧接着连声巨响，吊钩上的一辆废旧车，连同粗大的铁链一起砸下来。

底下的警员们被杀了个措手不及，连忙四面闪避。

便在此刻，白板大喝一声："动手，同这群警察拼了！"

福兴堂的小弟们纷纷掏出枪来，各寻隐蔽，向警察乱射一通。

白板虽然双手持枪，但直接撇下众人，掉头奔向车场的后面。

另一边，马君趁乱向警察包围圈的缺口飞快地跑过去。

许修平和兆辉看见马君逃走，不约而同追上去。兆辉脚步较快，先抢在了前面。

不料，马君边跑边反手连开几枪，子弹恰好正中兆辉前胸。也就在马君开枪的瞬间，程天如神兵天降那般，从一堆破旧的木箱上凌空扑向马君。马君自幼在泰国经过专业的格斗特训，身手格外敏捷，矮身一闪躲开，还是被程天一拳把手枪打飞了。但他功夫彪悍，立刻飞身垫步，双脚如闪电般地向程天反击。二人你来我往，转眼间打了个难分难解。

许修平冒着密集的弹雨，拼尽全力把兆辉拖到木箱背后，只见兆辉胸前中了枪，正好打在防弹衣的缝隙之间，鲜血汩汩狂流而出，他的双眼已经失去了光彩。许修平不禁想起平日的唇枪舌剑，较劲争执，双眼顿时一热，眼泪便夺眶而出。

另一边，马君使出了泰国的马伽术，他的腿法亦越踢越快，程天因担心许修平那边的情况，结果一个失神没防备，被迎面一脚踹在胸前，直接向后摔在地上，一时爬不起来。

几个警察叫喊着追上来，马君又在腰间按了一下，只听"轰隆"一声，堆放在车场一角的一堆汽油罐轰然炸开，气浪鼓荡，众人都本能地扑倒在地上。等到抬起头来时，马君早已不知去向。

合联太子

NB 的会议室里，在扫毒组高级警司古伟聪的召集之下，各组的警员皆已到齐，满满当当坐了一屋子。不过所有人都低垂着脑袋，脸色也是无精打采。因为每当有兄弟在行动中殉职，古 Sir 就会召集全组人员开会——这在香港地区警队中都已经成了特例。

唯独古 Sir 还没就座，他站直着身子伤感道："我相信大家都知道了，今天我们牺牲了一个兄弟……他人虽然走了，但警魂不会走，这把椅子专门留给他。"说完他拍了拍自己的椅子。在场的警员听后，都纷纷抬起头来，心中也受到了极大的鼓舞。

古 Sir 的双眼环视了一圈，才缓缓开口道："这次行动大家的表现都很出色，我们在现场搜出了大量的毒品，上级同一哥很满意也特别重视，决定成立项目小组，O 记的伙计稍后会加入调查，由程 Sir 负责指挥，兆辉不能白白牺牲，我们要替他讨回公道！"

这番话让每个警员的眼中都闪耀着斗志，唯独许修平仍然呆呆地低着头。在他的心里始终认为，兆辉似乎就是替他而死的。坐在一旁的赵盈盈看他难过，心疼地伸出手拍了拍他的肩膀。古 Sir 自然看在眼里，开口说道："修平，你的假我批了，你趁这个机会好好休息一下。"

许修平抬起头来，眼中泪光闪烁，他摇头拒绝道："发生了这么大的事，我不请假了！"赵盈盈在一旁压低声音劝解道："修平，可是你大哥要结婚呀。"

程天转过头来，冲她摆了摆手，示意她别再继续劝了，因为他懂许修平此刻心中的感受。其实对于兆辉的牺牲，程天心里也很难过，但他认为现在没时间难过了，只有把那群毒贩抓干净，才是对兆辉最好的祭奠。他在心中暗中盘算：经过废车场扫毒事件，福兴堂和马君都成了警方的重点关注对象，双方继续接触的可能性不大。那么马君下一步很可能去依靠合联社。看来是时候去拜会一下合联社的太子爷了。同时，他立刻又想到了另一个人，心头微微一动。

古伟聪宣布会议结束之后，程天就带着一帮警员赶到了太子的酒吧，酒吧的走廊里有几个打扮另类的马仔正在搭讪几个女孩。马仔们看见一行警察进来，一个二十多岁身穿酒红色上衣的马仔怪声骂了一句，便大摇大摆地走了过来。

"阿 Sir，你有何贵干啊？"马仔拦在程天的面前，怪里怪气地问。

程天不温不火地跟他对视，淡定地说："你是吹水吧？叫你们管事的出来。"

这时合联社的大当家太子和掌门纹龙带着几个手下闻声走了出来。程天挨个望去，认出来火鸡、大熊、阿驹几个排位靠前的头目。

程天抬高声音说："何宗太，我怀疑你同一宗涉毒案有关，请配合调查！"

太子听到程天这样叫他，脸色一变，皮笑肉不笑地说："程 Sir，现在大家都叫我太子哥，你霎时间叫我全名，我差点不知道你是在叫我！"

合联社的人听到太子这么说，由纹龙带头，一齐哈哈大笑，眼中却露出凶光，从四面八方慢慢围了过来。太子高高地站在楼梯上，居高临下冷笑着说："你说我贩毒我就贩毒了？那你怎么不顺便说我抓人勒索，印假银纸？"纹龙又带领众人放声大笑并快步走到了程天的面前。

纹龙身材高大魁梧，肌肉发达不说，功夫也很厉害，一直是太子手下的头号猛将。

此刻程天跟他面对面站着，人虽然矮了半个头，但他镇定从容，气势上不输分毫。

“阿 Sir，就算太子哥不配合你又如何？”纹龙把脸凑到程天面前，两腮筋肉抽动，露出凶狠的表情。

程天跟他脸贴脸对视了一会儿，耸了耸肩，把 T 恤衫略拉开，一手放在腰间的配枪上，淡定地说：“所有人注意，如果有人试图袭警，随时可以开枪自卫！”站在程天身后的修平、家豪、志忠、盈盈一齐取出伸缩警棍，同时把手都放在了配枪上。

合联社的一帮人全都愣住了，毕竟都怕小命不保，一时间亦不敢造次。

“搜！”程天大手一挥，直接下达命令。

许修平等人答应一声，正要行动，突然听到一个人哈哈一笑，喊道：“慢！”

众人一起转头向说话的人看去，只见人群分开，缓步走出一个上身穿着白衬衫，下身为黑色牛仔裤，面带微笑的人来。吹水赶紧跑过来，跟旁边的小弟一起弯腰大喊：“Turbo 哥！”

只见来人约莫二十七八岁，身材不算特别高大，身上的肌肉匀称结实，长方脸，尖下巴，胡子刮得十分干净，头发也修饰得相当整齐，五官虽然普普通通，但眉宇间总有一股令人心生好感的儒雅气质。

程天见到此人眼角微微跳了一下，赵盈盈则倒抽了一口凉气，许修平本能地往前走了一步，却又停了下来，其他的警员脸上则流露出不齿的神情。

太子本来被程天压住了气势，此刻却笑了起来。纹龙看在眼里，暗呸了一口，就连他身后的大熊也露出愤愤不平的神色。

“韦俊轩，不对，现在应该叫你 Turbo 哥，这个发型很适合你！”程天盯着来人的眼睛说。

韦俊轩却不回应，而是面带微笑道：“程 Sir，警例我也背得滚瓜烂熟，根据中国香港地区警例第 232 章第 10 条警队责任的附例（d）条规定，警队的职责是采取合法措施以拘捕一切可合法拘捕而又有足够理由予以拘捕的人，请问程 Sir，你哪只眼见到了毒品？你见到贩毒的人进来了吗？”

看程天沉默不答，韦俊轩转身故意大声问：“喂，你们谁是毒贩？快举一下手。”

合联社的小弟们一起哄堂大笑，吹水等人更是笑到浑身发抖。韦俊轩故意让众人多笑了一会儿，又接着问：“警例上说，拘捕一切可合法拘捕而又有足够理由予以拘捕的人，请问你现在有足够的理由吗？如果你有，我 Turbo 牙齿当金使，在场的人你随便抓！”

程天扬起头冷冷地说：“想不到你现在还熟记警例，希望你能一直奉公守法！不过记住，NB 只会依法办事，任何人触犯法律都会受到制裁，继续搜！”

纹龙浓眉一竖，正要上前。韦俊轩却向楼上的太子点了点头。太子会意，也自然制止了纹龙，说：“让他们搜，狗想撒尿，总要找找柱子。”说完他自己抬头大笑。韦俊轩和其他合联社的小弟也一起跟着笑起来。唯独纹龙嘴角微抽，也跟着干笑了两声。

连夜潜逃

半个小时之后，警察们已经全部离开了太子酒吧，因为他们什么东西都没搜出来。

太子左手拿着一个烟斗，右手端着红酒，坐在真皮沙发上，笑到合不拢嘴。纹龙跟俊轩分别坐在他两侧的小沙发上，大熊与阿驹站在他们背后。

“Turbo，还是你有办法，假如你现在还当差那我们就麻烦了。”太子调侃了一句。

韦俊轩跟着躺在沙发上，使劲摇头讪笑道：“那是因为我不想继续当傻瓜了，况且当差有什么前途？即使像程天那样升到了督察，一个月也就那点收入，完全比不上跟太子哥混饭吃！”

纹龙斜着眼睛，故意拉长了声音，阴阳怪气地问：“那你当初为何要去考警察？”

韦俊轩耸了耸肩自嘲道：“年纪小天真呗，以为当差很正义，很有前途。其实警察圈子也很复杂，不是有本事就能升职的，也要会溜须拍马，老顶如果不喜欢你，那你就完全没希望了，只要级别比你高，都要叫长官，让你干啥你就要干啥。”

吐槽完之后，韦俊轩仿佛还不过瘾，又故意补了一句：“因为是纪律部队，事办不好会被别人投诉，皇家饭可不好吃，换了龙哥你，头上几十个老大，你能顶得住？还不如在社团好好干，太子哥一定会好好罩住我！”

纹龙听他吐槽完，也直接呸了一声说：“老子才不要受那个窝囊气！”

太子连拍大腿狂笑道：“有道理，别说你们，那么多老大我也受不了啊！”

纹龙看太子维护俊轩，脸色不悦地说：“我记得之前那个程天，是你以前的上司吧？”

韦俊轩听到程天二字，立刻变了脸色，恶狠狠地说：“别提那个没义气的东西！以前跟你说过，年轻的时候一起玩，我以为他人很好，很讲义气，拿他当好兄弟。警校毕业后我跟他分在一起共事。他总会哄我，会好好写我那份档案，让我能快点升职。

谁知后来我因为欠了一些赌债，被龙哥你追债追到警察局，他不想受牵连不但不保我，还跟我划清界限，害我被革职不说，他自己反倒升了职！”

纹龙听他这么说，眼珠一转，故意说：“他害你被革职了？你还是舍不得那身警服。”

韦俊轩露出不屑之色说道：“纹龙哥，你说警队里到处都是这种人，我还会想继续做警察吗？那个程天为了自保，我也不怨他，因为人都有自私的一面，我自己笨看错人而已，不过我也要谢谢他，不然我哪有今天的风光日子，我现在挣的比他多十倍！”

太子倒了一杯红酒，喝了一小口便放回桌上：“当差哪比得上捞偏门赚钱？放心，只要你帮阿公同社团好好做事，一年挣的钱够他过一世了！”

纹龙知道自己说不过俊轩，只好阴阳怪气地说：“捞偏门，分分钟没命。”

韦俊轩从容地往沙发靠背上一靠说：“没高风险怎么有高回报？正所谓生死有命，富贵在天。其实当差佬风险更高，保不齐哪天也会搭上性命，不适合我。”

一旁的太子听了，拿起桌上的酒杯，将杯中红酒一饮而尽，又把空杯子放回面前的茶几上，笑吟吟地说：“风险肯定会有，可你要赚大钱，不单单看你有多少胆色，更要看你有多大的本事。”

韦俊轩为人机灵，自然能听出他话里有话，连忙开口道：“老大，请多给我机会。”

“没问题，我这个人很简单，不喜欢别人拍马屁，只要你够本事机会一大把。”太子随意摸了摸手上的烟斗，沉思片刻问道，“现在我问你，如果我要你送马君离开香港地区，你敢做吗？”

韦俊轩低头想了想，信心满满地说：“敢，今晚由我来安排。”

纹龙则出言打击道：“你没有那个本事，就别学人吹水，到时连累社团同阿大。”

韦俊轩从容地站起身来，说：“你放心，就算失败了我 Turbo 一个人负责，跟太子哥以及社团完全无关。”

太子听了很满意，他站起来拍拍俊轩的肩膀说：“好，来人，再拿个酒杯过来。”

韦俊轩后面也跟太子喝了几杯红酒，便开始去筹划如何偷偷送马君离开香港地区。

今晚的夜色如水，天空上有星无月，四面都黑漆漆的，正是一个偷渡的“好天气”。西贡码头寂静如水，只有远处隐隐传来马达的突突声，还有一些零星的狗吠声。程天带着修平、盈盈一行警员，已经在码头附近潜伏了很久。在更远的地方，埋伏着石 Sir 带队的另一组人。根据线报，马君最终果然选择了与合联社合作，并定在今晚从此地乘船偷渡回去泰国，负责安排马君跑路的人，正是 NB 组警员们的老相识——韦俊轩。

黑夜如海水退潮一般开始慢慢退去，一阵刺耳的马达声划破寂静。

程天连忙命令警员开始分组搜索，自己带着修平和盈盈向马达声响的方向冲去。

三个人飞奔着转过一道弯，忽然看见几个人从一间村屋里走了出来。

此时夜色已尽，天光乍明，程天依稀看见一艘游艇正在靠岸，走在最前面的那人正回头跟身后一个身材瘦削的长发女人说话，正是韦俊轩和马君。

“各单位注意，朝灯光方向行动！”程天对准耳机斩钉截铁地命令道。

“警察，举高双手，全部不许动！”程天一手拿着警用手电，一手持枪，抢先跳了出去。修平和盈盈紧跟其后，三把强光手电一起将光柱射向了不远处的两个人。

对方虽然人数更多，却被强光一下子给照懵了。

“他们只有三个人！”混乱中传来马君那诡异的绵软嗓音。紧接着他掏出腰后的手枪，先连开数枪，正好打在程天身旁的墙上。程天向旁边来了个侧滚翻，许修平和盈盈也闪身各自寻找隐蔽处。合联社几个小弟回过神来，纷纷掏出枪，向三人一通疯狂乱射。

此时快艇已经靠岸，韦俊轩一把拉过身边的吹水，大声喊：“你先送马老板走！”

吹水麻利地跳上了快艇，另一边马君杀红了眼，还在不停地开枪，韦俊轩一把将人抱了起来，直接抛到了快艇上。“你先走，不然走不了了！”他一边大喊，一边奋力地把船推离了码头。

改装过的快艇立刻突突地发动起来，如同一头怪兽那般劈开两道海浪，掉头离开了。

只听见远远还传来吹水的喊叫声：“Turbo 哥，你千万要保重啊！”

这时程天已经开始开枪还击，另外的那些警察也纷纷赶来。几个合联社的小弟全部中枪发出各种惨叫声。韦俊轩眼看着快艇消失在远处，嘴角露出一丝笑意，他一头钻进村屋，掀开木地板，跳下水去。

·第2章·

夜会毒王

基爷大寿

夜尽昼来。

日上三竿时分，一家旧式潮州菜馆里，聚集了几十号人。而最里面名为“忠义堂”的秘馆内，此刻更是香烟缭绕，灯火通明。

韦俊轩跟着大队人马走入其中，他抬头看去，只见大堂正中那大大的“义”字匾额下，威风凛凛的关公扶刀按剑，踞坐香案当中，两侧环绕的是粗大的长明红烛，身前摆放着各种贡品。关公案前，几十个人排成了松垮垮的方阵，人头攒动嘈杂异常，每人三炷香正拜着关公。

韦俊轩心里很清楚，这些人站的虽然乱七八糟，次序却格外分明：站在最前面的是三个社团叔父；第二排是四个现任的当家人；第三排是跟他同级的掌门；后面是一班马仔——这就是合联社的规矩。

拜罢关公，关公身前的香台里已插满了檀香，屋子里香烟更浓，站在最前面的基爷和另外两位叔父先入了席。基爷坐下之后，从容不迫地挪了挪椅子，旁边有人立刻端上茶盘、茶壶、茶洗等茶具。基爷就着水盆洗了洗手，开始筛茶烫杯，自顾自泡起工夫茶来。

太子这些话事人这才跟着入席，纹龙、俊轩等后生自然紧随其后。

韦俊轩眼下已是合联社的大红人，不时有人过来寒暄巴结，可谓风光无限。不过他心知树大招风，刻意韬晦，一定要等别的人坐定才肯入座。

纹龙自然不肯跟他客气，大刺刺地坐在了掌门中最前面的位子上。

旁边一位掌门拉着他说话，发现他脸上有些瘀青，便问：“纹龙，你的脸怎么回事？

同阿嫂吵架了？”

纹龙被他抓到痛脚，却不屑说谎，于是随口说道：“前几天去拳馆，手痒玩了两把。”却不想被旁边的吹水听见了，他是个心比牛还大的人，故意大声说：“龙哥，你的拳法可真够厉害。不过，我们 Turbo 哥更厉害，一拳赢了十万块！但是，讲起大方，龙哥还是你排第一，十万块掏出来，眼都不眨一下！”

韦俊轩听罢低声呵斥：“没大没小，乱说什么？一会多吃点肉，塞住你的嘴！”

吹水嘿嘿一笑，挠挠头走开了，他自然知道见好就收。纹龙听见吹水说的话，气到肺都要炸了，然而这种场合下他亦不敢造次，只好把千般怒火吞进肚子里，故意指着掌门里最后一个空位说：“你别光说自己的小弟了，喏，你的座位在那边。”

韦俊轩微微一笑，刚要转身，忽然听见一个浑厚略带沙哑的声音喊：“那边的后生仔，你过来一下。”韦俊轩转头一看，只见基爷手里端着茶壶，正笑眯眯地盯着自己。

韦俊轩见状则赶紧从桌上拿了个空茶杯，双手举杯接茶，然后恭恭敬敬地喝了。

旁边的太子凑到基爷耳边小声道：“基爷，他就是 Turbo！”

基爷面带笑意，两条肥厚的眼睑眯成了一条缝：“我听过，近期很出位啊，醒目仔！”接着他招一招手，立刻有人端上一个托盘，上面是一封厚厚的红包。

基爷拿起红包，放在俊轩头顶上：“利是一封，百无禁忌！”

韦俊轩连忙将红包抱在手里，笑逐颜开，说：“多谢基爷！”又拜了一拜，才站起身。一旁的纹龙见了，眼里简直要喷出火来，可他也不敢动手。

基爷先是点了点头，才笑着说：“后生可畏，非常不错，”然后转过头，慢声吩咐，“纹龙，叫人上菜。”

纹龙赶紧站起来，恭恭敬敬地回答：“是，基爷。”于是他就小跑着出去吩咐，回来看见俊轩仍然站在基爷身边，一时间恨得想将他扒皮拆骨，又不敢大叫大嚷，就冲他挥了挥手，指了指刚才的空位：“过来坐！”

韦俊轩冲他点点头，就要转身过去，却不料被基爷轻轻拉住。就听基爷笑着说：“不用，坐在这儿，你帮阿公做这么多事，来，我要同你饮上几杯！”

韦俊轩眼角一瞥，看见旁边太子微微颔首，便道了谢，规规矩矩地坐在基爷身边。

坐在一旁的纹龙见了，张了张嘴，却什么也不敢说，唯有坐回自己的位置上。

此时大厅里所有人均已落座，原本嘈杂的人群，顿时鸦雀无声。

太子四下里看看，端着酒杯站起来，又左右扫了一眼，才大声说：“今日基爷过大寿，大家一起敬基爷一杯！”大厅里所有的人连忙都站起来，把酒杯举过头顶，一齐大声喊："敬基爷！"

众人把杯中酒一饮而尽，这才稀里哗啦地坐了下来。

看大家都坐好了，基爷笑容满面地说："多谢大家，今日我好高兴，可惜这里地方很小，不能请所有的弟兄。纹龙、Turbo，麻烦你们跟下面的人讲一声，年底我们社团要开个庆祝会，所有人都要参加！"

说罢他转过头，看到韦俊轩、纹龙这些中层纷纷点头回应，又专门笑眯眯地冲太子继续道："好，现在请社团的现任负责人，你们的大佬太子讲几句。"

大家听了，都用筷子叮叮当当地敲起饭碗来。听到整齐的敲击声越来越响，太子满面春风、得意非常，又等了一会儿才慢慢站起来，双手往下按了按，示意大家安静："今年我们合联社成立六十周年，所以酒席特别丰富，不仅有鲍鱼、鱼翅，红酒、威士忌随便喝，还有美女相伴，总之一定要尽兴，一会儿还要论功行赏。有功的升职，有劳的分钱，大家一起为社团干杯！"

说完他把酒杯高举过头，众人看到，也纷纷把酒杯高高举起。所有人的脸红到跟香案上的关公一样，香烟熏蒸之中，个个热血沸腾，豪气干云。

此时此刻，在菜馆之外的大马路上，七零八落地沿街停着几辆小客车、面包车和工程专用车，有的上面贴着宽带公司的字样，有的喷了清扫公司的 Logo。其中一辆七座的监控车里，程天正紧盯着眼前密密麻麻的显示屏，这些是所有的探头和摄像机从各个角度对菜馆的实时监控。

"大家盯好自己的目标！"程天对着耳麦发出命令。

"清楚""收到""明白""OK"耳麦里传来信心满满的回答，但程天仍然眉头紧锁。根据线报，合联社正在谋划跟泰国毒王的合作，而毒王的手下，之前又恰好处于合联社的保护之中。今日放虎归山，将来吉凶难料。程天一向不信信心，他只信结果。

转战泰国

其实当太子通知韦俊轩去见基爷时，韦俊轩毫不意外。毕竟，利用基爷过寿吸引警方注意，再趁机将马君送走完全是他一手策划的，而且事情做得干净漂亮，基爷最喜欢这种能力出众的手下。

二人到了太子酒店的办公室，先吩咐手下准备茶点。等了一会儿，基爷就到了。基爷见了韦俊轩，连连拉着他的手称赞，又说起这几天警察盯得紧。太子听后也接茬补充了一句："刚刚就在外面大堂，还有一个穿得很风骚的Madam盯着我们，还是Turbo醒目，上去一搂一抱，就把她赶跑了。"他转头又问俊轩，"应该是你以前的旧伙计吧？"

韦俊轩笑着回答："那个Madam叫赵盈盈，简直就是一个废物。"

基爷听了哈哈大笑，又把韦俊轩夸了一会儿。三个人说说笑笑，饮了茶，食了点心，才有小弟通报说纹龙来了。随后，基爷就看见纹龙带着大熊、火鸡、阿驹一行人进来。纹龙发现韦俊轩站在基爷和太子身边，脸上青筋抖动，只能强挤出一丝僵硬的微笑来跟大家打招呼。太子装作什么也没看见，招呼四个人坐下。四个人随便说了几句话，也没人把他们当回事。

基爷笑意十足地冲俊轩说："这次能跟郑金灿搭上线，Turbo的功劳最大，非常好！"

纹龙听基爷夸韦俊轩，嘴角再次抽动，两条眉毛都要拧起来了。韦俊轩看在眼里，于是赶紧笑道："基爷过奖，也不算什么好主意，我估计警方一定会找水警封锁海面，太急了反而走不了，所以我才临时通知吹水，暂时把马君藏起来，再借基爷你过大寿，吸引警方注意力，把她偷偷送走。"

太子听他这样说，称赞道："当过差佬就是不同，知道警方办事的手段。"

韦俊轩不知如何回答，就听见太子手机"叮咚"响了一声。只见他翻出手机看了一会儿，忍不住露出又惊又喜的神色，转身对基爷说："毒王那边的人问我们，几时可以飞去泰国见一面？"

基爷对此毫不意外，点点头说："后日你们飞去泰国，到时大老板会亲自去！"

听到"大老板"三个字，五个人一起吸了一口凉气。就连太子，也感到有些吃惊。

基爷看到众人的反应，笑道："大老板很重视跟毒王的合作，所以决定亲自出马。"

太子还没说话，纹龙先忍不住笑起来："我入社团这么久，终于有机会见到大老板了！"火鸡和大熊相视一眼，知道自己不够斤两，只能肚里羡慕。阿驹是个没眼力的人，抢先说："太子哥，我有亲戚在泰国，不如也让我去开下眼？"

太子却摆摆手笑着说："你跟纹龙在泰国都有案底，不便去，这边也要人主持大局。"

纹龙听到太子的话，急忙辩解道："老大，我那只是件小事。"

还没等他说完，一旁的基爷笑眯眯地说："就这么定了，因为这次大老板也去，我不想出什么意外，阿龙我知道你够忠心，怕你阿大有危险。我和太子商量过，让

Turbo 去吧，他那么能干，你也不用担心了。”

纹龙听了，忍不住说：“Turbo，他从来没碰过毒品……”

基爷收了笑容，再次打断他：“这样才好，泰国警方没他的案底。”

纹龙跟大熊对视了一眼，就不再说话了，显然心中都非常不爽。

与此同时，NB 的专用会议室里，投影仪里正在播放着泰国警方传来的照片，拍的是马君在街头出现的情境。警员们围坐一圈静寂无声，只有投影仪发出低声的嗡鸣。

程天关掉了投影仪，吩咐开灯，说：“各位都看到了，马君已逃回泰国，我刚接到最新的线报，合联社的太子、Turbo 明天下午会飞去泰国。”

程天环视了大家一圈，继续说：“古 Sir 已跟泰国警方商量好，过两日我会带一个兄弟去泰国，跟进这单案。”会议室里的警察们均面面相觑，人人都清楚这是趟苦差。

许久之后，唯独许修平站起来大声道：“程 Sir，我跟你去！”

程天看了他一眼，摇摇头：“你大哥不是结婚吗？你假都请了。”

许修平却坚持地盯着他，说：“公不让私，他们会理解我。”

程天为拥有这样的兄弟而自豪，他赞扬道：“Good，那就由你同我一起去。”

许修平亦敬礼回答道：“Thank you，Sir！”

会议到此结束，时间很快就来到第二日下午，程天和许修平的飞机准时在泰国机场着陆，泰国警方的接头人——差齐和巴色已在机场大厅外等候多时。程天对这两名泰国警察的第一印象很好。巴色年纪不大，干练彪悍，而且中文很棒；差齐年纪大一些，不太会说中文，但沉稳冷静，是巴色的上司。二人都属于泰国缉毒局，也算程天的同行了。

四个人相互介绍之后，程天简单询问了一下泰国警方的部署情况。其实一下飞机他就注意到机场里到处都是装扮成游客的便衣，泰国警方的安排可谓周密细致。

听到程天问，巴色信心满满地说：“放心，用中国话来讲，我们泰国警方绝对靠谱！他们会乘下午三点的航班到泰国，所以机场已经提前部署好了！”

程天连连点点头说：“那好，我也代表中国香港警队先跟你沟通一下，别的成员还在那边跟踪毒贩的行踪，一有消息我马上告诉你们。”

差齐听他这样说，伸出手来道：“太好了，希望合作愉快！”

程天也伸手跟他握了握，笑着说道：“合作愉快！”

但此刻，许修平的心里一点也不愉快。按照情报，此时太子和 Turbo 应该已经登机了，然而香港地区发来的消息却说没有二人的登机信息。对方到底在玩什么鬼招数他根本一无所知。他只知道，对手并不简单。

然而他万万没想到的是，太子和韦俊根本就没打算登机，而是由韦俊轩一手策划，将趁夜通过海路偷渡到泰国。

女接头人

在泰国警方的帮助下安顿好，转眼一天一夜过去了。然而中国香港地区方面还是没有太子和韦俊轩的消息，两个人就仿佛人间蒸发了那样。殊不知，其实对方早在前天晚上登船，航行了一天后，已在昨夜跟大老板派出的泰国接头人沙叻联系上了。

这种风平浪静让许修平越来越坐立难安，正要问接下来该怎么办的时候，程天的手机忽然响起来。程天看了一下，笑了笑，把短信给许修平看，说："有线报，这个泰国号码的登记人就是太子他们在泰国的接头人！"

许修平立刻跳了起来："那还等什么？我去查！"

看他已经火急火燎地冲了出去，程天摇了摇头，自言自语道："你急什么？人又飞不了。"

泰国的沙滩，空气中弥漫着阳光的甜腻、大海的咸香，而沙滩则将二者调和成了令人微醺的味道。程天跟许修平身穿休闲服和沙滩裤，伪装成普通游客，正远远地监视着一名躺在沙滩椅上晒太阳的女孩。那女孩身材高挑，一双细腻笔直的大长腿连沙滩椅都要装不下了。她一只手端着椰青，一只手百无聊赖地玩着手机，看上去像个正在度假的名模。

"在那边。"许修平低声说，"她跑了半天又兜回来，看样子这是接头的地方。"

程天手里也捧了一颗椰青，一边呼噜呼噜地吸一边说："放松点，你这哪像游客的样子？我都说了，人又飞不了。"

就在这时，女孩突然接了个电话，就把椰青一丢，穿上一双白色的沙滩鞋，抄起沙滩椅旁边的手袋向不远处的小食店走去。

程天把椰青往许修平怀里一塞，说："走，跟过去看看。"

许修平连忙把椰青往地上一放，快步跟了上去，其实他们这一切早就被那美女吴嘉雯看在了眼里。她知道这两个中国人早就盯上了自己，并且刚才在她拍写真的酒吧里想有所行动，虽然当时凭借路熟甩开了他们，但现在看来，这两个人也不简单。

吴嘉雯来到小食店，挂了电话之后，走进后面的小屋。

小屋里，太子和韦俊轩正一边喝啤酒，一边等着接头人，突然看到身材火爆、衣着暴露的吴嘉雯进来，都忍不住一愣。不过还没等他们说话，吴嘉雯就从手袋里掏出一个信封，往韦俊轩面前一丢，又俏生生地冲太子翻了个白眼。韦俊轩把信封拉开，里面是三张酒店的房卡、船票和一个旧款手机，便对太子点了点头。

吴嘉雯这才一笑，俯身把红艳的嘴唇凑到了俊轩耳边，低声说："我被人跟踪啦。"说完俏皮地冲韦俊轩双手一摊。韦俊轩点了点头，低声吩咐道："你从后门先走。"

吴嘉雯一出后门，程天和许修平就立刻发现了她，连忙跟了上去。等他们走后，太子跟韦俊轩从容不迫地从前门离开。吴嘉雯走了一会儿，越走越快，等到快走上大路时，忽然跑向路边的一辆摩托车。程天跟许修平吃一堑长一智，根本不容她故技重施，飞一般地追了上去。

程天虽然早早升了督察，坐了办公室，却是警队里出了名的飞毛腿，三两步就截住了吴嘉雯的去路，一把抓住了她的手腕。没想到对方戏精附体，挣扎了一下没成功，反而一头扑进程天的怀里，把他紧紧拦腰抱住，扯开嗓门用泰语尖叫道："非礼啊！非礼啊！"

旁边正好有两名泰国巡警经过，听到声音立刻跑了过来。转眼间程天跟许修平就被一对黑洞洞的枪口指着脑袋，程许二人既不会说泰国话，也没带警官证，只好高举双手投降，顿时哭笑不得。

涉及外国人犯法，泰国巡警要将三人带去警局盘问，并把他们都安置在了警车后排。看到程天和修平被铐在一起，吴嘉雯十分得意，从手袋里掏出一颗口香糖，嚼了起来。就在这时，又有一辆警车开了过来，开车的警察正是巴色。程天把后排窗户摇了下去，把头伸出窗外。巴色显然也看到了程天，笔直地把车开了过来，停在了一旁。巴色下了车，跟两名泰国警察交谈了一会儿。那两名警察便上了巴色的车，直接开走了。

就在程天和修平以为巴色会来释放自己时，一辆黑色轿车不知道什么时候开了过来，停在了他们面前。轿车里的人摇下车窗，里面竟然是太子和韦俊轩。

太子看到程天和许修平的窘态，忍不住哈哈大笑，说："上家全看过了，走吧！"

韦俊轩掉转方向盘将黑色汽车开走，当汽车经过许修平和程天面前的一瞬间，许修平忽然看到驾驶位上的韦俊轩似乎冲自己斜了斜眼。这个暗示转瞬即逝，他立刻意识到韦俊轩指的是站在一旁的巴色。

突然，巴色拔出手枪，对着二人所在的车门连开数枪。许修平心里有了准备，将程天和嘉雯用力按向座位下面。子弹打碎了玻璃，炸裂的声音令人毛骨悚然。吴嘉雯忍不住尖叫起来。程天和许修平缩在座椅上，一动不动。

巴色打空了子弹，换上弹夹过来检查情况。等他走近了，程天和修平一起用力蹬向车门。车门砰的一声弹出，将巴色撞倒在地。二人趁机同时滚出车厢，奋力向巴色扑去。巴色的手枪被撞飞，拳脚上根本不是程天和修平的对手，转眼工夫就被打得满脸是血，手枪也不顾了，拔腿就跑。另一边，吴嘉雯哆嗦着爬出来，却不想脚下发软，根本跑不动。

眼见二人东西分开跑，程天和许修平却手牵手、心连心，只能追其中一个。

“追那个跑不快的。”程天喊了一声。两个人立刻向可怜兮兮的吴嘉雯扑了过去，转眼把她按在了地上。

审讯室里，吴嘉雯咬定不知道合联社，也不认识基爷周国基，只是受人所托，带封信给太子。

“你之前还说你不会讲粤语。”程天冷笑着说，“没事，我们有大把时间，大家慢慢耗。”

提起这事吴嘉雯就气到要哭出来：“你用咖啡豆扮蟑螂吓我，逼我讲粤语，你个卑鄙小人！”许修平在一边想起刚才在海滩小屋里，程天把咖啡豆倒在她身上，把她吓到差点昏过去，嘴角忍不住露出微笑来。

审讯结束后，差齐先为巴色的刺杀行为表示歉意。程天知道对方也很无奈，亦不想追究。相反，许修平似乎对吴嘉雯印象不错，对身旁的人说：“她好像真的什么都不知道。”

程天听了便故意冷哼道：“是吗？我认为她知道合联社交易的事，这是个小太妹！”

然后两个人相视一眼，一起笑了起来，显然都明白吴嘉雯并不简单。

夜会毒王

泰国的夜晚处处灯红酒绿，每条街上都是人来人往的旅客，看上去格外热闹。昏暗的街头，一个人匆匆穿过马路，三两步跨上台阶，走进一家度假酒店。在远处，程天和许修平坐在一个摊位上，边喝果汁边看手机。

“没错，就是巴色。”程天确认地说。

许修平低声问道："你何时给他放了追踪器？"

"在海边揍他时。"程天滑动手机贼笑道。

巴色进了酒店后，乘电梯直奔酒店房间。在门口敲出两长一短的暗号，就有人开了门。他环顾四周，见房里只有太子、俊轩二人，原本紧绷的脸轻松了不少。

韦俊轩给他开门后，也不理他，独自坐回椅子上，拿起几个竹排钥匙扣，继续在上面画着小人脸，有的在咧着嘴笑，有的在噘着嘴哭。巴色看了一眼，想到泰国鬼仔，不禁汗毛倒竖，转身对太子赔笑说："太子哥，你找我？"

太子面带不悦之色道："你办事不行呀，那两个警察居然没死！"

巴色连忙解释："太子哥，这事跟我没关系，他们实在太聪明了！"

太子突然站起来，一脚把他踢倒在地，接着用鞋跟踩在他的脸上，怒骂道："那你是说我蠢？"

巴色被踩到满脸是血，也不敢挣扎，只是双手不断扒地，嘴里狂叫着："我知错了，太子哥！"

太子看他整张脸都破了，忍不住皱眉说："好了，死开点，你把我的鞋都弄脏了。"

韦俊轩走过来，递给他一张纸巾。太子抬脚放了巴色，坐在椅子上开始擦鞋。

巴色扑过来抱住太子的大腿："太子哥，再给次机会好吗？我和警方还有点关系，香港地区警察那边有消息，我马上告诉您！"

太子一脸嫌弃地说："你现在是通缉犯，怎么通风报信？"

巴色连忙抬起头，大声说："警察也是人，是人就爱钱！"

太子哈哈大笑道："没错，我喜欢这句话！"

等到巴色离开，韦俊轩从猫眼里看了看，回头冲太子颔首："他走了。"

太子看了下手表，才开口说："走，出发去见毒王！"

韦俊轩在香港地区时就听过郑金灿的大名，今天终于能见真容。他们先开车，再换船，全程都在武装雇佣兵的监视之下。最后在一个神秘的地方上了岸，就到了毒王的豪宅。

韦俊轩发现豪宅四周围满了铁丝网，只留了一个大门进出，门口站着雇佣兵。沿着铁丝网竖着一圈白炽灯，灯光吸引了大团的蚊子，时不时撞在铁丝网上，被高压电电得噼啪作响。

马君早迎了出来，见到韦俊轩聊了两句，便将二人引到客厅里。只见客厅里金碧辉煌，郑金灿背对着众人，虔诚地朝一尊佛像跪拜。马君站在距离佛像不远的地方说："郑先生，他们来了。"

郑金灿没有转过身，反而拿起一旁的勺子舀好水，开始给佛沐浴。

韦俊轩看他身材也不高大，做每一件事都镇定自若，忍不住想：“毒王果然名不虚传！”

不出一会儿，郑金灿用中文说：“各位远道而来，你们的诚意我看到了。”

太子抢先拍了个马屁，他笑道：“能跟郑先生合作，是我们的荣幸。”

郑金灿继续浴佛，看都不看他一眼，说：“客套话就别说了，我不爱听！”

太子见他如此，也单刀直入了：“好，我们的第一次交易何时进行？”

郑金灿慢慢地回答道：“规矩你们知道，合联社的老大不来，我不会跟你们合作。”

太子深吸一口气说：“现在我们亲自拜访，就是为表诚意，到时大老板会联系您交易！”

这时郑金灿浴好了佛，一旁的用人恭敬地递上一个手帕。

郑金灿边擦手边说：“那再等等他，阿君，麻烦你送客。”说完，他在佛前做了一个大跪拜，嘴里则念起了经来。马君依照吩咐送人离开，并让二人随时与自己保持联系。

次日，泰国警察局里，差齐正在看资料，突然看到程、许二人匆匆走了进来，忍不住问：“出什么事了？”

程天严峻地说：“我收到香港地区的线报，毒贩马上会出货。”

差齐大力赞扬道：“你们果然专业，我也查到了巴色的消息，我们在他家沙发里查到了大量现金，估计是被毒贩收买了。”

程天正要说什么，突然手机响起，他低头看看，手机显示巴色身上的追踪器信号被屏蔽了。程天把手机亮出来对差齐说：“毒贩应该已经就位，我们立刻出发，应该能抓到巴色。”

听到能抓巴色，差齐向同僚下达了指令，一伙人带好装备上了警车。等到车子发动，程天才向差齐解释：“我们在巴色身上放了追踪器，现在追踪器信号被屏蔽了，应该是他们到了毒王的住所。为免打草惊蛇，我们三个为先头部队，大部队殿后。”差齐听了，朝程天竖起了大拇指。

此时，在酒店里，韦俊轩外出回来，发现太子已经准备好了手枪，但他没开口问原因。

太子将一把枪放在桌面上，示意俊轩带上，说：“收到基爷通知，毒王已跟大老板约好，我们现在就动身。”接着，他又拿出一个保密袋，向俊轩一伸，“江湖规矩，交手机。”

韦俊轩眼角一跳，快速掏出手机，放进了保密袋里。

酒店外面，程天三人的车已停在街边了。

“你们对这很熟悉？”差齐面问道。

“当然熟悉，昨天我们在这守了一夜。”许修平打了个哈欠。

“注意，目标出来了。”程天忽然提醒道。

众人就看见不远处韦俊轩驾着车，从酒店地下车库里开了出来，坐在副驾驶的人为巴色。

“警察那边有什么动静？”坐在后座的太子随口问道。

“放心吧，都安排好了。”副驾驶位的巴色回过头恭敬地回答。

另外一边，程天自然也开着车，偷偷跟了上去。韦俊轩还是老样子，喜欢闯红灯。就这样两辆车一前一后开了一会儿，就见韦俊轩开着车七拐八拐进了一个加油站。程天不好跟进去，只好停在马路对面，远远监视着。

过了一会儿，一辆大卡车开进加油站，挡在了两辆车中间。三个人立刻紧张起来，等到大卡车离开后，确认韦俊轩的车还在，他们才松了一口气。过了一会儿，韦俊轩的车重新上路，程天也立刻跟了上去。

跟了一会儿，程天觉得不对劲，当一个红灯变绿灯时，他大叫道：“不好，中计了！”

许修平还没听懂，侧着脸问道：“中什么计？”

程天打着方向盘：“金蝉脱壳！”

五分钟后，泰国警方派人把韦俊轩的车逼停在了路边。不出所料，车里根本没有太子，而是几个年轻人。其中一个人身上穿着巴色的衣服，口袋里放着小型追踪器。

“警官！不关我们的事。刚才在加油站，他们用枪逼我们换车的。”几个年轻人开始解释。程天从裤袋里掏出薄荷糖罐，倒出一颗糖，然后丢到嘴里嚼着，心中很不服气，因为他又被韦俊轩给耍了。

与此同时，在一条僻静的山路上，韦俊轩踩足了油门，把车开到飞快。

“巴色，够机智！”太子拍拍巴色的肩膀赞扬道。

巴色连忙赔笑道：“多谢太子哥，从郑先生那儿回去后，我无意中发现了跟踪器！”

太子听了更得意，立刻破口大骂道：“这下看那些警察还怎么跟！”

巴色和韦俊轩也跟着大笑，只是后者的笑不太特别自然，眼神中略带焦急。

·第3章·

神秘卧底

幕后老板

程天因为一时大意而跟丢了韦俊轩，他只好猛踩油门，沿着泰国高速路疾驰。

随后，泰国警方调取了加油站的监控录像，差齐随即命令泰国警员兵分数路去搜索韦俊轩的那台轿车。而程天则凭着从警多年的直觉，选择了一条特殊的山路。此时此刻，他也只能做到尽人事听天命了。很快，程天的车子驶到了一处三岔口。

“怎么办？”差齐侧着脸问程天，“现在该往哪边走？”

许修平打开自己的手机，发现能连到网络讯号，立刻说：“我上网查一下地图。”

程天一反常态没有回答，直接推门下了车，他在路口东晃晃，西晃晃。突然，他似乎发现了什么，快步走向了路边的一个里程碑，从地上捡起来一把小小的钥匙扣。那枚钥匙扣是木片所做，上面被人画了一个笑脸。他思考了一下，转身大步走了回来。

“阿天，这里的信号太差了。”许修平还继续皱着眉头捣鼓手机。

“修平，你别查了。”程天关上车门，系好了安全带，“走东边那条路。”

许修平和差齐都齐齐愣住，不由自主地齐声问：“你怎么知道？”

程天有条不紊地发动了车子，一脚油门踩到底说：“因为我是福尔摩斯转世。”

山路蜿蜒，如同一条青色的长龙。山崖之下，河流曲折，恰似又一条银色长龙。二龙戏珠之处，依山傍水，单独建着一个特别大的码头农庄。这所农庄的主人，正是泰国毒王郑金灿。

此时郑金灿的庄园里，太子一行人已经到了。毒王这边则是马君出面，太子和马君分宾主落座。韦俊轩、巴色以及马君的手下沙叻，分别站在各自老大的背后。马君对韦俊轩格外亲切，一见面就柔声道谢，完全不是平时那种阴狠毒辣的样子，房间里气氛也因此变得分外轻松。

众人说说笑笑，闲聊了一会儿，又开了几瓶酒。眼看着合作如此顺利，太子也忍不住喜上眉梢。一切就绪，就等着合联社的大老板和毒王来拍板了。

此时，在农庄不远处一个小山坡上的丛林里，程天、许修平和差齐正在用望远镜监视着农庄的情况。差齐发现这所平日毫不起眼的农庄，今天突然多了四五辆车，十几个人，码头边上还停了一艘船，忍不住放下望远镜冲程天竖起大拇指："你们的警察真的很神通广大！"

程天便微笑着冲他点点头，说："希望你们当地警察能大显神威。"

差齐也自然连连点头回答道："放心，我们跟毒贩作战不是一天两天了。"

听到差齐把出警说成作战，许修平心里喜忧参半，他忽然忍不住低声说："希望我们不会死在这。"

程天手里举着望远镜，幽幽地开口道："生死有命，岂能由你话事？"

就在这时，他忽然看到三辆汽车同时开到了码头边上，其中一辆车上先下来了两名枪手，又将一个五六十岁的矮胖老人扶了出来。

"有动静了。"程天压低声音叫道。

差齐亦举起望远镜，立刻认出了对方："郑金灿！"

此时泰国警员都已经赶到，将警车停在远处，开始徒步聚拢了过来。

许修平看到泰国警察如同行军打仗一般，个个全副武装，手里端着冲锋枪，腰间挂着小手枪和手榴弹，心里顿时五味杂陈。他虽然痛恨韦俊轩背弃了兄弟和信仰，但亦不忍心见他客死异乡。当差齐把一只手枪塞给他的时候，他才回过神来。

"这是民用的牌照手枪，你拿去防身。"差齐将双手合十说道。

差齐布置完毕，就带着一众警员悄悄向庄园四面包抄过去，程天和许修平小心地跟在他们后面。

农庄码头边，郑金灿遣散了手下，一个人面对河面，静静等待。

过了一会儿，一辆奔驰房车慢慢地开进了码头，过了一阵才将车停稳。一个身穿浅灰色丝绸长衫的中年人下了车，不紧不慢地走到了郑金灿的身边，与他并肩而立。

郑金灿没有转身，仍然面朝河面说："据说很少有人见过你，我今天可真荣幸。"

这个中年人正是合联社幕后的大老板莫耀强，只见他也远眺河水，慢条斯理地笑着说："郑先生，你同我正好相反，阁下泰国毒王的大名，在金三角一带可谓无人不晓，能见到你也是我莫大的荣幸。"

郑金灿微微点了点头，话锋一转道："客气话就不要再说了，祝我们合作愉快。"

莫耀强轻笑两声，同样接茬道："合作愉快。"

此时，农庄小屋里，马君的手机响了起来，他看了下号码，接通了电话，听了一会儿，冲一名小弟点了点头。那小弟快步走出房门，随后停靠在码头的渔轮响起来马达声，吱吱呀呀地把一个大箱子从水里吊了出来。

太子见状忍不住露出了满意的笑容，将杯中的白兰地一饮而尽，俯身把脚下的一个大皮箱重重地放在了桌子上，得意地笑着说："马老板，我见过不少女中豪杰，像你这么爽快的还是第一个，现在只要大老板发话，我们就可以开始了。"

马君对他摆了摆手，柔声细气地说："不用心急，我们再多喝两杯。"

不过，凡事注定会有变数，码头上莫耀强的手机突然响起。他按了一下手机屏幕，脸色一时间难看到了极点，因为手机雷达系统的画面显示，正中间是一群绿色三角，周围则有一群红点正闪烁个不停。

郑金灿见身旁的人脸色不对，侧过身子问道："莫老板，难道有什么突发情况？"

莫耀强阴沉着脸恶狠狠地说："雷达显示有外人进了农场。"

郑金灿立马眯起了眼睛："我这个农场有全方位的监视系统，十分安全。"

莫耀强皱起眉头，出言反驳道："我这套系统跟美军探测战机的雷达是同一个版本，绝不会出错，这里不安全了，交易马上取消！"

丢下这句话后，他就转身快步上了房车。房车立刻发动起来，飞速驶出了庄园。郑金灿的两名手下也迅速地从一旁待命的车里走出来，将毒王扶上了车，也一溜烟地开走离去。

突发情况，差齐当机立断命令警员发起了冲锋，程天和修平跟在后面也冲了上去。

农庄里负责警戒的枪手见有警察出现，枪声随即响起。

屋内，听到枪声的太子和马君脸色大变。韦俊轩一把提起钱箱子，拉起太子向后门飞奔。马君迅速冲到窗边，用尖锐的泰语大声喊叫，接着马达声响，渔船缓缓发动起来。一个毒贩奋不顾身地扑上码头想解开锚链，差齐双手持枪屏息瞄准，一枪正中那人的背心。渔船开动，却被锚链拉住，向旁边一倒一冲，竟然冲上岸边搁浅了。

同一时间，几名警察一脚踢开房门，用泰语大声喊："警察，不许动！"

马君一张娇艳的脸上霎时间布满杀气，她尖叫一声，双手开枪，将一名警察打倒。

剩下的警察连忙退出房间，各找隐蔽与她展开激烈对射，子弹亦四下乱飞。

另外一边，太子在韦俊轩和巴色的掩护下飞快逃到了备用车上。

太子上车后才突然想起来，颇为担心地说：“大老板可能还在里面。”

韦俊轩将钱箱往车里一扔，说：“太子哥你先走，我去帮大老板！”

太子在他肩上重重一按，沉声说：“Turbo，你千万要小心啊！”

韦俊轩咧嘴一笑回答道：“放心，算命佬讲过我有九条命，阎王都不敢收我。”

太子听罢亦是满意一笑，示意身旁的巴色开车离去。韦俊轩眼见的成功就在咫尺之遥，身体里爆发出一股超级惊人的力量。他往回跑了一会儿，忽然看到旁边停了一辆黑色的越野摩托车，想也没想跨上车，向枪战核心地带驶去。

他如暗夜骑士那般驾车穿过农庄，全然不顾泰国警察的枪林弹雨。

放眼望去，只见有几个枪手正背靠汽车负隅顽抗。马君则五官狰狞扭曲，手持一挺机枪向警察喷出一串串火舌，硬生生把警察的火力压了下去。突然一声枪响，他应声向后倒下，在那一瞬间他看见了韦俊轩，似乎还冲他笑了一笑，可韦俊轩此刻心里只有莫耀强！

忽然，韦俊轩听到许修平在对他大喊：“Turbo，韦俊轩，你即刻停车！”

韦俊轩没有搭理对方，他加大油门，向着山坡冲了上去。

山坡上视野开阔，他很快发现了莫耀强的房车。立刻一个甩尾，居高临下，冲着莫耀强行驶的方面驶去。

他的摩托车再次经过许修平的身边，他看到后者正举枪瞄准自己。

韦俊轩直接闭上了眼睛，他忽然再次催动油门，摩托车发出一声怒吼，如同一匹桀骜的烈马，径直从许修平的头上跃了过去。宛如战神下凡一样冲下山坡，直冲向莫耀强的房车，转眼间已经贴了上去。他奋不顾身地伸出手，抓向房车侧面的一根把手。

就在这时，突然从房车的驾驶室里伸出一只黑色的手枪，砰一枪打在他的轮胎上。

摩托车立刻失控，好比脱缰的野马一般拖着韦俊轩冲进了路边的灌木丛。

山坡上，许修平仍然保持着平举手枪的姿势。

更远处，程天望着他，一副若有所思的模样。

神秘卧底

黑沉沉的夜，黑沉沉的海，韦俊轩的内心也一样黑沉沉，他整个人斜躺在沙子上，听着海浪。

远处突然响起了脚步声，韦俊轩头也不抬，因为他已经猜到来者是谁。

程天坐到他身边，把一个钥匙扣扔在了他胸口上：“你是不是连命都不要了！？”

韦俊轩没回答他，看着天上的星星喃喃地说：“我挨足三年就是为了等今日，难得有机会可以捉到幕后的大老板，又还能将合联社的人一网打尽，我当然要拼尽全力。”

程天知道他这轻描淡写的一句话背后是无尽的艰辛、委屈和不甘，也不再说话，只是陪他默默坐着。韦俊轩见旁边的人不说话，便苦笑了一声：“说句真心话，我都不知道自己还能挨多久，谁叫我当初不争气欠了一身的债，让人追债追到警察局，不做UC（Under cover，卧底）可能就做黑社会了。”

沉默了一会儿，程天拍着他的肩膀说：“我明白，当年反黑时我也做过UC，既然已经卧底了三年，咬咬牙再坚持一下！古Sir亲口答应过我，等你完成卧底任务一定让你升职，到时候我们三兄弟继续携手共进！”

提到许修平，韦俊轩的眼角露出一丝笑意：“修平还是那么婆妈，他恐怕这辈子也升不上去了。”

“不管是做督察也好，做伙计也好，做UC也好，我们都是好兄弟。”程天想了想又继续说，“对了，这两日我会安排你回香港地区，你好好休息一下。”

韦俊轩听后浑身一震，却没有说话。

有些事情永远不会变，有些事情却慢慢变了。

赵盈盈明显能感受到，许修平从泰国回来后变安静了。好几次她想问他一些事情，但一看到他的眼神，又不知如何问出口。韦俊轩这三个字，不知从何时起已经成了二人之间的一个结。

就在赵盈盈胡思乱想的时候，古Sir和程天推开门走了进来。

看到全员都在场，古Sir拍了下手掌说：“这次程Sir和泰国警方的联合行动非常圆满，泰国警方还寄了一面锦旗过来，多谢我们NB的完美配合，副警务处处长张Sir叫我代表他表扬大家，各位继续努力啊！”

警员们一起拍手，李志忠在后面低声说：“犀利，天哥居然威武到泰国去了。”

程天接着古Sir的话继续说：“打击毒贩是我们NB的主要职责，无论哪儿的毒贩都是我们的敌人。今次我们帮泰国警方起获了不少毒品，还击毙了马君，兆辉在天有灵，肯定也很欣慰，只可惜我们没有将合联社的人绳之以法。”

看到警员们的脸上露出了同仇敌忾的表情，古Sir深吸一口气道：“我们在泰国没有执法权，所以他们在泰国犯的罪我们无法追究，在这一点上，程Sir已经尽力了。

战果大家有目共睹，除非他们改邪归正，否则早晚会抓光他们！”

接下来，古Sir让程天详细地介绍泰国行动的情况。

赵盈盈转过头四下张望，她发现坐在后面的修平已经悄悄离开。因为许修平不想回忆起泰国的行动，他只要一闭眼，脑海中就会跳出韦俊轩那如同亡命徒一样的狰狞表情。他无法接受当年那个细腻、开朗、善良又爱讲笑话的好朋友变成了这个样子。

“修平，咖啡满了。”就在他神不守舍时，从旁边伸出一只手，帮他把咖啡机关掉了。

许修平听出是赵盈盈的声音，“唔”了一声。

赵盈盈也泡了一杯咖啡，跟许修平面对面坐在茶水间的小桌子前。

“听阿天讲，你们这次的行动很危险。”赵盈盈首先打破了沉默。

许修平笑了一笑，说：“算是有惊无险吧，起码还能回来见到你们。对了，我买了不少猪肉干，一会儿分给大家吃。”

赵盈盈看他强颜欢笑，更是心疼，但心里担忧，还是忍不住说：“修平，我知道你连亲大哥的婚礼都没去参加，主动申请跟阿天去泰国是为了韦俊轩，俊轩他现在还好吗？”

许修平的眉毛微微抖了一下，喝了一口咖啡说：“我也不知道他好不好，我看着他越陷越深，真恨自己狠不下心来阻止他，但是很奇怪，我总有一种感觉，觉得有一天他会重新做人回到我们的身边。”

赵盈盈双手捧着咖啡，叹了一口气：“我常常在想，会不会是因为当年，他输了我们一起存的那笔买房子的钱，我一气之下说要跟他分手，才间接造成了今天的局面。”

许修平听到她自责，连忙说：“不，盈盈，你别胡思乱想了，根本不关你的事。是他想靠自己的能力买房跟你结婚，但没想到玩过火，搞到经济出了问题，最后连工作都没了。他反而说，如果三年前我借钱给他还债的话，他也不会变成现在这个样子。”

两个人各怀心思，默默不语。过了好一会儿，许修平突然提议道：“不想这些烦心事了，我在泰国的这几天，好怀念家乡的美食，要不一会儿咱们去吃点东西？”

赵盈盈脸上露出了笑容：“好，去你最喜欢的朱敏记好吗？”

修平笑着摇摇头，温柔且又坚决地说：“不，去你最喜欢的粤粤栈。”

赵盈盈心中一荡，她感觉好像有什么地方不妥，但又莫名有点喜欢。

吃完晚饭，许修平开车送赵盈盈回家，他们在赵盈盈家楼下相互道别。

许修平觉得能跟喜欢的女孩子共进晚饭，自己此刻就是世上最幸福的人。他倚着车门目送这个充满着迷人魔力的女孩走进大楼，搭乘电梯上楼，完全没注意到隔着一条马路的某个路口，有一个男人正脸色阴沉地盯着他。

韦俊轩躲在街角的阴影里，看着许修平开车离去。他抬起头，楼上那扇熟悉的窗户亮了起来。赵盈盈走到窗边，把窗帘拉紧。她突然觉得有些异样，又推开窗户向下张望，夜色沉静，大街上一个行人也没有。

韦俊轩快步逃离了这个街区，内心失落至极，又想起刚才在安全屋与古 Sir 碰面的情境。他在社团当 UC 以命相搏，结果只换回上司一句“Well Done”，而上司最在意之处竟是他的经费开支和财务账目问题，还直接命令他写一份详细的财务报告。当古惑仔居然当到要写财务报告，韦俊轩自己都忍不住笑出了声，可他那颗心反而冷到了极点，仿佛什么事都要栽到钱上，这种感觉实在让人喘不过气来。

恍恍惚惚之间，韦俊轩竟不知不觉地走进了一家地下赌场。赌场经理阿彪远远看见了他，赶紧过来招呼：“Turbo 哥，貌似你很久没来帮衬生意啦，老位子还特意给你留着呢。”他一边说一边在百家乐赌台边上给他腾了个位子出来，不等吩咐，就又给他端上来一盘筹码和一杯威士忌。

韦俊轩将酒一饮而尽，又把杯子重重往桌上一顿，高声叫：“来，大杀四方！”

今夜注定韦俊轩要霉运当头，他依然不停下注，一注比一注大，然而次次都是输。最后一把，他把所有的筹码都押了出去，盘面开出了 8 点，结果没想到对面偏偏开出了 9 点，还是输了。

“撞鬼！”韦俊轩酒劲上涌，忍不住骂出了声，“不玩了！”转身要走，却被拉住了。

“Turbo 哥，您可输了十几万元，就这么说走就走了？”阿彪赶紧从角落里跑出来，拦在了韦俊轩的面前，笑嘻嘻地说，“您的牌品一直很好的呀。”

韦俊轩还没说话，突然听到背后有一个声音冷冷地说：“怎么？还有人敢拦我们合联社的 Turbo 哥？”

韦俊轩浑身一震，酒已经醒了一大半。他猛地转过头，就看见纹龙和大熊正一前一后站在赌台旁边，脸上筋肉抽动，好像在冷笑，又好像要一口把他给吃了。

九死一生

韦俊轩醒来的时候，发现自己头上戴着头罩，上身赤裸，双手被左右高高吊起。他最后的记忆是纹龙让他上车，就在他弯腰的时候，突然被浸过药物的毛巾捂住了口鼻，昏了过去。

他使劲儿挣扎了一下，绳子捆得很牢。侧耳倾听，好像隐约听见有人在走来走去。

“纹龙？你想干什么？”韦俊轩因为看不清四周的环境，所以大声叫起来。

“Turbo 哥！”纹龙那粗哑的声音里充满了嘲讽，“知道我为什么请你来吗？”

韦俊轩听到这句话后，他的大脑开始飞速转动：“太子哥呢？”

纹龙没有回答他的问题，而是回头看了看，眼下众人都身处一间密室之中。

韦俊轩被高举双手吊在房顶的横梁上，大熊站在他身后，随时准备按住他。他的身旁放着一张桌子，桌面上密密麻麻摆满了刀具、皮鞭、铁尺、绳索等林林总总的刑具。他对面靠墙摆着一组真皮沙发，沙发前面放了一个茶几，上面放着茶具，一个小型的电热炉正在烧水。此刻，基爷和太子正坐在沙发上，看到纹龙回头，基爷冲他摆了摆手。

“现在想见太子哥了？”纹龙阴阳怪气地质问道，“你早干什么去了？为何回到香港地区不立刻来找我们？”

韦俊轩一时间不知道这是太子的意思还是纹龙想动私刑，他侧耳倾听，结果啥都听不见，只好继续辩解道：“这几天警察盯我太紧了，我怕连累老大才没现身。”

纹龙又回过头，只见太子一动不动，基爷直接挥了挥手。

纹龙嘿嘿一笑，直接大声质问道：“我问你，泰国的事是你给警方提供的线索？”

韦俊轩马上咬牙切齿地反驳：“同我无关，纹龙你不要血口喷人！”

纹龙慢慢走到桌子边上，拿起一根皮鞭，随意掂了掂，又换了一根铁尺。

“看来不吃点苦头，你小子是不肯说真话了！”于是他猛地挥动铁尺，重重地抽打在韦俊轩的身上。韦俊轩只感到一阵剧痛仿佛把自己给活活劈开那样，大声叫了起来。

“你说不说实话？说不说实话？！”纹龙面目狰狞地咬着牙，一铁尺又一铁尺地打着韦俊轩。他长期以来对韦俊轩的不满此刻全部发泄了出来，他先往左边斜着打，又往右边斜着打，一条条殷红紫黑的血痕，在韦俊轩的身上画出了一张血网。

太子见状眉头紧锁，从怀里掏出烟斗叼在嘴里。基爷依然不动声色，只管等着水开。无论纹龙怎么打，韦俊轩始终没有承认，只是咬牙硬撑。

基爷烧的水开了，他端起茶壶，开始慢条斯理地冲茶杯，掰茶饼跟泡茶，很快一股淡淡的茶香弥漫开来。

“基爷！”已经奄奄一息的韦俊轩突然呻吟着说，“我没有，没有出卖兄弟。”

“不是你？难道是太子不成？”基爷忽然冷笑连连，“或者说反骨仔是我自己？”

基爷说完之后，他冲纹龙点点头，纹龙一把将俊轩脑袋上的头罩扯了下来。只见他头发凌乱，脸色惨白，嘴角流血，完全没有了平时精悍帅气的样子。

太子远远看到，冷声问道："讲真话，你回来为什么不立刻来见我？！"

韦俊轩此刻九死一生，脑海突然灵光乍现，用尽力气说："太子哥，我怕死在泰国，我本想去帮大老板一把，后来想爬他的车跟他一起逃走，结果车里的人朝我开了一枪，我怕大老板误会我，所以不敢来见你。"

太子听后跟基爷对视一眼，原本他们正要追问这件事。此时听他的答复，都感到十分意外，听起来又似乎有些少道理。

"二五仔，还想继续讲大话！"纹龙大声喝骂，举起铁尺又要打。

太子抬手制止了纹龙，毕竟他还是很欣赏韦俊轩这个人的头脑。

基爷已经泡好了一杯茶，先递给了太子。然后又自己泡了一杯，一边品一边慢慢地说："纹龙，你别急，先坐过来饮杯茶，泰国那边也在查，最晚下午两点就会把内鬼的相片发过来，到时候就一清二楚了。"

纹龙恨恨地指着韦俊轩，说："好，我先留住你条狗命，回头我亲自送你上路！"

太子端起茶来，一口喝了，直盯着韦俊轩说："Turbo，我希望你不是内鬼，如果是的话，那今天就是你的忌日，如果不是，做老大的跟你说一句对不住。"

时间一分一秒过去了，汗水开始不断地从韦俊轩的皮肤中渗出来流进了伤口里，最终变成撕心裂肺的疼痛。他只感到自己如同一支细弱的蜡烛那般，在一点点地燃尽。

"如果我是你，就要个痛快，免得活遭罪。"纹龙一边喝茶，一边说，"一会儿照片发过来，你还是死路一条。"

基爷抿了一口茶，笑眯眯地对韦俊轩说，"Turbo，我理解你的心情，再等等吧，是死是活很快就知道了。"

就在这时，基爷的手机响了起来，他看了看屏幕，上面显示画面正在下载，只有一个模模糊糊的人脸。一股悲凉涌上韦俊轩的心头，他知道那张照片肯定是自己，可心中无论如何也无法接受。

在这一个瞬间，韦俊轩很想把自己的身份全盘托出，也许基爷会认为他仍有利用价值而饶他一命，也许可以像无间道里演的一样，去做双面间谍。他想到了昔日最好的兄弟程天、许修平、赵盈盈，甚至想到了吹水、马君，想到了一切曾经信任过他的人。最后一丝信念压在了他的咽喉，让他只能发出低声的呻吟。

又等了几分钟，基爷的手机发出了下载完成的叮咚声。他仔细看着手机上的那张照片，眉头微微皱了起来。太子凑了过来，忍不住"咦"了一声，跟基爷交换了一下眼神。

纹龙没看到照片，但他已确信定是韦俊轩无疑，大声说："怎么样太子哥，让我一枪毙了他！"

韦俊轩看到太子把烟斗重新揣进怀里，站起身，往自己这边走，一颗心直沉到底。

太子走到韦俊轩的身边，顺势从桌子上拿起一柄雪亮的刀来，对他点点头说道："Turbo，对不起了！"说完他举刀一挥。

韦俊轩下意识闭紧双眼，大脑中直接一片空白，然而预期的死亡没有到来。他忽然感到手上的绳索断开，接着身体重重地摔在了地上，剧痛仿佛把他从死亡中激活了过来。

韦俊轩用力地撑起身子，就看见太子拿着刀站在身边，原来刚才他是想斩断绳子。

太子亲自扶起俊轩大笑道："如果将来你真出卖兄弟，我会直接砍掉你的脑袋。"

基爷又喝了一杯茶，仍笑眯眯地说："太子，别吓自家兄弟，Turbo，过来饮茶。"

在一旁的纹龙见了，心下失落，只能冷哼了一声，一脸的无可奈何。

兄弟劝告

在警方一间高度机密的安全屋里，古Sir和程天位于长桌一边，韦俊轩则在另一边。

韦俊轩有点悲凉地感到，这就是他们真实的角色。

程天看韦俊轩精神萎靡，给他打气说："俊轩，你这次运气不错，泰国警方在最后关头找到了毒王的联络站，把你的照片换成了巴色，现在所有人都认定巴色就是内鬼，你开始转运了。"

韦俊轩苦笑了一下反问道："那我要不要去买六合彩？"

古Sir直接打断了二人的对话，他顿了顿说道："这次你能化险为夷，我们都很为你高兴，现在合联社暂时打消了对你的怀疑，我们需要你尽快投入工作，"然后他把一页资料递给了韦俊轩，继续往下说，"这是刚刚发生的少女吸毒坠楼案件。"

韦俊轩知道那是一宗少女吸食毒品坠亡的事件，最近的新闻每天都在反复播。为此太子还发了次火，认为是纹龙的毒品分销太过高调，导致合联社被警察紧盯，影响了整个社团的生意。

古Sir仿佛看出了他心中的疑惑，再次开口道："这宗少女吸毒致死案在社会上引起极大的反响，报纸、杂志等媒体天天都写文章关注此案，所以上头落了一个Order下来，让我们尽快处理好防止再发生同类事件。"

韦俊轩愣了愣神，然后追问道："古 Sir，你打算怎样做？"

古 Sir 沉思许久才继续提议："我跟阿天商量过，认为可以利用这个大好机会，打掉纹龙手下的毒品中心，压缩他的那股势力，趁机把你推上位，你就可以一次性打入他们的核心，接近幕后大老板。"

韦俊轩听到纹龙的名字，只觉得浑身的伤都在隐隐作痛，摇摇头说："Sir，我想休几日假。"

古 Sir 毫不犹豫地批准了："可以，你存了一两百天的假，一下子全休了都无所谓，问题是你老大太子放不放你假。"

程天也趁机说："所以说，还是当差好，薪水高，福利好，还有很多假期，这么好的工作上哪儿找？"韦俊轩则意兴阑珊地说："那要升官才能有。"

古 Sir 冲他点点头，然后鼓励道："俊轩，好好干，警方不会亏待你，到时一定会让你升职，膀头上多两颗星！"

韦俊轩想了想，很为难地问道："古 Sir，你让我写的财务报告可以不写吗？"

古 Sir 一听就板起了脸，厉声说道："你又不是写给我看，这是上头的规定。"

程天见气氛不太对，连忙开口打太极："俊轩，我帮你写财务报告，反正读书时我没少帮你做功课，到时你又怪我不够兄弟。"

韦俊轩一时语塞，他拿起桌子上的资料："这个死掉的女孩叫 Mandy，她有一个朋友，阿天你在泰国见过。"

程天的脑海中不禁浮现出一张脸来，反问道："那个跟你们接头的女阿飞？"

韦俊轩点了点头回答道："对，她叫吴嘉雯，人称 Man 姐，同基爷有点关系。"

程天直接切入主题追问道："她跟纹龙的毒品分销中心有关？"

韦俊轩愁眉紧皱着摇了摇头："我不确定，她身边有一个叫 Kiko 的小跟班，与合联社的 Tank 关系比较好，Tank 是纹龙手下的一个毒品拆家，纹龙的生意他应该也比较清楚。"

程天和古 Sir 对视了一眼，程天望着韦俊轩问："你认为我们从谁入手比较好？"

韦俊轩捏着下巴回答道："吴嘉雯，她虽然出来做女阿飞，但是从不吸毒，只想赚钱养她弟弟，应该比较容易配合。"

古 Sir 也微微颔首，对身旁的程天吩咐道："此事就由你们组负责，不过一定要小心，要确保伙计同当事人的安全。"转头又对韦俊轩说，"你近期不能太过招摇，这次行动你就不要参与了，有需要就联系我们。"

韦俊轩想到纹龙的手段，还是心有余悸道：“那个纹龙生怕我抢了他的位子，处处针对我，恐怕我很难做事。”

程天伸了个懒腰贼笑着说：“别担心，我派人 24 小时轮班贴身伺候他，就算他是乔丹，我也让他摸不着篮球，顺便再派几个弟兄多去你老大的夜总会查牌。”

韦俊轩面带苦笑道：“阿天，以后我若接手了纹龙的生意，账目怕更搞不清了。”

程天挑了挑眉毛，故意调侃道：“大名鼎鼎的 Turbo 哥，有我做账你还不放心？”

两个人对看一眼，默契十足地贼笑起来，仿佛回到了上警校的时候。

古 Sir 收起桌上的资料，也笑着打趣道：“你们说的我就当没听到，两位可以散会了。”

傍晚的阳光如同一袭橙色的披风，让整个城市都精神起来。

韦俊轩走在回家的路上，感到了少有的轻松，他发现程天仍然是当年那个能把后背跟性命交给对方的好兄弟，古 Sir 这个上司也没那么不近人情。他想着只要最终完成了卧底任务，未来仍有光明可言。

当他走到自家楼下的时候，一个人突然从旁边走出来，直接拦住了他。

韦俊轩抬起头，万万没想到来者居然是许修平，他的脸上交错着愤怒和痛惜的表情，他一把抓住韦俊轩，大声说：“有个女孩吸毒后堕楼的事你知道？她吸的货是不是你卖的？你还有人性吗？你知道她妈有多伤心？她今年才 20 岁，大好前途全被你们毁了！”

韦俊轩一把打掉许修平的手，指着他破口大骂道：“这关我什么事？”

许修平看他这样冷漠，更加伤心也骂道：“韦俊轩，你简直是个冷血动物，在泰国我已经放你一马，还想着你能有些良知，希望有朝一日你能迷途知返，想不到你从泰国回来后，反而更加冷酷无情，你不知道毒品会害死很多人？”

听着许修平从最初的怒斥转为苦苦恳求，韦俊轩内心翻涌，但他仍要硬着心肠冷笑道：“许 Sir，你当差都不止一两日了，我现在是做古惑仔啊，老大让我散货我敢不干吗？它不像一般的商业机构，补点薪水或一两个月通知期就可以搞定，我现在是合联社的 Turbo 哥，以前的我你就当死了吧。”

许修平又生气又难过，过了老半天之后，他才用手指着韦俊轩的鼻子，咬着牙一字一顿地说：“韦俊轩，我今日再警告你一次，如果你还执迷不悟，总有一天我会亲手拉你去坐监！”

“讲够没？我知道香港地区后生仔，唯一的出路就是坐监。”韦俊轩一脸无所谓地耸了耸肩膀，还打了个大大的哈欠说，“许 Sir，劳烦借过，我要返屋煮饭啦，得闲请你饮茶食叉烧包。”然后他头也不回地走进了大楼，只留下许修平傻愣在原地。

韦俊轩回到家后直接倒在了床上，这一下牵动身上的伤口，然而再强烈的痛楚，也无法缓解他此刻宛若万箭穿心般的难过。忽然，他又想到了程天的话，既然已经过了三年，咬咬牙再坚持一下，在最艰难的时候，再坚持一下变成了他活下去的唯一动力。

只要能成功铲除合联社，一切都自然会好起来，韦俊轩用手枕着脑袋，望住天花板暗自幻想完成任务的场景，霎时间他身上的痛苦都统统消失了，心中重新燃起一股战意，是时候重整旗鼓再度出击了。

·第4章·

缉拿毒贩

冤家路窄

夜晚九点三十分左右，NB 的几位探员聚集在皇后大道的兰桂坊酒吧街执行任务。

夜味甜浓不说，偶尔有一扇门被打开，充满摇滚气息的劲爆音乐就会如洪水猛兽般咆哮而来。与之相伴的，还有香槟、可乐和化妆品的味道，中间又掺杂了各种女孩子的笑声跟尖叫，光听着都令人心神荡漾。

程天带着赵盈盈和许修平，伪装成闲聊的路人，已经在街上等候多时。

过了一会儿，一个身材高挑的长发女孩踢踏着高跟鞋“吧嗒吧嗒”地从他们身边走过，拉开一间酒吧的玻璃门走了进去。

“喏，目标来了。”程天天生一副过目不忘的本事，一眼就认出了吴嘉雯。

“这么黑你也能看见？”赵盈盈一脸怀疑地嘬嘴问道。

“当然能，不然怎么做你阿头？”程天扬了扬头，双眼隔着玻璃窗，紧紧地盯着嘉雯的一举一动。

酒吧里，吴嘉雯走到一张桌边，跟两个已经到了的女孩打过招呼，就直接坐了下来，然后向 Waiter 点了单。许修平一直聚精会神地盯着酒吧内的情况，神情凝重地说：“这两个女孩子刚才都嗑了药，红衣服的那个身上还装了粉，现在行动应该会有收获。”

此时的赵盈盈已经等不及了，反问程天道：“阿天，我们现在进去抓人？”

程天仔细扫视酒吧内的情况，摇摇头说：“再等等，看她会不会先吸。”

许修平则笑着说了一句：“我同你赌一百块，她绝对不会吸。”

程天听罢头也不回地骂道：“我又不傻，鬼同你赌。”

此刻的酒吧里，已换成轻柔的音乐与灯光一起流淌，营造出一种微醺的氛围。

吴嘉雯的心情其实并不好，Mandy 的死对她触动很大。她旁边穿黄衣服的 Coco 看她脸色很差，忍不住去拉她的手，低声劝慰道："Man 姐，Mandy 这件事纯属意外，大家都不想这样，你不要难过了。"

吴嘉雯一脸悲伤地摇摇头说："但那天是我们约她出来夜蒲，所以我心里很愧疚，原来吸毒真的会死人啊！"

Coco 和 Kiko 互相对望一眼，纷纷表态道："Man 姐，你放心吧，我们绝对不吸。"

三个人就不再说话了，各自喝着鸡尾酒。

程天在外面等了一会儿，始终没看到吴嘉雯吸东西："行动，务必人赃并获。"

于是由程天负责带队，他们各自掏出了警官证挂在胸前，推开门依次走进酒吧。

Coco 和 Kiko 的位置正对着门口，一眼就看到三个戴着警官证的人走了进来。

二人心里有鬼，立刻站了起来。吴嘉雯奇怪地问："你们怎么了？"

Kiko 神色慌慌张张地对吴嘉雯说："Man 姐，我要去一趟洗手间。"

Coco 连忙接过话头继续道："Kiko，我同你一起去。"

二人说完，便一把抓起手袋匆匆向后门跑去。

程天这个人天生就比较眼尖，瞥见了 Kiko 逃走的时候，有一包东西从她手袋里掉了出来，正好落在吴嘉雯的脚边，于是轻轻拉住正要追过去的修平。

此时吴嘉雯正好一低头看到了脚边的小包，本能地伸手捡了起来。就在这时，她忽然听到有人说："小姐，别动。"

吴嘉雯慢慢转过头，就看见两男一女戴着警官证站在自己的面前。

程天故意咧嘴对她笑了笑说："警察做事，例行检查。"

吴嘉雯一下子认出面前的人来，惊道："又是你？"

许修平从程天身后探出脑袋来，笑着跟她打了个招呼："我们真是有缘。"

吴嘉雯想起泰国的经历，便火上心头骂道："大晚上撞鬼，真是冤家路窄！"

于是 NB 的警员把吴嘉雯请回了警局，现在有三个人坐在口供房里，当事人吴嘉雯则一脸不耐烦地在接受许修平盘问。程天则一边嚼着薄荷糖，一边倚着桌子听二人的对话。

许修平一边进行记录，一边问："我再问你一次，你的货从哪里来？"

就听吴嘉雯大声说："阿 Sir，你都问过我八百几次了，这包货不是我的，我刚捡起就被你们看见了。"

许修平耐心地继续盘问："你口口声声讲不是你的，能是谁的呢？"

吴嘉雯心中断定 K 粉是从 Kiko 的包里掉落到地上的，可她不想出卖自己的朋友，于是嘴硬道："我怎么知道啊，阿 Sir，你在 NB 的事自然由你去查啦，我讲你又不信，还反过来问我？反正货就同我无关啦，如果我有讲半句假话天打雷劈，不得好死！"

程天嚼着薄荷糖在嘴巴里发出嗒嗒搭的响声，然后突然插话道："唉，吴小姐，我们办事讲法律啦，就算你对天发誓，对你的口供依然毫无帮助。"

吴嘉雯简直要被他气哭了，破罐子破摔道："你想要证据就去酒吧搜，调查一下吧里的服务生同客人，或者你去调监控也行。有证据你们不去找，特意抓我回来盘问，我怀疑你公报私仇，故意玩针对！"

程天一点也不生气，笑嘻嘻地说："事先声明，我们警方办案是照足程序了，吴小姐如果你条气不顺，可以去警察投诉科投诉我。我们都想证明你是无辜者，一会儿就带你去验下尿，顺便去你屋子搜查。如果都没发现吸毒的痕迹，你这份口供可信度就会大大提高。"

一听要到家里搜，吴嘉雯明显紧张起来，用哀求的声音说："能不能不去搜我家？"

程天故意指着吴嘉雯大声说："你心虚呀？那我一定要去了！我们会尽力搜索证据，证明你是无辜者，到时别让人以为我对你公报私仇。"

吴嘉雯听他这么说，立马变成一只斗败了的公鸡，身上的气势顿时全无。

两个小时后，吴嘉雯的尿检报告和搜查报告全部摆在程天的桌子上了。

程天瞥了一眼结果，跟自己预判的一样，尿检阴性，搜查也没有发现。

就在这时，办公桌上的电话响了起来。程天看了看号码，抓起了电话，里面立刻传来一个年轻女孩甜美的声音："阿哥，今晚早点过来食饭，老佛爷煲了好多你最中意的汤。"

程天脸上不由自主地洋溢起了温暖的微笑，打电话的人是他妹妹程雅诗，但嘴上依然只能说："知了，不过我今晚加班，你同阿妈先食啦。"

这时许修平刚好推门进来，听到他讲电话，故意大声喊："雅诗，伯母的汤留一份给我。"

电话那边的程雅诗立刻笑了起来，仿佛听见许修平的声音很开心那样。

程天直接白了许修平一眼，又匆匆关照了妹妹几句，挂了电话，回头指着许修平说："喂，汤多够你饮。不过你少同我妹讲事。"

"Yes,Sir！"许修平自然明白这话是什么意思，他把手里的一份 File 递给了程天，"我又查了一遍吴嘉雯的资料，那人叫吴东财，曾经为合联社做过事，后来因为贩毒被逮捕，直接死在了牢里。这些旧文件很多都没有整理成电子版，能查到的就只有这么多。如果需要，我再去翻翻档案袋。”

“有点意思。”程天翻阅完整份档案，最后丢下一句，“修平，你不用查了。”

冤案未明

吴嘉雯跟在弟弟吴柏文的后面，大气都不敢出。在道上，她是泼辣豪爽的 Man 姐，但在亲弟弟面前，她觉得自己只是一个特别失败的大姐。这一路沉默难挨，终于回到了家里，吴柏文用钥匙开了门，先进了屋，打开灯，吴嘉雯也跟着走了进去。房间狭小，装饰和陈设也都很简单，原本井井有条的房间此时有些凌乱。

“差佬来搜过了。”吴柏文闷闷不乐地说，“好在我平时储了点钱，不然怎么担保你？”

吴嘉雯也是满心委屈，但又深感愧疚，只好说：“Sorry，我会尽快还你。”

吴柏文忍不住生气，大声说道：“好了，废话少讲，明天我还要考试，功课还没有温习完，看来今晚又要熬通宵了，以后交朋友小心点，我不希望有一日你好似死鬼老豆那样去坐监！”

吴柏文说完，不等姐姐回答，便走进了房间，砰的一声关上了房门。

吴嘉雯在客厅傻站了一会儿，也回了房间。她换好了衣服之后，在床上躺了一会儿，又翻身从抽屉里拿出来一个相框，里面是父亲抱着年幼的自己和弟弟，往事一幕幕涌上心头。

那是十年前的一天，爸爸答应了晚上要煲猪脚汤吃，她背着溜出去淘气的弟弟往家里跑，想赶在晚饭前回家。然而当她跑到家附近，便看到两个差佬把爸爸押上了警车。弟弟被吓到哭个不停，她也特别害怕。年幼的她并不知道，这远远一望，竟是天人永隔。

后来吴嘉雯听人说，吴东财是因为贩毒才被抓，但她死都不相信。因为她经常听吴东财劝别人千万不要碰毒，这样的人怎会去贩毒？直到后来，她才从社团的叔父口中知道了一个真相，负责抓捕的警察是一名黑警。

与此同时，程天半躺在办公室的沙发椅上，手里捏着吴嘉雯的档案，也陷入了回忆。这个案子程天的印象特别深，因为是他当年入职后办的第一宗大 Case，由此也受到了上面的赏识，亦算是他仕途上的新起点。可没几个人知道，吴东财案才是他心头难以抹去的一块心病。

当年，带程天接手吴东财案的警员叫肥波，可肥波很快就因为涉黑被抓了，手上的多宗案子都被全部推翻。而吴东财家里没有太大背景，虽然他老婆是基爷的表妹，但合联社亦不肯替他出头，导致案情始终没有变化。

其实程天当时就听过不少关于吴东财是替罪羊的传言，后来吴东财莫名其妙地死在了监狱里，很多人都说是被故意灭口。这一切那时看着扑朔迷离，此刻细细回想之后，竟是如此清晰。

次日一大早，许修平跟李志忠就蹲守在 Kiko 家楼下对面的马路上了。

二人把车子停在路边，许修平坐在驾驶室上，李志忠在他旁边疯狂打着哈欠。

“真晦气，死纹龙太能折腾人了。”李志忠张着大嘴用手抹眼泪，还不忘跟许修平大吐苦水，“从酒吧出来又转场过夜总会，跟着又去搭骨，然后又去了游戏厅，整整游了一夜花园。”

许修平双眼紧盯着 Kiko 家大楼的出口，说：“你们真贴身 24 小时跟着他？”

李志忠伸了个懒腰叹息道：“天哥亲自落的死命令，必须寸步不离，就连纹龙去茅厕都要跟。一开始他跟我们不睡觉硬抗，这两天估计玩累了，也开始回家睡觉了，不知他何时去食鱼翅，让我也享下口福，反正可以找天哥报销。”

这时，许修平看到一个女孩子从大楼里走了出来，正是 Kiko。只见她快步走向了街角，跳上了一辆黄色敞篷法拉利。法拉利的驾驶员戴着风镜，穿了一件短袖衬衫，前胸袒露，上面文着一只老虎，此人是纹龙的手下 Tank。

副驾驶位上的李志忠从后座的背包里取出长焦相机，快速拍下了整个过程，然后许修平发动汽车远远地跟了上去。

Tank 停好了车，和 Kiko 搂抱着走进了一家咖啡厅。

许修平把车停到咖啡厅对面，选了一个能透过玻璃窗看到二人的角度，让李志忠继续拍照。

没过多久，许修平忽然看到一个身材高挑的长发女孩快步进了咖啡馆，径直走到了 Kiko 面前跟二人争执起来，这个人正是吴嘉雯。

“意外收获，忠仔赶紧拍。”许修平命令身旁的李志忠拍照。

争吵了好一会儿，吴嘉雯独自离开了咖啡厅。她心里很气愤，可也很害怕。刚才让 Kiko 去向警察澄清，怎料 Kiko 翻脸不认人，而且 Tank 威胁她如果敢乱说话就去找她弟弟吴柏文的麻烦。

其实吴嘉雯来兴师问罪是一时气愤，但 Tank 的威胁正中其命门，让她不寒而栗。

吴嘉雯直接拦了台的士赶回家中，开始收拾行李，很快她听到有人按门铃。

吴嘉雯警觉地从猫眼里看了看，看到按门铃者是 Coco，于是就开了门。

Coco 一进门就赶紧道歉：“Man 姐，Sorry，那晚我不是故意扔下你，当时我吸了点粉，如果我不走被警察抓住了，那我死定了。”

原本吴嘉雯也很生 Coco 的气，但对比 Kiko 的态度，她突然觉得 Coco 的道歉很温暖，于是颇为疲惫地笑了笑说：“傻妹，我根本没怪你，毒品害人不浅，你别继续吸了。”

Coco 看她把衣服一件一件地装入旅行箱，便追问道：“Man 姐，你要去边度？”

吴嘉雯一面装衣服，一面回答道：“Coco，我肯定不能坐监，但更不能连累柏文，所以我打算找个地方避一避风头，去澳门地区，长洲、南丫岛都行，等风声弱了再回来。”

在二人说话之际，门铃又响了起来。

Coco 跑到门口从猫眼里看了看，就看见程天和许修平一前一后地站在门口，胸前都挂好了证件。“Man 姐，门外有两位差佬！”Coco 很是惊慌地说。

吴嘉雯无奈地示意 Coco 开门，程天跟许修平便相继走入屋内。程天进门就看到满地的衣服，非常夸张地说：“吴小姐，你打算着草走佬啊？”

吴嘉雯把手上的衣服一丢，说：“两位阿 Sir，我说了很多次了，我没有藏毒，这件事与我无关，那天 Coco 也在场，她可以替我做证。”

许修平看到她情绪很失控，就耐着性子说：“别激动，我们只是想帮你。”

吴嘉雯相当崩溃的跺着脚说：“你们怎么可以这样，我真的是无辜者啊！”

程天从口袋拿出薄荷罐，倒出一颗糖丢到嘴里：“我怀疑你打算畏罪潜逃，可以依法拘捕。”许修平则从腰后取出一副手铐，把吴嘉雯给铐了起来：“Sorry，例行公事。”

特殊线人

吴嘉雯再次被请回了 NB 的口供房，又坐到她熟悉的那个位子上。

只是这一次，吴嘉雯的情绪更加的低落和焦虑，她恨死面前的两个警察了。

“啪”的一声，程天把今早上李志忠拍的那些照片，直接扔在了吴嘉雯的眼前。

吴嘉雯匆匆扫了一眼，居然是咖啡馆里她跟 Kiko 和 Tank 争吵的照片。

程天暗中观察着吴嘉雯脸上的微表情，开口说道：“这个男人是合联社的小毒贩，你同我讲与他们不熟。”说着，他还专门挑出了一张 Tank 俯在她耳边说话的照片，直接摆在了她的眼皮子底下。

吴嘉雯看到 Tank 的样子，想起他说过要找弟弟的麻烦，顿时心烦意乱：“阿 Sir，我真没有吸毒，那包货不属于我。你们尿检也检了，搜查也搜了，要怎样才肯相信我？”

程天则非常冷静地说：“吴小姐，你被抓到手上有毒品，又认识毒贩，还有畏罪潜逃的迹象，再加上在泰国与毒贩传话，我估计法官都很难相信你是个无辜好市民。”

许修平也在一旁打辅助攻心，他开口道：“吴小姐，你最好别做傻事，万一你坐监了，谁负责照顾你弟弟？就算他不需要照顾，如果有同学骂他大姐是毒贩，你会开心吗？”

吴嘉雯被修平击中心里的软肋，她傻傻地看着面前的照片，久久不愿说话。

程天看她这个样子，走到她身边，从口袋里掏出一罐薄荷糖来递给她：“薄荷糖要不要？”看她没反应，便坐在了桌边上，“如果你不想坐监，办法也不是没有。”

吴嘉雯抬头看看程天，反问道：“你想让我做什么？”

程天与吴嘉雯对视道：“如果你可以帮手抓到幕后毒贩，自然将你无罪释放。”

吴嘉雯听后冷声质问道：“你想让我做线人？”

程天从桌边站起来，又走回了自己的位子上，仔细讲解道：“反正路由你自己选，即使你不当线人，道上但凡有点风吹草动也会当你是我的线人，如果你不跟警方合作把那些坏人一网打尽，你的情况会更危险！”

吴嘉雯犹豫了一会儿，想到 Tank 的威胁，把心一横：“如果我做你的线人，你们能保证我和我弟弟的安全吗？”

程天注视着吴嘉雯，认真许诺道：“放心，警方绝对会保证你们的安全。”

警察局会议室里，程天带着几个组员正坐在白板前开会。白板左边贴着 Tank 的照片，并且画出了他的人物关系图；右边贴着一张地图，上面用红色的棋子标出他主要的出没地点。程天用激光笔指着白板说道：“正如各位所见，这就是目前我们从线人口中获取的线索，Tank 为合联社纹龙手下的大将，对纹龙的生意非常了解，我相信沿着他这条线定能找出合联社一个重要的毒品分销中心。”

随后，程天把激光笔放下，继续开口：“志忠、修平，讲讲你们跟踪的情况。”

李志忠先是清了清嗓子，才非常不爽地说：“Tank 其实特别机警，我跟了他一整天，最后他进了一间酒店式的住宅，在酒店逗留了两个钟头。”

许修平也回忆了一下才接茬说："我们调了这间酒店式住宅的监控，虽然探头覆盖有限，我们还是找到了一些影像。"然后他打开了投影仪，办公室的屏幕上显示一段录像。只见纹龙、大熊在十二楼的走廊走动，然后拐进了 B 座的通道。在楼道拐角，纹龙本能地转头看了一眼摄像头，许修平按下停止键，让画面停留在那里。

程天转头望着李志忠，故意调侃道："大变活人，志忠说好的 24 小时贴身跟呢？怎么让他跑出来了？"

李志忠苦着一张脸挠挠头说："这两天不是我轮班，兄弟们说他除了回家睡觉，别的时候都被我们盯着，我马上去问问。"

程天不想秋后算账，便摆摆手："算了，通过此事更加说明这家酒店不简单。"

赵盈盈看着投影仪的画面，大胆推测道："如无意外，这应该是合联社旗下的毒品分销中心，因为一般酒店式住宅保安都比较严，我们想进去巡视很难，加上还能签短租约，很适合毒贩成立移动式毒品分销中心。"

程天打了个响指附和道："对，为避免夜长梦多，这次我们要主动出击。"

赵盈盈则道出心中的疑虑："程 Sir，我们贸然去搜查可能会打草惊蛇。"

程天十分淡然地说："放心，总会有办法解决。"

酒店式住宅里，Tank 先乘电梯到十五楼，又从楼梯下到十三楼，然后又从 B 座拐回来，最后停在 A 座十二楼的一个房门口。他抬手敲出了两短一长的暗号，有人从里面打开了门，开门之人是大熊。

Tank 看到大熊，先是愣了一下，赶紧走进房间，把门给迅速锁好。

纹龙正在监督小弟们把 K 粉掺进巧克力粉里，再装入小袋中，一个个仔细称重。

"纹龙哥，"Tank 赶紧笑嘻嘻地说，"好几日没见到你了。"

纹龙臭着一张脸骂道："因为有帮死差佬似疯狗一样盯住我，好在有你帮手做事，生意才能越来越旺。"

Tank 心中暗喜，嘴上连忙说："这批货纯度高，超多人想买，很快就卖光了。"

纹龙听后放声大笑，转身拍了拍 Tank 的肩膀："我身边现在就数你最有能力，货全部出完之后，你要第一时间转仓，最近 NB 那边的死差佬发神经，要注意安全知不知啊？"

Tank 自然连连点头，他其实也明白自从少女吸毒坠楼案后，市面上的风声一直很紧，很多老顾客都变谨慎了不少，出货也越来越难。Tank 能听出纹龙的言外之意其实是怪他出货慢了，内心亦因此焦虑不已。

咖啡厅里，Kiko 和 Tank 围坐在一张小圆桌边，桌上摆有两杯咖啡跟两份牛排。Tank 明显心里有事，他无精打采地吃着牛排，漫不经心地跟 Kiko 聊天，突然看到吴嘉雯推开门走了进来。吴嘉雯四面张望了一下，发现了他们，就径直坐到二人的旁边。

Tank 放下刀叉，用纸巾擦擦手，说："阿 Man，你有什么事？需要我帮手吗？"

吴嘉雯想了片刻才撒谎道："酒吧藏毒的事，我今天被审问了，下个月就要正式上庭，如果你要我帮 Kiko 扛，一口价，十万块。"

Kiko 把咖啡往桌上一放，大声反问道："十万块？你不如叫我去打劫银行？"

吴嘉雯仿佛已经预料到答案，她毫不犹豫地说："反正我没钱，又要去坐监，你们逼到我走投无路，我就只能在法庭上把你们给供出来。"

Tank 看她一脸破罐破摔的表情，倒真有点担心狗急跳墙，皱眉说道："十万块不是个小数目。"

吴嘉雯听他话头松动，连忙顺水推舟道："不如我帮你散货，反正我已经栽进去了，做不做都没区别，还不如做点大生意，当帮我弟弟赚学费了。"

Tank 沉默许久才抬头说："最近货虽然比较难出，很多老顾客都中招了，你是生面孔，倒可以试试，不过你别想耍花招！"

吴嘉雯又故作夸张地压低声音说："我岂敢同你耍花招？其实因为我有个澳门地区的朋友，他想拿一些货回去卖，不如我把人介绍给你认识？"

Tank 知道澳门地区的毒品供货商并不缺货源，心里不禁疑惑，皱眉问道："澳门地区？"

吴嘉雯看他犹豫不决，于是说："具体情况，我不太清楚，不过我朋友出手很大方，而且需要的量特别大，所以我才想找 Tank 哥你拿货。"

Tank 虽然觉得有些不妥，但想到纹龙的催促，他最终点头道："好，你负责约人。"

缉拿毒贩

NB 会议室里，古 Sir 与各组的负责人，包括所有的骨干警员全部到齐，在听程天关于专项打击酒吧涉毒案件的汇报。会议室的幻灯片上，正播放着酒店式住宅的照片。

"经过我们近期的专项调查，所有的证据都指向这间酒店式住宅，我们认为里面有一个由合联社全盘操控的大型毒品分销中心。香港地区酒吧的零售毒品，相当一部分都由此处流出，若能捣毁整个分销点，对打击酒吧毒品意义重大，”程天手里拿着激光笔，一边照一边进行补充，“由于这种毒品分销中心流动性较强。所以我们会在近期组织行动，希望各组能予以配合。”

古 Sir 转头望向程天，提问道：“阿天，你打算怎么做？”

程天的视线扫过在场的所有人，他顿了顿开口道：“我们发展了一个特殊的线人，由她负责来穿针引线，我们会安排人假扮毒贩跟对方接触，确定毒品分销中心的具体位置，然后来一招里应外合，将毒贩一网打尽。”

古 Sir 微微颔首，他很满意有程天这样的得力干将，于是直接下令道：“阿天，这次的抓捕行动由你全权负责，各组务必全力配合，到时我希望听到你们的好消息。”

全体警员同时起立，并向古伟聪敬礼，然后齐声喊道：“Yes，Sir！”

酒店式住宅的外面，各组警员已经就位。程天坐在指挥车里，嘴里嚼着薄荷糖。

这几天他加派了人手，把纹龙家前门、后门，连最小的狗洞都给堵住了，纹龙分身乏术，根本无暇顾及毒品分销中心。吴嘉雯那边进展也很顺利，眼下可谓万事俱备，只欠东风了。

程天眯起眼睛盯着车里的显示屏，对着麦克风说：“志忠，你这边什么情况？”

李志忠此时已经换上了一身街头混混装扮，染了头发不说，脸上也化好了装。

程天听到频道里传来他的声音：“天哥，我这边情况正常。”

程天继续冷静地下着新指令：“各单位注意，现在正式开始放饵。”

随着程天下达的指令，频道里不断传来“收到”的回复。光从监视器屏幕上的画面来看，程天能瞧见改头换面的李志忠与吴嘉雯驱车驶入酒店式住宅的地下停车场。

李志忠与吴嘉雯各拎着一个皮箱下了车，看到车库中间的车位上停着一辆贴了防隐私膜的黑色丰田越野车正在发动，Tank 的一名手下守在门口，两个人对视了一眼，直接走了过去。

车门打开，Tank 坐在里面，盯着李志忠反复端详。

吴嘉雯面带笑意指着身旁的人，介绍道：“Tank 哥，他就是从澳门地区来的豪哥。”

李志忠转换成特有的澳门地区腔，随意打了个招呼：“Tank 哥，久闻大名啊！”

Tank 面无表情地冲他招了招手说：“豪哥，你先进来坐，阿 Man 你在外面等。”

李志忠嘻嘻一笑，毫不犹豫地提起皮箱，回头对吴嘉雯说：“阿 Man，你先回车里吧。”接着转身上车，关上了车门。

Tank 紧盯着李志忠的眼睛，大声质问道："拆家我都认识不少，怎么从没见过你？"

李志忠打量着四周的环境，笑着回答道："Tank 哥，我一直在澳门地区很少来香港地区，你不认识我都很正常啦，正所谓一回生二回熟，以后都是好兄弟啦，有钱大家一起赚。"

Tank 又继续问道："既然如此，你在澳门地区捞毒，应该去找 Joe 哥拿过货吧？"

李志忠清楚 Tank 还在试探自己，打了个哈哈说道："Tank 哥，你应该好长时间没去过澳门地区了吧？Joe 哥一早就退休啦，现在 Maso 叔同 Mike 哥最劲，不过 Maso 叔那边风声很紧，Mike 哥以前的人都被抓了，我之前有帮老顾客想买靓货，所以我才过海来找你。"

Tank 听他这么一说，内心的戒备才渐渐解除，笑着一拍李志忠的肩膀："豪哥，以后我们就算自己人啦，你今次准备要多少货？"

李志忠亦跟住哈哈大笑："当然越多越好，按照江湖规矩，我要先验下货。"

Tank 掏出手机解锁，拨了个电话道："送货过来，各种包装的都拿一些。"

指挥车里，程天通过窃听器听到了二人的对话，他拿起麦克风："注意，目标人物拿货下楼，所有人 Stand by！"

过了一会儿，耳机里传来了赵盈盈的声音："收到，目标地点在 A 座 12 楼 1203，保洁员准备行动！"

随后，又马上传来许修平的声音："目标已进入电梯。"

在保安处的许修平将大楼探头的影像连接到了指挥车上。

程天可以看到一个戴着口罩和黑色棒球帽的人抱住一个纸箱进了电梯，他拿起眼前的麦克风："注意，B 组、C 组负责封锁住地库出入口，随时听我指令行动，务必人赃并获！"

此时在地下车库的丰田越野车里，Tank 跟李志忠正在聊一些江湖传说。

过了一会儿，Tank 的小弟把一箱毒品送了过来。

Tank 把箱子打开，只见里面花花绿绿，大包小袋各种款式应有尽有，还散发着一股浓郁的巧克力香味。

李志忠故作惊喜地大声道："厉害，你们的货居然还有朱古力味。"

指挥车里，程天正嚼着薄荷糖，听到李志忠的信号，一把抓起麦克风："鱼已上钩，开始行动！"

早已等在 1203 单位门口的赵盈盈和几个组员听到命令，相互交换了一下眼神，用破门器直接把门锁打破，全数闯进房内，大声高喊道：“警察，全部举高双手，趴在墙上！”

两个正在制毒的毒贩还没缓过神来就被黑洞洞的枪口指着，吓到连忙举起手来，身边还堆着许多袋尚未加工的毒品跟朱古力粉。正在电梯里返回的毒贩电梯升到一半，忽然猛地一晃，卡在了半空。他茫然地抬头望着电梯厢顶上的探头，一时间手足无措。

在地下车库的丰田车上，李志忠把手里的皮箱塞到 Tank 的怀里：“Tank 哥，你手头的货有多少我要多少，按照江湖规矩，这都是订金。”

Tank 打开皮箱，只见里面都是现金，不由得笑逐颜开，他抓起一沓钱正准备要数，李志忠突然掏出腰后的手枪，直接顶住了他的脑袋：“警察，你千万别乱来，否则枪会走火！”

越野车外，Tank 的小弟根本不知道车内是啥情况，仍然老老实实守护在外面。过了一会儿，他看到有一辆小货车开进车库，停在了附近一个车位上，从上面走下来几个穿着搬家公司字样制服的人。

三十分钟后，酒店式住宅门口，大楼居民和来往的行人聚成一团，围观警员们将毒贩一个个押入警车。一群围观者在外围指指点点，有人摇头惋惜，有人兴高采烈。当走在最后的 Tank 也被押上车时，人群更是爆发出非常热烈的掌声。

·第5章·

金蝉脱壳

重获重用

香港地区的白天充满了各种焦虑与喧嚣，夜晚却被另一种慵懒嘈杂所替代，让每个人都染上了一种舒服的倦意。吴嘉雯拉着Coco跑到旺角的女人街开始大逛特逛，明显有要疯狂扫货的趋势。

Coco看着面前兴高采烈的吴嘉雯，忍不住问道："Man姐，你真不打算去安全屋？"

吴嘉雯一脸不在乎地回答道："鬼先去安全屋，死程天安排的那个地方在葵涌，过去要先坐车后搭船，就算警犬去都会荡失啦，但我要返工挣钱啊！"

Coco犹豫了一会儿说："我听人讲纹龙哥派手下到处找你！"

吴嘉雯则眉头紧蹙道："没事，大不了我去澳门地区避下风头。"

Coco见说服失败，只好摊摊手说："Man姐，总之你自己小心。"

两个人边聊着天边走进了一家化妆品店，想要去看看最新款的口红。吴嘉雯的手机突然响起，她一看手机号码，脸色不禁大变。"你先逛，我去接个电话。"吴嘉雯说完，就匆匆地走了出去。

在太子酒吧的办公室内，太子端坐在一张大班椅上，手里拿着烟斗，用异样的眼神看着站在他面前的吴嘉雯。纹龙坐在太子身边，满面的怒容，仿佛要活吃了她一般。

"死八婆，我最憎人食碗面反碗底了！"纹龙指着吴嘉雯的鼻子，非常生气地大骂，"如果不是太子哥保你，我绝对将你按到海里喂鱼！"

太子目不转睛地盯着楚楚可怜的吴嘉雯，长叹一口气道："纹龙，你就算把她活活骂死，那批货也回不来了。”

纹龙听了心里更加气愤，一脸狰狞地对吴嘉雯怒骂道：“八婆，把我的货弄没了，你就要翻倍赔偿，好在你还算有几分姿色，迟点我亲自送你去钵兰街做妓。”

正在这时，门忽然被人推开。基爷火速走了进来，房里的众人连忙打招呼。基爷在门口环视了一眼，然后径直向中间的沙发走去。太子等他坐好，也坐回椅子上。纹龙不敢再坐，只好在旁边站着。

基爷先是看了看如受惊小鹿一般的吴嘉雯，又转头盯着怒发冲冠的纹龙，冷声说道：“你们之间的事我都知道，因为嘉雯是我世侄女，所以我希望诸位不要难为她！”

纹龙听见基爷专门维护吴嘉雯，心中虽然很恼怒，但知道不能发飙，可也咽不下这口气，还是忍不住说：“基爷，吴嘉雯害我手下 Tank 被抓，几十万元的货全让 NB 给扫了。”

“阿龙，你没管好自己手下，仲好意思怪一个小姑娘？”基爷厉声反问道。

纹龙听到基爷的质问，又再次为自己叫屈：“NB 那班人像疯了一样，全天候 24 小时轮流监视我，搞到我都没敢去仓库拿货，基爷再多给我一点时间，几日之后风头过了，我一定把货全出完！”

基爷不等他说完，就直接打断道：“过几日？差佬都搞不定，你怎样做大佬？！”

太子看到苗头不对，转头对纹龙训斥道：“阿龙，快向基爷同阿 Man 道歉！”

纹龙知道自己人微言轻，无可奈何之下，只好向二人赔礼道歉。

“基爷，纹龙已经知道错了，这件事就当过去了，”太子见基爷的脸色缓和了一些，眼珠一转又继续提议，“不过，今次社团损失了不少钱，我建议让阿 Man 留在酒吧做侍应，每个月在薪水里扣，一来对社团有个交代，二来我也不让人欺负她。”

基爷其实也早就想把阿 Man 给留在身边，如今太子的话正中他下怀，沉吟了一下道：“好，嘉雯，你快点多谢太子哥啦。”

吴嘉雯一时间也骑虎难下，只能硬着头皮道：“多谢太子哥。”

太子笑眯眯地打量着她回答道：“不用客气，以后就是自己人了。”

吴嘉雯畏惧太子的目光，连忙告辞道：“基叔，太子哥，没事我先回去了。”

基爷见状微微颔首说：“好，你先回去休息，以后有事随时打我电话。”

吴嘉雯连忙答应，然后宛如逃命那般夺门而出。纹龙直接吃了个哑巴亏，虽然他心中特别不爽，但只能往肚子里咽。过了一会儿，又有人敲了敲门。

“进来。”太子轻声开口道。

随后，推门进来之人是韦俊轩，太子的眼角轻轻一挑。自从泰国内鬼事件之后，韦俊轩的嫌疑虽然暂时洗清，为社团办事也更加卖力，但纹龙借机变本加厉地针对他，一时间竟使他隐隐有了山穷水尽的窘相。虽然太子觉得他为人处世很圆滑，可为稳人心只好暂时将其冷处理。

看到那么多人在，韦俊轩连忙说："太子哥，我有事同你商量，如果不方便的话，我迟点再来。"

太子听后反而招了招手，很洒脱地说："没事，全都是自己人，你进来啦！"

韦俊轩大步走进来，把一本厚厚的账本放在太子身前的茶几上："大佬，这是上个月宝叔、张仔的账，我已经全部收齐了。老李那笔账，他担保这周一定给。"

太子清楚这几本账确实已经拖了很久，纹龙带人去砸两三回铺子都没能收上来，现在听韦俊轩说已经搞定，他还是有点惊讶，于是开始翻阅账本，只见上面数目十分分明，把账本放下笑着说："Turbo，收回的钱分你两成，希望你再接再厉！"

韦俊轩听了似乎十分高兴，他笑呵呵地说："多谢大佬，那我先出去了。"

话音刚落，韦俊轩转身要走，就听基爷说："Turbo，过来陪我们坐一坐。"

韦俊轩应声转身回来，发现纹龙还在一旁站着，他也恭恭敬敬地站在一边。

基爷自然人老成精，连忙打了个哈哈："你们这帮后生别太拘束啦，全部都过来坐吧。"随后，他用手拍了拍身边的沙发，单独命令韦俊轩，"Turbo，你来我身边坐。"

韦俊轩自然不敢推辞，坐到了基爷身边，纹龙则坐到太子旁边的椅子上。

基爷拉住俊轩的手半眯着眼睛问："Turbo，你有没有信心帮社团出货？"

韦俊轩愣了一下，故意反问道："信心我有，但出货不是一直由龙哥负责？"

太子看出了基爷的心思，立马接茬道："这个你不用担心，你有信心就行。"

基爷颇为满意地点了点头，继续对韦俊轩说："你做了这么久古惑仔，整天只负责追数、劈友，辛苦还赚不到钱，实在太浪费人才了，年轻人只要你够狠、有胆色，再加上有我帮你撑腰，想上位易如反掌！"

韦俊轩心里暗自高兴，连忙拱手道："谢基爷，谢太子哥，我一定尽力！"

大家一起开怀大笑，唯独纹龙在暗自不爽韦俊轩被基爷重获重用，只好阴阳怪气地说道："Turbo，我手里面还剩一两百万元的货，你先拿去慢慢卖，不够再找我补货。"

"好，我一定找纹龙哥补货。"说完之后，韦俊轩笑着跟基爷和太子告别往门外走去。

心如刀割

天色渐暗，吴嘉雯独自走在回家的路上。

突然，两个身材高大的人走过来拦住了她。

吴嘉雯先是吓了一大跳，仔细一看原来是程天跟许修平。

程天看她脸色不好，便开口问道："你有事？ Coco 讲你突然玩失踪？"

吴嘉雯抬头对着程天吼道："程天，我拜托你，别整天盯着我行不行？信不信我到投诉科告你性骚扰！？"说完她撇了撇嘴巴，使劲推开二人，快速离开。

程天看着她远去的背影，摇了摇头："小太妹，还好你不是我女朋友。"

许修平则打趣道："话别说太死，世事无绝对。"

程天拍了一下修平的后脑勺骂道："乌鸦嘴，我现在居然有点饿了。"

许修平举目眺望远处，发现有个大排档："过去吃东西。"

程天露出满意的笑容，便丢下一句："许老板付钱。"

于是，二人朝着大排档走去，各自点了不少东西开始狂吃。

另外一边，吴嘉雯回家没多久，因为怕被 Tank 的人骚扰的吴柏文也接着到了家，他最近在准备转学考试，平时很难会这么早回家。

吴柏文直接进了房，把背包往地上一扔，躺在了床上。

"你怎么了？"吴嘉雯连忙追过去问。

吴柏文郁闷地说："你藏毒被抓的事曝光了，校方现在不让我转学。"

吴嘉雯又急又难过，她喃喃自语道："我没藏毒，我明天就去学校澄清。"

吴柏文摇头叹息道："算了，你只能越描越黑，"过了片刻又丢下一句，"我不饿，你自己吃吧，我想先睡一会儿，晚上还要复习。"

吴嘉雯满腹委屈，慢慢地关上了门，眼泪夺眶而出。

另外一边，在太子酒吧的办公室里，太子正和纹龙谈与菲律宾人做生意的计划。与此同时，韦俊轩敲门走进来，把一个皮箱放到太子的办公桌上道："太子哥，上次说的货已全部出完，最近行情不好，我自作主张，给老顾客们打了点折。"

太子快速打开箱子，只见满满一箱的现金，哈哈大笑道："厉害，我果然没选错人！"

纹龙冷冷地质问道："货你卖给谁了？ 200 万元的货出去，市场上居然没动静？"

韦俊轩从容不迫地答道："马来西亚的买家，因为我们货好价公道，所以他们才买。"

纹龙虽然怀疑，但又拿不出真凭实据，只好悻悻地说：“不错，连老外都能搞定。可你私下做主给他们打折，让社团赔了钱，这事怎么算？”

太子直接挥挥手，打断了他：“眼下是能把货卖掉，打个折扣而已，说明俊轩的办事能力很强。”说完他看了看手表：“等下我要去给当家的 Lee 哥拜寿，俊轩你跟我们一起去。”

纹龙听后更加嫉妒，他小声问道：“今天去的都是老大，他怕不够资格吧？”

太子无所谓地说：“没事，先让他见见世面，方便以后谈合作。”

韦俊轩听太子终于让他认识大人物，满怀欣喜地说：“谢谢老大。”

太子带着二人刚走出酒吧，就看到两个警察迎面走来，来者是许修平跟赵盈盈。

许修平瞥了眼韦俊轩，转头对纹龙说：“纹龙哥，你要去哪儿啊？”

纹龙气到鼻子都歪了，大声说：“你天天监视我到底想怎样？”

“阿龙，我最讨厌被狗跟踪，等你搞定了再过来吧。”太子自然瞧在眼里，他现在特不爽，途经许修平身边还故意冷哼一声，再对身旁的俊轩下令：“俊轩我们走吧，记住你等下要多去敬酒。”

纹龙看太子跟俊轩竟直接走了，急得直跳脚，他抬手指着许修平大骂：“我要去投诉科告你！”

赵盈盈眼看俊轩坐上火鸡的那台车急速离去，目光中流露出一丝痛楚。

火鸡的车技一流，十分钟后就到了一家夜总会门口，韦俊轩跟太子下车步入大堂之中，Lee 哥论江湖地位能与基爷平起平坐。韦俊轩首次参与这种大活动，内心自然兴奋不已。大哥们一掷千金的气魄和前呼后拥的架势，更让他大开眼界。

太子特意带他跟大哥们一一打过招呼，点了几瓶酒寻乐子去了，没过多久，就喝了个酩酊大醉，又叫了一个女伴陪着，示意韦俊轩去叫火鸡准备开车。

韦俊轩扶着太子上车，太子拉住他的手，将那名女伴拉过来，往他怀里一推，满嘴酒气地说：“俊轩，出来混社会，自然不能太拘谨，让她陪你喝！”

韦俊轩见太子喝醉了，知道不能推托，唯有一笑，把女孩搂在怀里：“多谢太子哥。”又嘱咐了开车的火鸡几句，目送车子远去。

就在这时，他听到一道声音在背后响起：“韦俊轩，你太令我失望了！”

韦俊轩徐徐转身，说话的正是赵盈盈，眼下的情形让他不知所措。

韦俊轩身边的女孩，打量着不远处的赵盈盈，嘲讽道：“她是你的女朋友？居然如此泼辣，你该不会喜欢这种男人婆吧？”

韦俊轩故作潇洒一笑，然后对赵盈盈说："喂，你听清了吧？有人叫你男人婆，根据相关法律这应该不算侮辱警察吧？我这个良好市民马上要回家了，没事别打扰我。"

赵盈盈气到浑身发抖，紧咬着下嘴唇，一时间也无话可说。

韦俊轩见她那双倔强的大眼睛里泪光闪现，内心其实十分不忍，还是狠下心肠说："赵盈盈，你居然还有脸来纠缠我？我们之间早结束了！"说完，他带着女伴离去。

此时许修平匆匆赶来，远远看到赵盈盈傻愣在原地，心中如同打翻了五味瓶。

许修平慢慢朝她走去，然后故作轻松地问："盈盈，你见到俊轩了？"

话音刚落，赵盈盈用手擦掉眼泪："我当初怎会爱上他这个混蛋？"

许修平沉默了一会儿，叹息道："我送你回去。"

现在已是深夜，马路上行人稀少。偶尔有一辆车驶过，又马上消失在黑暗之中。

许修平专心开着车，载着赵盈盈穿过一条条小巷。

许修平率先打破沉默："俊轩这么做肯定有他的苦衷吧。"

赵盈盈深吸好几口气道："修平，你别替他说好话了！"

许修平也唯有安慰道："车上有纸巾，你想哭的话就自己拿。"

赵盈盈忽然破涕为笑，对身旁开车的人说："修平，谢谢你。"

许修平也边开车边调侃："又哭又笑，你当自己最佳影后？"

赵盈盈翻了一个白眼，心情好了不少。她摇下车窗，任晚风扑面而来，把头发吹散的瞬间，若那些愁绪也能随风而散多好。

许修平侧过脸对赵盈盈说："你别吹风了，当心感冒。"

"好，我不吹了。"赵盈盈把车窗摇起来，车内陷入了短暂的安静。

许修平继续驾车在马路上狂奔，赵盈盈则看着窗外的风景无心说话。半个小时后，许修平把车停在一栋楼房前，他开口道："盈盈，你洗个澡就休息吧。"

赵盈盈解开身上的安全带，推开车门之后，还不忘丢下一句："晚安。"

许修平也温柔地对车门外的人道："晚安，快上楼吧。"

于是，在许修平的注视下盈盈搭电梯上了楼，直到一个窗口亮灯，他才开车离去。

金蝉脱壳

同一时间，韦俊轩刚回到太子酒吧，他深吸了一口气，推门步入房间。只见太子独自坐在大班椅上，嘴里叼着烟斗，手里捏着酒杯，似乎正在出神。还没等韦俊轩开口，太子立刻放下烟斗，笑着招手说：“Turbo，过来坐！”

韦俊轩心头一宽，摆出一副受宠若惊的样子，赶紧坐到太子身边。

“大佬，有何吩咐？”韦俊轩满脸笑意地问道。

太子先从茶几下面又拿出一个酒杯来，倒了半杯香槟，递给韦俊轩：“我手底下，数你最机灵，废话也不多说了，过几日有笔交易我想让你试试，如果你能搞定，以后社团的毒品生意也让你负责一部分，你跟纹龙一起做，当我的左膀右臂！”

韦俊轩先愣了愣神，便皱眉道：“大佬，我怕纹龙哥会有意见。”

太子连连摆手叹息道：“他被差佬盯上了，而且你比较聪明，我很看好你。”

韦俊轩连忙出言感激：“多谢大佬，我一定会好好努力！”

深夜时分，韦俊轩离开了太子的酒吧，回到自己的家中躺在床上，他拿起手机，从通信录内找到一个名为保险佬的联系人，发了一条短信：“有什么保险推荐？”

片刻后，对方打了回来，就听电话里问：“你想买人身险或者财产险？”

韦俊轩压低声音说：“阿天，明晚流浮山有交易，我能否上位在此一举！”

程天想了许久才开口说：“我帮你买份人身险，不过你千万要注意安全。”

韦俊轩极为自嘲地笑了几声：“阿天，现在真正关心我的只剩你了。”

程天先是短暂沉默，又安慰道：“你现在做 UC 属于特殊情况。”

韦俊轩用手揉了揉鼻子，调侃道：“上次你帮我做的账不错，太子很满意。”

这话直接让程天炸毛了，他佯装发火怒骂道：“死仔，你们社团的账是做得不错，你自己的账就一塌糊涂。上回动用了 100 多万块经费帮你出货，这笔钱又少了几万块，你这漏洞比渔网还多，古 Sir 若发现又要让你写报告了。”

韦俊轩听见程天在吐槽，他笑着回应：“大佬，有你帮手，万事无忧。”

程天也知道他的难处，自然不再多说。二人又闲聊了两句，便挂了电话。

收线之后，韦俊轩把通话记录和短信息全部清空，心里亦安稳不少。

次日晚上八点，韦俊轩和吹水准时驱车向流浮山驶去。

与此同时，在路边某个电话亭里，有一个人拨通了 NB 的电话。

今晚程天故意把人手都安排去盯太子跟纹龙，他刚想准备下班回家，赵盈盈就打电话过来：“阿天，我们刚才接到举报电话，今晚十点流浮山有一大批货上岸交易，我和修平正赶过去！”

程天吃了一惊，不动声色地说：“把位置发我，没我的命令，你不可轻举妄动。”

赵盈盈嘴上答应，却向许修平使了个眼色。许修平心领神会，加大油门向流浮山开去。

举报者声称这批毒品数量庞大，负责交易的人叫韦俊轩。一想到韦俊轩越陷越深，二人的心中都火急火燎，均想赶在本次交易之前进行阻止，好劝韦俊轩迷途知返。

流浮山渡口，韦俊轩为避免出现变数，故意将交易时间提早了一个钟头。他看着毒贩们把一箱箱的货从船上搬运上岸，然后挑了几个箱子，打开了箱盖。只见里面一包包排放整齐的咖啡粉，往下仔细翻一翻，便会发现藏在下面的白粉。

吹水此时不知道去了何处，韦俊轩亲眼看着毒贩们急急忙忙地搬了半个小时，才把货全部搬上车。钱货两清之后，韦俊轩发动货车驶上了返回的路线，一切顺利到让人难以想象。

忽然之间灯光闪烁，一辆黑车从夜色中冲出来，开始狂追韦俊轩的货车。

韦俊轩怕遇上黑吃黑，连忙急踩油门，小货车风驰电掣地沿着高数公路疾驰。他一边驾车狂奔，一边在心中犹疑，还是没想明白什么地方有问题。一念至此，他猛打方向盘，冲下了高速匝道。

许修平和赵盈盈看到韦俊轩的车子已在返程的路上，心里更是着急不已，知道一旦放韦俊轩回去后，那他以后想回头就难了。二人一样的心思，加大油门追了下去。

另一边，程天接到赵盈盈的电话，就急忙驱车赶往流浮山。

一路上他先后给赵盈盈打了好几个电话，对方始终不接。

许修平看赵盈盈一直不接电话，暗暗觉得不妥，但他们一样的心思，都是宁肯被上司处分，也要截住韦俊轩，让他悬崖勒马。

不过，赵盈盈的手机叮咚一声，显示出一条程天发来的信息，只见上面写着："停止行动！另有部署！立即回电！"

赵盈盈连忙让许修平停车，就在停车的片刻工夫，韦俊轩已驾车火速逃离。

赵盈盈拨通了程天的电话，就听程天在电话里说道："刚才古 Sir 说海关也接到了线报，而且已经在路上设了卡，要我们进行协助。我把位置发给你们，你们立即过去。"声音里竟罕见地有些焦急。

许修平和赵盈盈相视一眼，重新发动车子，向海关设卡的地点驶去。

等二人的车子开到关卡时，程天一早就到了。韦俊轩的货车打着双闪灯停在关卡旁边，一名海关督察正指挥着几个关员将车厢里的货物一箱一箱地搬出来，还有几名关员牵着缉毒犬围着车巡查。

许修平和赵盈盈向程天打过招呼，三人看着海关关员们熟练地开箱查验，各怀心事，谁也没有说话。

约莫一个小时后，负责查验的关员示意可以放行。然后就看见韦俊轩面无表情地挥了挥手，发动了汽车，穿过关卡扬长而去。

海关督察向程天走了过来。

“Sorry，辛苦你们白跑一趟。”督察满怀歉意地对程天说。

程天还没说话，赵盈盈先疑惑地问：“没搜到毒品吗？”

督察耸了耸肩膀，回答道：“只有咖啡粉和奶粉。”

程天、许修平、赵盈盈相互对视，皆松了一口气，但三人心中所想却各不相同。

此时，在某条僻静的小路上，吹水正开着一辆货车，慢悠悠地驶入了深不见底的夜色中。

往事重提

镜头回到太子开的那家酒吧里，香甜四溢、纸醉金迷。太子、纹龙坐在一间包房的真皮沙发上，手里都拿着酒杯，正在听韦俊轩讲如何巧用金蝉脱壳之计骗过 NB 和海关双重稽查的过程。

原来韦俊轩早就料到出货当晚必定事多，提前让吹水又开了一辆小货车在高速下面接应。在被警察追缉时，他特意开下高架，甩开警察与吹水会合，迅速把货换掉，然后重新上路引开警察和海关，等海关查验之际，吹水已载着货从另一条路返回。

当太子听韦俊轩讲到警察和海关十几个人，四五条狗，乘兴而至败兴而归时，忍不住放声大笑，轻拍着俊轩的肩膀说：“Good，我果然没看错人，后来的交易如何？”

韦俊轩把身边的皮箱放到茶几上：“非常顺利，钱都在箱里。”

太子迅速打开皮箱子，看着里面满满的现金，不由得眉开眼笑。他随手抓起一小卷捆好的钱，扔到韦俊轩的怀里道：“这钱拿去给吹水，他今晚也算立大功了。”

韦俊轩深知太子的为人，把钱往怀里一揣，并感激道：“多谢大佬。”

太子转头对纹龙道：“阿龙，你总说 Turbo 没经验，但他这次比你强。”

纹龙虽然特不服气，但也只能点头称是，不敢驳了老大的面子。

韦俊轩故意皱起眉头，慢悠悠地对太子说：“大佬，这次的事有点蹊跷，不但 NB 和海关都出动了，而且恰好在我们送货的路线上设了卡，若不是我临时把交易时间改到 9 点，恐怕就被警察给抓了，这事实在过于巧合，我怀疑有人故意走漏了风声。”

纹龙听后把酒杯往茶几上一放，冷嘲热讽道：“Turbo，整个社团要说可疑，就数你跟那个吴嘉雯最可疑，你们常跟差佬搞在一起，鬼知道是不是你自己说漏了嘴？”

就在这时，正好吴嘉雯进来送酒。纹龙见她看都不看自己一眼更是生气，一把抓住她的手腕说：“阿 Man，你整天跟那个程天见面，昨天的事是你泄密了？”

吴嘉雯被他抓住，不敢挣扎，只能忍痛辩解说：“我没有！”

太子笑眯眯地一边饮酒，一边扫视吴嘉雯包裹在制服里的火爆身材：“纹龙，你不要吓阿 Man，你先出去吧，纹龙哥跟你开玩笑呢。”

纹龙见太子都开口了，只好放开吴嘉雯，看着她飞快地夺门而出。

太子又给纹龙和韦俊轩倒满酒，低声劝解道：“我们社团人多嘴杂，也许是某个小弟喝高了无意中说漏嘴，反正现在没什么大事，也就不要过度追究啦！”

随后，太子率先举起了酒杯，韦俊轩跟纹龙自然也拿起酒杯与其庆祝。

吴嘉雯从包间出来，只觉得委屈又苦闷，正好该下班了，便换了衣服回家。

回到家里，吴嘉雯做饭时还在胡思乱想，想到自己的处境，又是愁云满面。

许久之后，她的弟弟吴柏文回来了，只见吴柏文满面喜色，嘴里还哼着歌。

吴嘉雯强作笑脸，小心翼翼地问：“弟弟，今天心情这么好？”

吴柏文笑着对面前的人说：“王 Sir 找我谈话了，说我能去纳莎念书了！”

吴嘉雯惊喜交加，简直不敢相信，连忙问：“为何纳莎突然又肯收你了？”

吴柏文想了想回答道：“王 Sir 说有人去过纳莎跟校长澄清，上次的藏毒案与你无关，而这人以前是纳莎书院的优秀毕业生，连校长都很欣赏，学校才相信了，”他又过来拉着吴嘉雯的手，“Sorry，我前几日心情不好，老是顶撞你。”

吴嘉雯眼眶一下子湿了，笑骂道：“小傻瓜，你快去换衣服，马上开饭。”

看吴柏文欢天喜地地进了房间，吴嘉雯用手机给弟弟的班主任打了个电话。

太子酒吧里，韦俊轩喝到烂醉，由吹水送回家，太子、纹龙依然喝个不停。

太子自然清楚纹龙不服气，他苦口婆心地安慰道：“阿龙，论资历，你确实比 Turbo 高，你在我身边这么多年，我当然更信你，但社团的规矩最忌讳同门相残。”

纹龙借酒撒疯，破口大骂道：“死 Turbo，我总有一天要打败他！”

太子拍拍他的肩膀，继续开解道：“出来混，起起落落很平常，Turbo 能做事，你就多给他点事做。你一直跟他针锋相对，如果出了岔子，到时基爷要家法伺候，我也保不住你。”

纹龙听了之后又恨又怕，嘴上随意敷衍答应，但内心更想弄死韦俊轩了。

第二天中午，程天正在办公室里忙着帮韦俊轩做账，忽然接到吴嘉雯的电话。只听吴嘉雯没头没脑地说：“程 Sir，我在你们总部楼下的佳记冰室等你，限你一分钟内出现！”

程天以为吴嘉雯又遇到什么麻烦，连忙收拾好文件下了楼。一路小跑到佳记冰室里，吴嘉雯已经在里面坐着了，并点好了饮料和茶点。“出什么事了？”程天喘着大气问道。

吴嘉雯见程天关心自己，更是暗自高兴道：“程 Sir，我今天是专门来感谢你啦，我打电话去问过柏文的老师，知道是你特意去为我澄清，所以阿文才能转学成功。”

程天头一次见她这么客气，反而很不适应：“小事而已，藏毒案你本来就是无辜者，再说柏文能顺利转学，是因为学校看他学习用功，特别出具了一封推荐信。我没出多少力你不用谢我，去谢你的小姐妹 Coco 吧，如果不是她跟我说起，我根本不知道此事。”

吴嘉雯听后笑了起来，一双大眼睛闪闪发光，出言调侃道：“你这人真奇怪，别人都是给了一点好处，就生怕对方不知道，你做了这么多事，却推个一干二净。”

二人有说有笑，气氛十分融洽，怎料全被一路跟踪吴嘉雯的火鸡看在了眼里。晚上轮到吴嘉雯值班时，火鸡突然过来说基爷叫她。吴嘉雯想到昨天在包厢里的事，小心脏怦怦乱跳，跟随火鸡进了基爷的包厢。

偌大的包厢之中，基爷独自坐在沙发上泡工夫茶，看到吴嘉雯进来，他让火鸡出去守着，又独自喝了一杯茶，突然说：“我听说你最近跟那个叫程天的警察来往很密切？”

吴嘉雯连忙摇头否认：“基叔，我只是跟他吃个饭而已。”

基爷把茶杯一放，紧接着长叹一声，缓缓地说道：“阿 Man，你妈我当她如亲妹妹，临终时她托我要好好照顾你，不过你也要听话，这个程天在 NB 做事，你万万不可跟他太过深交啊！”

吴嘉雯听基爷这样一说，内心充满了意外跟疑惑，并不知道该如何回答。

基爷犹豫了很久，然后盯着她的眼睛说：“唉，当年抓你爸的两个差佬，一个叫肥波，另一个就叫程天！”

吴嘉雯听着基爷丢出的重磅消息，只觉得耳边轰隆一声巨响，整个人直接傻愣在原地。

·第6章·

危急时刻

死亡陷阱

雨下了一整夜，反而让人觉得香港地区更加神秘。黑白的冲突被淡化，灰色成了主调。

位于西九龙的一间特殊安全屋里，古Sir、程天和韦俊轩面对面坐着。简短的常规问讯之后，古Sir组织好语言问："听说合联社在跟一帮菲律宾毒贩接触，你有收到什么消息？"

韦俊轩先是舔了舔下嘴唇，才摇头回答道："我有所耳闻，但此事由纹龙全盘负责，我根本插不上手，只知道毒品是从他的一个分销中心加工好，然后直接出货给买家。"

程天挠几下额前的头发，追问道："有没有办法找出这个毒品分销中心？"

韦俊轩仔细想了好一阵，淡淡地说道："我听说他有一个情妇，跟他联名买了好几个物业，可能被用来放货也说不定。"

古Sir跟程天对视了一眼，说："这批毒品数量很大，上面非常重视，对你以后归队升职很有帮助。"

韦俊轩自嘲地笑了笑，下意识地调侃道："古Sir，在我卧底的三年时间内，你这句话我至少听了一百多次，结果不还是现在这个样子？反正你是大长官，说什么就是什么了。"

古Sir看他心情不好，沉默了一会儿道："你最近的账做得很好，再接再厉。"

夜里，韦俊轩辗转难眠，他拿出手机给备注为"保险佬"的程天打电话："我想搏一次。"

程天连忙劝阻道："俊轩，你别冲动，反正你也挨了那么久，不应急于一时啊！"

韦俊轩笑着反驳道："富贵险中求，不冒险怎成大事？你放心，我自有分寸。"

次日一早，韦俊轩处理好手上几个收账的事情，早早地赶到太子酒吧。太子和纹龙正在谈最近几天跟菲律宾人交易的事，看到韦俊轩来了，也不刻意回避，直接叫他坐下一起讨论。

太子的心情特别好，笑吟吟地说：“最近香港地区的风声虽然紧，但菲律宾那边倒没受什么影响，要的货比平时还多，今次交易如果顺利进行，不光前几次的亏空可以补回来，社团还能大赚一笔。”

纹龙便接茬抱怨道：“大佬，菲律宾人只会说英语，沟通起来太难了。”

韦俊轩听到纹龙的话，心中灵光一闪，转头直接对太子提议道：“大佬，我最近比较清闲，不如我来帮纹龙哥打打下手，一来算为社团出一份力，二来也向纹龙哥取取经。”

太子用手一拍大腿，当即大喊道：“好，纹龙有经验，你又懂英文，两个人一起合作，事成之后我会好好奖赏你们。”转头又对纹龙下令，“纹龙，你多分些事给 Turbo 吧，不然你要把自己累死了。”

纹龙脸上肌肉一抽，冷笑着说：“好，既然他想学，那就再好不过了！”

于是由大熊开着一辆货车，载着纹龙、韦俊轩、吹水进了沙田火炭工厂区的一栋工厂大厦，车子最终停到了地下停车场。纹龙对韦俊轩冷冷地说：“到了，你不是想学出货吗？我肯定会好好教你，”转过头又命令吹水，“吹水你在原地待命，我带你老大上去看看。”

纹龙和大熊带着韦俊轩到了工业大厦的 905 号房。

大熊掏出腰间的一串钥匙，先打开一层厚实的大铁门，又打开了一扇防盗门。当他打开最里面的木门后，韦俊轩突然感到一股冷气扑面而来，忍不住打了个哆嗦。过了会儿，大熊穿着一件棉袄探出头来，还分别递了一件到他和纹龙的手里。

韦俊轩走进房间，就看见房内墙壁上几个冷风机不间断呼呼地吹着，发出嘈杂的嘶嘶声；房里立了三个大冰箱，都在大功率运作，嗡嗡作响；房顶四角装满了摄像头，不时自动调整着角度。

纹龙闷声无语地带他走进里面的包装间，就看见几个穿着厚实的工人正忙碌地在案板上称量、包装毒品。

面对着门的一个工人看到纹龙进来，冲他竖起大拇指表示一切正常。

纹龙仔细检查了机器运转的情况，清点完成品的数量，又抽检了一些毒品的重量，看到一切正常，便向那个工人打了个手势，慢慢退出了房间。纹龙跟韦俊轩脱掉棉袄，由大熊归还原位。

纹龙冷着脸对韦俊轩说：“到时我们就在这交易，然后直接把货运到码头。”

“明白，多谢龙哥指点。”韦俊轩在一旁回答道，心中却另有一番打算。

在警察局 NB 的会议室里，古 Sir、程天和各位组员正围坐在一起观看幻灯片。幕布上显示着工厂大厦的整个外貌、通道、车库等情况，开始由不同组员轮番汇报调查结果。

李志忠一边转着笔一边开口说：“我假装买房客上门勘查过，905 这个单位的产权人叫琳姐，以前是一名地产经纪，后来她做了纹龙的情妇，这间房已经空置了半年多。”

许修平翻阅着面前的文件夹，他徐徐说道：“根据我们监控 905 房的视频和房内灯光情况，能确定晚上基本没人住，但白天经常有很多人同时出入，并且会逗留很久，其中两个是纹龙和他的手下！”

赵盈盈等许修平讲完，才继续进行补充：“我在物业公司咨询过，这个单位每月的用电量很大，光电费都要两千多块，前两天还买了一批电子秤、塑料袋和封袋机之类的包装工具及用品，很显然是一间毒品分销中心。”

程天等大家讲完之后，拍了拍手掌道：“Good，根据可靠线报，这几天合联社的纹龙跟 Turbo 会在 905 号房与菲律宾毒贩交易，接下来要全天候严密监控这个单位，随时准备抓捕毒贩。”

古 Sir 进行了大总结：“辛苦各位伙计啦，我们还要继续努力，争取人赃并获！”

所有的警员同时站起来，齐齐敬礼道：“Yes，Sir！”

只不过事出无常，自从纹龙带韦俊轩看过一次工厂后，一连三天都没半点动静。

韦俊轩心中虽然焦虑无比，但他也无可奈何，毕竟心急吃不了热豆腐。

直到第四天中午的时候，韦俊轩正在太子的夜总会里和一帮小弟赌纸牌，忽然看到纹龙神色匆匆地走过来，连忙散了牌局问道：“纹龙哥，你有事啊？”

纹龙面色阴沉地回答道：“菲律宾的人来了，你跟我一起去招呼他们。”

韦俊轩心中一阵狂跳，脸上露出欣喜的表情：“好，我先去放个水，马上回来。”

说完他快步转身进了包间里的厕所，迅速地掏出了手机用指纹解锁，找到“保险佬”，发了一条短信，内容只有一个“买”字。

危急时刻

正午时分，阳极生阴，视为大凶。

NB 的指挥车正停在工业大厦旁路边的临时租车位上，程天和许修平正吃着泡面，还要同时紧盯电脑的显示屏，屏上显示的是工业大厦各个探头的画面情况。

突然，程天的手机震了一下，他从裤袋里掏出手机，看到短信内容只有一个“买”字。程天把手机放回裤袋，抓起面前对讲机命令道：“所有人准备，行动即将开始！”

埋伏在四面八方的组员们纷纷回应，李志忠开着一辆黑色旅行车载着几个组员停在了大厦对面的一个车位上。赵盈盈负责开着一辆白色轿车，载组员进入大厦的地下车库。过了一会儿，就听见李志忠在对讲机里说：“天哥，老板已经入座。”

一辆货车出现在探头的画面之中，径直开进了地下车库。

大熊把车停好，拿出一个密实袋，伸向韦俊轩：“手机。”

纹龙抢先把手机扔进了密实袋内，阴阳怪气地说：“请遵守业内行规。”

韦俊轩无可奈何，只好把手机也放进去。大熊收起二人手机后，三个人先后下车。

对讲机里传出赵盈盈的声音：“目标已下车。”

905 号房门外，大熊像上次一样打开了三层大门，先进去拿棉袄。紧接着纹龙和韦俊轩穿好棉袄，才依次走进房间。韦俊轩刚一进门，就听见“咔嗒”一声响，原来大熊在背后把门反锁了。这让他心头也是“咔嗒”一响，突然意识到最致命的问题，室内只有他们三个人，根本不存在所谓的菲律宾买家。

韦俊轩缓缓转过身子，故作镇定地问：“菲律宾人呢？怎么没见到？”

就在这时，大熊怀里的手机发出了巨大的震动声。

大熊把密实袋递给纹龙，只见韦俊轩的手机屏幕闪烁，显示出收到一条来自“保险佬”的信息：“强积金按计划入账？”

纹龙小心地把韦俊轩的手机拿出来，擦了擦屏幕凝结的水雾，嘴角露出凶狠的笑容：“Turbo 哥，你可真是公务繁忙，现在还有人找你谈保险。”他想看看短信的详细内容，结果一点屏幕发现要指纹解锁，便掏出枪指着俊轩的脑袋，“乖乖配合我解锁，不然我一枪打死你！”

韦俊轩深知大事不妙，虽然被枪指着脑袋，但他还是奋力向纹龙扑去。

可身上穿着厚棉袄，动作十分笨拙。大熊在一旁早有准备，用擒拿手把他放倒。

纹龙强行抓住俊轩的大拇指将手机解锁，快速回了条短信给保险佬：“再等等。”

随后，纹龙继续用枪指着地上的韦俊轩，恶狠狠地说：“韦俊轩，我本想把你关在这里活活冻死，可我现在决定亲自捆你回去，让太子哥跟基爷家法伺候，我还能踏着你的尸体上位！”

此刻在 NB 的指挥车里，程天掏出手机看完短信，拿起对讲机：“全 Hold 住。”

而在 905 室里，韦俊轩被大熊扒到只剩下一条短裤，拿出事先准备好的绳子把他捆住，还不忘顺带捡起地上的袜子堵住他的嘴，超强的冷气让韦俊轩直打哆嗦。纹龙依然右手持枪指着他的头，他抬起左手看了看手表，命令大熊跑过去拆下窗玻璃。

韦俊轩才发现窗外正停着一架电动的吊船，包装间里的工人闷声不响地把一箱箱毒品，连同韦俊轩一起搬上了吊船。然后纹龙和大熊也爬上来，开动吊船朝地面降了下去。

韦俊轩看到他们正好处在两栋大厦中间，只要不走到楼下根本无法发现这架吊船。他有心想发出一些警报，却因事先被大熊用袜子塞住了嘴，只能从喉咙里传出特别细微的呜呜声。

另外一边，坐在指挥车里的程天有些烦躁，他很快再次收到一条短信：“即刻入账。”

程天把指挥车交给许修平，抓起对讲机跳下了车，直接命令道：“Action！ Team A 跟我上楼，Team B 负责守住出口。”

李志忠带队的 A 组立刻跟着程天向目标大楼入口奔去，B 组则向各个出口聚拢。

赵盈盈内心焦急如焚，留下组员搜查货车，自己开车冲出了车库。

就在 NB 组员忙于调动时，一辆永通物流的厢型车从隔壁大楼通道里开了出来，正好经过赵盈盈的车前，然后穿过一个侧门开上了街道，又拐了一个大弯，以最快的速度离去。

905 门外，程天果断地命令破门。但众警持枪冲进去，里头早已空空如也。

李志忠锤了几下墙面，特气愤地说：“这帮扑街毒贩真狡猾，居然让他们跑了！”

程天立刻注意到面前的一块玻璃上有些指纹，两条吊索一荡一荡地垂在窗外。他快步走过去，轻而易举地取下了玻璃，把头伸出窗外一看，只见一个吊船正停在下面的停车场上。

“修平？刚才有没有可疑车辆出入？”程天立刻打开对讲机问。

“有一辆永通物流的货车经过。”许修平回答，接着报出了车牌号。

赵盈盈听到对讲机里的对话，心头一跳，一踩油门，向厢型车的方向追了过去。

程天的脑中灵光一闪，立刻命令：“马上通知交通组，追踪那辆车！”

交通组通过天眼锁定了目标后没多久，赵盈盈已经追上了纹龙的那台车。她尾随着对方驶入了货柜码头，远远看着前车停在了三个菲律宾人的面前，停车报告说：“阿天，目标已经接触。地点葵涌码头八号货柜。”

不一会儿，程天直接回复道：“盈盈，你原地待命，等待支援！”

只见纹龙下了车，跟菲律宾人指手画脚地交流了一会儿，又指挥车厢里的工人把毒品搬出来。

赵盈盈看他们动作极快，又跟程天报告：“交易快完了，请求立即行动！”

结果她刚说完，就被接下来看到的景象惊呆了，只见车厢内的木箱搬空，露出一个赤条条被捆绑着的男人来，这个人正是韦俊轩！

此时，大熊负责关上了车厢门。三个菲律宾人中，两个开始开箱验货，一个回到船上搬下两个大皮箱来。

纹龙看到了皮箱，极度兴奋地冲菲律宾人手舞足蹈，两人一起放声大笑。

赵盈盈扔掉对讲机，迅速检查了一下手枪，跳下车大声喊：“不许动，警察，你们已经被包围了！”

几个菲律宾毒贩大吃一惊，茫然地停下手中的动作。

纹龙自然是个老奸巨猾的存在，他故意大叫道：“就她一个人！”于是，他掏出手枪朝赵盈盈开枪。

三个菲律宾毒贩见状也各自掏出枪，赵盈盈开枪打倒一个毒贩，立马来一招飞身鱼跃，成功躲过了纹龙的子弹，藏身于一个水泥墩后面。毒贩人多势众，纷纷用枪朝水泥墩进行疯狂爆射，一时间石屑火花乱飞，密集的火力压制根本让她抬不起头来。

就在这时，随着激烈的刹车声响，四五辆车冲上码头把毒贩围住。

众警员齐齐持枪冲下车，一阵齐射将连带大熊在内的几名毒贩打倒在地。

赵盈盈趁机站起来举枪射击，看见纹龙矮着身子爬进了厢型车的驾驶室。

赵盈盈单闭上右眼进行瞄准，随后扣动扳机射出子弹，结果打到了车门上。

纹龙成功发动汽车，不顾一切地朝前猛冲，眼看着就要硬闯出警方的包围圈。突然程天开着指挥车如战神下凡那般冲上码头，砰的一声重重撞在了纹龙的车头侧面。纹龙的车瞬间失去平衡，直接冲进了海里。

赵盈盈一声惊呼，来不及细想，扔下手枪后，朝前飞奔了几步，纵身跳下海里。

许修平远远地看见赵盈盈跳海，大惊失色，他也狂奔到岸边，跟着跳了下去。

疯狂赌命

葵涌码头的缉毒大案，警方大获全胜。这条新闻迅速占领了各大电台的头条，街上的电子显示屏都在播放相关视频。

“死差佬！”太子夜总会的包厢里，电视机刚刚播放完一期娱乐节目，忽然跳转到关于葵涌码头缉毒案的报道，气到正在看电视的他火冒三丈，失态地骂出声来，“基爷，NB 那帮死差佬又毁了我们一批货，连纹龙跟大熊也死了！”

基爷正坐在他旁边喝茶，听见他的话，突然皱眉问道：“还没有 Turbo 的消息？”

吴嘉雯正站在基爷身旁，帮他洗着茶杯。看到程天的专访部分，想到父亲含冤惨死，心中暗暗生恨。一时间三个人各怀心思，房间里一阵沉默。

此时在警察局 NB 口供房里，程天正给韦俊轩录着口供。

韦俊轩想起自己不久前与死亡擦肩而过，至今心有余悸，又想到赵盈盈不顾危险跳海救自己，心情更加复杂，沉默了一会儿，幽幽地说：“这次我欠了盈盈一条命，也不知怎么还她。”

程天持笔飞快写着面前的口供词，然后随意接茬道：“她和修平一样，都认为你本质不坏，只是一时行差踏错，以后肯定还会重返正道，所以你绝对不能辜负这份信任。”

韦俊轩知道程天在借机敲打自己，主动岔开话题：“我现在回去风险很大，你有什么安排吗？”

程天头也不抬地回答道：“我和古 Sir 商量过，现在知道你身份的人死了，我们决定任务继续进行，毕竟你已经花费了那么多心血，也有了大进展，就此放弃实在可惜。”

韦俊轩听后，突然觉得又心酸又愤怒，说：“你们还在乎我的死活吗？也许纹龙已经把我是卧底的事告诉太子了。”

程天放下手中的笔，望着对面的韦俊轩道：“这点我们考虑过，随后我们会公布大熊是警方的卧底；因为纹龙已死，就算太子怀疑你，你应该能想办法说服他。而且纹龙死了，太子正好缺人，恰好是你打入合联社核心的大好机会！”

韦俊轩气鼓鼓地说：“你们真冷血呀，能照顾一下我的感受吗！”

程天低着脑袋继续写口供，淡淡地说道：“古 Sir 那边同意帮你抗住财务报告的事，至于盈盈那边，我会告诉她本案与你无关，你还想过转为污点证人，让她好受一点。”

韦俊轩听着程天的话，冷哼了一声，但心态已平复不少，调侃道：“你写假口供挺熟练，算肥波当年教你的绝活？”

程天停下手中的笔，一本正经地说：“你别乱说，我有提前跟古 Sir 打过报告！”

韦俊轩低头沉思许久，然后才注视着程天：“阿天，我想到一个计划。”

于是二人开始耳语商议，直到一个小时后，韦俊轩才笑容满面地走出警局。

在太子酒吧里，太子只要一想到葵涌码头鸡飞蛋打的交易，不禁火上胸口，对程天的恨意也达到了极点。办公室里越安静，他越心烦意乱，干脆走到前面吧台上，叫了几杯酒。

火鸡一直跟在他身后察言观色，大胆试探道：“太子哥，要不要找人教训程天？”

太子转过头没好气地说：“没用，上回去吓他家人，结果害好几个兄弟被抓。”

火鸡先是轻轻摇头，他的脸上露出阴笑：“差佬最怕的不是红星同 Ak47，而是镜头曝光跟媒体舆论，我们可以找人给他下套，拍些视频去抹黑程天，到时候他吃不了兜着走！”

太子听了顿时精神抖擞，拍着手道：“好，即使整不死他，好歹也能出口恶气！”

太子不断往下思量，脑海中慢慢浮现出一个计划，但他又想了想说：“火鸡，你说找谁去拍视频好呢？说起来，Turbo 跟他倒是多年的旧相识，可惜现在他生死不明！”

火鸡早已有了人选，奸笑道：“太子哥，你看她如何？”说完后用手虚空一指。

太子顺着他手指的方向看去，只见吴嘉雯正端着酒从一个包间里出来。

太子看到吴嘉雯穿着性感的服务员制服，心里又是一荡，不动声色地问道：“阿 Man 不是跟程天挺要好？怎可能会帮忙害他？”

火鸡凑过来在太子耳边低语道：“太子哥，我上回凑巧听到基爷跟阿 Man 聊天，原来阿 Man 的父亲叫吴东财，程天就是当年抓他的差佬之一！”

太子先是感到有点吃惊，自言自语道：“吴东财？阿 Man 是他的女儿？”

原本吴嘉雯正招呼客人，忽然听到太子叫她，虽然不爽但还是跟他进了办公室。

太子见面前的吴嘉雯充满了戒备，摆出一本正经的样子说：“别紧张，基爷跟我说过了，你是财哥的女儿。财哥当年跟我也算兄弟，我自然不会欺负你，那个黑警程天为升官发财，冤枉财哥藏毒害他病死狱中，若你爸现在还活着，你会变成现在这样？”

吴嘉雯听到太子的这番话，眼眶立马红了起来。

太子看在眼里，继续煽风点火：“阿 Man，只要你肯帮我，我一定能整死程天！”

吴嘉雯知道太子靠不住，但她复仇心切，抹了把眼泪："你想我怎样做？"

太子见吴嘉雯上钩，心中自然大喜，但脸上还很淡然地说："我有个计划……"

吴嘉雯听他说完，犹豫了一下道："好，我同意联手，我只想替老爸报仇！"

太子听了连连点头，他极为高兴地说："那祝我们合作愉快！"

吴嘉雯没有答话，而是直接转身走出门外，太子一扫心头的阴霾。他肯定程天这次是在劫难逃，自己的损失虽然惨重，若能借此除掉这颗眼中钉，花再大的代价也毫不心疼。

想到这儿，太子高兴地倒了一杯酒，还没开始喝，门就被火鸡给推开了。

火鸡深吸好几口气才平复下来，然后丢出一句："太子哥，Turbo 回来了！"

太子把酒杯放回了桌上，顺势拿起桌上的烟斗道："火鸡，你叫他进来见我。"

话音刚落，韦俊轩就独自走了进来，他与太子面对面站着，表情从容不迫。

太子嘴里叼着烟斗，慢条斯理地问："阿龙和大熊都死了，为何你毫发无伤？"

在一旁的火鸡为了博出位，指着韦俊轩骂道："太子哥，我怀疑他是内鬼！"

韦俊轩侧过脸，怒瞪着火鸡反驳道："火鸡，你别想冤枉我！"

太子迈步到自己的办公桌前，慢慢拉开抽屉，掏出一把左轮手枪，快速退出五颗子弹，全部放到桌子上，冷冷地说："按照社团的规矩，你开始用枪赌命吧，若你问心无愧，关二哥自然会保你平安，枪里只有一颗子弹，如果一枪后你还活着，我就给你一个解释的机会！"

火鸡一时间大惊失色，大声喊道："太子哥，你不能把枪给他！"

韦俊轩大步走上前去，拿起枪对着自己的太阳穴，大声说："太子哥，我对社团的忠心，自有关二哥明鉴！"说完他大叫一声，直接扣动扳机。只听"咔嗒"一声脆响，什么事都没发生。

韦俊轩赌命成功了，他的背上早已被冷汗打湿，双手微微颤抖着把枪放回桌面。

火鸡在一边看了个目瞪口呆，一句话都说不出来，连吞好几次口水。

太子放下烟斗站起身子，十分满意地赞扬道："好，Turbo，你真够有胆色！"说完他重新拿起枪，瞄准韦俊轩的脑袋，连扣数次扳机，只见枪轮飞转，里头根本没剩半颗子弹。

最终，太子把枪往桌上一扔，说："开始解释吧，最好别骗我，不然家法伺候！"

韦俊轩先抬手抹掉额头跟脸上的汗水，才将事先准备好的那套说辞缓缓道出。

致命圈套

正午的烈日很热，仿佛能用火机把空气点燃，连人的心情也很烦躁。

恰逢午餐时间，警署楼下的冰室里，吴嘉雯点好了东西，正在等程天下来。

片刻之后，程天赶忙进入冰室。他环视了一圈，快步坐到吴嘉雯对面，看了看桌上的东西，笑着道："今天是什么日子，能让你如此破费？"

吴嘉雯对程天是爱恨交加，想到父亲惨死，眼角又渐渐发红。

程天看她双眼泛泪，他颇为关切地问："太子欺负你了？"

吴嘉雯听到这话心中又是一疼，可还要假装害怕道："太子叫我帮他散货。"

程天大吃一惊，根本不敢相信，追问道："他怎会逼你散货？"

吴嘉雯低声抽泣着说："因为上次你抓了 Tank，那批货算在了我头上，如果我不散货赚钱还债，他就找人对付柏文。"

程天最怕女人在他面前哭，扯了张纸巾递过去："别怕，出货时间定了没？"

吴嘉雯接过纸巾抹了下眼角，摇头道："他说让我等通知。"

程天破口骂道："死太子，回头你联系我，我对付他们！"

吴嘉雯佯装愉悦："谢谢你。"

此时，郊外山上的树林里，太子身边站着火鸡跟俊轩，还有两个马仔在挥铲挖土。没挖多久，其中一个小弟大喊道："太子哥，有发现！"然后他蹲下身，从土里扒拉出一个皮箱。韦俊轩跑过去夺下，直接将箱子打开，里面满是美金。

太子瞧见钞票暗喜不已，可还强装镇定："俊轩，这怎么回事？"

韦俊轩走到太子跟前说："这些是菲律宾人的头款！"

太子看了看那些钱，皱眉反问道："头款？"

韦俊轩解释道："纹龙不懂英文，让我跟菲律宾人约定两次付款，先付四成，再付六成。当时我就怀疑有鬼，结果他是暗中加价卖货，这些是他想私吞的钱。我跟他吵了两次，他就让大熊对付我，无奈之下我只能把钱藏好，幸好我福大命大！"

太子本以为要大出血，结果凭空捡回四成货款，等于喜从天降疑惑全消。他拍拍韦俊轩的肩膀道："够聪明，以后社团里谁再敢对你说三道四，我绝不放过他！"说完，他俯身从钱箱里抓出一沓钱塞进韦俊轩怀里，"这些钱是你的奖金。"

火鸡站在他们背后，除嫉妒外还很害怕，斜眼看看俊轩，一言不发。

两小时后，韦俊轩驾车赶到安全屋，结果他刚进屋就发现气氛不对劲。

韦俊轩坐在古 Sir 和程天对面，汇报重新打入合联社的细节，省略了收美金的事。

古 Sir 见他面带笑意，忍不住皱了皱眉，但想到当卧底也不容易，他摆了摆手冷然道："俊轩，既然事情解决了，你的卧底行动继续。"

韦俊轩耸了耸肩："好，反正全都由你说了算，当年你讲过最多做三年，现在已经第四年了，你想继续就继续，一不高兴就要开除我，我还像个警察吗？"

古 Sir 出言安慰道："俊轩，等你完成任务，我保你能升职！"

岂料韦俊轩听了更生气，冷笑道："升职？你只想靠我立功吧？"

古 Sir 不禁叹息道："唉，警队的规矩你也清楚。"

韦俊轩拍桌大骂道："你全都讲规矩，等于推我去死！"

这次的会议不欢而散，古 Sir 离去，程天跟俊轩在安全屋多坐了一会儿。

程天拍着韦俊轩的肩膀，耐心劝告道："俊轩，等你找出幕后老板，加上我们的支援，复职之事指日可待。若你现在放弃，之前的苦不都白受了？待任务结束，如果古 Sir 食言，我也不干了，因为你是我兄弟，我肯定会支持你！"

程天见俊轩沉默不语，继续苦口婆心道："古 Sir 其实还是很关心你的，你最近财务开支太大，这次又超支 30 多万美金的款项，上头很反感，结果古 Sir 亲自给你写的报告，要体谅前线的战友。"

韦俊轩用手揉揉头发："希望能早点复职，我现在都快疯了。"

从安全屋里出来，程天边想着韦俊轩的事，边开车往家里赶。

十多分钟后，程天刚把车开到家楼下停稳，正好遇见了许修平。

程天主动摇下车窗，伸出头问道："休假你不回家，来这干什么？"

许修平面带微笑说："很简单，因为伯母叫我来喝汤。"

程天看他垂涎三尺的样子，正要笑话他两句，突然手机响起。他看了看号码，居然是吴嘉雯，连忙接通电话，就听见一个惊慌的声音："程天，火鸡要我去接货，你快点过来！"

许修平也听到了吴嘉雯的声音，关心地问："吴嘉雯找你？她又惹事了？"

程天根本来不及解释，他大声吼道："地点在何处？我们马上就到！"

许修平看他声音急迫，直接拉开车门坐到副驾驶位，顺手关上门并系好安全带。

程天听清地址之后，把手机装入裤袋中，立即掉转车头，向高速入口驶去。

·第7章·

尘封旧案

舆论力量

横街窄巷，人流如织。

程天载着许修平驱车一路狂奔到目的地，隔老远就发现吴嘉雯站在街角，不停地左顾右盼。

程天把车停在距离她一个街口的路边，给她发了条短信："你别怕，我已在附近。"

只见吴嘉雯低头回了一阵子短信后没多久，一辆快餐车从横街的另一头开了过来，猛地刹车停在她的面前。

车门打开，火鸡带着两个人跳下来，直接将吴嘉雯围在中间。

程天看见火鸡一脸嚣张地在对吴嘉雯咆哮，而吴嘉雯则拼命摇头，过了一会儿，火鸡从怀里掏出一包东西，就往吴嘉雯的手里硬塞。

程天和许修平在车内早已挂好证件，眼见时机已到，立刻推门跳下车，掏出手枪，快步冲向火鸡，并大声呵斥："火鸡，你同我停手！"

结果火鸡只是缓缓举起双手，相当愕然地问："程 Sir，你做什么？"

程天用枪指着火鸡的脑袋："我怀疑你涉嫌贩毒，麻烦跟我走一趟。"

火鸡却面无惧色，故意夸张地大声喊："程 Sir，你没证据别想冤枉我啊！"

于是很快呼啦啦从四面八方围过来十几个人，把程天和许修平团团围住。这些人也不动手，只是七嘴八舌地乱说话，无外乎说什么警察不讲道理，警察要开枪杀人啦，显然是事先准备好的说辞。

火鸡人多势众，气焰更胜，扯开嗓子大叫："大家快来看，无良黑警光天化日栽赃陷害，随便迫害无辜市民！"

当场面乱作一团之际，吴嘉雯偷偷溜到人群中间，掏出自己的手机，选好角度，进行同步的现场直播。很快看热闹的人群逐渐变多，不少经过的市民和游客都不明所以，开始议论纷纷。

火鸡看到如此情景，嚣张气焰又增长不少，双手一举示意众人安静，故意装可怜大喊："各位热心市民，我是个开快餐车的，车上没有苏打粉了，出来找朋友借一包，这两个黑警就冲出来说我贩毒，今天我就算是死，也要跟黑警抗争到底！"

围观的人中有一些很感性的人，激于义愤，纷纷高喊起来。

火鸡的手下自然趁机推波助澜，一时之间人声鼎沸。

程天和许修平顿时有苦难言，四下一看吴嘉雯已消失不见，心知大事不妙。

火鸡看到造势成功，带着手下慢慢围了上来。他把手里的塑料包递过来，说："阿Sir，里面其实装了苏打粉，你要验一下？"

许修平伸手正要接，火鸡突然将塑料包装撕开，手一抖白色粉末撒了一身。

火鸡暗中推了一下许修平，怒吼道："差佬打人啦！差佬打人啦！"

很快火鸡的手下趁机向外散开，围观群众看见火鸡的头跟脸全是白色粉末，开始疯狂乱骂程天跟许修平。在网络直播平台上，大量的网民通过吴嘉雯拍摄的画面，看到火鸡把手上的可疑物品交出来，然后突然镜头一晃，下一秒火鸡被白色粉末洒了满头满脸，然后周围的人都纷纷谩骂。

而在现场，火鸡听见周围众议汹汹，表演更加夸张，他一边大叫："我的眼睛！"一边故意向程天吐口水。

许修平再也憋不住火，大步上前一把抓住火鸡，怒斥道："你玩够没？！"

火鸡顺势往地上一摔，抱住许修平的大腿，号啕大哭道："黑警打人啦！"

程天现在才看明白了，他知道今天是栽了，连忙拉住许修平就想离开。却不想一个声音叫起来："黑警站住，不要让黑警跑了！"程天心头一震，顺着声音看去，正是吴嘉雯。

这场闹剧持续了半个多小时，最后直到 PTU 赶到将人群隔离，程天和许修平才成功脱身。聚集的人群里突然爆发出一阵嘘声，群嘲声此起彼伏，越来越响。程天和许修平相视一眼，都清楚今次惹大祸了。

在古 Sir 的办公室里，程天嚼着薄荷糖，傻望着对面窗口的落日余晖。

古 Sir 推门进来，坐到程天的对面，盯着他质问道："我需要个理由！？"

程天十分抱歉地回答道："Sorry，古 Sir，我都没想到是个圈套。"

古 Sir 先是摇摇头，然后叹息道："唉，现在的情况很麻烦，记者跟议员盯着不放，警队上上下下都很头疼！"他停了停又补充，"你还稍微好一些，但修平被拍到跟人动手，现在已经成了网络红人，连港督都知道他了！"

程天见事情如此严重，立马解释道："他不忍我被人侮辱，所以才出手！"

古 Sir 深吸一口气，继续往下说："阿天，我没怪你们的意思，以后千万别让记者抓到把柄，因为传媒方面主要抨击我们警方殴打无辜市民，所以公共关系科要做公关表态，你们俩要有心理准备。"

此时，太子酒吧办公室里，太子、韦俊轩、吴嘉雯、火鸡正在收看关于程天和许修平被带走接受调查的新闻。新闻评论人对本次事件的点评相当尖锐，直指香港地区警队的传统和未来建设。

太子开了瓶威士忌，倒一杯递给嘉雯："嘉雯、火鸡，演出很成功啊！"

吴嘉雯接过酒杯，顺手放在办公桌上，自言自语道："本来我想着逼程天出手，结果他居然忍住了，以前我总觉得他的脾气火爆，怎么突然就收火了呢？"

太子见她不识抬举，心中很不悦，仍笑眯眯地说："没事，早晚弄死他！"

吴嘉雯本就反感跟太子合作，但想到父亲的深仇大恨，也只能点头答应。

韦俊轩则陪着众人干笑几声，内心五味杂陈，毕竟被整之人是他的好兄弟。

尘封旧案

随着网络上黑警事件的全城热议，程天跟许修平瞬间被推到风口浪尖上。网民和媒体都在议论此事，更有好事者刻意深挖了以前的某个特殊案件。警队高层跟一哥勃然大怒，限定时日之后，勒令各部门协同调查。

最近几日程天和许修平上班就会接受来自各方的聆讯调查，下班路上还要应对记者和市民的围追堵截，就连家楼下每日都有人蹲守，让二人感到焦头烂额，狼狈不堪。然而跟他们俩同样处于水深火热之中的还有第三个人——韦俊轩。

此时的韦俊轩正跟基爷、太子一起坐在太子酒吧的办公室里。基爷和大老板通着电话。太子坐在旁边，嘴里依然叼着烟斗，一副若无其事的样子，其实有在凝神细听他们的对话。

韦俊轩则在一旁独自神游，太子和吴嘉雯策划的阴谋他事先并不知情。等他知道以后，可惜所有的事都已成定局。当太子兴高采烈地叫他看新闻时，仿佛被人用刀扎在了自己身上。

程天和许修平都是警队里的精英，结果被一个小小的古惑仔玩弄于股掌之间。他看到周围的市民群情激愤，又想到那些执法中牺牲的旧同事，隐隐觉得当差似乎并不值当。当然，韦俊轩更担忧程天和许修平误会自己，恐怕到时连兄弟都做不成。

当韦俊轩胡思乱想时，本来还在讲电话的基爷突然说："Turbo，大老板想跟你聊两句。"转头看韦俊轩目光呆滞，抬手重重地拍了他的肩膀一下，"喂，你发什么呆？"

韦俊轩被基爷惊醒，连忙接过电话，就听见对面传来莫耀强的声音："最近的几单生意我都有留意，Turbo，你很机灵，将来大有前途！"

韦俊轩立刻出言感激道："多谢大老板！"

莫耀强用波澜不惊的语气勉励道："继续努力。"随后就挂了电话。

基爷把电话放好，然后继续洗着茶杯："既然现在纹龙死了，我推荐你接替他的位子，之前大老板已经同意了，以后你就多花点心思，帮杜团多多赚钱。"

说着，他倒了一杯茶，自己不喝，先递给韦俊轩，说："来，我敬你。"

韦俊轩双手接过清香四溢的茶杯，眼角随意一瞥，便瞥见太子的眼里流露出一种似曾相识的神情。他忽然联想到了纹龙，心头突然一紧，连忙把茶一口喝了，笑着说道："多谢基爷。"

晚上回到家里，韦俊轩掏出手机，将白天的情况告诉了程天。

电话里程天的语气如常，他淡淡地说："大老板跟你通话，你快上位了。"

韦俊轩沉默了一会儿，叮嘱道："阿天，太子还没收手，你跟修平要小心。"

程天长叹一口气说："我明白，修平比较麻烦，可能会调他去做文职。"

韦俊轩替兄弟感到不值，他大声反问道："我们出生入死保护市民值吗？"

程天想了许久才开口说："俊轩，正所谓公道自在人心，真相总会大白。"

两个人又聊了几句，才挂了电话。程天躺在床上望着天花板，想到真相总会大白这句话，内心世界依旧一片茫然，朦朦胧胧之间，他又想到了十年前的那一天。

那是程天当上 CID 后首次出警，在老警察肥波的带领下，赶到砵兰街抓捕一个线报中提到的毒贩。他们在一条条街道、巷子里四处搜索，可丝毫不见毒贩的踪影。

直到肥波准备收队时，程天发现了藏在竹桶里的合联社小弟吴东财。

吴东财发现暴露了拔腿就狂奔乱窜，正好遇到肥波，与肥波扭打起来。吴东财年轻力壮，将肥波打倒在地。程天赶到之后，仗着自己身手敏捷，三两下降服了吴东财。

后来程天英勇抓毒贩的事上了报，那份剪报至今还收藏在他的书柜里。想到此处，程天起身下床，从书柜底下翻出一个陈旧的笔记本，找到了那一小份剪报，只见上面用黑体字写着“英明神勇，警队新星”，旁边的人物配图，正是年轻时候的程天。剪报边上，还有四个已经发黑的钢笔字——再接再厉。

次日，程天很早就起来了，今天是吴柏文学校开学的日子。他特意与校长约好，到学校宣传演讲校园禁毒会。当他来到学校时，校园里已经满满当当都是新生和家长。程天在人群里快速搜索着，很快就发现了在参观校园的吴家姐弟。

程天快走两步，拦住了二人的去路。

看到程天，吴嘉雯脸色一变，一拉吴柏文说：“我们走。”

程天却又拦住吴嘉雯，开门见山地说：“吴小姐，我有事情要告诉你，当年抓你爸的警察就是我，不过事情并没你想的那么简单。”然后将十年前的旧案原原本本地讲了出来。

吴嘉雯没料到他会直接坦白，但听到他讲述的那一幕幕情景，心里又是怨恨，又是痛苦。一旁的吴柏文看着眼前的程天，也是直接惊呆了。

吴嘉雯恨极反笑，冷嘲热讽道：“程 Sir，你现在威风啊！职位越升越高，都当上督察了！而我呢？当初我还梦想考大学，毕业后参选香港地区小姐，就因为你抓了我爸，我什么都没有了，全拜你当黑警所赐，你以后别出现在我面前！”

吴柏文看到姐姐伤心，拉着吴嘉雯说：“姐，我们搭小巴回家！”

程天看到吴嘉雯的态度，确定此事正是她心结所在。他默默地看着吴嘉雯姐弟慢慢走远，大声承诺道：“吴嘉雯，请你放心，这件事我迟早会给你一个交代！”

校园嘈杂，程天也不清楚匆匆远去的吴家姐弟，到底有没有听见自己的话。

正所谓有人欢喜有人愁，韦俊轩笑嘻嘻地坐在荣发财务公司的办公室里。

突然，办公室门被推开，太子叼着烟斗走了进来，火鸡跟在他后面。

不等韦俊轩说话，太子径直往办公室正中的真皮沙发上一坐，笑着问：“Turbo，一切都还习惯吗？大老板现在把这间财务公司交给你管，一定要好好干。”

韦俊轩从抽屉里拿出一盒陈年的铁观音：“多谢大佬，送你一份靓茶。”

火鸡走过去把茶接过来，然后又回到太子身边站着。

太子站起来把玩着茶叶盒说：“以后有麻烦随时找我，要用心为社团多赚钱！”

韦俊轩来到太子面前，连连点头回答道：“谨记大佬教诲。”

太子伸手拍拍俊轩的肩膀，然后带着火鸡走出办公室，韦俊轩则看着他的背影假笑。

与此同时，在NB的会议室里，众警正准备开会。

突然之间，古Sir直接推门而入，他的身后还跟了一个人。

“柴头，你进修完了啊？！”李志忠看到他身后的人先叫了起来。

古Sir身后的人点了点头，冲李志忠微微一笑。随后，古Sir就神情严肃地宣布道：“关于之前的黑警事件，上头的初步处理结果已出，程天要暂时停职，许修平调至后勤部，林家豪主动请求提前结束英国的进修，正式回归警队，负责近期行动。”

林家豪其实已经奔四，学历不算特别高，这次有机会到英国交流进修，也算是升督察前的临门一脚，如今才一个多月就回归警队，估计短时间内升迁无望了。古Sir宣布完之后就神色匆忙地离开了，剩下众警员面面相觑，也不知该不该鼓掌欢迎林家豪回归。

福兴泰迪

自从在吴柏文的开学日上遇见程天之后，吴嘉雯一连几天心情都不能平复。这天她没精打采地下了班，忽然Coco跑过来，强塞给她一张报名表。

“缘梦经纪公司？”吴嘉雯看着好姐妹反问道，“Coco，你想当明星？”

Coco笑嘻嘻地摇头道：“我不一定有机会，但Man姐你又高又靓，不去试下当明星简直暴殄天物，就算去试试好啦，运气好也许会遇见大明星哈。”

吴嘉雯被她逗笑了，两个人嬉闹了一阵，抱着试试看的念头报了名。

这家缘梦经纪公司的规模很大，而且捧红过很多明星，令吴嘉雯和Coco兴奋不已。第一轮面试完毕，吴嘉雯和Coco正聊着天准备去换衣服，突然一个身材瘦削的男人带着魁梧的保镖迎面走来。吴嘉雯连忙拉着Coco闪到一边，只见二人穿过正在拍摄中的群模，朝后面办公室去了。

Coco见状小声追问道：“Man姐，刚才那人是谁呀？好大的架子！”

吴嘉雯皱眉警告道：“别乱说话，他是福兴堂的泰迪哥，见了就躲远点！”

Coco听后连连点头，吴嘉雯想起自己在合联社干活，立马带着Coco离开。

然而在缘梦经纪公司的办公室内，泰迪跟公司总监Tina正面对面坐在一张做工考究的木质茶桌前，周围墙上一张张挂着的都是公司捧红的明星照片。

Tina今年三十多岁，但胜在肤白胜雪、风姿绰约，宛如二十出头的小姑娘那样，尤其是一双手细腻到如同缎子一般，泰迪一时间情难自禁。

Tina 双手不停，转眼泡了一壶工夫茶，递给泰迪一杯，打趣道：“什么风把泰迪哥吹来了？”

泰迪接过茶一饮而尽，咂巴咂巴嘴笑道：“Tina 姐生意红火，也算得上家大业大，我就有话直说了，上次我遭到合联社算计，损失比较惨重，你手上有没有货匀一点给我？”

Tina 嘴角一翘露出极甜美温柔的笑容，嘴上反而说道：“泰迪哥，明人不说暗话，我手头的货也很紧，匀货给你比你找我借钱还难，如果你的客人有需要可以直接找我买。”

泰迪自然满心不快，却又不敢发作，赔着笑脸说：“Tina 姐，帮帮手啦。”

Tina 仍然娇笑着婉拒道：“泰迪哥，K 仔生意我最先做，你现在总不能横插一脚吧？如果不是看在我们同属一个社团的份儿上，今天你估计连我杯茶都饮不到。”

泰迪冷哼一声，将手里的茶杯一顿，带着手下大步离去。

夜深人静，夏虫喧闹。

韦俊轩跟着太子来到郊外一处废弃的仓库里，在手电筒的照射下，只见仓库角落里堆着一堆杂物。太子冲韦俊轩点头，然后指着一个地方说：“就在下面。”

韦俊轩一把掀开杂物，就看见下面放着个货箱，他打开了箱盖，里面是满满一箱码好的 K 仔、摇头丸等各色毒品。他清楚这些货合联社并不常做，不禁为之一愣。

太子自然能看出他的心思，笑着解释道：“这批货是有人欠了我们的钱还不上，专门拿来以货抵债。”他停了停又继续补充，“但出不掉的货，跟垃圾没区别，假如你能把它们给出了，自然又是大功一件，还能向大老板证明你的实力！”

韦俊轩稍微犹豫了一下，他舔舔下嘴唇说：“太子哥，这些东西现在都是福兴堂在卖，听说泰迪那家伙是个狠角色，我们明着踩过界，恐怕会惹上麻烦。”

太子哈哈一笑，颇为霸气地说：“我不管你怎么做，总之能赚钱就行。”

韦俊轩听他的语气明显没法商量，虽然仍心怀疑虑，唯有硬着头皮答应。

次日中午，在太子酒吧附近的一家咖啡厅里，韦俊轩挑了一个靠窗的位子，点了一杯拿铁，坐等泥鳅出现。

根据程天提供的资料，目前在做 K 仔、摇头丸的拆家主要有四个人，他已经找了三个，全都吃了闭门羹。泥鳅是泰迪手下最大的拆家，原本最没希望合作，但他别无选择，只能孤注一掷。

没等多久，泥鳅果然优哉游哉地走进来，还找了个靠里面的位置。

韦俊轩则端着咖啡走到泥鳝对面，打了个招呼："泥鳝哥，好久不见。"

泥鳝抬头看见他，吃了一惊问道："Turbo 哥，因何事劳你大驾啊？"

韦俊轩坐下来，笑嘻嘻地对他说："我专程来找泥鳝哥你，当然是有大生意要合作啦，我搞了一批 K 仔、摇头丸，物美价廉量又足，你有没有兴趣参与一下？"

泥鳝听后脸色惊变，讪笑着说："Turbo 哥，我还有点事，咱们改天再聊。"言罢起身要走。

韦俊轩伸手一把拉住他，皮笑肉不笑地说："别着急，我给你看点东西。"

泥鳝莫名其妙地低头一看，只见韦俊轩从怀里掏出几张照片来，照片上泥鳝本人正在跟泰迪的女友亲热，而且还是高清无码那种，一看就不是什么合成的假照。

泥鳝顿时面无血色，一屁股坐回了位子上，老半天说不出话来。

韦俊轩左右环顾了一下，把照片一张张又重新收好，恶狠狠地说："泥鳝哥，这些照片若被泰迪哥看到，要么是直接亲手阉了你，要么就丢你到淡水湖。"

韦俊轩看泥鳝额头冷汗直冒，他接着威胁道："当然，你如果选择跟我合作，这些事泰迪绝不会知道，而且钱我照样给你，就算以后事情露馅了，合联社会成为你的退路。"

泥鳝听了之后，坐在位子上久久无语，他最终还是点头答应了。

韦俊轩放声大笑着走出咖啡厅，心想离再次上位的时候不远了。

三日之后的一大清早，福兴堂内就不平静了，Tina 穿着一件白色长裙，虽然看着妆容精致，一张俏脸反而柳眉倒竖，满面的怒容，全没了平时的优雅委婉。她径直闯进泰迪的办公室，"啪"的一声把一包 K 仔扔到桌上。

泰迪被她给弄糊涂了，皱眉问道："Tina 姐，你一大早发神经啊？"

Tina 怒气冲冲地指着泰迪的鼻子大骂："泰迪，虽然上次我没匀货给你，但也不用让泥鳝偷偷到我的地盘来散货吧？这事你要给我一个说法！"

泰迪被人一顿乱骂，他一脸委屈地说："Tina 姐，此事我并不知情。"

Tina 见他在装傻充愣，冷笑着说："你还扮无辜？我们去找江叔主持公道！"

泰迪觉得对方不像胡闹，他开口道："别，别找江叔，回头我会给你个交代！"

Tina 深吸好几口气，再次指着泰迪："好，希望你能尽快给我一个结果！"

随后，Tina 怒气冲天地离开，泰迪则给 Rocky 打了个电话："审问泥鳝，送他上路！"

半个钟头之后，太子酒吧隔壁街的夜排档正准备收市，突然一个人从天而降，扑啦啦砸在了一张木桌子上。几名食客惊呼着四散跑开，刺耳的尖叫声如一柄柄刀子，直接刺破了寂静的夜空。

化敌为友

今夜的月光皎洁，天上星云皆无，路上的行人跟车辆极少。

许修平和赵盈盈坐在公园的秋千上，二人正轻声聊天。

赵盈盈看向许修平："修平，你脸色不太好，是坐办公室太闷？"

许修平摇了摇头，回答道："办公室虽然无聊一点，但也还算有事做，可家里人并不理解我。"隔了一会儿又抱怨起来，"我爸怪我非要当警察，不帮我大哥打理生意就算了，连大哥的婚礼都没去。"

赵盈盈笑着开解道："你爸是担心你，认为你太辛苦，有时候，越关心一个人就会对他越严苛。"不知为何，她想到了韦俊轩，也许换成别的女人，不介意他变好变坏，只会全心全意支持。

许修平看她出神时，一脸温柔地说："盈盈，幸亏有你支持我，能跟你坐在一起说说话，我也觉得很开心。"

赵盈盈看修平说的情真意切，忍不住拉住他的手："修平，你别气馁，其实做文职也有意义，去学校做宣传，教好下一代，不比我们抓毒贩差。"

许修平握着赵盈盈温软的手，感觉自己重获新生了。

与此同时，在一家泰拳馆里，韦俊轩才收拾完装备要回家休息。

忽然，泰迪的保镖 Rocky 领着一群人闯进来，将他困在原地。

泰迪走在最后，他看见俊轩，便大吼道："Turbo 哥，久仰大名！"

韦俊轩暗叫不妙，突然出拳打在旁边一个人的太阳穴上，将人打晕在地，接着身子一矮，直接钻入拳网。Rocky 一拉拳网，纵身跳入场中。泰迪双手一挥，小弟们将拳网给围住。

Rocky 盯着俊轩，"刺啦"一声，把衬衫从身上撕下来，露出发达的肌肉。

韦俊轩飞起一脚直踢他的腰间，Rocky 用手臂硬挡下来，出言嘲讽道："力度不够！"

随后，他如猛虎下山般，双拳只攻不守，密集的拳头疯狂砸向俊轩。

韦俊轩被 Rocky 逼到连连后退，就在他退到拳台边上之际，泰迪忽然从下面挥起一根球棒，打到他的右腿上。Rocky 抓住这个瞬间，一记勾拳打向他的下巴。韦俊轩死中求生，左腿奋力一跳，右膝盖直冲 Rocky 的小腹。

只听“砰砰”两声，韦俊轩被打出拳网，直接昏死过去。

Rocky 小腹吃了他重重一击，依然露齿笑道：“不够力！”

泰拳馆外，与韦俊轩同为会员的许修平刚停好车。不久前他刚送走赵盈盈，内心很激动，想来拳馆发泄一下。当他刚想下车时，突然看到一群人拖出来一个人，借着路灯看去，被拖者竟是俊轩！

许修平眼看着他们把人拖上车，他犹豫了一下，还是飞快地跳上车紧随其后。

韦俊轩从疼痛中苏醒，他睁开了双眼，发现自己正身处一个废车场，双手被高高吊到一辆起重机的钩齿上。泰迪站在他面前，手持一根球棒，看他醒来，大笑道：“Turbo 哥，突然把你请来，确实不太礼貌。”他突然猛挥球棒，打到俊轩的腿上。

韦俊轩痛得大叫一声，强忍痛楚问道：“泰迪哥，你抓我所为何事？”

泰迪继续狞笑着说：“泥鯭全都招了，我送你过去陪他！”

Rocky 又专门补充道：“你会跟泥鯭一样，从高楼直接坠下。”

韦俊轩倒吸一口凉气，大声跟泰迪求饶：“大家出来当古惑仔，都是为了求财而已，我把我赚的全吐出来，80 万元全给你，此事就此了结如何？就当我们交个朋友。”

泰迪反而哈哈大笑，拍了拍韦俊轩的腿：“结你条狗命，我砍了你的头再用胶水粘回去行吗？我泰迪出来混，只能我搞别人。你既然敢搞我，就要清楚你有命赚没命花！”然后他又挥起球棒猛打韦俊轩的双腿。打了一会儿，把球棒交给旁边一个小弟，“你们挨个轮流打，千万别打死了！”

泰迪身后的小弟开始摩拳擦掌，准备进行接力。

忽然之间，许修平从角落里持枪跳出来，大喊道：“全部不许动！”

泰迪看到修平突然现身，惊慌了一下，发现他孤身一人，便笑道：“够胆，你一个人就敢来逞英雄？趁我现在心情好，赶紧滚蛋，不然我连你一块宰了！”

许修平见泰迪人多势众，心里有点小慌，嘴上却说：“支援马上到，你们别乱来！”

“你吓我？够胆你开枪啊！”泰迪手一挥，小弟们向修平逼近。

就在这时，一声枪响，黑暗中有人一枪打在泰迪脚下的地上。

泰迪先是一惊，四下张望之后，没找出放冷枪的人。

“今晚你命大，让你多活几日。”随后，泰迪带着小弟们扬长而去。

许修平连忙将俊轩放下来，确认泰迪走远，程天才从暗处走出来。原来许修平早就将地址发给了程天，此时他刚刚赶到。韦俊轩先望望程天，又看几眼修平，突然感到很尴尬。

在指定的安全屋里，四个人坐在一张方桌边。

古 Sir 挠着头，对韦俊轩说："俊轩，你太大意了。"

程天因为暂时停职并无配枪，无奈之下才找古 Sir 借枪救人，他把枪递回给对面的人，然后感激道："古 Sir，你的配枪我物归原主，眼下是如何善后？泰迪可能会将俊轩跟修平的事曝光。"

古 Sir 把枪收好后道："不能让俊轩的身份露馅，你们要搞定泰迪。"

韦俊轩双眼一翻，叹气道："你又给我出难题了。"

许修平突然笑起来，拍着韦俊轩的肩膀："你果然是卧底！"

古 Sir 回头对修平说："俊轩的身份要保密，以后你们多注意。"

许修平连连点头，然后几个人商量好对付泰迪的计划，最后才各自散去。

次日在一家海鲜酒楼里，泰迪迈着碎步走进洗手间，Rocky 跟小弟们守在门口。当泰迪专心低头方便时，身后一个格子的门被打开了。泰迪察觉背后有异样，他刚要回头看，结果一把尼泊尔军刀顶住了他的咽喉。此时泰迪能清楚看见，韦俊轩为持刀之人。

韦俊轩右手拿刀抵着泰迪，左手打开几个水龙头，然后挟持他进马桶格。马桶上放了一个托盘，里面放了瓶昂贵的香槟，另有两只酒杯已斟满。然后韦俊轩微微一笑，当着泰迪的面把刀收起来，泰迪一时看不懂。

韦俊轩主动赔礼道歉："泰迪哥，你也教训过我了，剩下的先欠着，等你何时不爽了，你随时过来取。这杯酒就当我给你赔罪。"他拿起一杯酒一饮而尽，拿起另一杯给泰迪，"我们两个堂口明争暗斗多年，但大家只为求财而已，为何咱们不联手赚大钱呢？"

泰迪虽然还很气恼，但又想要赚钱，他接过酒："你有何想法？"

"合联社有货，而且出货的路子也多，我实话告诉你吧，昨晚那个警察是我的心腹。"看到泰迪睁大双眼，韦俊轩面露得意之色，继续吹嘘，"除他之外，我还有一个团队，如今我货、人都有，就差泰迪哥你的客源，只要你同意，道上谁敢不低头？到时连江叔都会高看你几分。"

泰迪被俊轩说心动了，他沉思片刻道："钱怎么分？"

韦俊轩立马回答道："反正不会让你吃亏。"

泰迪犹豫了一下，又抬起头追问："泥鳐的事咋办？"

韦俊轩摇摇头："合作之后就是自己人了，那事我会保密。"

泰迪自然明白话外之意，哈哈大笑道："好，祝我们合作愉快。"

举起酒杯，一饮而尽，两个人空杯对碰，一起放声狂笑。却说Rocky在门外只听见流水声，突然听到隐约有笑声传出来，不由感到莫名其妙，用手摸了摸自己的后脑勺。

·第8章·

将计就计

缘梦公司

落日西沉，万物着金。

在一家港式茶餐厅内，泰迪正独坐一个安静的卡座食叉烧包，身材魁梧的 Rocky 很扎眼地坐在他旁边的圆桌上，也小酌着一杯咖啡。距离稍远的一个卡座上，林家豪跟赵盈盈装扮成一对情侣，正监视着他俩的举动。

过了一会儿，韦俊轩走进茶餐厅，坐到泰迪对面，随意叫了几个点心。

泰迪头也不抬，嘴里嚼着叉烧包说："Turbo，你专门约我来食叉烧包？"

韦俊轩笑着反问道："泰迪哥，最近你那边出货不顺，是不是有什么阻滞？"

泰迪把手里的半个叉烧包一扔，大骂道："我手下最能干的泥鳅挂了，Tina 趁机抢走我不少客人。她现在靠那个经纪公司，把有钱人都拉过去了，我拿什么东西顺？"

韦俊轩沉吟好一阵子，试探着问道："要我帮你拔掉这颗眼中钉吗？"

泰迪听后先是一愣，然后大声警告道："你敢动 Tina 的话，我们立刻一拍两散。"

韦俊轩摇着头继续说："泰迪哥，人不为己天诛地灭，除掉她你才能上位啊！"

泰迪想起 Tina 曾对他出言不逊，狠下心肠："好，只要她消失，我就全力出货！"

远处的林家豪看到两个人言谈甚欢，小声吐槽道："真是人不可貌相，韦俊轩在短时间内做了合联社的大掌门，现在又跟福兴堂的二当家搞在一起，以后真是会天下大乱了！"

赵盈盈听到林家豪的评价，内心又增添了不少痛楚，失望之情溢于言表。

警察局古 Sir 的办公室里，程天正忐忑不安地等待黑警事件的后续处理结果。

过了好一会儿，古 Sir 面带喜色推门进来，很明显是有好消息的样子。

坐在椅子上的程天不太放心，于是试探着问："古 Sir，我能复职了？"

古 Sir 点了点头说："上面认为你没问题，随时可以复职。"

"Yes，Sir！"程天喜出望外地站起来，又继续追问，"修平能复职吗？"

古 Sir 很惋惜地摇了摇头："还不能，因为对方准备起诉，要看法院的判决。"

程天略感失望，他颇为慎重地说："泰迪要俊轩去对付 Tina，不然就分道扬镳。"

古 Sir 听后道出心中疑虑："Tina 跟泰迪都属于一个社团，为何要鬼打鬼？"

程天主动进行解释道："根据俊轩的情报，Tina 的经纪公司，实际上是一个毒品分销中心，最近她还抢了泰迪的生意，造成二人关系不和，而福兴的老大江叔对 Tina 特别偏袒，所以泰迪才让俊轩出马。"

古 Sir 总觉得不对劲，便反问道："此事你怎么看？"

"如果 Tina 的公司涉毒，我们自然要依法打击！"程天握紧拳头答道。

古 Sir 亦仔细想了想，他也接茬道："最近娱乐行业涉毒猖狂，上级也要求我们采取清扫行动，正好能借机帮助俊轩，"他随后又望着程天进行叮嘱，"俊轩太过聪明，野心有时太大，你要盯紧他啊！"

"好，我明白了，我一定不会让他行差踏错。"程天信心十足地承诺道。

很快二人在办公室里商议如何配合俊轩，来暗中打击 Tina 的经纪公司。

同一时刻，太子酒吧办公室，韦俊轩人刚一进门，就看见太子斜坐在大班椅上，手里来回把玩着烟斗。他立刻猜到了太子的心意，火速掏出一个厚厚的公文袋放到桌上："太子哥，最近货比较好卖，这些都是收到的货款。"

太子打开公文袋往里面一看，只见全是一沓一沓的大额钞票，他的脸色并没什么好转，十分冷淡地问道："钱的事不急，我听说你最近经常跟福兴堂的泰迪搞在一起？"

韦俊轩直截了当地回答："对，他客源多，做 K 仔、摇头丸也熟门熟路。"

太子哼了一声，然后出言警告道："他是福兴堂的人，你千万要小心点！"

韦俊轩表面上点头称是，不到一会儿，以公司业务忙为由，离开了太子酒吧。

与此同时，在 NB 的会议室内，警员们正聚在一起议论纷纷，看到古 Sir 推门而入后，才连忙各归各位。当众人看到程天也跟着走进来时，会议室里自动爆发出一阵掌声。

古 Sir 也难得露出微笑，宣布道："程 Sir 今天正式复职，以后还是由他指挥，请各位全力配合。"说完后就转身出去了。

程天先环视了一圈，又特意冲坐在最前排的林家豪："别太高兴啦，我复职就表示马上要展开新行动，根据线报所知福兴堂有一间名为缘梦的经纪公司，实际上是一个毒品分销点，我们要想办法捣毁它。”

“福兴堂？”李志忠扬起头小声抱怨，“天哥，合联社还没搞定呢。”

程天伸手拍拍志忠的肩膀：“忠仔，你想过轻松点就要先把他们一网打尽！”

赵盈盈突然插了一嘴道：“我听过这家公司，曾经捧红了不少娱乐明星，而且跟很多富商都有关系，公司的老板 Tina，她在娱乐圈里也算风云人物，想直接下手恐怕较难。”

林家豪极为吃惊地追问：“盈盈，你居然这么懂娱乐圈啊？”

结果看到赵盈盈脸一红，林家豪又调侃道：“原来我们的辣手警花也追星哈。”

赵盈盈没有答话，而是瞪了家豪一眼，还特意舞了舞自己的拳头。

程天对盈盈摆摆手，笑着说道：“盈盈，由于情况特殊，我们会派卧底进去。”

赵盈盈却面露难色说：“估计缘梦公司不太会聘用外人……”

程天把一叠报名表往桌上一扔：“你有机会，缘梦正在招女艺人。”

同时，李志忠懊恼地叫起来：“怎么只招女艺人？我也想当明星啊！”

林家豪哈哈大笑这打击道：“忠仔，你做好百变神探就行了。”

程天故意沉默了一会儿，慢慢地说：“这么说，只剩下……”

赵盈盈突然发现，所有人都看向了她这边，内心忍不住一阵慌乱。

次日一早，赵盈盈精心打扮，挑了一条最称心的裙子，拿着报名表到缘梦。

当赵盈盈跟着面试助理来到等候室时，忍不住倒吸一口凉气。只见富丽堂皇的大堂里所有的灯都亮着，强烈的光线在各种大理石、玻璃、水晶间折射，产生了一种金碧辉煌的效果。光芒中间，放着一条长长的粉色沙发，几个年轻靓丽的女孩个个穿着时尚、华丽的服装，画着精致、娇艳的妆容端坐着等待面试，宛如一幅百美宫廷画。相形之下，赵盈盈穿着一条普通的裙子，化着简单的淡妆，简直就像站在公主们之间的女仆。

候场的女孩们显然也看到了她，脸上纷纷露出不屑的神情，迫使赵盈盈一阵发怵，甚至想立刻跑回家，用被子把头给蒙起来。

游艇 Party

黄昏时分，咖啡厅里坐满了刚刚下班来放松的俊男美女。程天坐在一个能看见大门的位子上，耐心地等待着一个人。

突然，一个脸上化着浓妆，穿着低胸装、超短热裤，时尚前卫的女孩子匆匆忙忙地进了咖啡厅，四下里看了看，径直朝程天走过去，坐在了他对面。

程天顿时大吃一惊，皱着眉头问道："小姐，你是……"

女孩瞪大了眼睛说："阿天，我是盈盈。"说完她似乎意识到了什么，小脸顿时红到了耳根。

程天来回打量赵盈盈，点头称赞道："厉害，真是转眼变明星。"

赵盈盈红着脸白他一眼，飞快地说："Tina 做事很小心，对我们的管理很严，我马上就要回去了，过几日会组织一个游艇 Party，据说很多名人都要参加，估计会涉毒。"

程天想了想才安排道："肯定会把你介绍给富商，到时你见机行动。"

赵盈盈微微颔首，继续笑着说："我在公司遇到了吴嘉雯跟 Coco。"

程天为之一愣，但还是不忘交代道："她智商不太够用，你要多照顾她。"

赵盈盈扑哧一笑，摇着脑袋对程天说："刚好情况相反，她现在很照顾我哈。"

等二人交流完毕，赵盈盈便匆匆赶回缘梦公司，结果发现培训课已经开始了。

不过，幸好吴嘉雯提前替她霸了个位置，赵盈盈赶紧跑到她身旁坐好。

吴嘉雯进入经纪公司后，觉得身边的女孩都很造作且虚荣，只有赵盈盈人很老实，脾气又好，有时因过于软弱而激发了她的保护欲，常替赵盈盈出头。同样赵盈盈也喜欢她的直爽仗义，如此一来她俩逐渐成了好闺密。

NB 的会议室里，程天正向组员们讲述盈盈获取的最新情报，幻灯片里一张一张地放着涉毒的女孩照片，其中不乏一些正在被缘梦力推的新人，警员们交头接耳时，也同样叹息不已。

放完幻灯片，程天重新开口道："根据目前的情况来看，Tina 是以遴选娱乐圈新人为诱饵，找一些漂亮的女孩儿，让女孩们在吸毒派对上伺候名流富商，陪他们一起吸毒！"

林家豪回想起看过的照片，破口怒骂道："这种社会毒瘤，越早铲除越好！"

程天则很激动地说："缘梦已经筹划了游艇派对，时机成熟后就做事！"

话音刚落，所有警员齐刷刷地站起来："Yes，Sir！"

两天之后的白沙湾码头，赵盈盈和吴嘉雯从保姆车上走下来。

海风吹拂，裙摆飘起，女孩子的姣好身段一览无余。

赵盈盈下意识地摸了一下耳环，她的两只耳环里，分别装了微型的报警器跟录音机。她悄悄环顾四周的情况，成功辨认出假扮为游客的警员，心里安稳了许多。

吴嘉雯还在耐心地嘱咐她："你一定要记住，今天来的多半都非富即贵，如果有人想食你豆腐，你就装来大姨妈，要么扮肚子疼去上厕所。”

一旁的 Coco 听后笑着道：“被金主看中才好，可能明天就变大明星啦。”

吴嘉雯跟赵盈盈相视一眼，均没接她的话茬，毕竟当大明星没那么简单。

上了游艇后，Tina 让助理把姑娘们的手机收好，然后让她们全换上了泳装。

没过多久，几艘私家小艇靠了过来，一群打扮时髦的富商登上游艇。

游艇的大客厅内，Tina 轻车熟路地把男女进行配对，然后打开灯光，放起了轻音乐，端出各式香槟美酒，宣布 Party 开始。最初，厅里的男女只是喝酒聊天，嬉笑打闹。喝了一轮之后，从一名男客人扯断一个女孩的泳装肩带开始，场面顿时混乱了起来。

赵盈盈在行动中曾见过很多不堪入目的场面，仍被眼前的场景惊呆了。

过了一会儿，有人主动掏出各种毒品，开始疯狂吸食，场面更加混乱。

长相甜美的 Coco 率先跟着一个知名富商回了房，其余的人也开始配对离开。

转眼间，厅内就剩下正在跟客人猜拳的吴嘉雯和惊慌失措的赵盈盈。

Tina 突然出现在门口，脸上挂着冷笑：“你们不带客人回房，傻站着干什么？”

吴嘉雯转头一看，客厅里除正在跟她划拳的陈公子外，只剩下一个醉到爬不起来的男客人。吴嘉雯有意照顾赵盈盈，主动拉住陈公子说：“陈公子，我们回房间吧。”

“你太狡猾，我玩不过你，我要换一个。”陈公子推开吴嘉雯，他一把拉住赵盈盈，满嘴酒气一脸邪笑，“小美女，我们回房喝一杯。”

赵盈盈浑身的汗毛耸立，她又担心任务失败，所以没过于反抗，被强行拖进了房。

另一边，吴嘉雯无可奈何，只好扶起醉倒的男客人回房。

陈公子拉着赵盈盈一进房间，就猴急地向赵盈盈扑去。

赵盈盈一把推开他，打算用缓兵之计：“你不是说要喝一杯吗？我们先喝酒。”

陈公子心头大悦，他笑嘻嘻地说：“好。”

赵盈盈在房里找好酒打开，结果一回头看到个穿着短裤的人，惊叫一声连忙转头。

陈公子见盈盈害羞，从后面一把将她搂住，小声说道：“不是要陪我喝酒吗？”

赵盈盈被他搂在怀里，身子开始微微战栗道：“你能不能穿上衣服？”

陈公子将手松开后，背对盈盈倒了一杯酒：“你把这杯酒喝了，我就穿衣服。”

赵盈盈没有办法，只好把酒喝了。陈公子后退两步，仍然笑嘻嘻地盯着她看。

赵盈盈怕被看穿身份，假装搞不清状况：“我是初次来参加派对，我还以为就是喝酒跳舞，想不到你们还吸毒跟动手动脚。”

陈公子被她逗笑了，奸笑着解释道：“Tina 出货出美女，我们出钱消费。”

赵盈盈还想继续问些事情，突然感到头晕目眩。

陈公子顺势把她搂在怀里，很病态地说：“你不舒服？来，让陈医生帮你看看。”

赵盈盈的眩晕感越来越强，她知道自己中招了，拼尽力气按动耳环里的报警器。

此时，陈公子得意地把一个空酒杯放到她眼前：“这种迷药的效果真强。”

赵盈盈用尽浑身的力气反抗，可手脚慢慢不听使唤，意识也模糊起来。

直到赵盈盈再次醒来时，她已经身处医院的床上，许修平坐在她的身边。

“我的头好疼，我怎么了？”赵盈盈气若游丝地问。

许修平连忙握紧她的手，安慰道：“你什么事都没有。”

程天听到声音，走了过来。林家豪跟在后面，看到赵盈盈苏醒便感叹道：“这次的情况太危险了，若非我们接到警报立刻就假装记者冲上船，说不定你已经被那帮混蛋占便宜了！”

程天瞥了他一眼，制止他说下去，转头对许修平说：“修平，你负责照顾她。”

将计就计

Party 因为出现记者而中断，吴嘉雯第一时间找到了赵盈盈，看到后者被下药后奄奄一息的样子，她既心痛又自责。吴嘉雯本以为赵盈盈会辞职不干，结果没多久就又来上班了。

午饭时间，经纪公司旁边的快餐店中，吴嘉雯约赵盈盈一起食午餐。

吴嘉雯看着赵盈盈面色仍然十分憔悴，好心劝告道：“你想过换行没？”

赵盈盈依旧苦着一张脸，随意翻动餐牌道：“没想过，因为我太穷了。”

吴嘉雯看着她一脸又认真又天真的表情，又耐着性子苦劝：“拜托，你太单纯人又不够机灵，实在特别想赚钱，可以去麦记打工，或到 7 仔做兼职，7 仔通宵薪水更高，工作还轻松。”

赵盈盈眨巴着大眼睛反问：“那你怎么不去？”

吴嘉雯被她反问的一愣，打哈哈道：“我贪慕虚荣呀，你没看出来我很贪钱吗？”

赵盈盈伸手拉一拉她的鼻子：“放心吧，我没事啦。”

吴嘉雯白她一眼，没好气地骂道：“你这样叫没事？我回头去找 Tina 谈判。”

“好吧，我就会给你添麻烦。”赵盈盈点了份牛腩粉叹息道。

“别瞎说，因为我们是好姐妹呀。”吴嘉雯则要了份叉烧饭。

不一会儿，两个人在快餐店里吃起了午餐来，还一边吃一边谈天。

晚上九点三十分，赵盈盈下班后来到程天的办公室里，向他汇报工作情况。因为吃完午饭后吴嘉雯真拉着盈盈去找 Tina 大吵一架，当 Tina 索赔高额违约金时，二人被迫妥协了。两人虽然不用参加各种 Party，却被派了很多辛苦、难堪的工作。

程天听完赵盈盈的汇报，沉吟着说："这样看来，就算 Tina 不怀疑你，你都没办法接触核心层，必须让她更相信你才行。"他说完沉思了一会儿，忽然又追问："吴嘉雯有碍手碍脚？"

赵盈盈想到吴嘉雯风风火火的样子，不禁笑道："没有，她还挺讲义气。"

"她人确实还不错，可惜她老爸走得太早。"程天耸了耸肩膀说道。

赵盈盈明白他是有感而发，故意岔开话题说："上回柴头冒充记者打断了游艇 Party，而且还拍了不少照片，Tina 对此很恼火，一直在怀疑有人泄露消息，昨天还问过我一次。"

程天听了眉头一展，计上心头道："此事能拿来做文章。"

次日上午，赵盈盈在公司里偷偷地打了通电话，然后向 Tina 请了个午假。

当她匆匆坐上计程车不久，Tina 和她的助手 Ken 暗中驱车尾随。

Tina 看到赵盈盈在一个街角下了车，不停地左顾右盼，频频看手表，似乎在等什么人。没多久，就看见一个记者走了过来。只见赵盈盈跟记者在激烈争执，过了好一会儿，记者不耐烦地挥了挥手，独自扬长而去，留下赵盈盈在原地一脸懊恼地跺脚、叹气。

Tina 和 Ken 开车慢慢跟上记者，当记者走进一个偏僻小巷之际，Ken 一脚把车刹停到他身边，猛地一推车门，将人撞倒在地。接着 Ken 跳下车，把他反扭着手臂按到墙上，痛到他杀猪一样嚎叫。

Tina 也已经下了车，面带微笑反问道："你既然做狗仔，应该知道我是谁吧？刚才你跟那个女孩说什么？"

记者嘴里一边喊痛一边答道："没说什么，胡乱吹水而已。"

Tina 的脸色瞬间大变，她阴沉着脸说："你不肯说？那明年今日就是你的忌日！"

记者被吓坏了，连忙哀求道："Tina 姐饶命，我听说你们有搞派对，就去找那个女孩买消息，拍点明星照片卖个好价钱，她收了钱又要我把全部照片交出来，然后我刚跟她吵完。"

Tina 拉长着一张脸问："照片呢？"

记者如实回答道："交给总编了。"

Tina 抬手给了记者一巴掌，怒骂道:“不知死活的东西！”

于是，她身后的 Ken 立刻对记者一顿拳打脚踢。

Tina 意外看见两个巡警从远处走来，她连忙拉上 Ken，发动车子开溜。

第二天一早，赵盈盈战战兢兢地走进 Tina 的办公室，把一个 USB 交给了她。

Tina 其实清楚是何物，她故意不动声色地问:“这是什么？”

赵盈盈不敢看她，低着头小声说:“Sorry，Tina 姐，之前那个派对的消息是我卖给了一个记者，他只想拍一些泳装照去卖钱，我一时糊涂就说了，我昨天才把照片给要回来。”

Tina 用指纹打开计算机，然后插入 USB，移动鼠标点开一看，确实是派对上那些不堪入目的画面和影片。Tina 把打开的文件关闭，接着追问道:“他还说了什么？”

赵盈盈深吸一口气答道:“他已经离开香港地区了，只希望 Tina 姐能饶他一命。”

赵盈盈等了一阵子，看 Tina 迟迟不说话，便说道:“Tina 姐，那我先出去了。”

当盈盈准备转身离开时，Tina 忽然开口说:“从明天起就来当的我私人助理吧！”

Tina 看盈盈一脸意外和茫然，解释道:“你帮我找回照片，给你升职是奖励。”

赵盈盈兴高采烈地出去后，Ken 疑惑地问道:“她傻头傻脑的可靠吗？”

Tina 摇了摇头，转身对 Ken 笑道:“傻点才好，就当多了个替死鬼。”

Ken 听后也跟着笑起来，想了想又开口道:“我要去干掉那个记者？”

Tina 拿起一根银光闪闪的指甲锉，轻轻地磨着指甲:“不用，他还翻不了天。”

月色如水，微风习习，西九龙公园的秋千架上，赵盈盈和许修平静静坐着。

许修平看着脸色憔悴的赵盈盈:“你大半夜不休息，还有空约我看月亮？”

赵盈盈面露微笑道:“想找人谈心啦，最近一直在撒谎，我都快闷死了，”她抬头看着月亮，“修平，人心有时真的很奇怪，如果你太聪明能干，别人就会怕你，若你太傻气，就会遭坏人利用。”

许修平听罢笑着调侃道:“盈盈，你能当哲学家了。”

赵盈盈又看着天上的月亮，自言自语道:“在我认识的这帮朋友里，最聪明的家伙就是韦俊轩了，他的鬼点子多，人也很机灵，我以前很崇拜他，可现在我觉得他好傻，为了钱去当古惑仔，阿天还说他愿意当污点证人，我起初还很高兴，眼下看来他未必肯当了。”

许修平听她突然提到韦俊轩，一时不知说什么好，毕竟他不能说破韦俊轩的 UC 身份，唯有往好的方面引:“俊轩的本质不坏，他肯定会重回正道。”

赵盈盈听他这么说，突然“咯咯”一笑：“修平，你是我身边最傻的那个人。”说完，她脚往地上一蹬，身子随着秋千荡了起来。

一网打尽

深夜，当最后一盏灯也熄灭了，整栋大楼就像一头休眠的野兽，陷入了沉寂。

赵盈盈穿着一身黑色紧身衣缩在杂物间内，她侧耳倾听，确认外面没声音之后，这才如同一条水草中的鱼，从门缝里钻出来。她小心翼翼地来到 Tina 的办公室，又屏息等待了一会儿，拿出一把事先配好的钥匙，成功打开办公室的门。

月光穿过宽大的落地玻璃窗射进来，使赵盈盈有一种暴露了的疑惧。她调整好呼吸，强行平复心情，先返身把门锁好，又缓步来到 Tina 的办公桌前。赵盈盈先打开她的计算机，又取出一个根据 Tina 指纹制作的指模按在键盘上，成功进入了系统……

警局 NB 程天办公室内，警员们正在一起研究赵盈盈提供的数据资料。这是一份详细的报表，记录了每一笔毒品交收的日期、地点、种类、数量和价钱。

林家豪看完资料开口称赞道：“盈盈真厉害，应该给她颁一个美女神探奖章。”

特意来帮忙分析电子档案的许修平说：“Tina 很信任盈盈，不但把钥匙给她管，运货也要经她的手。”

林家豪哈哈笑着说：“我看是 Tina 以为盈盈够傻吧。”

李志忠故意开玩笑道：“论装傻，柴头绝对第一，你看他扮记者被打都不还手。”

林家豪眼睛一瞪，出言反击道：“忠仔，我那是为了完成任务。”

程天打了个响指，进行最终总结：“这次盈盈的功劳最大，她拿到了 Tina 的交易数据，还掌握了公司最新聚会的时间地点，不久行动就要收网了，大家打起十二分精神，别让盈盈的辛苦白费！”所有的警员一起大声喊道：“Yes，Sir！”

程天见众人斗志高昂，很满意地点点头道：“新聚会的地点是一个高档别墅，我们这次行动的困难比较大。”

许修平一脸担忧地说：“因为里面只有盈盈一个人，可能会有危险。”

程天立刻补充道：“我们要找一个兄弟进去配合她。”

许修平马上接着说：“我去吧，里面的不少人我可能会认识。”

林家豪立马开口反对：“不行，你虽然是现成的富二代，但你最近过于出名。”

程天则望着李志忠说：“忠仔，这方面你有经验，我们想办法把你弄进去。”

李志忠两手一摊，故意搞怪地说："终于又轮到我这个影帝出马啦！"

这话一出全组人员都笑了，但李志忠确实也是众警公认的演技最强。

两三日后，正值聚会当天，程天一早就带领警员潜伏到聚会地点的周围。聚会核心地点为一座带泳池的独栋别墅，别墅有前后两个铁闸门，各有四个看守。一圈带刺的铁栅栏，环绕着高大的房子。

程天从望远镜里看到，下午 Tina、Ken 带着精心打扮过的女孩子先到。天黑下来以后，受邀参与聚会的男客人们也陆续到场。程天的人际关系神通广大，不知从何处搞到了一张烫金的邀请卡。李志忠专门被许修平精心包装过，大摇大摆地从正门混了进去。

NB 的那台指挥车里，安装在志忠皮带上的针孔摄像头将信号传递到显示屏上，而声音则通过他纽扣里的窃听器传送。程天能听到迷离的音乐如一条蛇般蜿蜒游近，视频中李志忠先随人流沿着草坪小路往前走，穿过一道走廊后，场景豁然开朗。

只见四面高台之间是一个蓝色的泳池，周遭加放了若干个汽车大灯，把整个泳池照了个灯火通明。而在池边和池底的位置，一排排五光十色的弱光灯将池水渲染得绚烂又迷幻。池水中，三个身材修长的女孩正穿着性感的泳衣在慵懒地游泳。沿着池边，七八个身穿休闲装的男人正跟十来个泳装女孩饮酒嬉闹。镜头转移，Tina 出现在了镜头里。她边走边跟客人寒暄，仪态端庄，温婉优雅。

程天拿起对讲机，命令道："各单位注意，老板出现，宴会开始！"

过了一会儿，身穿制服的服务生将一盘盘精致的礼物包托了出来，性急的男人一拿到礼物包就迫不及待地取出里面的软毒品就地吸食。随着男人们开始吸毒，整个场面有点失控了。

只见有的男人开始搂住身边的女孩，有的则喂女孩吸毒，还有的将大把大把的钞票塞进女孩子的内衣。接着，有人跳到水里，尖叫声、狂笑声不绝于耳，每个人都面目扭曲，相继陷入癫狂的状态。

李志忠的镜头对准一个女服务生停了一会儿，程天看到她正是赵盈盈。赵盈盈看到镜头，对着这边微微点了点头。随后，镜头又对准了另一个身材高挑的女服务生，只见她面无表情，正是吴嘉雯。没过多久，Ken 带着两个女服务生端出一个造型复杂精美的五层蛋糕来。

程天再次抓起对讲机，说："鱼在闻饵，五分钟后行动！"

所有的组员一起回复："收到。"

此时在别墅内，李志忠已经跟环境有些格格不入。Tina 朝他望了一眼，两道柳眉微皱，似乎在思索什么事。李志忠急中生智，端起一杯酒，大大咧咧地走到赵盈盈身边，一把把她搂住，用浪荡轻佻的口气问："美女，我是不是见过你？"

赵盈盈心领神会，假装半推半就，带着李志忠往阴影里走去。

Tina 看到摇了摇头，正好有一个醉醺醺的中年客人过来纠缠，她便回身应对去了。

走到一个僻静的角落后，李志忠假意把盈盈压在身下："一会行动，你盯住 Tina，我负责盯货。"

赵盈盈压低声音回答道："明白，忠仔，你千万要小心。"

突然，一个女孩子的声音从旁边传来："你们在说什么？"

赵盈盈抬头一看，竟然是吴嘉雯。原来吴嘉雯担心盈盈吃亏，悄悄跟在了二人的后面，此时听到这番对话，不由吓傻了。

吴嘉雯指着两个人大声问道："你们到底是什么人？"

听到她的喊声，Tina 和 Ken 都警觉地朝这边看来。

Tina 早就怀疑李志忠不对，便不敢犹豫，大声喊："Party 取消！"

"Action！"指挥车里，程天迅速下令后，接着直接跳下指挥车，带领组员向别墅冲去。别墅之中，李志忠和赵盈盈清楚身份已暴露，一起高喊道："警察做事，全部不许动！"正在狂欢中的人群先是停滞了一下，接着就像被捣了一棍的蜂巢，直接乱成一团，四散奔逃，只剩下几个不省人事的男女。Ken 抓起盛蛋糕的盘子，想把蛋糕扔进泳池，志忠飞身扑过去跟他扭打起来。

另一边，赵盈盈追着 Tina 来到后门，Tina 还想抵抗一番，结果被盈盈当场制伏。

程天带着组员一路上拘捕了二十多个携带毒品的男女，当他来泳池边上时，只见 Ken 正拿着一柄餐刀抵着吴嘉雯的脖子企图做困兽之斗。藏毒的蛋糕则倾倒在他身前的草地上，蛋糕里各种颜色的粉末洒了一地。

Ken 此时面目扭曲，大声叫嚣道："死差佬，你别逼我，大不了我跟她一起死！"他一边叫喊，一边手上用力，直接在吴嘉雯脖子上划出一道血痕。吴嘉雯因痛楚也放声尖叫，可双眼依然死死盯着程天，因为她恨眼前这名黑警。

程天不动声色地朝他走了一步说："你没机会逃了，狙击手已在你身后就位。"

Ken 听罢下意识微微向后转头，就趁这个瞬间，程天化身成一头凶猛的猎豹，猛地向前一扑，一下子撞在 Ken 的身上，Ken 则大叫一声，顺手一拉吴嘉雯，三个人一起掉进了游泳池里。

·第9章·

峰回路转

心结难解

下午的阳光刺眼且毒辣，被咖啡色的玻璃一挡，又渐渐变柔跟清亮不少。街角的咖啡厅里香气氤氲，盈盈与嘉雯正坐在靠窗的卡座上喝咖啡。相对无言了一会儿，吴嘉雯突然说：“我一直以为你是个傻妞，没想到我才是！”

赵盈盈颇为尴尬地讪笑道：“Sorry，阿 Man，我们以后还能做朋友？”

吴嘉雯把杯子往桌子上一顿，摇摇头道：“我不跟警察做朋友。”

赵盈盈也放下杯子，温声开解道：“我知道你特别痛恨警察，尤其是对程天，所以也痛恨他身边的人，但修平是个好人，你就帮帮他好吗？”

吴嘉雯直接站起来，冷笑一声道：“果然天下的警察都一样，许修平也不是什么好人！”紧接着，她掏出一张钞票放到桌上：“不用你请我，我不想领你的情，许修平要怪就怪他有个黑上司！”说完她直接转身离去。

赵盈盈亦站起身来，但又不知说什么好，只好看着她气冲冲地走了。

深夜时分，许修平家的客厅里，程天和修平坐在沙发上，边喝啤酒边聊嘉雯的事。

程天和许修平都知道，现在最关键之处在于嘉雯的供词。可据盈盈的说法，嘉雯恨极了程天，连带着对所有的警察都充满了敌意，要她放过许修平，除非解开她的心结。

程天先长叹一口气，摇晃着手里的罐装啤酒：“看来一天找不到肥波解释清楚，她会一直盯着我不放，她针对我就算了，想不到连你也不放过。”他又喝了口啤酒，继续自言自语：“可肥波出狱后就好像消失了，也不知道是生是死。”

就在这时，程天跟修平的手机同步响了一下。两个人同时掏出手机，不禁相视一笑。许修平走到门口，从猫眼里往外看了看，打开房门之后，把一个人放了进来，今晚的深夜来客竟是韦俊轩。

许修平又朝门外左右看了看，这才关上门，谨慎地问道：“有没人跟踪你？”

韦俊轩大大咧咧地笑道：“修平，你放心啦，绝对没人能跟到我。”

程天扔了一罐啤酒给他，调侃道：“Turbo 哥，你深夜大驾光临有带厚礼来吗？”

韦俊轩一把接过啤酒，打开喝了一口：“程 Sir，我这小混混来拜会警界大佬怎会空手呢？我成功查到肥波的下落了，这份厚礼够诚意吧？”

程天和许修平听了都是精神一振，连酒都顾不上喝了，直接按照韦俊轩给的地址叫了台的士杀过去。夜色下弥敦道以西的钵兰街，整条街都弥漫着霓虹灯招牌搭配着旧唱片里曲折又迷离的歌声，让人忍不住想留步游玩。片刻之后，有一辆的士车从街头开过来，停在了一家夜总会的门口。一个身材矮胖的中年人下了车，付了钱左右观望一番后，才低头走了进去。

程天和许修平从街角的阴影里走出来，抬头确认夜总会的招牌，最终也跟了上去。程天付了一点小费之后，夜总会的服务员把他们带到一间包厢外。

隔着老旧的木门，程修二人听到里面有个女人正幽怨地说：“你何时才能还债？”

不多时，又有一个男人着急地说：“你别催啦，我马上就要有钱了。”

程天跟修平对视一眼，直接推门而入。只见装修陈旧的包厢里，一个四十多岁浓妆艳抹的女人双腿分开坐在一个矮柜上，还有一个矮胖的男人正赤裸着上身站在她的面前。

看到有人闯进来，女人尖叫一声，把男人一推，跳下矮柜跑了出去。男人异常恼火地转过身子，他看见程天和许修平站在自己的面前。虽然相隔十多年未见，程天仍然一眼就认出来眼前之人正是肥波。肥波看到程天，脸色明显一变，因为他也认出了对方。

程天面带笑意打了个招呼：“波哥，好久不见。”

肥波眉毛一挑，眼神里充满了怨恨，嘴上却道：“程 Sir，你想请我去 NB 饮茶？”

许修平摇了摇头否认道：“波哥，你误会了，我们是有事想请你帮忙。”

程天接茬继续说：“吴东财你没忘吧？他女儿误会我是黑警，我想你去澄清下。”

肥波用手挠了挠头顶稀少的头发：“还想我帮你？可当年你怎么对我的呢？”接着他眼珠一转：“不过，有钱万事好商量，给我五万块就行。”

程天见肥波还是死性不改，冷笑着说：“我只想你说真话，并非用钱收买你。”

“程 Sir，正所谓天下没有免费的午餐。”肥波亦冷冷一笑，从口袋里掏出一支圆珠笔，随手扯下一张餐巾纸，写了一个电话号码，往地上一丢："你们想通了就给我打电话。"最后他强行分开二人，独自走出了包厢。

在太子酒吧里，太子正把玩着烟斗，火鸡一言不发地站在他背后。

桌上的电话忽然响起，火鸡接通电话，听了一会儿，递给太子："大佬，有个叫肥波的找你。"

太子愣了一下，带着疑惑接过电话。

电话那头果然传出一道似曾相识的声音："太子，别来无恙啊！"

太子听肥波还用十年前的称呼叫自己，其实非常不悦，可仍旧假笑寒暄道："波哥，多年不见在哪儿享受人生呢？"

肥波则放声大笑道："太子，我有些事想找你帮忙。"

太子仍然笑声不断，说："你我兄弟一场，有事尽管开口，能帮的我肯定帮。"

肥波听他如此豪爽，似乎也放松下来，嘿嘿一笑道："我现在急缺十万块钱。"

太子笑声一收，破口骂道："十万块？肥波，你坐牢坐傻了？想我帮你养老啊？"

肥波听到太子翻脸，自然也早有准备，皮笑肉不笑地说："太子，吴东财案值不值十万块？如果我翻了你的老底，到时用钱都无法摆平咯。别说我没提醒你，有两个警察也想跟我买这个消息，如果我告诉了他们，你就准备坐监吧！"

太子先是脸色一变，仔细想了想，嘴角露出阴险的冷笑："波哥，你不要那么紧张，我跟你开个玩笑而已，可你依然没半点幽默感，十万块小意思啦，毕竟大家还是好兄弟。"

电话的另一头，肥波也跟着笑起来："多谢太子哥。"

太子不等他说完，接着追问道："你说的两个警察，其中一个叫程天吧？"

肥波咳嗽了一声道："对，他被吴东财的女儿误会，希望我出面澄清。"

太子的眼睛在眼眶里来回打转，然后脱口而出道："你人在哪儿？我先给你打五万块，你顺势答应程天的要求，但不是让你帮他澄清，而是把所有的事都推到他头上，栽赃完成之后，我私人再给你 10 万块！"

杀人灭口

肥波听到太子肯出钱，内心喜忧参半。他知道太子做事阴狠，所以说了一个电话亭的位置后，自己躲在远处悄悄观望。过了十多分钟，一辆黑色轿车开到电话亭的旁边，一个人从车里下来。那人左右看看没有人，便把一个黑布包放在电话亭边，然后开车走了。

等车走远，肥波赶忙跑过去，只见包里正好装有五万块，顿时乐开了花。就在这时，肥波的手机响了起来，从裤袋中拿出来一看，猜到程天和修平可能答应了他的条件，嘴角露出嘲讽的笑容。

位于一间老旧的茶餐厅里，由于不是饭点，所以食客并不多。

赵盈盈陪着吴嘉雯坐在最里面的一个位子上。

吴嘉雯早就知道肥波的事，此时听赵盈盈又讲了一遍，心里更加愤恨。其实在她看来，程天和肥波都是一路货色，但赵盈盈苦苦央求她来听一听肥波的解释，虽然当初对盈盈说了狠话，但事到临头还是心软了，决定姑且听一听肥波会说什么。

她们坐着等了一个钟头，吴嘉雯就看见程天、修平带着一个矮胖的中年人走了进来，能确定他就是肥波。吴嘉雯死死盯着对方，只见他一双眼睛细眯眯地转个不停，脸上肥肉一直抖动，整个一市井无赖的模样。

肥波被吴嘉雯盯得浑身发毛，不敢看她，却又被她凹凸有致的身材吸引，一对眼珠又忍不住朝她偷瞄。赵盈盈起身坐到吴嘉雯身边，打算让出一个位置。

怎料肥波却突然开口道：“两句话说完就走，我不用坐了。”

许修平只好站着介绍说：“这位是蔡一波，波哥，她是吴东财的女儿吴嘉雯，其实也算你的侄女了。”接着又对吴嘉雯继续说：“波哥当年负责你爸的案子，你听完就知道当年的真相了！”

“没错，当年你爸的案子是由我负责，不过抓人的是程 Sir，我全都按程序办事而已。”然后肥波又抬手指着程天，“最终他和 ICAC 指证我，让我坐了牢，而他就升了督察，别的事我一概不知。”

许修平大吃一惊，望向程天，却发现后者的脸色毫无变化，仿佛已早有所料。

许修平盯着肥波吼道：“波哥，你别胡说八道！”

肥波却转身对许修平大喊：“对，我是收了黑钱，但我好歹有良心，现在你们给我这些钱，想要我为他说好话，想都不要想了！这些黑心钱，你们自己拿着慢慢花吧！”说着，他从怀中掏出一个公文袋，“啪”地摔在桌子上。吴嘉雯看到公文袋里一沓一沓的钞票，腾地站了起来，用手指着程天、许修平和赵盈盈，气到说不出话来。她猛地抄起一沓钞票，往程天身上一摔，大步走出了茶餐厅。

肥波看着吴嘉雯走远，咽了一口口水，转过头来仰天大笑道：“程天，这次总算新仇旧恨一起报了，你千万别怪我，要怪就怪你还当差。”说完，他放肆大笑着走出了餐厅。

肥波从茶餐厅里出来，只觉得春风拂面脚下生风，心情爽到飞起来。这一次，他不但拿到了还债的钱，还乘机报了当年的一箭之仇。最重要的，他还完成了太子的要求，这样不会被人秋后算账。

对于太子的秉性，肥波可谓异常熟悉，因此从一开始就没打算再去拿那十万块。毕竟，人能活着比有钱更加重要，肥波决定先去一趟钵兰街，随后再过海去澳门地区那边，永远离开香港地区这个是非之地。想到这儿，他捏捏怀里的黑色布包，大步地朝街角走去。

就在这时，只听一阵轰鸣声突然响起，一辆小货车呼啸而来，直接将肥波撞飞。

肥波躺在地上，模模糊糊看到一个人影走了过来。他听到的最后一句话是：“死肥佬，太子哥让我送你上路啊！”然后就失去了意识。

原本在茶餐厅内的程天三人，听到外面突然传出尖叫声，连忙跑了出来。结果瞧见一个肥胖的身体躺在街角，旁边停着一辆小货车，一个高瘦的古惑仔从他怀里掏出一个黑色布包，然后飞快地逃走了。

下午四点钟，太子酒吧里没有几个客人，吴嘉雯正玩着手机打发时间。

突然，酒吧的大门砰的一声被推开了，程天和许修平走进来。

吴嘉雯看到程天就火大，刚要上前阻拦，太子便带着手下们从办公室里走出来。

程天一见太子就大声问：“何宗太，肥波的死跟你有关？”

太子佯装听不明白的样子，反问道：“程 Sir，你何出此言啊？”

许修平气愤地指着太子说：“你是在杀人灭口！”

太子打掉修平的手冷冷地道：“阿 Sir，没证据别乱说，当心我告你诽谤！”

程天伸手拦住许修平，对太子喝道：“何宗太，别太嚣张了，我迟早拉你坐监！”

太子也阴沉着一张脸，恶狠狠地说：“你没事的话就滚吧，我这儿不欢迎你们！”

程天和许修平转身离开，看着他们的背影，太子嚣张大笑。而此时远远目睹这一切的吴嘉雯不禁疑窦丛生，等太子回办公室后，她看别人都没跟进去，就悄悄溜了进去。

太子刚端起一杯茶，看到吴嘉雯进来，眼睛一亮，盯着她问道：“你想问肥波的事？”

吴嘉雯被他盯得浑身发毛，还是继续追问：“我去看我爸时，他只说自己被人冤枉，从没提过肥波的事，他跟我爸有什么关系？”

太子喝了一口茶，转身坐到沙发上，拍拍身边的位子，对吴嘉雯说：“过来坐。”

吴嘉雯硬着头皮坐了过去，太子顺势拉住她的手："当年肥波是黑警，常常在我们面前耍威风。有一回，肥波受了上面的压力，要他限期尽快破一宗案，他在你爸那边收到消息跑去抓人，谁知临时走漏风声那个犯人跑了，肥波为交差就冤枉你爸说他跟案子有关，于是你爸就被抓去坐监了。"

吴嘉雯听了，相当生气地问道："怎么没人告诉我？"

太子抚摸着她的肩膀，假意安抚道："跟你说有用？毕竟我们惹不起差佬。"

吴嘉雯瞪大眼睛，仔细一想说："肥波说他是照章办事，负责抓人的是程天。"

太子的目光已被嘉雯白皙的脖颈所吸引了，随口回答道："死差佬都爱这么说。"

吴嘉雯听他回答的敷衍，也随意迎合了两句，找个借口脱身离开。

不过，吴嘉雯成功确定了一件事，自己的老爸果然是含冤入狱而死。

峰回路转

烈日虽然已经开始黯淡，但此时的柏油路面依旧滚烫。程天步行穿过几条小窄巷，向一家老人院走去。根据韦俊轩提供给他的消息，一个名叫阿汉的人或许能帮上忙。

程天走进社区中心，问过几个人后，看到了自己要找的人。阿汉身材高大魁梧，五大三粗，长着一张硬朗的国字脸，此刻正推着一架轮椅，并时不时轻声细语地跟坐在上面的阿婆聊天。

程天走过去，就听见阿婆开口感谢道："阿汉，又要麻烦你推我出来晒太阳，我那三个不孝子加起来若有你一半孝顺就好了，可惜你阿婆我也没房子，不然我肯定送给你。"

阿汉微笑着说："阿婆，他们一定会来看你的啦，谁不会挂念自己的亲妈呢？"

程天看着二人一边聊天，一边散步，不忍打扰。

过了一会儿，阿汉推轮椅回房，正好遇到一个台阶，程天快步走过去帮忙。

阿汉连说"谢谢"，借力一抬就把轮椅抬了上去，动作熟练且迅速，明显经验很丰富。

程天看到阿汉把轮椅交给了一名女护工，于是走到他身边，感慨地说："这个阿婆生了三个儿子，还是要来住老人院。"

阿汉转头看看他，然后问道："先生，你是来找人的嘛？"

程天点了点头如实说道："不错，我要找的人是你。"

此时，在青山医院，赵盈盈陪着嘉雯站在重症监护室的大玻璃窗外，看着病房里浑身插满导管的肥波。两个人看了一会儿，赵盈盈叹息道：“他昏迷 48 小时了，医生说可能会成植物人。”

吴嘉雯已经确定肥波是她的大仇人，可看到他躺在床上亦有些不忍，但想起冤死狱中的父亲，又特别冷漠地问道：“你带我来看他干什么？”

赵盈盈望着吴嘉雯问道：“你不觉得奇怪吗？为何肥波见完我们后就被车撞了？”

“这是他当黑警的报应，你为何还要救他？！”吴嘉雯大声质问道。

赵盈盈摇摇脑袋说：“是程天和修平在支付他的医疗费。”

吴嘉雯愣了一下，追问道：“肥波不是跟他们翻脸了吗？”

赵盈盈看向躺在病床上的肥波：“他们希望有一天肥波能醒，然后告诉你真相。”

与此同时，养老院里，阿汉已经知晓了程天的来意。阿汉沉思了很久，才继续说：“这些年我见过很多被子女遗弃的老人，一开始我总感慨人性凉薄，现在我常常思考，我爸也跟他们一样，在最需要人服侍时，亲生儿子不在身边，这些想法让我不安。”

程天不禁感慨了一句：“阿汉，毕竟血浓于水，老爸也只有一个。”

阿汉舔了舔下嘴唇说：“程 Sir，你说的对，可惜我现在帮不了你，我已经很多年没跟我爸联系过了。连他人在何处都不清楚，如果你能找到他的话，请你一定要通知我。”

程天连连点头道：“你放心，我一定 Call 你。”

于是，程天告别了阿汉，拦了台的士回 NB 总部开会。

时间飞速流转，又是夜幕降临，万家灯火通明。

一家旧式潮州酒楼的贵宾室里，基爷正独自喝着茶，几个合联社的小弟守在门外。吴嘉雯捧着一盒潮州甜品走了过来，小弟们知道她是基爷的世侄女，就放她进去了。

基爷看到吴嘉雯，惊讶中又有一点高兴，笑眯眯地问：“嘉雯，你怎么有空来？”吴嘉雯把甜品盒打开，摆在桌子上：“基叔，今日是我老爸的生忌，我十几岁时他就走了。我们的这些亲戚里，只有您一个人肯管我，如果不是您照顾我和弟弟，我们可能早就变成乞丐了。所以从小时候起，我就把您当成唯一的亲人了，今日我特地做了一些甜品给您吃。”

基爷看吴嘉雯说得动情，就拿起一个点心尝了尝：“好味，你也过来一起食啦。”

吴嘉雯坐到基爷身边，帮他把点心剥开，又细心地用线勒成小块，再插上牙签，一个一个摆在小盘子里，放到了基爷面前。

基爷看她做得十分周到，更是满意非凡，露出欣慰的笑容：“嘉雯，真是岁月不饶人，不知不觉连你都长大了，想起当初刚见到你时，还是一个黄毛小丫头。”

吴嘉雯腼腆一笑顺势说：“基叔，你能讲讲我爸的事吗？”

基爷心情正好，也打开了话匣子：“阿财虽然人不算特别机灵，但好在为人忠心耿耿，不会干什么偷鸡摸狗的事，太子最看重他这一点。”

吴嘉雯一边听一边把点心分次喂给基爷吃，基爷讲了很多吴东财的旧事，有一些吴嘉雯是知道的，更多的是她不知道的。这些故事让她入了迷，迷迷瞪瞪中，仿佛爸爸就在眼前。基爷把点心吃完，故事也正好讲完。

吴嘉雯意犹未尽，想了想又追问：“那我爸有什么好兄弟？”

基爷皱着眉头回忆许久，才回答道：“阿财性格耿直，在社团里并不合群，如果说跟谁关系最好，那就应该是咖喱了。当年他和咖喱都在帮太子做事，咖喱为人精明会算计，阿财不爱跟人计较，二人反而做了朋友。”

“这个咖喱叔人在何处？我能去见见他吗？”嘉雯一脸焦急地问道。

“我听说他跟自己的儿子闹翻了，现在可能住老人院吧，具体哪家我不清楚。”基爷说。

吴嘉雯告别基爷回到家后，她决定无论如何都要找出咖喱，便发了条短信给程天。

次日的午饭时间，警署楼下冰室里，程天进门就看到了嘉雯，她独自喝着西瓜汁。

等程天坐好，吴嘉雯冷冰冰地说：“我约你出来没别的意思，只是想请你帮忙。”

程天自己点了一杯冻柠檬，然后开口道：“说吧，想我帮什么忙？”

吴嘉雯喝了口西瓜汁：“想你帮我找咖喱叔，他是我爸在合联社里的好兄弟。”

程天听了，往椅背上一靠：“咖喱？其实我也在找他。”

吴嘉雯一脸惊讶地问：“你找他干什么？”

程天笑了笑才继续说：“我们动机一致，你目前有什么线索？”

吴嘉雯如实回答道：“我听基爷说他住养老院，具体哪家就不知道了。”

程天听后笑嘻嘻地说：“这事我负责，香港地区的老人院都有联网，我去查并不难。”

吴嘉雯看到程天发自内心的喜悦，对他的怨恨突然消减了不少。

冰释前嫌

中午饭后，大角咀老人院里，老人们正在院子里晒太阳。他们有的在听广播，有的在看报纸，有的在打牌下棋，各个自得其乐。

只有一位身材高大却异常瘦弱的老人孤坐在花坛旁边的椅子上闭目养神。

程天和吴嘉雯跟门口的守卫打过招呼后走进院子，沿途问了几个护工，最后向花坛边上的这位老人走了过去。

“咖喱叔？”吴嘉雯在老人耳边轻轻叫了一声。

老人浑身一抖突然睁开眼睛，本能地往后微缩，警觉地问：“你们是谁？”

吴嘉雯连忙拿出手机，翻开一张合影给他看：“咖喱叔，我是吴东财的女儿。”

咖喱先是疑惑地打量了吴嘉雯一会儿，又从上衣口袋里掏出一个眼镜戴上，才拿过手机，辨认上面的照片。这是一张很老的照片，照片上两个身穿背心体格壮实的年轻人正一起托着一个穿着红白格子裙的小女孩。咖喱仔细辨认，手轻轻地颤抖起来，唏嘘地说：“他是阿财，你是阿财的女儿呀，居然都这么大了！”

吴嘉雯看到他真情流露，显然跟爸爸交情很深，于是说：“咖喱叔，你知道当年爸爸为何被警察抓了？”

咖喱脸色一变把手机还给她：“丫头，陈年往事何苦再提？而且你爸也不在了。”

吴嘉雯很坚决地说：“我爸被抓后一直喊冤，他特别想翻案，我要替他洗冤！”

咖喱十分固执地摇了摇头道：“丫头，你别逼我，告诉你会害了你呀！”

站在一边的程天突然说：“咖喱，如果当年坐牢的是你，你儿子不明真相，他又会是什么心情？”

咖喱一时间还没想起程天来，面带疑惑地问：“你又是谁？”

程天深吸一口气回答道：“这不重要，我知道你有个儿子，亲情二字你比我懂。”

吴嘉雯听到程天的话，惊讶地看着他。

结果咖喱颇为凄凉地说：“亲情？我儿子已经好多年没见过我了。”

程天打了个响指问：“你想见你儿子？”

咖喱抬头盯住程天仔细地看了一会儿，恍然大悟地说：“没错了，你是当年那个小警察！”停了一会儿，又非常自责地说：“想有何用？若不是我当年抛妻弃子，加入了合联社，我儿子已经不要我了，注定我要当个孤独老人，恐怕直到我死他都不肯来看我一眼！”

程天直接拿出手机，打了一个电话。

没过一会儿，一个身材高大的中年人从院口走了进来，他就是咖喱的儿子阿汉。

咖喱看到阿汉，一下子站了起来。

阿汉看到咖喱老态龙钟，忍不住快步走过来，搀住他的手臂喊：“阿爸。”

咖喱盯着阿汉，惊讶到如同木雕一般。过了许久，他才敢伸出手去摸阿汉的脸，仿佛害怕阿汉只是梦里的人，伸手一碰就会消失。咖喱的手指碰到阿汉的脸，两行眼泪一下子流了出来：“阿汉，真的是你呀，我以为你不要我了。”阿汉听了也紧紧抱住咖喱，眼中亦热泪滚滚。

吴嘉雯惊讶地看看程天，又望望身边的这对父子，既有开心，又有自怜。

程天一边鼓掌一边笑道：“你们能相认真好，毕竟血浓于水。”

咖喱放开儿子，又含泪带笑地看了看阿汉，这才对程天和吴嘉雯说：“谢谢你们！”然后他看着吴嘉雯，咬了咬牙下定决心：“丫头，既然你跟程 Sir 在一起了，安全应该没什么问题，那我就告诉你吧。”

咖喱紧抓着阿汉的手，对吴嘉雯说：“陷害阿财的主谋是太子，肥波则是帮凶！”

很快咖喱将当年的秘密娓娓道出，当时的太子还是个小混混，为了往上爬，跟肥波勾结在一起。一直是太子贩毒，肥波罩着他。有一次，太子滥赌挪用了社团的货款，交不出这笔账，于是找阿财帮忙，表面上是叫他带点东西，实际是让他去做替死鬼。

阿财为人憨厚耿直，不明真相，结果正好中计。肥波事先已经跟太子串通好，于是抓住了阿财，把事情全推到了他的头上。后来阿财冤死在狱中，此事自然不了了之了。

吴嘉雯才明白原来太子才是大仇人，她想了想又指着程天：“他有没有参与？”

咖喱又看了看程天，摇摇头说道：“程 Sir 那时只是个小警察，整天跟着肥波到处巡街。肥波其实很讨厌他，怎可能让他知道这些事？当年他能抓到你爸，也全凭新人的一股虎劲而已。”

吴嘉雯惊呆了半天，试探性地问道：“咖喱叔，能帮我出庭指正太子吗？”

“丫头，我不能再帮你了，以后你千万别外传此事是我所说，否则太子那家伙肯定不会放过我！”咖喱转过脸看了看自己的儿子，“现在我年纪大了，我也怕他对付阿汉。”

看到咖喱对儿子发自真心的疼惜，吴嘉雯再无怀疑，想起自己曾误会程天更羞愧不已。于是，她很快就把怨恨转移到太子身上。程天站在她的身边，看她脸色来回变化，也猜不透吴嘉雯又在打什么鬼主意，忍不住摇了摇头，心头反而如释重负，感到了前所未有的轻松。

在回去的路上，吴嘉雯坐于副驾驶位，看着认真开车的程天，一时不知道该说什么好。她组织了老半天的语言，然后才鼓起勇气说：“多谢你，我原来听了太子的话，所以才那样对你。”

程天手把着方向盘，边开车边说：“没事，我只是不想被人误会。”

吴嘉雯想了想又继续道：“程天，许修平案我会去当证人，你就放心吧。”

程天神情冷淡地说：“此案无论你出庭与否，我都不会跟你讨论！”

吴嘉雯自讨没趣，片刻后又说：“既然我们都要对付太子，不如我当你的线人？”

程天突然把车子停在路边，板着脸说：“我想起一件急事，你就在这下吧。”

吴嘉雯看着他的扑克脸，撇了撇嘴，无奈地下了车，又看他一踩油门扬长而去。

吴嘉雯肺都快气炸了，她一边跺脚一边大骂：“死程天，你发什么神经？你把我扔在这鬼地方，我上哪儿搭的士啊！”

· 第 10 章 ·

隐形毒枭

球逢对手

夏日渐短，傍晚时分。

在特定的安全屋里，古 Sir 正紧皱着眉头翻看韦俊轩的账本。

过了好一会儿，古 Sir 审视着俊轩问：“这次的账程天有帮你做？”

韦俊轩避而不答，反问道：“账目有问题吗？我反复检查了好几次。”

古 Sir 拿笔在账本上点出几个数字，很严肃地说：“这几个出入货的账目不对。”

韦俊轩早有准备，胸有成竹地回答道：“没办法，太子现在还爱用账本记账，各种毒品名称又都是密码，什么香蕉、草莓、苹果、橙子，搞到乱七八糟，我也很头痛。”

随后，古 Sir 又指了指另外四个数字：“你现在做了财务公司老大，怎么薪水比以前还低？”

“这个月 NB 扫了我们几次场，收入变少很正常。”韦俊轩随便扫了几眼，故作镇定，“古 Sir，你是怀疑我亏空？”

古 Sir 听后，表情更加严肃，他顿了顿道：“不是我怀疑与否的问题，如实报账是警队的规矩，你这几笔数目有问题，必须写一份报告解释清楚。”

“古 Sir，其实我自己都忙到鸡毛鸭血，这点小事都要我写报告解释，现在你摆明不信我了！”说完韦俊轩不等古 Sir 回答继续道，“Sorry，太子吩咐过下午让我去见他，我先行一步。”他站起来头也不回地走了。

古 Sir 看他出门了，把笔一摔想发飙，可又强行忍了下来，低头继续检查账本。

隔天中午，趁别的警员都出去吃饭了，程天敲了敲门，走进古 Sir 的办公室，把一份报告放在他面前。古 Sir 并没立刻看报告，而是对程天点点头说：“坐，是俊轩让你帮他写的？”

程天坐在古 Sir 对面的椅子上，耐心解释道：“俊轩做 UC 压力大，要他干的事又不太顺利，他还比较急于成功，所以导致脾气暴躁，事后他也很后悔，特意让我向你道歉。”

古 Sir 摇了摇头，又长叹道：“唉，我担心他失控行错路。”

程天仔细想了一阵才说：“或者真有误会，要不我去问问他？”

古 Sir 赶紧开口阻拦道：“俊轩向来机灵过人，他不想说你问也没用，其实他的为人如何，你我很都清楚。从现在开始，你给我盯紧他，但凡发现问题马上向我报告。”

程天看到古 Sir 心情不好，于是岔开话题：“我收到了最新消息，合联社的幕后大老板约了基爷、太子打高尔夫，还特别要他们带上俊轩。”

古 Sir 听后眉头微松，微笑着道：“Good，合联社的大老板特别神秘，现在终于又露面了，俊轩做 UC 确实有一手。”他停了一会儿又再次叮嘱：“最近他一定会被盯死，你们要小心行事，注意保护自己。”

程天知道领导还是很关心手下的性命，他立刻站起来说：“Yes，Sir！”

转眼之间，就到了跟大老板莫耀强约好的日子，太子和俊轩一早驱车出发。

车子沿着吐露港公路一直向北开，韦俊轩立刻意识到，本次的目的地是粉岭。

半小时后，众人在粉岭高尔夫俱乐部门口下车，然后经过私人 VIP 通道，换好衣服进入球场。一辆专属的高尔夫球车开过来。韦俊轩看到开车的司机身材壮硕，手指粗大，动作精准干练，显然为资深的练家子，此人定是大老板莫耀强的保镖。他当下也就装作浑然不觉，跟太子一起上了车。

太子和韦俊轩肩并肩坐在前排，虽然各怀心思，二人脸上都显露出兴奋之色。

太子颇为得意地问俊轩：“Turbo，马上能见到大老板了，你兴不兴奋？”

韦俊轩神情激动地点头答道：“超兴奋，上次我差点见到了，可惜就差些机缘！”

太子大笑着拍俊轩的肩膀说：“你算行大运了，社团里的老叔父都没机会见。”

韦俊轩连忙拍太子的马屁：“多谢太子哥提携。”

二人同时大笑，太子突然压低声音：“我跟基爷都称他为 Dr 先生，你别叫错了。”

韦俊轩自然点头答应，此时太子掏出一个纸袋，将两人的手机等电子设备都装进去，放在车座下面的一个储物箱里。看到这一幕，韦俊轩忽然想起纹龙来，眼皮不由一跳，意识到虽然现在看似谈笑风生，但实则已游走在剃刀边缘。

高尔夫球车开了一会，连续翻过两个草坡后，韦俊轩见到不远处有两个人正在打球。其中一个比较矮小身穿唐装的中年人是基爷，另一个身材精壮的白衣男子应该就是莫耀强了。

太子和韦俊轩在他们附近下了车，那司机就开车走了。

二人看到莫耀强正要打出一杆，均一言不发地静静等待。

韦俊轩仔细看莫耀强挥杆，暗暗赞叹他的动作精准有力。只听“砰”的一声，球远远地飞了出去，画出了一条完美的弧线，越过了远处的一个沙坑。

太子虽然球艺不精，也清楚这球打得漂亮，连忙鼓起掌来。

基爷早就看到了二人，对莫耀强说：“Dr 先生，人带来了，他就是 Turbo！”

韦俊轩看到莫耀强转身看自己，连忙恭恭敬敬地伸出双手：“Dr 先生，你好。”

莫耀强却丝毫没想和他握手的意思，随意摆弄了一下手里的球杆：“基爷和太子都说你很能干，继续努力！”

韦俊轩自讨了个没趣，但丝毫不以为意。他故意恭顺地不去与莫耀强对视，反而在一瞥之间仔细记下其样貌。

莫耀强看看三个人，淡淡地开口问道：“你们说我刚才那个球打得如何？”

基爷知道他有心考量韦俊轩，于是点名说：“Turbo，讲讲你的看法。”

韦俊轩瞥了一眼太子，看到他面无表情，清清嗓子道：“一般人打高尔夫都是双脚分开比肩膀宽，按照 6 : 4 将身体重心落在脚掌上。我看 Dr 先生刚才选了 7 : 3 的比重，是因为您的手臂和身体核心比一般人更有力量，可以把球打得又远又准。我觉得球技进步到一定程度就要突破常规，找到适合自己的打法，从刚才那球能看出您的球技已远超普通人。”

莫耀强看了他一眼，似笑非笑地说：“没想到你也是个会打球的人。”

韦俊轩略微低了低头：“我喜欢看，但很少打，只会纸上谈兵，您不要见怪。”

莫耀强脸上看不出喜怒变化，他招招手说：“来，你也来打一下，比光看不玩刺激多了。”说完，他又在原地摆上一颗球，拉开了架势。

基爷顺势把自己的球杆递给韦俊轩，笑眯眯地说：“你用我这根打吧。”

韦俊轩连忙恭恭敬敬地双手接过球杆，从容地站到莫耀强的旁边。

太子斜眼瞥着基爷，后者依然在眯着眼睛笑，不知是打什么主意。

面部拼图

夜深人静，有三个人正齐聚于安全屋里。程天跟俊轩站在许修平身边，看他操作计算机。桌子上摆满了咖啡罐儿，显然他们仨已经连续工作了很长时间。

过了一会儿，古 Sir 匆匆推门而入道：“你们急着 Call 我来，莫非有了新进展？”

程天正看到紧要关头，连招呼都顾不上打，低着头答道：“对，俊轩今天已经接触到合联社的幕后大老板了，大家称其 Dr 先生，目前修平正根据俊轩的记忆在做面部拼图。”

古 Sir 听罢面露喜色，并大力赞扬道：“Good，你们三个继续加油。”

韦俊轩则眉头紧锁，端详着许修平拼出的照片，喃喃自语道：“看上去很像了，但又有点不对劲，他的脸确实带点棱角没错，眼角的细纹也没错，颧骨突出，眉毛有点秃，眼眶下陷，眼角有点凤眼，鼻梁稍微有点粗，薄嘴唇，耳朵有点尖，可组合在一起就很别扭。”

“五官的比例有问题？”许修平敲击着键盘，快速生成出一堆五官分布不同的脸。

韦俊轩仔细观察之后，指着最左上角一张照片：“就是他！”

“阿天，立刻交给情报科跟进。”古 Sir 先给程天下了命令，然后再转身拍拍韦俊轩的肩膀，“俊轩，做得好，再接再厉！”韦俊轩原本还满心欢喜，听到再接再厉四字，心头直接“咯噔”了一下。

几日之后的一个大清早，太子再次领着韦俊轩抵达粉岭高尔夫球俱乐部。当二人坐着莫耀强的专属球车开进球场时，莫耀强早就独自练习多时了。太子一下车就向莫耀强快步走过去：“Dr 先生，这个月的账都算好了。”

莫耀强不等他说完便打断了他：“打球时别谈生意，反正你办事，我放心。”

太子自然不敢破坏莫耀强的雅兴，连连点头“称是”退到了一旁站着。

莫耀强拿起一根球杆越过他，向俊轩招手：“Turbo，你过来，陪我打一局。”

韦俊轩大步走过来，双手接过莫耀强所递的球杆：“Dr 先生，请手下留情啊。”

“Turbo，今天我们一定要打满十八个洞。”莫耀强正对着俊轩说，转头又向太子再次吩咐，“太子，你先休息一下，我迟点再跟你打。”

没等太子回答，莫耀强已经将球打向远方。莫耀强和俊轩打了几杆，已经离开太子很远。接下来莫耀强的一杆力量十足，球飞得又高又远，飘在空中又借风力，划出一道弧线，竟直接落入了球洞里。

这一球连韦俊轩见了都不禁大喊道：“好球！”

莫耀强这一球 4 分靠技术，6 分靠运气，一杆进洞，就连他自己也颇为意外，一张始终平淡如水的脸上，总算能看到淡淡的笑意了。他转头对俊轩说：“这次恐怕你又要输了。”

韦俊轩很无奈地笑了笑道：“碰到您这种对手，只好当积累经验啦。”

莫耀强忽然话锋一转：“若对手是太子呢？其实我想提拔你坐他的位置。”

韦俊轩心头一震，细细揣摩着话外之意，脸上仍旧不露声色。过了一会儿，他极为决然地说：“Dr 先生，我的能力虽然没问题，但绝对不会踩自己的老大上位，出来行走江湖最重要的是义字当头！”

莫耀强非常满意地点了点头说：“好，Turbo，我最欣赏讲义气的年轻人，如果你刚跟我说想取代太子上位，那明年的今日肯定是你的忌日！”

虽然莫耀强现在说得轻松，但韦俊轩确信自己赌对了，心头大石终于放下。

警察局 NB 会议室里，程天正与几位组员一起探讨莫耀强的调查和监控进展。

李志忠率先开口道：“最近几日我一直跟踪他的房车，确定他在天上居有一处房产。”说完他按了一下面前的按钮，会议室大屏幕上显示出一栋高档社区的照片和一张地图。

林家豪望着屏幕接茬道：“我们对这个社区进行了监控，发现基本上所有的窗户都有窗帘遮挡，还特意装了防隐私玻璃，很难进行远程监视。”

与此同时，屏幕显示出从各个角度拍摄的房屋外部细节。

赵盈盈也继续补充道：“情报科根据我们的资料查到了 27 名备选人，其中恰好有一位在天上居三楼 F 单元有房产，登记的业主叫莫耀强，经过调取照片比对分析，业主与线人提供的画像相似度高达 96%，能肯定他就是合联社的幕后老板。”

话音刚落，电脑屏幕上密密麻麻地显示出莫耀强的相关资料。

李志忠右手握拳，颇为激动地说：“查合联社这么久，终于找到幕后老板了！”

林家豪抬头看着屏幕上的各种资历和头衔，冷哼一声道：“莫耀强还是生物科技界的老板加龙头，我们这次要钓的鱼真大啊！”

赵盈盈再度进行新的补充：“莫耀强为人十分低调，也从不使用当下流行的社交软件，而且由于他在研究领域身份特殊，很多资料都属于保密信息，我们只找到了一点旧照片。”很快屏幕显示出莫耀强年轻时的生活照，超过半数是见诸报端的颁奖照。

通过本次会议能确定，莫耀强是个很会包装自己的人，表面上根本看不出来是个大毒枭。几位警员不禁陷入了沉默，程天见状把手一拍，开始鼓舞士气：“大家别气馁，正所谓再狡猾的狐狸也会露出尾巴，我们肯定能抓到他！”

所有人一起大声回答：“Yes，Sir！”

次日早晨的公园里，聚集了不少晨跑的人。而程天正穿着一身黑色运动装，沿着一条树林间的小路在慢跑。当他跑过一个岔路时，吴嘉雯穿了一身黑色运动服跑了过来，二人并肩跑了一会儿，跑到树林深处的一块空地上停了下来。

程天一边做腿部拉伸一边问：“喂，你真的决定要改口供？你究竟考虑清楚没啊？即使你在法庭上说的是真话，同样会有人质疑你曾经给过假口供，然后反过来二次起诉你！”

吴嘉雯一边下腰一边答：“我说真话有什么好怕？而且这事对我们都有好处啊！”

程天叹了一口气说：“这跟好处无关，你想指证太子的事要保密，不然你会有危险！”

吴嘉雯做完了下腰，开始拉伸手臂：“要不要我把酒吧的工作辞了？反正我之前请了长假参加艺训班。”

程天立马翻了个大白眼：“这太刻意了吧，你还不如直接把太子干掉！”

吴嘉雯笑嘻嘻地说：“不如你派人保护我？其实我们能合作，让我当你的线人。”

“我想起有个会要开，等下次再聊。”程天在原地弹跳几下，然后一溜烟跑了。

吴嘉雯站在原地愣了一会儿，噘着嘴骂道：“死程天，每次都不听我把话讲完！”

隐形毒枭

一大清早，李志忠已经化好了装，背起割草机，开始在天上居附近的一块草坪上剪草。他一边卖力干活，一边留意社区的大门。这时他突然听见耳麦里传出许修平的声音：“猎犬已就位。”

李志忠并没停下手里的活，嘴上追问道：“修平，今天怎么是你？”

许修平把车停稳后，笑着答道：“我在你的九点钟方向，古 Sir 派我来当支援。”

“坐办公室多爽，偏出来活受罪，许大少爷真让人看不透。”突然，李志忠看到莫耀强的车从社区门口驶出来，又望了望九点钟方向的那台车，“修平，皇帝出巡了！”

“收到！”许修平发动车子，缓缓地跟上了不远处的目标。

许修平驾车不紧不慢地跟着莫耀强的豪车，可他越跟越感觉不对劲儿。

只见前车穿过一条条他耳熟能详的马路，最后开进了一座商业大厦的地下停车场。

许修平的心中打起了小鼓，也唯有硬着头皮开了进去。

大厦电梯厅里，莫耀强正在耐心等待电梯。只见他西装革履，系着一条简单的格子领带，领口和袖口干净整洁，俨然一副知识学者的派头，一名身材高大的助手提着公文包站在他身边。

电梯到了，莫耀强先进入电梯。许修平故意落在后面，假装电梯满了，要等下一部。当电梯开始上升时，他紧张地注视着电梯的闭路电视。在电视屏幕上看到莫耀强和他的助手到 27 楼下了电梯，许修平仿佛直接被人从头浇了一盆冷水，把他给彻底惊呆了，因为整个 27 楼里只有一家名为修贤科技的公司，是许父当年亲手创办至今的家族企业。

随后，许修平硬着头皮走进了自家公司的大门。新招的前台不认识许修平，连忙把他拦在门外。就在这时，许修平的大哥许修贤正好拿着公文包到了，看到许修平的时候，也是为之一愣。

许修贤向前台介绍修平后，带着弟弟去总裁办公室，他边走边问：“老弟，你今天怎么来了？”

许修平随口回答道：“阿哥，我碰巧经过而已，顺便上来看看你。”

许修贤则撇撇嘴说：“老弟，我现在都快累死了，拜托你平时抽空回来帮忙啦。”

许修平想了想，故意扯开话题：“太久没来，发现有很多新同事我都不认识了。”

许修贤随意挥了挥手，笑着说：“只有刚才那个前台是新人，别的人其实你都认识哈。”说话间，他好像又想起什么事情来，“对了，我们公司最近引入了一个新的股东，我给你介绍一下。”

许修平原本还心存侥幸，此刻听到这话，只觉得手脚发凉。

许修平跟着哥哥来到实验室外，隔着玻璃看到莫耀强穿齐装备，正聚精会神地做实验。过了一会儿，似乎实验已经结束。他摘下面罩，看见许家兄弟正站在外面，于是走了出来。

许修贤替二人做了介绍后，莫耀强先伸出手来，微笑道：“你好，你大哥跟我提起过你，说你是个很优秀的警察，其实你跟我算校友关系，因为我也是从多伦多大学毕业的学生，论资历你还要叫我一声师兄。”

许修平努力挤出一个自然的笑脸，并且还跟莫耀强握了个手：“师兄好。”

二人的初次见面就此结束，许修平则随意找了个借口，驾车赶回 NB 的会议室，开始对众警讲述他跟踪莫耀强的经过。众警听他说完后，李志忠吹了个口哨，出言调侃道：“这下刺激了，合联社的大老板竟变成你们家的股东。”

林家豪颇为忧虑地对许修平说：“可依照警例，修平你是不是该回避？”

许修平斩钉截铁地回答道：“现在大家都知道莫耀强的底细，我很担心我的家人会受到他的牵连。假如古 Sir、程 Sir 你们不反对的话，我希望能继续跟进这宗案子！”

程天看了古 Sir 一眼，见他没有反对的倾向，便追问修平：“你想怎么做？”

许修平在开车回来的路上就计划好了，他立刻不假思索地说：“我打算假意回公司帮忙，实际上仍然为警队服务，这样我还能接近莫耀强，对我们调查合联社更加有利！”

程天听他说的如此坚决，转头看向古伟聪，古伟聪则颔首拍板道：“我同意。”

直到整个会议结束，已是午饭时分，大街小巷又有了另一番热闹。

电子器材市场里，三三两两的数码发烧友正逛来逛去。吴嘉雯在货架前东张西望，看着琳琅满目的产品，不知道该买哪一个好。看到店员走过来，吴嘉雯四下看了看低声问：“哪款窃听器的性能最好？”

店员给她拿出一个收音机大小的产品，说：“小姐，这款收音效果特别好，连针落地的声音都能听见！”

吴嘉雯看着这个大块头，头摇得跟拨浪鼓一样：“太大了，有那种个头特小，收音高清，还能装在纽扣上的款式吗？”

店员被她逗笑了，俯身拿出一个小型窃听器：“这是本店最小的了，不过价钱比较贵，要九百块。”

吴嘉雯从钱包里数了九张大钞给店员：“钱不是问题，只要别被人发现就好。”

店员一边收钱一边问：“小姐，你做记者还是私家侦探？”

吴嘉雯支付完毕后，拿着窃听器故作神秘道：“我马上就要去当 UC 了！”

说完之后，吴嘉雯提着窃听器离去，却把店员给吓了一大跳。

太子酒吧办公室里，太子正坐在大班椅上听俊轩汇报收益，火鸡站在他们的身后。

“太子哥，这个月的生意很不错，那些冰毒差不多全卖光了。”韦俊轩揉了揉鼻子，又再次补充，“可惜最近有个厨师回乡下了，所以我们现在有点缺货。”

太子知道厨师泛指制毒师，皱了皱眉道：“你消息真灵通，不过这事我们插不上手。”

韦俊轩早就想好应对，胸有成竹地说：“太子哥，我们让厨师多教些徒弟。”

“好建议，如果你办妥了，我会负责跟老大说！”太子说着就拉开抽屉，拿出一把钥匙扔给俊轩。韦俊轩迅速接住钥匙，脸上露出困惑的表情。

太子看他一头雾水，哈哈大笑道：“这套房子送给你住，毕竟你为社团赚了钱。”

俊轩将钥匙收好，连忙拱手感谢：“多谢太子哥。”

太子则摆摆手说：“你不用谢我，房子本就为社团所有。”

一旁的火鸡听二人说话一直懵懵懂懂，看到钥匙终于露出了嫉妒的眼神。

太子跟韦俊轩还要说话，忽然听到敲门声，紧接着吴嘉雯推门而入。只见她右手用一个托盘捧着两杯热茶，左手拿着一个电拖板。不等太子吩咐，先把茶盘放在桌子上，又解释道：“上次我来打扫房间，看到你的电拖板不好用，我特意买了把新的来，它能直接用 USB 线充电。”

太子皱了皱眉，正想着拒绝，忽然看到吴嘉雯今天穿的裙子似乎小了一号，一双裹着黑色丝袜的大腿露在外面，念头一转邪笑说：“多谢，你帮我换上吧。”

吴嘉雯蹲下来开始换电拖板，窄小的裙子根本包裹不住她丰满的身体，一时间春光乍泄。太子看在眼里，更觉得心头火烧火燎，直到吴嘉雯离开房间，仍然是糊里糊涂的状态。

韦俊轩看看太子，又瞥瞥地上的电拖板，眉头微微皱了一下。

黑衣女人

早餐之后，太子、火鸡进了酒吧办公室开会，服务员和杂务工开始准备营业。

吴嘉雯忙完手上的活，看看四下无人，就溜到后门的楼梯下面，戴上了耳机，偷听太子开会。然而无论她怎么调频，也就听到一些只言片语，大部分都是噪声。就在吴嘉雯怒火中烧准备骂人时，突然感到有人拍了一下她的肩。

吴嘉雯猛地一回头，就瞧见韦俊轩正凶神恶煞地站她身后。百忙之中她连忙拔下耳机，没想到她刚才把音量调到了最大，此时正好传出太子的声音。

韦俊轩压低了声音，用凶狠地语气说：“你敢偷听太子哥开会，你是警察派的卧底？还是福兴堂安插的奸细？”

吴嘉雯被他吓到直往后缩，赶紧信口胡诌：“Turbo 哥，我不是奸细，就单纯只想多了解一下我爸当年的那件事，我问过基爷他不肯说，迫于无奈才用这种方法来偷听。”

韦俊轩听后又气又好笑，脸上仍摆出凶巴巴的样子：“太子知道会将你灭口！”

吴嘉雯担心自己小命不保，连忙哀求：“Turbo 哥，求你千万别告诉太子哥。”

韦俊轩假装思考一阵，才说道：“看在基爷的面上，这次就算啦，但下不为例！”

吴嘉雯如逢大赦，连忙感激道：“Turbo 哥，多谢你，我再也不敢了。”

韦俊轩抢过她手里的接收器和耳机：“这个我帮你销毁，电拖板你快去换了！”

吴嘉雯又愣了一下，说：“你怎么知道……”

韦俊轩故意摆出一副不耐烦的样子，恶狠狠地说：“我又不是睁眼瞎！”

吴嘉雯不敢继续再说，赶紧匆匆跑开了。

夜幕降临之后，程天在自己的办公室里写完报告，确认外面的人都回去了，这才从口袋里掏出一条连着接收器的耳机，正是韦俊轩从吴嘉雯手中抢过来的那条。他边查看耳机，边想着吴嘉雯被吓得魂飞魄散的样子，又不禁笑出了声。对于吴嘉雯自作主张当 UC 的事，程天跟韦俊轩各有担心。韦俊轩担心吴嘉雯胆大包天，会影响自己执行任务，而程天则怕她有性命危险。

程天把耳机收起来，暗想着是该解决这个问题了。

与此同时，韦俊轩急匆匆地把耳机交给了程天之后，满腹心思地来到了一家大排档，叫了几瓶啤酒和几个小炒，独自吃了起来。随着一步步接近合联社的核心，他越觉得危机四伏。此时他就如同一个在高空走钢丝的人，稍有差池就会万劫不复，现在每天用尽全力都很难掌控全局，更何况还有吴嘉雯这种不定时炸弹。

一时之间，韦俊轩也认为自己前途难卜，情绪亦低落不少。

忽然，随着一阵轰鸣声由远及近，一辆红色法拉利慢慢拐过街角，停到大排档旁。

韦俊轩本能地望过去，就看见车门打开，先下来一对踩着黑色系带高跟鞋的白皙修长的脚踝，随后一个身穿黑色短式晚礼服的女人走出来。

韦俊轩被她浑身散发着的独特气质吸引，忍不住多看了两眼。只见她也就二十来岁，一副恰到好处的中等身材，腰肢纤细，胸臀饱满，笔直白净的双腿和粉嫩的手臂裸露在外，宛如一颗墨玉发出了嫩芽。再看她嘴唇红艳，下巴小巧，五官的细节虽被夜色掩盖，一双眼睛却映着灯光，顾盼生辉，如同夏夜星辰。

夜风吹来，女人抱起双臂，踢踢踏踏地走到大排档老板面前：“一份干炒牛河打包。”

老板见多了半夜里浓妆艳抹来买外卖的女人，头也不抬地说：“稍等。”

女人走到韦俊轩旁边的空桌坐下，独自玩起了手机游戏。

韦俊轩又借着手机的光仔细端详了她一阵，只见她脸上只是薄薄施了一层粉，化了两抹淡淡的柳眉，长长的睫毛忽闪着，如同两把小刷子让他心头发痒。随着她的手指在屏幕上划来划去，她一会儿眉头轻皱，一会儿嘴角翘起，又一会儿眯起眼睛，如同一池变幻万千的春水，让韦俊轩如痴如醉。

女人忽然往韦俊轩这边看了看，看到他桌上的啤酒，对老板说："再给我一瓶啤酒。"

老板让一个伙计拿了一瓶啤酒给她，她接过之后一口气把整瓶酒都喝光了。

韦俊轩没料到她如此豪迈，直接看傻了眼。

女人把空瓶往旁边桌上一放，突然转过身对韦俊轩说："大叔，你看够了吗？"

正好伙计帮她拿过来了外卖，她付钱后拎起外卖，故意扭着身子从俊轩身边经过。

韦俊轩看她要上车，忍不住追问道："你喝了酒还开车？"

女人回头白他一眼，反问道："你怎么知道我开车？"

在她说话时，车门再次被人打开，一个身材火辣的红衣短发美女从副驾驶位子上走了下来。虽然红衣美女身材更加高挑，裙子也更性感，韦俊轩却认为她毫无光彩。

两个女人交换了位置，钻进了车里。

黑衣女人摇下车窗，对韦俊轩说："我有朋友代驾，先顾好你自己吧，傻大叔。"

说完，她的同伴发动汽车，轰隆隆一声响，风驰电掣地开走了。

韦俊轩看着跑车消失的方向，心头萦绕的全是女人婉转又俏皮的声音，虽然自己句句被她反怼，但就像有凉风拂过，心情也好上几分。

吃完消夜，韦俊轩回味着刚才的偶遇，哼着歌往家里走，快要走到小区门口时，他的手机响了起来，接通电话，却是太子找他去商量制毒师学徒之事，他连忙停下脚步拦的士。然而此时已是深夜，路上本来就没什么车，经过的还都已载客。

就在韦俊轩焦急万分时，突然一阵马达声响，一辆红色的法拉利刹车停在他身边。

韦俊轩转头发现车窗打开着，坐在驾驶位上的黑衣女人正转头望他。韦俊轩心里一跳，以为会发生什么，怎料女人只是调皮地冲他挤了一下眼，一踩油门，飞快地开走了。

望着迅速远去的尾灯，韦俊轩借着酒劲大声喊："喂，疯女人，你不能酒驾啊！"

·第11章·

人心难测

菜鸟线人

据说人突然受到惊吓，会在很长一段时间内疑神疑鬼，吴嘉雯此刻就处于这种状态。上午她被韦俊轩抓包之后，虽然迅速地把装着窃听器的电拖板换了下来，但仍然是提心吊胆。终于挨到了晚上十点下班，吴嘉雯急忙换好衣服，火速逃离了太子酒吧。回家的路上，吴嘉雯风声鹤唳，仿佛每一个路人都是太子派来的监视者。当她终于走到自家楼下，一个人影突然从大门口转出来，挡住了她的去路。吴嘉雯如同一只受惊的猫往后一跳，张嘴大叫了一声。

程天反而被她吓了一跳，皱眉反问："喂，你鬼叫啊？"

吴嘉雯才看清原来是程天，便拍着胸口说："你在这干什么？差点吓死我！"

程天一脸戏谑地说："这都能吓到你？你敢背着太子动手脚，简直是胆大包天。"

吴嘉雯吃了一惊，望着程天追问："你怎么知道？"

程天早已准备好说辞，面不改色地说："我们是全天候监视合联社，不管任何人做任何事全都一清二楚。我现在要特意提醒你一下，以后别随便乱装窃听器了，这会破坏我们警方部署的计划。"

吴嘉雯听后嘟着嘴道："我只想找出太子的犯罪证据，早点替我爸洗冤。"

程天盯住吴嘉雯告诫道："太子不好惹，你当心小命不保！"

吴嘉雯故意翻了个大白眼："我只想报仇，若丢掉小命，就是你们警方办事不力。"

程天看她在耍赖，是又好气又好笑，摆摆手道："怕了你，反正你要听我命令行事。"

吴嘉雯顿时眉开眼笑："你答应我做你们的线人了？"

程天没有直接回答她，而是说："要做警方的线人有三点规定：第一，必须保守警方的秘密；第二，你的情报必须真实可靠；第三，不能擅自行动，干扰整个计划。这三点你能做到再说。”

吴嘉雯非常兴奋地点头道：“Yes，Sir！”

程天苦笑了一下，无奈地摇了摇头。

吴嘉雯突然想到了什么，双眼发光地望着程天问：“你不教我点防身术？”

程天则故作神秘一笑道：“有时间就教，你回家等我通知吧。”

说完这话，程天转身潇洒离去，吴嘉雯的心情也很好，哼着小曲往自己家楼上走。

与此同时，在郊外一处僻静的空地上，韦俊轩和泰迪的车一前一后地熄火停稳。韦俊轩打开后备厢，提出一个皮包来交给泰迪。泰迪拉开拉链，看到里面满满一包都是毒品，满意地点点头，从车里掏出一个厚厚的牛皮纸袋递给俊轩。韦俊轩接过来捏了捏，就直接扔进车厢里。

泰迪伸了个懒腰，低声问道：“你最近出了这么多货给我，不怕被人发现？”

韦俊轩轻松地调侃道：“这些货我半价卖给你，你别外传就行，反正有钱一起赚。”

泰迪把皮箱放到车里，贼笑道：“放心啦，晚上有空吗？我带你去个好地方。”

韦俊轩看了看手表，舔舔嘴唇说：“连泰迪哥都说好的地方，我肯定要去体验一回。”

半个小时后，二人并肩走进一家私人俱乐部，内里灯火通明，正是最热闹的时候。

一群赌徒围坐在大厅里的几个赌台上打牌九，不时发出悲喜交加的喊叫；衣着性感的女服务员用托盘端着筹码和酒杯，不断穿梭于人群中；西装革履的保安则站在四周角落的阴影深处，警惕地观察着可疑人群。

韦俊轩打量完四周后对泰迪说：“这地方确实不错，可我早就来过了。”

泰迪嘿嘿一笑，摇摇头道：“别着急，你跟我来吧。”

韦俊轩紧跟泰迪转到吧台后面，又进了一个暗门，来到一条两边都是红色大门的长走廊上。只见每扇门上都包了柔软的麂皮，上面钉着烫金的“VIP”字样和房间号，泰迪径直带他进了 9 号房。

韦俊轩一踏入房内就感到一阵檀香扑面袭来，房间正中摆了一张大大的赌台，四个赌客正在玩扑克，坐在正中之人竟是那个开法拉利的黑衣女子。

一个赌客见到泰迪进来，便主动起身让位于他。泰迪也不客气直接坐下，他直接要了一盘筹码，加入战团。不知是泰迪赌运不佳，或是黑衣女子红运当头，泰迪竟连输三局，输到他脸都绿了。

“Jessie，手气很旺啊！”泰迪站起来身后的俊轩说，“我手气不行，换你上吧。”

韦俊轩把泰迪换了下去，坐到 Jessie 对面。Jessie 似乎没认出他来，对泰迪微微一笑，接着双手一摆，示意荷官继续发牌。最新一局的牌面情况是韦俊轩和 Jessie 两轮之后都拿到了大牌，剩下的两个赌客翻牌退出，赌局就变成了这对男女单挑的局面。

此时，Jessie 明牌拿到了一对 Q，韦俊轩只有一个 K。

泰迪站在韦俊轩的背后脸色低沉，喃喃地咒骂起来。

第三轮，韦俊轩又拿到一张 K，牌面形势逆转，泰迪立刻眉开眼笑。

韦俊轩拿起两块筹码往中间一扔，说："加一万元。"

Jessie 把筹码一推，很嚣张地说："Show Hand。"

韦俊轩旁观了她几局，已经猜到她的底牌是 3 个 Q，自己却只有一对 K，输的概率很大。但他面对佳人，突然赌性大发，也把筹码往中间一推："我跟你。"

泰迪吓了一跳，大声叫道："喂，你别冲动啊！"

怎料俊轩最后一张牌又是 K，二人开牌，俊轩 3 条 K 完胜 Jessie 的 3 条 Q。

泰迪张开嘴巴大笑道："Turbo，果然够狠又够胆，活该你赚大钱！"

Jessie 输光了钱，不动声色地站起身来，直接走了出去。

韦俊轩的目光一刻不停地盯着她，随便跟泰迪敷衍几句，找了个借口走出房间。

韦俊轩追着 Jessie 一直来到大堂，只见她行至吧台前点了一杯酒，一饮而尽后匆匆走出俱乐部的大门。韦俊轩怅然若失地走到吧台边上，突然看到地上有一张卡片。他俯身捡起卡片，竟是一张游艇会的会员证，仔细一琢磨，脸上便露出了微笑。

又轮到一个休息日的中午，在一间安全屋内，程天和吴嘉雯面对面地坐着。

吴嘉雯向程天讲了太子最近的行踪之后，问："你何时给我派任务？比如开保险箱、跟踪、窃听之类？"

程天没好气地说："你现在的任务就是待在酒吧，看看太子身边有无可疑人员！"

吴嘉雯噘着嘴问："这么被动？什么样的证据才能将他送去坐监？"

"当然是罪证啦，例如账本之类的。"程天忽然意识到了什么，一脸严肃地警告，"你可别想去偷太子的账本，分分钟让你小命不保啊！"

吴嘉雯撇撇嘴，嘴上答应不偷，内心却另有打算。

各怀心机

清晨的油麻地也很热闹，菜市场的各大档口陆续开市，人来人往热闹非凡。

吴嘉雯早早就在一个地方进行蹲守，根据她从基爷处打听来的可靠消息，太子的老妈每天都会来这里买菜。吴嘉雯还专门搞到了一张太子老妈的特写照片，虽然是二十年前的旧照，但她有信心能凭轮廓将人认出来。

不一会儿，一个阿婆慢慢走到她身边的水果摊开始挑水果。她先挑了几个苹果，又挑了几个香蕉，老板看她挑三拣四动作又慢，拉长着脸呵斥道："阿婆，你把水果拿来拿去，好水果都被你拿坏啦！"

阿婆被老板一讲，似乎又慌张不少，动作更加慢了。

吴嘉雯听到老板冷言冷语，忍不住指着他说："你家的水果还不让人挑吗？这么对老人家说话，当心水果都烂掉！"说完她挽住阿婆胳膊，"阿婆他家水果不好，我带你去别家买。"

吴嘉雯帮阿婆在另一家水果店挑了一大袋水果，又帮她拎袋子。走了一会儿，阿婆突然促狭地眨眨眼睛，说："刚才那个卖水果的说我，我就偏偏更慢，要不是你拉我走了，我会一直挑到现在。"

吴嘉雯听了，忍不住笑起来："那下次我们一起捉弄他，看他还敢乱骂人！"

两个人正说说笑笑，忽然听有人大喊："阿妈。"

吴嘉雯听见声音很熟，转头一看吓了一跳，只见太子走了过来。

太子也看清了搀着自己老妈的竟是吴嘉雯，不由为之一愣。

阿婆看到太子，转身反问太子："阿太，你怎么回来了？"

吴嘉雯顿时大吃一惊，赶紧放开了阿婆，生怕太子误会她。

太子盯着吴嘉雯厉声问："你怎么在这？"

太子妈拦在吴嘉雯面前说："阿太，你凶巴巴的想干什么？刚才我去买水果，这个小姑娘看我年纪大，帮我拎了些东西。你不谢谢人家还这么凶？我平时都怎么教你的啊？"

"我跑完步，正好经过那个水果摊，我看她一个人辛苦，就帮她拎水果了，我不知道她是你妈。"吴嘉雯赶紧补充了一句。

太子听她们这样说，脸色缓和了下来，对吴嘉雯道："行了，你可以先回去了。"

吴嘉雯赶紧掉头就跑，隐约听见太子在对太子妈说："妈，你没事别跟人瞎聊！"

太子妈则大声反驳道："阿太，你整天不在家，我快闷死了，连个说话的人都没有。"

太子自然不敢继续犟嘴，唯有哄着自己的老妈，二人一起往家里走。

正午时分的西贡海边，阳光照在水面上，就像洒了一层白银。

韦俊轩沿着海岸一直走，终于找到了他要找的那艘大船，大概在船头之处，Jessie 穿着一件黑色的连体泳衣，手里捏着一个酒杯正倚在栏杆上看着蓝天碧海，风拂过她的秀发，如同画里拖出的丝丝余墨。Jessie 也看到了韦俊轩，笑着向他举杯，然后调皮地耸耸肩膀。

韦俊轩张望片刻，发现船未靠岸。他毫不犹豫，脱掉上衣一跃入海，直接游到了船边，抓住栏杆往上攀登。Jessie 伸出一只手，把他拉了上来。

韦俊轩一抹脸上的海水，自我介绍道："Turbo。"

Jessie 点了点头，轻声道："Jessie。"

两个人笑着握握手，都在暗自打量着对方。

Jessie 再次开口道："大叔，你这样等于擅闯私人地方，我随时可以报警抓你。"

韦俊轩从短裤口袋里掏出一张湿漉漉的卡片，邪魅一笑："我有邀请卡。"

Jessie 顺势接过卡片，然后笑着调侃道："多谢赏面。"

韦俊轩看她低头把卡片收起来，瀑布般的头发向两边分开，露出洁白细腻的脖颈，忍不住心头一荡说："一个星期内碰到你三次，我们俩算命中注定的有缘人？"

Jessie 笑着抬起头道："是吗？可我却认为，这个世上什么事都有因果。"

此时一阵海风吹过，韦俊轩上身沾满了海水，忍不住打了个哆嗦。Jessie 弯腰拿出一条自己刚刚用过的浴巾，轻轻披在他身上，纤细的手指，有意无意地在他结实的胸膛上划过……

从海边回来后，韦俊轩的心情大好，突然接到太子的电话让他速回酒吧，因为大老板想查福兴堂的异动。

直到夜色阑珊之际，兰桂坊酒吧里人声鼎沸。韦俊轩早就开好了包间，点了不少名贵的好酒，又叫了几个陪酒的公主，这才打电话给泰迪。泰迪听到电话里女孩子们娇声娇气地说话，立刻赶了过来。

泰迪进门一看就兴奋地说："Turbo 哥今天心情不错，还叫这么多小妞。"说着他抱住两个公主亲了几下。

韦俊轩笑了笑，左右看了看。几个公主看到他眼神，主动离开了包厢。

泰迪虽然略有不满，还是哈哈一笑，自己先倒了杯酒，又给俊轩倒了一杯："这次又有什么好生意要关照我？"

韦俊轩拿起酒杯，自顾自地说："泰迪哥，我想撇开那些老家伙，咱们俩自己干。"

泰迪跟他碰杯，然后一饮而尽："别心急，现在还不到时机撇开那些老鬼。"

韦俊轩一边给泰迪倒酒，一边说："泰迪哥，有些话别人不敢说，你我之间不必遮遮掩掩，毕竟谁都不想永远当老二。"说完，他又自斟一杯，跟泰迪碰杯干了："你帮我的话，就等于帮你自己。"

"我想搞霹雳可卡因，不但货源好，市价还很高，提前算你一份！"泰迪笑着说道。

韦俊轩则皱眉反问："这种东西要有药方跟制毒师才行？泰迪哥你能搞定？"

泰迪揉了揉鼻子，诡异一笑道："我既然这么说，当然是有办法了。"

"那就看泰迪哥你的了！"韦俊轩说着按了按服务键，刚刚退出去的公主们又鱼贯走了进来，把泰迪给围在正中间。看着泰迪喜不自胜的样子，韦俊轩的嘴角也挂上了笑意。

深夜时分，下白泥的旧码头上，咸风扑面而来。韦俊轩一边蹲着吃盒饭，一边看一只海鸥飞下来捕鱼。程天提着水桶和鱼竿走到他旁边，开始独自垂钓。

韦俊轩头也不回地说："福兴堂要跟我搞宗大生意，你替我向古 Sir 汇报一下。"

程天的眉头紧皱着追问道："我也收到了风，合联社的制毒师是被干掉了？"

韦俊轩也跟着分析道："有可能，前几天社团的一个制毒师回家了，到现在都没回。"

程天的鱼漂动了一下，他却不提竿，而是说："这事我会向古 Sir 汇报。"

韦俊轩又扒了一口饭，然后提醒道："喂，鱼咬钩了。"

程天却慢悠悠地说："没事，让鱼再多咬一会儿。"

韦俊轩见状便取笑道："你总是比我耐心，不像我毛手毛脚。"

程天提了竿，钓上来一条银色的小鱼。他把鱼从鱼钩上解下来，又扔回海里，一边重新放饵，一边说："那是因为你当 UC 这些时间精神太紧张，当年在警校读书时，你可是最有耐心的银鸡头（第一名毕业）。"

韦俊轩突然把剩饭撒进海里，似笑非笑道："往事就别提了，我只看当下。"

人心难测

警察局 NB 会议室里，程天跟几位组员们正在开会。幻灯片不断闪烁着，屏幕上投射出了几张照片。中间一张的拍摄地在机场，泰迪满面笑容地跟一个外国人拥抱，旁边是几张特写。从特写图上能够看到，那个老外其貌不扬衣着邋遢。

李志忠用激光笔指着老外的照片说："我和柴头跟了泰迪几天，终于逮到他今天去机场接这个老外。”

林家豪接着补充道：“泰迪见到他如同色鬼遇上美女，就差摇尾巴了。”

同一时刻，幻灯片上显示出这个老外的证件照跟个人信息。赵盈盈望着照片上的人，慢慢地说道：“根据情报科的资料显示，他是一名哥伦比亚人，叫胡安·桑托斯，以前当过药剂学家。为人一向很低调，本来是帮合联社做事的制毒师，之前一直住在澳门地区。”

程天听了众人的汇报，又分析道：“按理来说莫耀强应该不会轻易放弃制毒师呀？”

李志忠立刻道出心中的推测：“他们难道是暗中勾结？莫耀强本人压根儿不知情？”

一旁的程天连连点头，附和道：“胡安跟泰迪关系较好，我怀疑他们已经谈好了条件，在短时间内运作一个制毒工厂，所以大家要抓紧时间，尽快找到泰迪的毒品工厂，将毒贩们一网打尽！”

所有的警员一起站了起来，说：“Yes sir！”

白日将尽，天色昏黄。

莫耀强家的大厅里此时已经点亮了柔和的灯光，贝多芬的交响曲正从一台黑胶唱片机里如潮水一般涌出，优美的旋律肆意在房间里回荡。莫耀强坐在宽大的沙发上，手里拿着酒杯，伴随着音乐的旋律轻轻摇晃。一个身材魁梧的保镖站在他身边，正是粉岭俱乐部里开高尔夫球车的司机。

在莫耀强的脚下，一个身穿白色医生工作服的中年男子五花大绑着跪在地上。他浑身发抖，一张脸紧贴着冰冷的大理石地砖，身上还有伤痕，狼狈不堪。

终于，交响乐进入尾章，随着定音鼓的轰然巨响，所有的弦乐化成涓涓细水，曲折回转，慢慢消失了。莫耀强又回味了一会，忽然说：“Johnson，我们算老搭档了，你为何要出卖我？”

Johnson 努力地抬起头，双眼中闪烁着犹豫和绝望，说：“Dr 先生，实在是对不起，前一阵我的医务所工作太忙，人很累一时大意，没有详细检查胡安的身体，结果才让他给骗了。”

莫耀强摇了摇手，怒骂道：“我没时间听你瞎扯，你知道最近的毒品市价多高吗？工厂停工一天我损失多少钱？你等于把我几十斤的黄金丢到海里喂鱼！”

Johnson 听了他的话，害怕得浑身发抖，匍匐着不敢动弹。

莫耀强看了看他，继续往下讲：“我这个人最恨被人出卖，你是我专用的高级制毒师，竟然敢跑去帮福兴堂。而我最好的朋友，也为钱背叛了我，这双重打击，让我何其伤心！？”

Johnson 再次害怕得哭了起来，不停地磕头道：“对不起，请原谅我一次吧。”

莫耀强一脸痛惜地摇了摇头：“Johnson，其实我也很想原谅你，但不能因为你坏了社团的规矩。”说完，他对身边的保镖挥了挥手：“Roy，你带他出去，给他一笔安家费。”

Roy 一言不发，走过去单手把缩成一团的 Johnson 拎起来，快步走出了房间。

粉岭高尔夫俱乐部的球场里，细腻浓密的草坪被阳光冲刷着，仿佛地上着了绿色的火。莫耀强挥杆，球应声飞出，落在了远处。

韦俊轩忍不住赞叹说：“好球！”

莫耀强眺望球的落点，随口说：“怎么个好法？”

韦俊轩不慌不忙地说：“刚才您这一击，正好卡在阵风停歇的空隙里，时机拿捏恰到好处，所以球的路线又高又直，非常完美。”

莫耀强听了也不评价，脸上不动声色地说：“制毒师之事你干得不错，没想到你这么快就查出是谁在背后搞鬼。”

韦俊轩试探着反问道：“福兴堂竟然不讲江湖规矩，我们要回敬他们一下？”

莫耀强沉默片刻才回答道：“不用，我们假装不知道，回头打对方一个措手不及！”

韦俊轩故意补充道：“那我们也应该未雨绸缪，提前准备一番。”

“我已有了全盘计划，该让你知道时我会告诉你。”莫耀强先拒绝了俊轩的好意，然后他转过身体盯着俊轩，开始用语言进行敲打，“我并非不相信你，这是我的做事风格，虽然我不喜欢蠢货，但更讨厌自作聪明的人。”

说完，他把球杆递给俊轩，转身径自向远远开过来的高尔夫球车前进。韦俊轩看着他的背影，他完全猜不到莫耀强的心思，心口亦无比压抑。刚从粉岭回来，韦俊轩就接到了太子的电话，便又赶去了太子酒吧。

太子一见他便问：“Turbo，福兴堂的事你查清楚了？”

韦俊轩压低声音回答道：“福兴堂收买了我们的人，这事我跟 Dr 先生汇报了。”

太子突然审视着面前的人，追问道：“你觉得我们这边会有福兴堂的内鬼？”

“没有吧。”韦俊轩见太子脸色异样，便又进行补充，“太子哥，我一定查个清楚。”

“好，有结果了先跟我说，别去打扰大老板。”太子拍打着俊轩的肩膀说。

韦俊轩知晓他的心思，嘴上连忙说："明白，有消息第一时间通知你。"

夜以继日，斗转星移。

韦俊轩约了泰迪又来到上回遇见 Jessie 的私人俱乐部。两个人喝了几杯酒后，换了一些筹码，先玩了几局牌九，又玩了两局轮盘，韦俊轩一直东张西望，心不在焉。几轮下来，泰迪有输有赢，相反韦俊轩的运气甚好，筹码很快翻了倍。泰迪转头看他手上摆弄着筹码，脸上毫无喜色，就猜到他的心意，调侃道："Jessie 好几天没来了，看来你这相思病比较厉害啊？"

韦俊轩敷衍地笑了笑，忽然手机响了起来。他看了一下号码，故意等了一会儿才接，就听见电话里 Jessie 说："怎么现在才接？"

韦俊轩故作冷淡地说："在忙。"

"我在我们上次见面的房间，你快点过来。"Jessie 丢下这句话，直接挂断电话。

韦俊轩一时间又惊又喜，一下子站了起来，可又看看泰迪不知如何开口。

泰迪可谓人老成精，直接笑骂道："臭小子，赶紧过去吧，别让美女久等。"

韦俊轩说声对不起，快步向里面走去，匆忙之中，竟连筹码都不要了。

一笑万金

韦俊轩推开 VIP 09 室的房门，一股浓烈火辣的香气几乎让他窒息。

只见房间里香烟缭绕，正中间的赌桌上，一群衣着华贵的赌客正在玩百家乐。他一眼就看到 Jessie 如鹤立鸡群般坐在人群正中。昏黄到发红的灯光里，她身穿黑色洋装，涂着鲜红欲滴的口红，宛如一只迷人又危险的魅魔。

此时她正百无聊赖地看着自己的手牌，将筹码一堆堆地推到桌上。

荷官熟练地发着牌，韦俊轩则站在一边，面带微笑地欣赏着面色忧郁的美人。

Jessie 忽然转头，看见了他，撇了撇嘴，但眼角的笑意却如花般绽放。

韦俊轩走到她的身边加了个位子，坐下之后一言不发。

Jessie 瞄了一眼身旁的人幽怨地说："要我等的男人通常都没好下场。"

结果她话音刚落，开牌却是赢了，荷官将一大堆筹码推到了她的面前。

韦俊轩立刻开了个玩笑道："你看，我一来你就赢钱，还想继续怪我吗？"

Jessie 扑哧一声笑了，说："财神爷，这一局你要买庄还是买闲呢？"

韦俊轩望着身旁的美人，特别温柔地说："都不要，我只要你。"

Jessie 脸上一红，三分娇羞七分开心地说："你呀，就知道油嘴滑舌。"

接下来的几局里，先是韦俊轩跟着 Jessie 买，结果先赢后输。然后韦俊轩赌性大发，开始自己买，并且下注越来越重，此时 Jessie 便跟着他买，与他一起输输赢赢。

没玩几局，两个人的台面上已是十几万元的进进出出。二人在这种豪赌的刺激下，每赢一局就相拥而吻，每输一局便孤注一掷。周围的赌客们见了，都忍不住侧目而视。

终于，两个人霉运当头，连输两局，把手里的筹码输了个精光。

凉风拂面，韦俊轩和 Jessie 走出俱乐部，沿着花园小径慢慢散步。

Jessie 轻声调笑道："今晚输了一百多万元，你一点都不心疼？"

韦俊轩潇洒摆手，面带笑意道："不心疼，为能早日抱得美人归，我豁出去了。"

Jessie 听后也捂着嘴说："做梦啦你，这点钱就想追到我？那你太小瞧我啦。"

韦俊轩讪笑着解释道："我开个玩笑而已，今晚能看到你，我已经很开心了。"

Jessie 同样接过话茬说："我也是，反正输掉的钱算我一半。"

韦俊轩连忙摇头拒绝掉："不行，男人不能花女人的钱，我自己能搞定。"

Jessie 听他说得斩钉截铁，只好无奈地耸了耸肩。与 Jessie 分开之后，韦俊轩一边回味着 Jessie 的香吻，一边担忧着巨额的赌债，很快他便轻车熟路地想到了借高利贷。

从借贷公司出来，时间已经是凌晨了，他急匆匆地回家，无意间察觉身后有异样。

第二天一大早，安全屋里，古 Sir 和俊轩面对面坐着，气氛凝重又略带尴尬。

二人先是例行问询，然后俊轩汇报情况："我现在能直接见莫耀强，不用靠太子了。"

"Good，慢慢让莫耀强重用你。"然后古 Sir 话锋一转，"你昨晚去了何处？"

"古 Sir，你何必明知故问？我知道你派人监视我了。"韦俊轩低着头说道。

古 Sir 一脸严肃地质问道："你最近跟一个叫 Jessie 的女人关系密切，居然还一起赌钱，输了一百万元不说，你还去借高利贷还赌债，这些你怎么不汇报？"

韦俊轩听到 Jessie 的名字，明显地焦躁起来，他亦大声反驳道："古 Sir，我现在是个卧底，主要负责收集资料跟情报，肯定要去认识人、赌钱、借高利贷，不然怎么上位呀？"

古 Sir 的声音更加严厉："按照规定，你回头写份详细报告给我！"

韦俊轩再也按捺不住，一下子站了起来，大声说："古 Sir，我不像你有秘书跟小助理，我没那么多时间写报告，等我有空再说吧！”随后，他一把推开房门，头也不回地离开。

古 Sir 看着他的背影，脸上一阵青一阵白，内心也隐隐作痛。

当天夜里，韦俊轩躺在床上翻来覆去不能入眠。只要他一合眼，往事就一幕幕地浮现出来。一会儿是他跟程天和修平在拍毕业照，一会儿是他跟赵盈盈在看婚房，一会儿是追债的人闯到警察局，一会儿是纹龙满面狰狞地找他索命。

终于，韦俊轩再也无法忍受，翻身坐起来。按亮了书桌上的台灯，掏出一个黑色的笔记本，开始写报告。他写着写着，突然想到，程天怎么不提醒自己被监视？于是他恨恨地把笔一拍。

就在这时，韦俊轩的手机响了。他看了一下号码，来电显示为保险佬，直接关了手机，又拿起笔写了两行。然后韦俊轩疲惫地往椅背上一靠，伸手关掉了台灯，黑暗中传来一声长叹。

次日中午，烈日如炬，注定又要有些大事发生。

太子叫韦俊轩带几个人去毒品交易中心的货仓里点货，韦俊轩坐在一边，满怀心事地看着吹水指挥小弟们忙碌。其中有一个新来的干活特别卖力，他突然想起吹水跟他提起过这个叫火咀的新人。

不一会儿，货物清点好了，吹水过来报账。韦俊轩点点头，示意他们可以走了。

突然，韦俊轩似乎想起了什么，对吹水说：“我手机好像忘在里面了，你们先走，我晚上再去找你们。”

吹水向来对韦俊轩奉若神明，毫不怀疑地领着小弟们去了。

韦俊轩等他们走远了，这才回到货仓，四下里看了看，从堆满了毒品的货架上拿下两条货来，装进了随身带着的一个袋子里，然后又重新把货架理了理，这才转身离开。凌晨三点的时候，韦俊轩再三确定没人跟踪之后，驱车来到了约定的地点。过了一会儿，另一辆车也开了过来。

韦俊轩打开车门下车，对面车上也下来一个人。两个人手里，都提着黑色的皮箱。

十个小时后，警局 NB 古 Sir 的办公室里，古伟聪面色不悦地坐在椅子上，身前的桌面上摆着一份报告。程天敲了敲门走了进来，还不知道领导找自己有什么事。

古 Sir 看他一眼，冷哼道：“这是俊轩的报告，一百万元居然这么快就搞定了？”

程天没听出话外之意，接着说:“这不正好？那笔账可以跟上面交差了。”

古 Sir 摇了摇头说:“重点是这钱的来源干净吗？他现在越来越像黑社会了！”

程天看古伟聪的脸色不对，连忙和稀泥:“古 Sir，俊轩现在当卧底其实压力特别大，所以他的情绪才会烦躁，而且他向来进取，虽然偶尔会有点出格的行为，但他仍然是一个有良知的好警察。”

“阿天，我明白你的意思，虽然你们年轻时就是好兄弟，但我希望你能公私分明，考虑到俊轩最近的种种表现，我已经无法继续再信任他了！”古 Sir 转头望着程天，神情严肃地说。

程天吃了一惊，傻望着古伟聪，向来能言善辩的他，此刻不知如何开口。

·第12章·

制毒工厂

明争暗斗

夜风清凉，徐徐送来悠扬的虫鸣和草地的清香。月亮藏在薄薄的云里，如同披上了一层白纱。远处偶尔有汽车马达的声音响起，又匆匆消失，一切让人既安心又舒适。

小公园还是跟以前一样宁静，许修平和赵盈盈肩并肩在秋千上坐着。

两个人沉默了一会儿，赵盈盈率先开口："我听说你的辞呈批了。"

许修平心里有话，但不能告诉她，只好说："效率真慢，我都回公司一周了。"

赵盈盈用脚踢着地上的草，然后颇为伤感地说："真想不到，韦俊轩跟你都离职了，当年警队的三剑客，只剩下阿天一个人了。"

许修平沉默了一会儿说："世事难料啦，你平时多关注下阿天，他也爱感情用事。"

赵盈盈很勉强地笑了一下道："放心，我跟柴头和志忠，一定会好好帮助阿天。"过了一会儿，她又继续问，"你在公司怎么样？家里人一直希望你回去帮忙，现在他们终于如愿以偿了，一定很开心吧？"

许修平特别怅然地说："我爸妈当然开心，可我嫂子以为我会回去争家产，我哥嘴上虽然没说，但我觉得他也有这种想法，其实我根本不看重钱，只要一家人平平安安就好。"

"修平，正所谓日久见人心，以后他们就会明白啦。"赵盈盈安慰完之后，连忙扯开话题，"对了，你现在在公司做什么职位？副总裁？以后见面岂不是要叫你许老板？"

许修平被她的话给逗笑了，憨笑着道："我只会修电脑，以后你能叫我许师傅。"

赵盈盈也笑了起来，顺势往下说："许师傅，我的电脑坏了，麻烦帮我修一下。"

许修平故意扬起脑袋道："你叫我修我就修啊？我偏要给你重新买一个。"

两个人说说笑笑，不知不觉天竟然蒙蒙亮了起来。

赵盈盈远眺着发白的东方，笑吟吟地说："修平，无论你做什么我都会支持你。"

许修平听了，转头看着她被晨光浸染的侧脸，只觉得如同玉琢粉砌，禁不住心头一荡，嘴上十分自责地说："都怪我，害你一夜没睡，一会儿还要上班呢。"

"我没事，你以后千万别变坏了。"赵盈盈揉了揉自己的脸颊说。

许修平看到她笑盈盈的眼睛里疲惫难掩，郑重地说："放心吧，我心中有数。"

白日碌碌，当夜幕再次渐降，辛苦了一天的人们结束手上的工作陆续下班离开。

许修平借口有程序问题需要检查留下继续加班，当最后一名员工也刷卡下班后，许修平先锁好了大门，又调开了走廊的摄像头，然后径直来到莫耀强的实验室。

实验室里布置干净整洁，几台仪器放在中间的试验台上，一台电脑摆在旁边，别的常用物品都分门别类地放在周边靠墙的柜子里。许修平先检查了一些容器，又翻了翻实验记录，然后打开了计算机。

当许修平聚精会神地查找数据时，忽然嘀的一声，有人用门禁卡打开了房门。许修平大吃一惊，他猛然一回头，就看见莫耀强冷着脸站到了身后，正用犀利的眼神注视着自己。

许修平装作若无其事的样子，假意问道："莫博士，你怎么还没走？"

莫耀强没有回答，却故意反问他："你在做什么？"

许修平的大脑开始飞转，快速回答道："我今天做系统检查时，发现你这个实验室里的计算机终端有一个漏洞没有更新，就过来帮你更新一下，你来的真巧，我刚刚做好。"

莫耀强盯着他的双眼看了一会儿，突然微微一笑说："多谢，下次请你先通知我。"

许修平背上的汗水已经打湿了背心，嘴上却答道："好，下次一定提前通知。"

莫耀强没有再说话，算是认可了他的说辞。许修平转身离开时，看到实验室巨大的玻璃墙，突然一个念头跳了出来：莫耀强进来之前是不是已经在外面看了很久？许修平不敢多想，赶忙匆匆离开。

几日之后，天色大好的一个下午，莫耀强特意约见韦俊轩，不知是出于何种目的。

在莫耀强的奔驰车里，空调的凉风吹在韦俊轩的脸上，他望着窗外飞速后退的街景，暗自猜想着到底要去何处？因为眼下的这条路并不通往高尔夫俱乐部，导致他心里特别没有底，不禁看看身旁正在专心驾驶的 Roy。韦俊轩忽然很佩服这个大块头，因为坐在后排的人随时能从反光镜里看到驾驶员的眼睛，而眼下坐在后排的正是莫耀强。

莫耀强突然开口问：“Turbo，你认识福兴堂的江叔？”

韦俊轩如实回答道：“听说过，没见过真人。”

莫耀强点了点头，说：“今天不打球了，我带你去拍卖会见识见识。”

韦俊轩突然想到了什么，接茬道：“去会一会江叔？”

莫耀强不置可否地说：“你很聪明，但真正的聪明人话都不多。”

韦俊轩连忙点头回答道：“我记住了。”

这时，他突然注意到莫耀强今天刻意穿了一件名贵的黑色西装，自己却穿了一身 Polo 衫加运动裤，迟疑了一会儿，相当尴尬地说：“Dr 先生，你看我今天穿的衣服……”

莫耀强很自然地说：“没事，后备厢里有我的一套备用西装，你先拿去穿。”

车子又开了好一会儿，停在了拍卖大楼外的车位上，韦俊轩变装结束后，二人才陆续下车步入会场。会场内外已经贴挂出很多拍卖品的海报跟图像，参与拍卖的客人和工作人员都穿着正装，或鱼贯而入，或三五成群地聊天。

莫耀强带着换好西装的韦俊轩向一个正走过来的中年人迎了上去。只见来人五十多岁，又瘦又高，短发花白，下巴上留着山羊胡子，一双深陷下去的眼睛时不时射出摄人的光芒。在他的身后，还跟着一个其貌不扬的年轻人。

看到莫耀强迎面走来，来人咧嘴一笑：“这不是 Dr 先生吗？看来你今天是有备而来啊？”

莫耀强随口笑着说：“江叔今天神采飞扬，气色也很好，一定是志在必得了？”

江叔连连摆手，故作谦虚地说：“不敢，没有落锤之前，鹿死谁手都是未知数。”

拍卖者全部入席后，拍卖正式开始，第一样拍卖品是一件红山玉石。

莫耀强知道这玉石是江叔的心头好，故意往死里抬高价。

江叔被他撩拨的火起，一口气把价钱从 500 万元加到 1500 万元，成功竞拍到手。

第二件拍卖品是莫耀强此次的竞拍目标，一套宋代的定窑，起价为 450 万元。

江叔有心抬价，结果却因买玉石已经资金耗尽，象征性地争夺了一下就败下阵来。

结果莫耀强以 600 万元的价格轻而易举地成功竞拍，拍卖会之后，江叔的心情非常不佳，沉着脸匆匆离去。望着他瘦高的背影消失在拍卖大楼门口，韦俊轩衷心称赞莫耀强：“Dr 先生，今天的拍卖真是精彩！”

“知己知彼，百战百胜，这句话虽然老土，但还是有道理可言。”莫耀强既挫败了强敌，又拍到了中意的藏品，可谓大获全胜，脸上也露出了微笑。随后，他转过头打量着一身西装、挺拔干练的韦俊轩，“这套衣服很称你，我送给你了。”

意外相遇

夜晚的酒吧里，每个人都在寻找着自己的乐趣。韦俊轩靠在吧台上，一边喝着酒，一边看大厅中间的几个人玩桌球。泰迪坐在他旁边，眼睛则盯着经过的女招待和女客人们扭动的臀部。

韦俊轩跟泰迪碰了个杯：“上次拍卖会你怎么没去？我发现江叔带了个年轻人。”

泰迪心头十分不爽，一口喝完酒说：“你说的是 John 吧？上次白板跟泰国人的交易砸了，江叔便开始怀疑我，把很多事都交给 Tina 做了，结果 Tina 又被抓，他没人了才叫我继续出货，他现在只信 John，还派他盯着我。”

韦俊轩又跟他碰了一杯，说：“没事，我们俩只要一直合作，总能成功上位！”

泰迪再次喝了一大口酒，语重心长地说：“Dr 先生眼下重用你，你要把握机会！”

韦俊轩点了点头，小声问道：“明白，对了，你那边事情怎么样了？”

泰迪看了他一眼，小声说：“目前还算顺利，你别着急，到时自然有你一份。”

韦俊轩见他不肯说，唯有顺势说道：“提前预祝我们成功，来，再干一杯。”

两个人又各自倒满了酒，碰杯之后全部一饮而尽，最后相视而笑。喝完之后，韦俊轩告别泰迪，走出酒吧拦了台的士回家，他要先养足精神，因为明天中午莫耀强约了他打球。

中午的太阳毒辣，高尔夫球场上，韦俊轩早已汗流浃背，他陪莫耀强打了一个多钟头的球。当然，莫耀强身上的运动衫也有不少水渍，可仍然是神态从容地练习着挥杆。韦俊轩看到草坪上罕见地支起了遮阳扇，并摆好了躺椅问：“Dr 先生，您今天还约了别人打球？”

莫耀强回头看了他一眼，叹息道：“你怎么还是如此沉不住气。”

就在这时，莫耀强突然停下练习，直起身子来，看向了不远处。

韦俊轩顺着他的目光看去，只见一辆高尔夫球车慢慢地开了过来。还没等 Roy 把车停好，韦俊轩就看到车后坐着两个浑身运动装的男人，他认出了其中的一人——许修平，原来莫耀强今天还约了许家兄弟。

韦俊轩突然见到许修平，一时间不明状况，不知该不该相认。好在莫耀强也没有多问，只是简单对韦俊轩介绍说：“这两位是修贤科技的老板。”就带着大家开始新一轮的球局。四个人打完球已经是日头偏西，接着莫耀强和许修贤坐在躺椅上谈生意，韦俊轩和许修平各自回了更衣室。

高尔夫球场的更衣室里，韦俊轩看看旁边没有人，便问许修平：“你怎么来了？”

许修平现在有了自己的秘密，话也谨慎不少，他随口答道：“我哥带我来打球。”

然而韦俊轩一眼就看出他有所保留，冷冷地说：“你回去告诉古 Sir，我韦俊轩心中有数，不用他派人来监视我！”

许修平知道他误会了，连忙解释：“俊轩，你误会了，我没监视你，请相信我。”

韦俊轩却摇了摇头，继续说道：“你是我的好兄弟，我当然相信你，但我不相信古 Sir，因为他已经不信我了，我知道你现在身不由己什么都不能说，毕竟我也是这种状态。”

许修平知道他成见已深，只好郑重许诺：“俊轩，你记住，我永远不会出卖你！”

韦俊轩久久地凝视着他，长叹一口气：“对不起，但我现在的生活里全是猜疑。”

说完，韦俊轩用手狠狠地拍了一下门，走了出去。

莫耀强跟许修贤谈了很久，显然心情不错，从球场出来后又带俊轩进入俱乐部的 VIP 会所。此时天色已晚，莫耀强带着韦俊轩在私人包间里点了晚餐，又要了一瓶红酒。

莫耀强倒了一杯酒递给韦俊轩，说：“Turbo，来！”

韦俊轩连忙一边道谢一边恭敬地双手接过来。

莫耀强又给自己倒了一杯酒：“今天你发挥很不错，一起干杯。”

二人喝了一杯酒后，莫耀强把酒杯放好追问道：“我听说你认识许修平？”

韦俊轩心头狂跳了一下，但还是从容不迫地回答：“对，我们念中学的时候就认识了，后来一起考了警校当警察。”

莫耀强继续盯着他一言不发，意思是让他接着往下说。

韦俊轩把空酒杯放回桌上，大吐苦水道：“其实他一点也不适合当差，他上次那个官司明明就是被人冤枉，可他的老大为求明哲保身，根本不帮他，我当初做差佬只是为了讨生活，他家那么有钱不用给公家打工啦。”

莫耀强听到这儿，插了一句嘴：“他哥说他决定辞职了。”

韦俊轩不知内情，就模棱两可地说：“好事呀，做家族生意总比当差佬强。”

莫耀强亦点了点头，继续反问道：“你好像对警队的怨气很大呀？”

韦俊轩想了一想，咬牙切齿地说：“我以前一直痛恨警察那种两面三刀的做派，不过现在我也没怨气了，倘若不是在警校和警队学会那么多东西，现在可能还是个泊车的小弟。”

“对，每份经历都有特别的意义。”莫耀强说着又给自己和韦俊轩各倒了一杯酒。

两个人再次举杯，轻轻碰杯之后，同时一饮而尽。此时，电视机里正播放一条时事热点新闻：警方今天上午在西贡白沙湾附近海面，发现一具男性浮尸，初步推断死者属中国籍，年龄约三十五至四十岁，已死亡多日。

第二天一早，警察局 NB 会议室里，浮尸案的第一手相关资料已从别的部门调来，大家正在讨论案情。

程天用激光笔指着屏幕上的图片，仔细分析道：“死者的身份已确定，他叫黄家安，十五年前在加拿大医科毕业，三年前回澳门地区开门诊，死因为头部中枪，初步判断是谋杀抛尸。”

此时屏幕上显示出黄家安的各种资料，包含了他所有的人际关系来往。

赵盈盈看着屏幕冷哼道：“这个黄家安也不是好人，有线报说他跟莫耀强是加拿大的校友，相识多年来往密切，黄家安一直暗中给合联社做黑市医生，有人中了枪或者械斗受伤都会找他医治。”

李志忠猛然一拍脑袋说：“福兴堂想开制毒工厂，黄家安是合联社的人，那两宗案子会有牵连吗？”

赵盈盈紧接着说：“很有可能，有数据显示，黄家安其实有暗中帮福兴堂做事。”

林家豪有点惊讶地看着盈盈，开玩笑道：“数据数据，你越来越像修平了。”

程天看了林家豪一眼，轻咳一声说：“这不是普通的谋杀案，当中牵涉到两大帮会的利益冲突以及制毒贩毒，所以要全力调查绝不能掉以轻心，柴头你去跟交通部协调，对泰迪乘坐的所有车辆严格监控，其余人 24 小时待命，随时准备行动！”

其余警员一起站起来，齐齐敬礼喝道：“Yes，Sir！”

制毒工厂

中午的太阳炙烤着高速公路，热气在地面掀起一股股暗流，远远望去，仿佛地面被泼了一层水，待到车子冲过去，才发现地上什么都没有。一辆小货车沿着文锦渡路一直向北行驶，直到快要开到深圳海关口，才从大路上拐下来，又借小路往东兜了回去，一直开到打鼓岭附近一个偏僻的农场内。

早已在农场等候多时的人冲过来打开车门，泰迪和一个年轻人一前一后跳下车来。农场里的一个小弟跑过来大叫："泰迪哥，John 哥。"然后打开车门，把车里蒙着眼睛的几个人扶出来，他们全是花高价请来的制毒师。

泰迪冲着 John 点点头，John 上前把制毒师们的眼罩一一摘下。

等到所有人都摘下了眼罩，泰迪满脸堆笑地说："大家辛苦啦，你们先洗个脸休息一下。"然后指着刚才的小弟："你负责带他们进去。"

一个小时后，泰迪跟 John 带着制毒师们走进加工厂。只见极其宽敞的厂房里，已经用不锈钢架搭好了上下两层钢梯，每一层上均放置着一簇一簇的锅炉。有些锅炉明显有烧过的痕迹，但压力表全是崭新的样子。一束一束的管道从锅炉里伸出来，相互连接、盘绕，形成了一个个大大小小的方形，如同迷宫。此外，下层的地面上还堆放着发电机、抽水机、电磁炉、电烤箱，放置着各种试管、烧瓶、计量器、化学原料桶的柜子则整齐地放在各个平台的空地上。整间厂房就像一头内脏复杂的怪兽，正静静等待驯兽师的召唤，随时准备伺机而动。

泰迪看到制毒师们的脸上露出了震惊之色，扬扬得意地说："这地方是我们最隐秘也最安全的霹雳可卡因基地，从现在起你们绝不能随便出入，更不能跟外界联络。"

这时 John 将早已准备好的袋子拿出来，对制毒师们说："江湖规矩，交出手机。"

制毒师们面面相觑，但也只能掏出手机，陆续扔进袋子里。

此时，在太子酒吧的办公室，太子刚在电话里被老妈好一顿数落，心情不佳，不停地骂骂咧咧。

火鸡看情况不对，试探着问："太子哥？你遇到什么烦心事了？"

太子根本不想和他讲心事，大声骂道："你给我滚，别来烦我！"

吓得火鸡拔腿就跑，结果他一开门，正好跟站在门口的吴嘉雯撞了个满怀。只听"咣当"一声，吴嘉雯手里的茶杯摔在地上，茶水溅得到处都是。吴嘉雯连忙蹲下把地板擦干净，火鸡也被吓了一跳，破口骂道："你瞎了？"

太子看着正在擦地板的吴嘉雯，只见她半蹲半跪，穿着丝袜的大腿透过裙摆露在外面，忍不住心头大动，突然他想到了什么，脸色一板骂道："火鸡你还傻站着干什么？还不快给我滚！"然后又换了一副和颜悦色的口气，"阿 Man，不用擦了，你过来一下。”

吴嘉雯站起来，战战兢兢地走到太子身边。只见太子轻声说道：“你别怕，我有事要你帮忙。”

吴嘉雯一脸心虚地问：“太子哥，你有什么事要我帮啊？”

太子摸了摸自己的后脑勺说：“我妈想去买些东西，但家里的用人放假回乡下了，她闹着要我陪，但我又走不开，我看她上次很喜欢你，今天你就陪她去吧，这样她应该会开心点。”

吴嘉雯一听，正中下怀，仍然要故意推托：“可是，我这个人笨手笨脚……”

太子直接打断了她，大手一挥道：“没事，就这么说定了，让火鸡开我的车送你去。”

几个小时之后，吴嘉雯拎着很多袋子跟着太子妈回了家。

太子妈一边进门还一边唠叨：“阿太整天就知道忙，赚那么多钱有什么用？”

吴嘉雯把各种袋子分门别类地放好，活动着发酸的手腕说：“太子哥在外面那么威风，很多小弟要管理，当然忙啦。”

“管什么管，连自己的弟弟都管不好。”然后太子妈眼神一黯，就不说话了，但她过了一会又高兴起来，拉着吴嘉雯继续说，“今天你这么辛苦，一定要留下来吃顿饭再走。”然后不由分说就把吴嘉雯按在沙发上，自己走进了厨房。

吴嘉雯瞧见她在厨房又洗菜又切菜，连忙喊：“伯母，要我帮忙吗？”

就听太子妈回答道：“不用，你好好歇着吧。”

看到太子妈忙着做饭，吴嘉雯悄悄离开了客厅，向卧室走去。她查看了一下房间，最后停在唯一锁着的卧室门口，掏出事先准备好的百合匙，熟练地打开了房门。然后她停下来，先往厨房方向张望了一下，只见厨房门仍然关着，里面传来炒菜的声音，这才闪身进入房间。

房间里摆设很简单，只有一张床，一个衣柜跟床头柜。吴嘉雯轻手轻脚地翻找了一会，由床头柜最下面的抽屉里发现了几本烹饪书。她好奇地拿出来，发现书的下面竟然还有一层暗格。轻轻打开暗格，里面放着一个本子，上面写着“菜谱”二字。

吴嘉雯的心怦怦狂跳，她小心地拿出菜谱，仔细翻看起来，只见上面用笔记着各种水果的价格、重量、日期。她根本看不明白，干脆拿出手机，一页一页地把菜谱的内容拍下来，然后又把所有的书原样放回。

次日一早，警察局 NB 会议室里，程天与组员们正开会讨论关于制毒工厂的线索。突然林家豪匆匆走了进来，一见程天就大声说：“天哥，监控有线索了。”说完他掏出一个 USB 扔给程天。

程天将 USB 交给赵盈盈，赵盈盈把 USB 插入电脑，会议室屏幕上就显示出一段录像。录像之中，只见一辆车驶入高速路口闸机，有个角度能认出副驾驶坐着的人为泰迪。这辆车沿着文锦渡路一直向北，开到接近深圳海关，突然拐下了大路，消失在监控画面内。从地图上的位置分析，泰迪去的方向是打鼓岭。

赵盈盈柳眉紧蹙，嘴里小声地说："打鼓岭？"

李志忠挠挠额前的头发："打鼓岭很大，如果他只是途经，那找起来太难了。"

程天却拍拍手鼓劲道："只要有线索，我们就不能放弃调查！"

林家豪也点点头说："没错，但具体怎么找，还是要有详细规划。"

程天想了一阵才建议道："从两方面入手，第一，制毒肯定需要大量的水电；第二，提炼毒品会产生大量的化学废料。"

不等他说完，赵盈盈接茬道："打鼓岭居民不多，我去查附近房屋的水电表。"

林家豪亦补充了一句："那我跟志忠去查当地的大量排污点。"

李志忠直接大声哀号："柴头，这种苦力活不用叫上我吧？"

林家豪拍着他的肩膀说："如果遇上突发情况，肯定要你这位百变神探出马。"

随着李志忠装腔作势地哀叹一声，大家同时笑了起来。

程天看众人斗志昂扬，满意地点点头："分工完毕，有需要可以找别的部门配合行动，大家各自小心，千万别打草惊蛇！"

所有的警员一起站起来说："Yes，Sir！"

锁定目标

浪借风势，被崖石劈开，碎成一些泡沫，又化成细雨，密密地迎面洒来。新界海岸线的堤岸上，古 Sir 穿着一件带兜帽的雨披，正在独自海钓。过了一会儿，韦俊轩也现身了。

等到俊轩来到身边，古 Sir 问道："找我有什么事？"

韦俊轩沉默了半天，皱眉反问："你派人监视我？昨天我抓到他了，他向你汇报过。"

古 Sir 也沉默了一会儿，如实说："我派人跟你，是怕你走错路。"

韦俊轩冷笑道："你果然不信我。"

"让我如何信你？之前的账目不明，你说你难弄清，情有可原。但你跟那个 Jessie

关系密切，以你的身份不觉得有问题吗？你别以为我不知道上次那 100 万元是怎么回事！”

韦俊轩也怒骂道：“好，既然你不信我，老子不干了！”

古 Sir 则劝告他：“韦俊轩，千万别冲动，你们三个人中，你是最聪明的那个，我本来最看好你，现在还调动人力去跟踪你，说明我对你抱有希望，本次行动除程天游说外，我个人也希望你能翻身，我希望你能珍惜！”

韦俊轩听罢默默无语，他的心非常乱，不知道后面该怎么走。

古 Sir 见他沉默，便继续说：“当初的教训还不够吗？好好反思吧！”

古 Sir 这话如惊雷般打在韦俊轩的心头，他瞬间想起当年走进赌场，输精光的情景，在那个瞬间，他想追上去向古伟聪道歉。

就在这时，他的手机响了，跳出 Jessie 发的信息：“今晚忙吗？”

几个小时后，游艇俱乐部的船上，韦俊轩和 Jessie 肩并肩地倚靠着栏杆，手拿酒杯对饮。此时韦俊轩已经换了一件整齐的衣服，脸上的胡子也刮干净了。虽然装束整齐，但他还是没精神。Jessie 发现了这一点，轻声问道：“你不希望我找你？”

韦俊轩摇了摇头：“没有，我是身不由己罢了。”

Jessie 又喝了一杯酒，把头轻轻地倚在他肩上：“难道有人不让你见我？是你的老婆？”语气里明显透出些许的失落。

韦俊轩连忙解释：“你别瞎猜，其实……”

还没等他说完，Jessie 立刻打断了他：“不用解释，还是保持神秘感比较好，你也别打听我的事，我不用你时刻陪着，总之当我想见你时，你出现便可。”

韦俊轩扭过头看她，又用手指拨弄了一下她的长发：“Jessie，你真的很特别，不过我以后可能没时间见你了。”

Jessie 听他夸赞自己，本来还喜上眉梢，忽然笑容又凝固在了脸上。但她生性豁达，甩甩头发：“没事，一切随缘吧！”

韦俊轩突然把她拉进怀里，Jessie 也顺势一扑，二人倚在栏杆上热吻。

船下依然是风吹浪涌，打鼓岭农场中，一大群虫子在草丛中乱飞。NB 的组员们开着涂装成了通讯公司工程车的指挥车沿着一条小路，慢慢驶入一个不起眼的小村落。根据数据显示，这是附近最后一个村落。林家豪和志忠换上通讯公司接线员的衣服，提着接线工具从车里走出来。很快，他们就发现村落边缘有个院子，正不断传出发电机的声响。二人边走边假装观察电话线，用针孔摄像机拍摄下院子的全貌。

指挥车内，程天从显示器上看到二人沿院子围墙观察了一会儿，并取了些土壤和污水的样本。当他们走到正门时，只见大门紧闭。有人拉开门上的门洞往外张望一下，见是两个接线员，就又缩了回去。

林家豪和志忠不敢久留，迅速回到了指挥车，李志忠组装完一组化学仪器。他把过滤出来的样本液体滴在试纸上，试纸很快变成了蓝色。

三人相视一眼，齐齐点头。

与此同时，对讲机响了，赵盈盈的声音传出来："阿天，根据你们发来的定位消息，这家厂房已废弃多时，最近才开始运作，并且水电费都大增。"

"厂房周围的土壤和污水内有可卡因残留，它确实是制毒工厂！"程天回答道。

警局 NB 会议室里，众警正围坐在一起。望着一块大屏幕，居中显示着制毒工厂的外景和偷拍到的照片，其中有一张模糊的人脸特写依稀能辨认出是哥伦比亚制毒师胡安·桑托斯。

程天指着一张照片说："经仔细排查，这里就是福兴堂的制毒工厂。"

随后，林家豪继续道："这院子以前是一个废弃工厂，地形比较复杂，毒贩们如果想跑，我们很难抓到人。"

李志忠补充道："我们蹲守几天，发现院里大概有十个人，泰迪肯定包括在内，还有那个制毒师，剩下的全是工人，他们每天上午十点会派人出来买饭，除此之外就锁着门，侦查难度很大。"

赵盈盈皱起眉头说："能混进去吗？"

林家豪苦着脸插话道："很难，他们不招工人。"

李志忠的鬼点子多笑道："我有个主意，不过很损。"

程天算了一下时间线："从时间表上看，这个制毒工厂已经运作了一个星期以上，可能会在出货后转移，我们的时间不多了，大家要全力以赴！"

所有警员依然齐声说："Yes，Sir！"

程天刚想继续说，突然他的手机响了起来。

·第13章·

胆大包天

引蛇出洞

夜色沉静，空气中仿佛带着一丝巧克力的微甜，让人不禁沉醉其中。在安全屋里，程天和嘉雯面对面坐着。后者一直噘着嘴，脸色非常不悦。程天仔细地翻看着吴嘉雯发给他的照片，说："这些可能是毒品交易的暗语，能变成指控太子的重要证据。"

吴嘉雯没好气地说："我立了一个大功，线人费没有，你还训我一顿？"

程天头也不抬反驳道："谁叫你擅自行动？要是你被发现了怎么办？"

吴嘉雯倔强地说："无所谓，我就是要把太子送进监狱，为我爸报仇。"

程天差点被气晕过去，他扬起脑袋假装生气地警告道："吴嘉雯，我很认真地跟你说一次，以后你再有行动必须提前告诉我，不然我就取消你的线人身份！"

吴嘉雯吐了吐舌头，小声嘟囔道："时间紧迫，没办法打电话啦。"

程天又好气又好笑，说："你都这么大的人了，还跟个小女孩一样。"

吴嘉雯哼了一声，却是娇嗔，再次偷偷瞄了程天几眼。

随后，二人又商量了一些事情，才各自回家休息。

次日太阳初升，早餐时间刚过不久。打鼓岭农场附近的一家小饭店里，装扮成店员的李志忠一边熟练地为食客们下单、上菜、打包，一边注意着店外的动静。

不出一会儿，一辆黑色轿车像往常一样在店门口停了下来。两个戴着口罩的年轻人从车内钻出，东张西望地看了一会儿，大步走进了饭店，对李志忠大声喊："伙计，照旧打包。"

李志忠观察了两天，早记住了他们每次点的餐，答应一声，写好单子拿到后面去了。几分钟之后，李志忠拎着四大袋盒饭走出来。两个年轻人扔下钱，拎起盒饭，快步钻回车上，一溜烟开走了。李志忠目送他们离开，双眼亦眯了起来。

与此同时，村子附近的诊所里，一个女孩领着一身护士打扮的赵盈盈走进医生办公室。

正在低头写报告的方医生抬头看看，放下手里的笔：“阿 May，她是谁？”

阿 May 早已背好了词，连忙进行介绍：“她是我的死党盈盈，也是我在护校的同学，我接下来几天家里有事，就请她来替我上几天班，盈盈也有护士证，还有大医院的工作经验，肯定没问题。”

方医生“哦”了一声，问赵盈盈：“盈盈，你以前在什么地方执业呢？”

赵盈盈笑着回答道：“我之前一直在乐道医院泌尿科做护士，现在处于放假阶段，阿 May 说她想找个人顶一下班，我就主动报名了，全当做兼职赚外快。”

方医生顿时明白了，他继续往下说：“我们这只有一个医生两个护士，还有一个阿英现在出去了，薪水方面我们肯定没乐道医院高，工作其实也比较辛苦。”

赵盈盈之前扮过很多次护士，轻车熟路地说：“薪水不重要，我也是想多学东西，工作方面我会加油。”

方医生听她这么说，很是高兴，转头对阿 May 道：“你带盈盈到处看一下。等我写完报告就去找你们。”

阿 May 看了赵盈盈一眼，两个人转身出门。

此时在制毒工厂里，黑色轿车已开进农场的前院，等到车子停稳，两个人从车上拎出盒饭来，大声喊：“开饭了！”

泰迪、John 以及福兴堂的小弟和制毒师都从房间里走出来，一人拿起一份盒饭，就地吃了起来。

泰迪打开盒饭，忍不住骂一句：“每天都是这几个菜！”随后，他抬手就把饭倒在了地上。

John 也没什么胃口，皱着眉头吃了几口，便将饭盒放到一边。泰迪的小弟们和几个制毒师昨天忙到半夜，现在肚子正饿，一个个狼吞虎咽地把饭吃了个精光。

泰迪掏了掏口袋，翻出来一块牛肉干，一边嚼一边喊：“吃完开工，大家再辛苦两天，马上就大功告成了！”

泰迪小弟们纷纷站了起来，准备开工。制毒师们却面面相觑，各个一脸疲态，依然无可奈何，也慢慢站起身子。泰迪跟 John 带着几个小弟走进厂房位于二楼最中间的实验室，胡安·桑托斯连早饭都没时间吃，正专心地进行蒸馏实验。他的助手反而坐在椅子上，脸色苍白如纸。

过了一阵子，胡安 · 桑托斯总算完成了实验。

泰迪走了进去，笑嘻嘻地问："Breakfast？"（吃早饭吗？）

胡安摇了摇头，指着助手说："He is sick."（他病了。）

泰迪心头顿时不悦，喃喃自语道："早不病晚不病，偏偏这时病！"他话音未落，忽然一个小弟惊慌失措地跑进来，"泰迪哥，好多人都突然肚子疼拉稀，好像吃坏了东西。"

泰迪和 John 连忙跑出去，结果满院子已乱到不可收拾。

原本院子里搭建了两个临时厕所，此时反锁着，显然有人在用。几个小弟一手抚着肚子，一手拍着门，大声说："快出来，我要拉裤子了！"有几个忍不住的家伙，就直接拉在了地上。更多的人开始就地拉屎，一时间院子里奇臭无比。

泰迪眼看着场面就要无法收拾，急得跳脚，回头却看见 John 虽然勉强忍耐，但豆大的汗水已经开始凝聚于额头，显然也快濒临崩溃了。

胡安 · 桑托斯也从工厂里走出来，看到眼前的这个样子，皱起眉头说："We need a doctor."（我们需要医生。）

泰迪沉吟了一会儿，转头看看 John："非常时期，由你做主。"

John 自身难保，顾不上许多："叫医生来，关掉发电机，把厂房门关好。"

泰迪点点头，脸上虽然表情凝重，暗地里却幸灾乐祸，指挥几个小弟去关发电机。十分钟后，一辆救护车开进院子。车门打开，方医生带着两个护士跳了下来，赵盈盈为其中之一。

此时，农场外不远处一个废弃厂房的墙后，程天在指挥车里通过赵盈盈纽扣上的针孔摄像机看到院子里狼藉的情景。

林家豪低声笑起来："巧克力喷泉，想不到两包泻药这么厉害！"

李志忠也笑着说："这叫活该，可怜盈盈被无辜牵连了。"

赵盈盈自从上次在 Tina 的经纪公司卧底之后，也机灵了不少，只见她假装照顾病人，不经意地东走西逛，很快就把前院后院所有的建筑布局都拍了下来。

在工厂里面，赵盈盈慢慢走到厂房的门口，却发现大门紧闭。她左右看看无人，正准备去开门时，忽然大门"哗啦"一声打开了。

赵盈盈吓了一跳，赶紧掉头就走。忽然听到背后人大喊："Hey，lady."（你好，女士。）

赵盈盈硬着头皮转过身，看到胡安·桑托斯正搀扶着一个人从厂房里慢慢走出来，正是他生病的助手。赵盈盈连忙快步走过去，假装帮他搀扶病人，就在胡安·桑托斯重新关上厂房门之际，她胸前的摄像机已把厂房内的情景传到指挥车上。

赵盈盈搀扶着病人找到方医生后，继续收集情报。当她走到一个墙角处时，忽然听到有人低声说："老大说这个星期一定要出货。"接着又听到泰迪的声音："问题不大，医生说吃了药明天就会好。"

胆大包天

夜里的海鲜大排档永远是食客的最爱，这一整天，程天陪着吴嘉雯先爬了狮子山，然后又逛了老半天，直到夜幕四合，二人又一起来到沙田大排档吃海鲜。

看着琳琅满目的海鲜，吴嘉雯故意说："喂，你这个穷督察，用不用请我吃这么贵的海鲜？"

程天两手一摊，笑着说道："今天我发了薪水，你想吃什么随便点。"

吴嘉雯兴高采烈地叫来伙计，一口气点了十几个菜，说："今天这么好？你先陪我玩，又请我吃饭？"

程天左右看看没人注意，这才从口袋里掏出一个信封："拿着。"

吴嘉雯好奇地问："这是什么？线人费？"擦了擦手，打开信封，只见里面是一沓大额钞票说："就这么一点？也太没诚意了吧？"

"这不是线人费，属于紧急救命的钱，我私人给你的护身符。"程天看到吴嘉雯一脸疑惑之色，继续耐着性子叮嘱，"总之你一定要随身带，必要时它会救你的命。"

吴嘉雯撇了撇嘴说："切，故作神秘。"但还是把信封收了起来。

"上次你拍的那个账簿很有用，但代号密码老变！"程天看着她把信封收好低声说。

不等他讲完，吴嘉雯立刻信心满满地接话道："他改了密码就会有新的密码档案，我去帮你拿！"

程天收起笑容，认真地说："我必须说清楚，其实我不想让你当线人，是怕你乱来才跟你合作，太子并非善男信女，你千万不要乱来，有动静立刻向我汇报。"

吴嘉雯一脸不在乎地说："这么点小事，我能搞定的啦。"说完她又得意地小声说："我偷配了他办公室的钥匙，怎么样是不是很棒？"

程天更加生气地说："你又擅自行动？"

他刚想继续再说，正好伙计上了第一道菜——清水煮花螺。

吴嘉雯赶紧夸张地叫：“好大的花螺，赶紧吃吧。”

程天看她一边伸筷子，一边心虚地偷看自己，一时间竟发不出脾气来。

警察局 NB 会议室，屏幕上正播放着赵盈盈从制毒工厂里拍摄的视频。其中关键的场景已重新制图，显示在了旁边。赵盈盈拿着激光笔，指着这些图向大家进行说明。

“大家看到了，院子分了前后两院，前院有简易住房、厕所。平时泰迪的小弟主要聚集在这儿，后院有一个厂房跟温室花园，为制毒师们的主要活动场所。厂房内部是钢架结构，一共有两层，主要设施是发电机和锅炉，至于人数方面，当时在场的福兴堂小弟一共 7 人，制毒师有 6 人，加上泰迪和 John 一共 15 人，全部是青年男性。”赵盈盈一口气说完这些关键的情报。

林家豪直接赞叹道：“盈盈，你现在太强了吧！”

李志忠也跟着夸奖道：“你这么一说真是明明白白。”

程天进行了最后的总结：“这次侦查非常成功，我们拿到了非常详细的资料。盈盈有功劳，柴头、志忠，你们也有功劳。尤其是志忠，你的主意野蛮粗暴，不过特别见效。”

赵盈盈又丢下一个消息：“我无意中偷听到泰迪和 John 的对话，这周就会出货。”

“时间紧迫，我们必须尽快采取行动，柴头你负责联系其他部门，志忠、盈盈你们安排人手继续监视，等他们有所动作，我们就立即收网，将之一网打尽！”程天讲完之后，本次会议正式结束。

等到其他警员离开，程天关好会议室的电子设备，回到自己的办公室，他翻出韦俊轩的账本，开始研读。古 Sir 说韦俊轩的账目存在重大问题，他必须研究清楚，以便在古 Sir 面前替好兄弟辩解。

韦俊轩的账目越往后越混乱，直到太阳下山程天也没弄清楚，这时他的手机突然响了。程天看一下号码，来电人竟是韦俊轩。他连忙接通电话，就听到在一片喧闹的音乐声中，韦俊轩语气冷淡地说：“我刚看到吴嘉雯在太子办公室门口鬼鬼祟祟，她现在为你办事，麻烦你看好人。”说完不等程天回应就挂了电话。

程天吃了一惊，来不及细想，合上账本快步走出办公室。

此时，在太子酒吧里，吴嘉雯用私配的钥匙打开太子办公室的房门，悄悄钻了进去。办公室内一片漆黑，吴嘉雯拧开一个手电，开始翻箱倒柜。最后，她在靠墙的柜子里找到了一堆现金，现金的旁边放着一摞文件夹。

她打开文件夹用手电照着慢慢翻看，突然“吱呀”一声门被推开了。

吴嘉雯如惊弓之鸟一般汗毛倒竖起来，连忙把文件放回了原位。

与此同时，有人打开了灯，对吴嘉雯大喝道："嘉雯，你在这干什么？！"

吴嘉雯转过身，只见太子正面目狰狞地看着自己，她感觉喉咙仿佛被人紧紧掐住，一句话也说不出来，浑身抖个不停。

太子看到吴嘉雯害怕的样子，厉声质问："你偷东西？不说我就杀了你！"

吴嘉雯害怕至极，突然想到程天给她的信封，从口袋里掏出来递给太子。

太子打开信封，看到里面的钞票，更加生气说："你敢偷我的钱！"说完他一步走到办公桌前，拉开抽屉，掏出一把手枪指着吴嘉雯，"我最恨手脚不干净的人！"

吴嘉雯吓到两脚一软，瘫倒在地上，号啕大哭道："对不起，我弟弟等着钱交学费，我还没凑够钱，实在没办法了，太子哥我下次不敢了！"

太子看她泪流满面，楚楚可怜，信了她的话。再看她穿着一身深 V 低胸紧身短裙，胸部饱满得呼之欲出，一双白皙紧实的长腿贴在地板上，高跟鞋也松脱了，露出一只纤巧白嫩的脚掌，灯光下散发着一种勾人的性感。

太子吞了一口口水，眼睛一转，把枪放了回去。他迈步走到吴嘉雯身边蹲下来，伸出左手握住她的脚踝把玩了一下，又用右手拿起她的鞋子，重新帮她穿好："原来是这样，需要钱可以跟我借，为什么要偷呢？幸好你遇到我，如果换了别人，你就算不去坐牢，也会被斩掉手指。"

太子扶着她站起来，又把信封还给她："既然你缺钱，这些你先拿去用。"

吴嘉雯一脸的惊魂未定之色，用手擦掉眼泪："多谢太子哥。"

太子故意大惊小怪地说："你吓成这个样子，来，喝一杯酒压压惊。"说完不等吴嘉雯回答，转身取出两个酒杯来，斟满了酒。

吴嘉雯没办法，只好跟他一起喝了几杯。

太子借着酒兴，斜着眼瞟着吴嘉雯白嫩的胸脯，脸上露出诡异的笑容。

酒后乱性

当程天匆匆忙忙地把车开进太子酒吧附近的车库时，正巧看到太子扶着吴嘉雯远远地走过来。只见灯光下二人脸上酡红，脚步飘忽，显然是刚喝完酒。他熄了火，静静旁观。

这时太子满嘴酒气地说："女孩子晚上独自回家很危险，我送你走吧。"

吴嘉雯一边推他，一边拒绝："不用，我搭的士回去就行。"

太子见她无力地挣扎，更加心痒难挠，故意凶巴巴地说："上车！"

吴嘉雯不敢继续反抗，只好打开车门，坐进了后座。

她刚刚坐好不久，太子居然也跟着坐了进来。

吴嘉雯才觉得大事不妙，惊恐地说："太子哥，你不去开车吗？"

太子一脸邪笑地看着她，慢悠悠地说："不要急，我有话要跟你说。"说完，他一只手摸向吴嘉雯的大腿，另一只手一把抓住她的衣领，整个人向她压了过去。

吴嘉雯吓得大声尖叫，但声音被车玻璃阻隔了。她使劲用手推搡着太子，还抬脚去蹬他。太子顺势抓住她纤细的脚踝，把她的双腿分开。吴嘉雯在太子的身下如同一条鱼那般拼命扭动，反而让太子更加欲火高涨。他用膝盖抵住吴嘉雯的双腿，一把撕开她的衣服，顺势一卷，把她的双手死死压住，腾出一只手就要去解皮带。

就在这时，忽然停车场里消防警报声大响，紧接着两个保安跑了进来。

太子愣了一下，赶忙从后排下来钻进驾驶室，吴嘉雯趁机从车厢逃出。

太子恶狠狠地骂了一句，开车走了。两个保安看到了衣不遮体的吴嘉雯，正要上前询问，程天从消防报警按钮旁边快步走了过来。程天先向保安出示警官证，又脱下外套披到吴嘉雯身上，抱起她上了车。一路上，吴嘉雯如同受惊的小兽，浑身颤抖，一言不发。

程天也不知道该如何安慰，到了自家楼下，吴嘉雯的心情终于慢慢平复。

程天看着她神情恍惚地望着窗外，心怀愧疚地说："对不起。"

"到我家楼下了？"吴嘉雯如同从梦中惊醒一般，"我不想被我弟看见我这样。"说完，她双手掩面，独自哭了起来。

程天默默地看着她哭，认为是自己致她身处险境，内心里愤怒且懊恼。

吴嘉雯哭了一会儿，用手擦了擦脸，看着程天质问道："你早就在了？你全看到了？你为何不阻止他？你以为我是个很随便的人，对这种事也无所谓？但任何女人被一个自己不喜欢的男人侵犯，都是一种耻辱！"

程天无言以对，只能再次说："对不起，真的很对不起。"

吴嘉雯把他的外套脱下来，整理了一下被撕碎的裙子，眼泪忍不住又流了出来。但她立刻擦掉眼泪下了车，大步向大楼门口走。程天望着她纤弱又倔强的背影，竟有点心烦意乱，然后发动车子离去。

次日的中饭时间，茶楼客人不多。二楼包间里，基爷端着茶杯，双眉紧皱。

过了一会儿，太子推门而入，看到基爷的样子，于是脸上堆笑：“基爷，您找我？”

基爷放下手里的茶杯，面无表情地说：“坐吧，我有件事想问你。”

太子坐了下来，假装糊涂地说：“基爷，到底什么事？”

基爷直接瞪他一眼：“太子，你对嘉雯做了什么你自己清楚。”

太子被他数落，心里不快，唯有强行解释说：“嘉雯跑到我办公室偷钱被我逮到，她怕我打她就装可怜，拉着我扑到我怀里求情。我是个男人，一个美女扑到我身上我又喝了酒，不可能不心动吧？我看她没反抗就打算带她去吃夜宵，谁知到停车场她突然又不干了，结果挣扎了一会儿她就下车走了，我们什么也没干。”

基爷听了他的话，不置可否，拿起茶杯喝了一口：“往事不究，怎么说你也算合联社的小当家，事情闹大对你和社团都不好，我再说一遍，嘉雯是我的侄女，你别打她的主意！”

太子一听便知这事算揭过去了，笑着感谢道：“明白，多谢基爷。”

此时，还是之前的安全屋内，吴嘉雯走了进来，坐到程天的对面。

程天看她似乎好了些，结果一开口就是：“我想告太子强奸。”

程天直接怔住了，立刻想到目前针对合联社的调查正在推进，不宜节外生枝，于是说：“嘉雯，你千万要想清楚，如果你告太子他会请个律师帮忙，就算罪名成立他最多坐两三年牢，若找到他贩毒的罪证，那他下半辈子只能在监狱里过，我们不可以因小失大。”

吴嘉雯也愣了一下，恶狠狠地说：“我想清楚了，这个坏蛋当年害死我老爸，现在又来侵犯我，我实在忍无可忍了，我要现在就送他坐牢，不好意思程 Sir，我知道这么做会影响你们 NB 查案，但我已经决定了。”

程天听她说得坚决，沉默了一会儿：“如果你真的要报警，我可以陪你一起去，我已经联络了昨天晚上的两个保安，叫他们准备好你和太子进停车场之后的监控，除我是人证之外，这些也算有利的证据！”

程天的表态让吴嘉雯大出意外，忍不住问：“你真的愿意帮我？”

程天狠狠地点了点头：“此事我也有责任，不过有一点我要提醒你，照目前的情况来看你告他强奸是成立，但由于他是意图强奸，所以到时判刑不会很重，这种官司一般都会拖个一两年，上法庭后他可以保释外出，他若有心报复的话你弟弟也会很危险！”

吴嘉雯听他提到吴柏文，明显犹豫起来：“你们警方不是会保护证人和受害者吗？”

“会保护，可没办法 24 小时贴身保护，就算可以，你们也未必能够接受。另外，太子不是一般的坏人，他有黑社会背景，就算他坐牢了也会让他的手下来骚扰你们姐弟俩，最彻底的办法只有把他们这些人一网打尽！”

吴嘉雯沉默了半天说：“你说来说去，还是让我不要报警。”

程天摇摇头说：“我在提醒你报警的风险，至于怎么选，由你自己决定。”

“我是想立刻看到太子坐牢，但绝不能让我弟弟冒险。”她回答。

“嘉雯，其实无论你做什么决定我都会支持你。”程天一脸认真地说。

吴嘉雯叹了一口气：“我也不知道怎么办，那就先听你的吧。”

程天知道她已经放弃报警，松了一口气之余，也暗暗心痛不已。

江湖兄弟

吴嘉雯的这次风波，太子并没占到多少好处。他坐在办公室里，又想起吴雅雯鬼鬼祟祟的举动，忽然心里一跳，连忙翻出最新的账本来，又仔细核对了一遍。

韦俊轩被叫到了太子的办公室，起初他不知道是什么事，当太子阴沉着脸把账本摔到桌上时，他立刻明白过来，心中暗暗叫苦。

太子双眉竖起，指着账本说：“Turbo，上星期有两批货，是你出的？”

韦俊轩摆出莫名其妙的样子，拿起账本说：“太子哥你说什么？”翻了一下，只见自己偷偷拿走了两批货的地方，画着一个大大的问号。他心思飞快，转眼间装作恍然大悟的样子，“啊！我想起来了，有个分销商跟我说，他们急需一批货想问公司借一点，可以给我们利息，我看仓库里还有货，所以就借了出去，因为当时是借货又不是真出货，所以一时不知该怎么记账，过了几天一忙把这事忘了，都怪我记性差，以后再也不多喝酒了！”

太子直勾勾地盯着他的眼睛，突然怪笑道：“你撒谎连眼睛都不眨一下。”

韦俊轩顿时大惊，急忙解释：“太子哥我没撒谎啊！”

太子拍拍他的肩膀说：“不用怕，我不是 Dr 先生，你的演技还真不错。”

韦俊轩一时不明白他的意思，只好说：“这个玩笑不能乱开，我对你和社团是忠心耿耿！”

太子一脸郑重地叮嘱道：“我知道，以后不管进货或出货都要记下来！”

韦俊轩这才知道自己算过了一关，长吁一口气：“太子哥，你那么忙还要做账？”

“做生意不做账怎么行？这账我已经做了几十本，会计证我都有考，你以为古惑仔只会械斗？你要学的还多着呢！”接着太子又继续说，“还有，你要尽快把这笔账销掉。”

韦俊轩连忙答应，然后又跟太子闲聊几句，便离开了太子酒吧。韦俊轩给泰迪打了个电话后，直奔私人俱乐部的赌场。赌场里，泰迪左手拦腰搂着一个性感的女孩，右手捏着筹码，正玩得开心。今天他赌运正好，已经连赢了七八局。不但他满面红光，女孩的内衣里也被塞满了筹码，同样跟着兴奋不已。泰迪每一次下注，都趁机在她的内衣里摸来捏去，让她高声尖叫。

看到韦俊轩走进来，泰迪在女孩饱满的屁股上重重一拍：“去把我那瓶酒拿来。”

看着女孩蛇一样扭着身子走开，韦俊轩调侃道：“泰迪哥，今天手气不错啊！”

泰迪哈哈一笑说：“你最近怎么样？对了，我听说你很长时间没有跟 Jessie 见面了，你们吵架了？”

韦俊含糊其词地说：“最近运气不好！”

泰迪一眼看出他有心事，低声问：“难道是货出事了？”

韦俊轩连连摇摇头：“货卖光了没渠道入货，太子又开始疯狂催我。”

这时女孩已经拿过一瓶高档红酒来，泰迪打开了酒，给自己和韦俊轩各倒上一杯，然后才说：“小事一桩，你要多少，我找人给你送过去，先试试这瓶酒。”

韦俊轩接过酒来，故意推辞说：“这怎么好意思？”

泰迪跟他碰了下杯：“兄弟之间无所谓，先干一杯。”说罢举杯一饮而尽。

“废话我就不说了，这事我一定记在心里！”说完韦俊轩也一口把酒喝了。

两个人举着空杯，大笑起来。

警察局 NB 的会议室里，程天正向古伟聪汇报福兴堂制毒工厂的情况。

程天把所有的资料整理好，全部交给了古伟聪，并说出自己的想法：“古 Sir，现在我们已经基本掌握制毒工厂的情况，等时机成熟就立马采取抓捕行动！”

古 Sir 满意地点点头，突然问：“你们调查时发现过此事与俊轩有关？”

程天眼皮一跳，说：“没有，两家社团向来不和，俊轩应该不会参与。”

古 Sir 却别有意味地说：“他最近跟福兴堂的泰迪关系非常好，根据情报科的监视报告，他们的关系已经超出普通的生意伙伴。”

程天大吃一惊，但想了想还是说：“我想他接近泰迪，也是为了帮太子做事好上位，虽然他最近情绪比较波动，但不会有什么问题，我会负责好好看着他。”

古 Sir 不以为然地说：“事情没那么简单，反正你看好他就行。”

半小时后，程天阴沉着脸从古 Sir 办公室走出来，他立即拨通韦俊轩的电话，直接说：“你在什么地方？我过去找你。”

程天在一个僻静的街道接到韦俊轩，驾车向郊外开去。

韦俊轩的脸色也不好看，他一上车就把一个账本丢到程天怀里，说：“这是我最新做的账，拿回去慢慢看吧。”

程天拿起账本往车窗下面一丢，问：“古 Sir 说你和泰迪的关系密切，为什么这事你从没跟我提过？”

韦俊轩听他这么说，冷笑一声：“你跟古 Sir 找人监视我，你会不知道？”

程天怒气冲冲地吼道：“找人跟踪你的是古 Sir，但你也不能怪他，你现在真的很让人担心知道吗？你跟泰迪的关系到底怎样？”

韦俊轩怔了一怔答道：“普通朋友的关系，我跟他又不是同一个社团！”

程天听他口气不像撒谎，说：“这样最好，顺便说一下，我们最近会对福兴堂采取行动，所以这几天你不要和泰迪有任何来往，以免引起不必要的误会！”

韦俊轩很好奇地追问：“什么行动？跟福兴堂的制毒工厂有关？”

程天摇摇头拒绝了：“拜托，你好歹也是个警察，知道警务纪律，我怎么能告诉你？虽然古 Sir 开始怀疑你，但我还相信你，你千万别放弃，咬紧牙关坚持住，这样才能完成任务，早日回归警队。”

韦俊轩见程天不肯说，答应了一声，随手抓起车门储物盒里的一张纸，发现是一张打鼓岭洗车店的传单。此时程天开车经过一个红绿灯，正在聚精会神地观察路况。

发现程天没注意自己，俊轩找到传单上的地址，记好后又把传单塞了回去。

程天的车载着韦俊轩兜了一个大圈子，最后又回到见面的街道。

“你多保重。”韦俊轩下车后，重重地关上车门，四下看看匆匆离去。

程天坐在车里看着这个好朋友渐行渐远的背影，突然觉得他有些陌生。

·第14章·

分道扬镳

雷霆出击

星期五，农历七月廿四，闭执位，诸事不宜。

今天是交货的最后一天，泰迪一早就来到打鼓岭的制毒工厂。还是位于工厂的实验室里，制毒师胡安·桑托斯正在做最后一步实验。只见他双手戴着特制的手套，指挥助手将一桶浓稠的液体倒入制毒机器，并注入稀释剂。然后他开动机器，等了几分钟。机器再打开时，里面的液体已经结晶，并被整齐地切成了一个个晶莹透亮的方块。

泰迪这时正好进来，看到这一幕，知道实验到了最后关头，便站在一旁安静等候。胡安·桑托斯全神贯注，完全没注意到有人进来。他用钳子小心地取出一块结晶，放进研磨器里，仔细研磨成粉末，并取了少许倒进试管，然后接过助手递来的一管试剂倒进去，轻轻地摇晃。等到粉末完全溶化，助手已将检测仪器准备好。胡安·桑托斯用针筒提取少许溶液，滴到仪器上。

泰迪看到仪器上的数字开始跳动，忍不住舔舔嘴唇，最终数字定格在96上。

“纯度96%！”泰迪忍不住大笑起来，“你真是太棒了！”

他一边说，一边从制毒师手里接过针筒，凑到鼻尖去闻，发现一点味道都没有。他更加开心，将针筒还给助手，张开双臂给了胡安·桑托斯一个大大的拥抱：“Very Good！”（太好了！）

此时，在附近的NB指挥车上，程天正目不转睛地盯着显示屏。一个安装在电线杆上的监视器居高临下地照着整个院子，捕捉到了泰迪兴高采烈地搂着胡安·桑托斯从厂房里走出来的画面。

程天立即拿起对讲机，说：“各单位注意，柴头联系兄弟组支援，行动时盈盈带队打头阵，志忠负责殿后，都听明白了没有？”

对讲机里传来了每个人的回答：“Yes，Sir！”

此时泰迪搭着胡安·桑托斯的肩膀正要去前院通知 John，他的手机忽然响起。泰迪低头一看，见是韦俊轩来电，于是向制毒师道歉，走到隐蔽的角落接电话。电话那头的韦俊轩说：“泰迪哥，你同我讲真话，你的工厂到底在哪儿？”

泰迪听了，眯起眼睛说：“Turbo，我当你是兄弟才不说的，免得给你惹麻烦！”

那边韦俊轩却笑了一下，说：“是不是在打鼓岭街 121 号洗车屋附近？”

泰迪吃了一惊，他四周看：“Turbo，你在跟踪我？！”

“泰迪哥，其实是 NB 在跟你，我还想你借货给我呢。”韦俊轩说完便挂了电话。

泰迪心下狐疑，回头指着两个小弟说：“你们两个跟我来。”

胡安·桑托斯不知道发生了什么事，耸了耸肩膀，自己去前院了。

两个小弟跟着泰迪返回了厂房，托着他爬上高高的烟囱。

泰迪拿起望远镜四下张望，果然看到几辆车停在路边，附近还有不少陌生人走动。

“死差佬，皇历上说今天诸事不宜，还真说中了！”泰迪破口大骂了一句，他从烟囱里爬下来，继续吩咐小弟们，“外面有差佬，你们先送我出去，再通知前面的人离开！”

小弟们听了，虽然有些心慌，但也不敢多说废话。泰迪指挥他们搭成人梯，然后踩着人梯爬上一扇高高的窗户，跳进了隔壁的废弃厂房，迅速逃走。泰迪的小弟们见老大已经逃脱，也赶紧往前院跑。

程天在指挥车里看到了几个人从后院惊慌失措跑出来，立刻下令：“Action！”

前院的简易房里，John 正在听制毒师汇报毒品制作的情况，大门的方向忽然传来一声巨响。John 一个箭步冲出去，正好跟泰迪的一个手下撞了个满怀，只听他大声叫道：“John 哥，外面都是差佬，泰迪哥让你们快走！”

赵盈盈开着车头加固过的面包车撞开院门，此时已经刹停在前院，她带领着全副武装的警员跳下车，大声喊：“警察，全部不许动！”

John 趁乱冲出简易房，往院子的后门逃去，没想到家豪和志忠早已蹲守多时，三人立刻打成一团。John 大发神威以一敌二，可三五个回合后就被李志忠拦腰抱住。林家豪上前一拳打到他的下巴上，把人打倒在地。

此时在前院后院的拒捕行动均已结束，福兴堂的小弟和制毒师们均已被捆毒品包装袋的扎带绑死双手，全部坐在了地上。不一会儿，林家豪和李志忠把 John 也押了过来。这一次行动可谓大获全胜。看着一地的毒贩、起获的毒品和收缴的制毒设备，所有的警员都喜气洋洋，唯有程天面无表情。

林家豪发现了一个问题，他来到程天身旁问道："天哥，泰迪呢？"

程天跟他交流了一下眼神，然后摇了摇头，可脑海中还是闪过了韦俊轩的脸。天色渐渐暗了下来，泰迪仍然不知所终，程天的心情极其郁闷。程天带着赵盈盈回家时，许修平和程天老妈霞姐以及妹妹程雅诗正在喝汤。

一见二人进门，许修平夸张地喊："哇，程大英雄回来了！"

赵盈盈看到许修平，就过去坐在他身边。许修平一碗汤端给她，说："刚才你们按门铃时我专门给你盛好了汤，多加了几块鸡脚，赶紧趁热喝了。"

赵盈盈双手接过碗，报以微笑道："修平，多谢你。"

程天看在眼里，心头感慨万千，依然装作什么都没看见。

霞姐喜盈盈走过来捏了捏程天的脸，说："为庆祝我儿子又立功，我特地煲了你爱吃的花生鸡脚汤。"

程天看看已经在喝汤的一屋子人，说："特地为我煲的吗？"

"快看电视，阿哥，你这次要上电视了！"程雅诗赶紧打开了电视机。

此时电视里果然在播放采访程天的新闻，霞姐趁他们看电视，把菜陆续端了上来。

新闻里程天身穿警服，回答着记者提问，程雅诗咬着汤匙："阿哥，你好帅啊！"

赵盈盈一边喝汤一边说："当然啦，你大哥可是警队一枝花。"

许修平说："说帅自然非阿天莫属，论汤还是霞姐的最棒，霞姐麻烦再来一碗。"

霞姐一边给修平盛汤一边说："你们这些人里，要说谁最帅，那阿天肯定随我；说到嘴巴甜，就数你最乖巧；说到聪明能干，俊轩则最机灵能干。俊轩好久没来喝汤了，他以前最爱喝我煲的汤，每次连渣都要吃掉。"

程天、许修平和赵盈盈听到霞姐提起俊轩，脸上都露出了怪异的神色。

许修平和赵盈盈相视一眼，默默地喝起汤来，不再继续说话。

分道扬镳

警察局NB古Sir的办公室里，古伟聪正翻阅着福兴堂毒品工厂的行动资料。程天敲了敲门，才走了进来，拉开面前的位置坐下。古Sir等他坐好，才笑着说："这次行动很成功，辛苦你了！"

程天的脸上却没有特别开心，说：“谢谢，但关键人物泰迪没找到。”

古 Sir 斟酌了一下道：“你觉得会有人提前泄露给泰迪？”

程天立刻猜到古 Sir 的想法，摇了摇头说：“俊轩没告密，他不知道本次行动。”

古 Sir 却皱起眉头，继续补充道：“韦俊轩是一个重感情的人，他跟泰迪目前的关系太敏感，我知道你们是好兄弟，但当警察要客观和讲真凭实据，所以最好用事实来证明，找出走漏风声的原因！”

看到程天脸上露出犹豫的表情，古伟聪语重心长地说：“阿天，你是个优秀的警察，但不要感情用事，要时刻牢记，你是警察，要以保护市民为己任，维护正义放在第一位！”

程天低着头想了想，说：“古 Sir，希望您再给他一个机会，大家当面谈谈，听听他的解释。”

古 Sir 也觉得放弃韦俊轩很可惜，说：“行，你来安排吧。”

程天立正敬礼，说：“我替俊轩谢谢你。”

程天正要离开，古 Sir 又说：“你要尽早抓住泰迪。”

程天点头答应，他从古 sir 办公室出来后，心情有点低落。其实古伟聪就算不点破，他也能感觉到这次泰迪的逃脱可能跟俊轩有关，只是他不敢面对罢了。

当他胡思乱想之际，赵盈盈快步走过来，说：“阿天，泰迪来了。”

程天听后双眉一扬，说：“真是踏破铁鞋无觅处，去会会他。”

程天来到接警大厅时，就看见泰迪坐在房间正中的椅子上，一位律师模样的人站于他身边，身后还站着几个小弟，完全一副镇定自若的模样。

负责做笔录的警员看到程天，站起来说：“程 Sir，他们说找你有事。”

程天走到泰迪面前，面无表情地问道：“泰迪哥，你不是来警察局闲逛的吧？”

泰迪先是放声大笑，然后回答道：“听说你们到处找我，我这个良好市民，自然要赶过来配合调查，毕竟警民合作嘛。”说着他又冲赵盈盈露齿一笑：“对不对呀 Madam？”

程天直接转身对赵盈盈说：“既然泰迪哥肯合作，给他录一份口供！”

赵盈盈刚答应，泰迪却眉开眼笑地说：“靓女 Madam 给我录口供，我绝对配合。”

十分钟后，NB 的口供房里，程天、赵盈盈与泰迪及随行的律师，面对面坐在桌子两边，正式开始询问。

程天率先开口问道：“这两天你在干什么？”

泰迪不紧不慢地说："跟朋友打麻将，足足打了两天。"

程天用手敲着桌面，继续追问："你去过打鼓岭？"

泰迪装模作样地想了想，说："没去过，你在打鼓岭看到我了？"

程天转头对赵盈盈吩咐道："放录像给他看。"

赵盈盈拿出USB，操控计算机播放了一段泰迪出现于制毒工厂的视频。泰迪看完视频之后，先是愣了一下，他身边的律师从容不迫地说："这段视频如此模糊，视频中人的脸都没拍清楚，只是身材与我的当事人相似，并不能证明是我当事人本尊。"

泰迪后立马接话说："他可能是我远房表哥，我举报他，阿Sir快去抓人吧。"

程天跟赵盈盈相视一眼，继续问："你这两天在打麻将，有人能证明吗？"

泰迪装出冥思苦想的样子，沉吟老半天说："我上下家都是外地商人，实在乱七八糟，记不清了。我对家可是大名鼎鼎的合联社Turbo哥，阿Sir你一定认识他，他也跟我打了两天麻将，不信你打电话去问。"

程天和赵盈盈听他说出韦俊轩，都直接愣住了。

泰迪看程天沉默不语，就站起来伸了个懒腰："你还想问吗？我想回家睡觉了。"

看到程天挥了挥手，泰迪脸上露出嘲讽的笑容，带着律师扬长而去。只留下程天跟赵盈盈坐在口供房内，此刻二人各怀心事，同时陷入了沉思。微风清凉，程天觉得这是入夏以来最冷的一夜。

星光下，天台上，古Sir和程天静静地等韦俊轩出现。

过了一会儿，韦俊轩喘着气出现在楼梯口，他边走边说："怎么选了这儿，爬楼好累。"

古Sir单刀直入地问："制毒工厂之事你给我说实话，是你通知泰迪的吗？"

韦俊轩也面不改色地回答道："古Sir，我现在只负责跟踪莫耀强，根本不知道你们的行动信息，我怎么告诉泰迪？"

古Sir掏出一张电话记录单，说："我查了记录，行动当天你给泰迪打过电话？"

韦俊轩早就想好了说辞，故作不以为然地说："你们叫我做UC，我多多少少都要跟这种人打交道，你们也没规定何时不能打电话呀？我有事就给他打电话了，这很奇怪吗？"

古Sir却摆了摆手道："好，可泰迪亲口说这两天你跟他在一起？"

关于此事泰迪已经找过韦俊轩，因此他毫不意外，一脸无可奈何地说："他说在一起就在一起咯，现在你们是警察，我是小混混，他让我帮忙做证，我就只能好好配合，该找证据抓他的是你们啊！”

古 Sir 皱起了眉头，显然对这次的谈话很不满意，他看着韦俊轩：“韦俊轩，你最好别行差踏错，反正你犯了法就要去坐牢！”他又转头对程天下了命令：“现在的情况你也看到了，你负责处理好这件事。”说完古伟聪头也不回地走了。

程天看着古 Sir 下楼，他转身面对韦俊轩，不知该说什么。

二人一起走到大楼边上，扶着墙向大海的方向看去，只见极远之处，星光洒在海面上，如梦如幻。程天伸手拍拍俊轩的肩膀：“我相信你没报信，可泰迪咬死你跟他一起，这让古 Sir 很为难。”

“阿天，我跟你走的路不同，很多事在我面前都是单行道，我不想死的话就只有一个选择。”韦俊轩再次眺望远方长叹一口气，“我也很想坚持下去，以后回到警队，跟你和修平我们三兄弟一起，眼下我真的好累，我不想干了。”说完，他转身向楼梯口走去。

程天一把拉住他，再次劝说道：“俊轩，千万别冲动，我请你去吃消夜吧。”

韦俊轩却甩开他的手，叹息道：“阿天，我现在只想回家睡觉。”

程天看着韦俊轩渐渐走远，二人之间仿佛隔着一条长长的鸿沟，今夜之后再也回不到从前了。

心灰意冷

安全屋里一片寂静，只有时钟不停地发出嘀嗒声。古 Sir 和程天坐在桌边，二人一言不发。又过了一会儿，古 Sir 看看手表，说：“十分钟已过，我想他也许不会来了。”

他话音刚落，韦俊轩推开房门走进来，古 Sir 见了就直接皱眉头。

程天看他脸色不好，抢先问道：“俊轩，你怎么迟到了？遇到了什么急事？”

韦俊轩没有理他，而是大大咧咧地说：“你们又找我过来有什么事？”

古 Sir 神情严肃地告诫道：“韦俊轩，因为你多次违反纪律，拒绝服从上司命令，加上你的那份 UC 收入支出表账目混乱，我们对你的表现十分不满！”

韦俊轩不痛不痒地说：“那你想怎么样？”

古 Sir 看到他这样子更加生气，更加大声地说：“虽然我们暂时没有实质性的证据，证明你有违法行为，但有理由怀疑你的操守已经出现问题，如果你还不服从上司的命令，很难再让你继续执行任务！”

韦俊轩心中虽然早有准备，但听到这话还是变了脸色。他双手握拳，毫不在意地说："无所谓了，我为了警队在外面疯狂拼命，你们这些当官的只会指手画脚跟等升职，现在一句我不守纪律就要抹杀我的功劳？"

程天看韦俊轩情绪激动，连续给他使眼色都没用，忍不住说："韦俊轩，警察是纪律部队，你怎么这样对古 Sir 说话，赶紧道歉啊！"

古 Sir 连连摆摆手，直接做了最后决定："不必，韦俊轩，从今天起警方暂时停止你的 UC 职务，你已经没有法律上的豁免权了，希望你这段时间能安分守己，别干违法的事！"

韦俊轩腾地站了起来，大声说："如果我突然不干，合联社的人会同意吗？"

程天跟着站起来，按住他的肩膀："你先冷静点儿，我和古 Sir 是想帮你呀！"

韦俊轩用力打掉程天的手，更加激动地说："我这几年为警队卖命，吃了多少苦？好几次差点没命，这几年我提供的情报，帮你们抓了多少毒贩？现在是想逼我去当小混混？"

古伟聪再也听不下去，他沉着脸从包里拿出一份资料丢到桌上，说："这份是你的 UC 档案，只有我、警务处长、特首才有。如果你不满意暂时停职的话，可以在上面签字，警方会注销掉你的档案，从今以后，你不属于警队！"

程天大吃一惊，也跟着大声说："古 Sir，再给个机会吧！"

韦俊轩却挥手制止了他，冷笑着说："非常好，古伟聪，我如你所愿！"说完，他拿起文件，毫不犹豫地签了名字，又把笔一丢，大步走了出去。

程天看着古 Sir 紧皱着双眉收起档案，只感到心里一片茫然。

而韦俊轩一时冲动后，也渐渐有点后悔，但更多的还是悲凉跟心灰意冷。他开着车，漫无目的地沿着街兜圈子，发现这座城市已没有自己的立足之地。

过了一会儿，他的手机响起来，来电人是程天，故意不接。铃声一直响到结束，然后又响起来。最后，程天发了一条信息给他："你回去好好想想，等古 Sir 气消了我会再劝劝，大家的关系别搞太僵！"

韦俊轩心里划过一点暖意，但他还是果断关掉了手机。

晚上十点整，警察局 NB 办公室里，赵盈盈仍然在工位上加班。

许修平突然打电话过来，说："要一起吃夜宵？我在你们楼下。"

赵盈盈看了看时间笑道："好，你等我一下。"然后她收拾好东西下了楼。

馄饨店里，许修平开了个玩笑道："这么晚还不回家？你老爸要骂人了。"

赵盈盈边吃馄饨边道："工作忙啊，你的案子快上庭了，你有把握吗？"

许修平故作轻松地说:“我也不知道，阿天让我放心，我自己是没什么把握。”

赵盈盈则为他加油鼓劲儿:“我相信邪不胜正，你一定会赢！”

许修平笑了笑说:“要喝啤酒吗？我去买。”

赵盈盈不禁莞尔一笑说:“不喝，我怕被老爸骂呀，你买了自己喝吧。”

许修平笑着摇了摇头，走了出去。许修平刚出去不久，他放桌上的电话就响了。

赵盈盈站起来走过去一看，屏幕上显示来电人为韦俊轩，忍不住心中疑惑。她接通电话，就听见电话里传来了韦俊轩醉醺醺的声音:“喂，修平，我现在一个人好郁闷，你来陪我喝酒吧？我在 Stockton，快来我等你！”说完就挂了电话。

赵盈盈愣了半天，实在想不明白，韦俊轩为何会给许修平打电话。

半小时后，赵盈盈赶到 Stockton 酒吧，进门就看到俊轩醉倒在吧台上，手边还摆着一杯酒。

赵盈盈把他扶起来，又给他喂了一杯水，皱着眉问道:“你怎么喝这么多？”

韦俊轩糊里糊涂地看到了赵盈盈，摇了摇头反问:“你怎么来了？修平呢？”

赵盈盈疑惑地问:“你怎么会找修平，你们两个还会有来往？”

韦俊轩大着舌头说:“来什么往，他是警察，我是小混混，我们永远势不两立！”

赵盈盈看着韦俊轩摇摇晃晃地站起来，蹒跚地往外走，说:“我认识的韦俊轩是一个积极自信，有活力又有正义感的人，不是一个只会醉酒的小混混！”

韦俊轩回头冲她咧嘴一笑，说:“不好意思，让你失望了 Madam，你这样盯着我也没用，如果你觉得我亏欠了你，那只好等下辈子再还你啦。”说完，他耸了耸肩，踉踉跄跄地离开。

韦俊轩不知道自己怎么回到了家，当他一觉醒来，已经是第二天中午。他胃里又饿又难受，去厨房泡了一碗面，然后翻出箱子开始收拾东西。没过一会儿，门铃响了。韦俊轩走到猫眼前往外看，发现门外站着许修平，便打开了门。许修平进来看到地上的衣服和打开的拉杆箱，愣了一愣，开口问道:“你真的准备走？”

韦俊轩一屁股坐在椅子上，说:“我现在是身不由己，只能赶紧远走高飞。”

许修平颇为担忧地说:“你这样突然离开，太子可能会对你不利！”

韦俊轩摇了摇头说:“我只能走一步看一步了。”

许修平紧紧抓住他的手，说:“俊轩，我们一定不会让你出事！”

韦俊轩看了看他，苦笑了一下，说:“你还是先想想自己的官司怎么打吧。”

这对难兄难弟眼下是各有各的苦恼，均是泥菩萨过江自身难保的状况。

正邪较量

阳光穿过玻璃墙壁，把韦俊轩的影子投射在棕色的大门上，他深吸一口气敲门。负责给他开门的人是 Roy，韦俊轩走进莫耀强家的大厅，四下打量，心里颇为感慨。几年来他一直费尽心思想接近莫耀强，如今他能随意进到莫耀强家里，可惜却没有了警察的身份。

莫耀强也走进了大厅，他知道韦俊轩来此的用意，脸色略有不快："Turbo，赶紧过来坐。"莫耀强指了指沙发说。

两个人刚坐下，韦俊轩就掏出一张诊断证明："Dr 先生，医生说我的肝脏有大问题，我想出国去治疗一下，这件事我已经跟基爷说过了，他并没有反对，今天我特地来向您辞行。"

莫耀强接过诊断证明，随意看了看说："基爷跟我讲了，想不到你年纪轻轻就得了这么重的病，反正你治病需要一笔钱，你帮我做完最后一笔生意再走吧？毕竟交给别人我不放心。"

韦俊轩听他这么说，不好推辞，只好点头答应。

莫耀强看他精神萎靡，叹了口气说："现在社团虽然看上去十分兴盛，但人才青黄不接，等到基爷退休，以太子的能力和悟性，很难接这个龙头呀，你小子人又聪明，还受过良好的教育，实在是以后当龙头的最佳人选。"

韦俊轩听他话语真诚，也不免动容，可还是张了张嘴，什么也没说。

莫耀强拍拍俊轩的肩膀说："Turbo，你要保重身体呀！"

此时此刻，在特定的那一间安全屋内，吴嘉雯和程天正坐着聊天。

吴柏文又温书太晚，正在沙发上睡觉，几个保护证人组的警员站在门口，以防有人骚扰。

程天真诚地对吴嘉雯说："快要开庭了，你有需求就跟我说，我替修平多谢你。"

吴嘉雯十分平静地说："我这几天想了很多，我决定为修平出庭做证，不光是为了报仇，更是为了弥补我的过错，修平是个好人，既然我不知道眼下该做什么，不如去帮一个需要帮助的好人。"

程天面露微笑称赞道："你能想明白这个道理，说明你也是一个好人。"

吴嘉雯也跟着笑了笑说："其实我也不是好人，以前我误会你害死我爸，为了对付你才跟太子一起干坏事，后来我知道真相之后很后悔，原来太子才是那个最坏的人。”

程天也舞动着拳头说：“放心吧，太子作恶多端，我们很快会将他绳之以法！”

很快就到了预审阶段，按照相关的程序，吴嘉雯作为证人应提前到庭。

程天护送着吴嘉雯走过法院长长的走廊，看到她的状态有点紧张，低声对她解释道：“今天是预审，法官会安排控辩双方在不同时间出席，所以太子他们今天不会来。”

吴嘉雯这才稍微安心了一点，毕竟暂时不用直面太子。

与此同时，火鸡正开着基爷的林肯车前往法院，基爷跟太子都坐在后排。

太子恶狠狠地骂道：“阿 Man 竟然反水，她这几天不上班我就知道有鬼！”

火鸡吞了一口口水说：“那我岂不是很危险？”

太子转头看着基爷问道：“基爷，嘉雯是你的侄女，这事你看怎么处理？”

基爷整个人阴沉着脸对太子说：“我猜嘉雯可能知道他老爸的事了！”

太子听了为之一愣，他拉着基爷的手哀求道：“基爷，你要想办法摆平她。”

基爷半眯着眼睛说：“杀父之仇不共戴天，我怕社团以后会有更多麻烦。”

太子眼睛一转，已经知道基爷的意思，试探性地问道：“你的意思是？”

基爷长叹一口气，脸上带着些许不忍之色：“只好找人做掉她了！”

直到吴嘉雯预审结束，在程天的护送下离开时，正好遇到太子和火鸡到达，基爷则已经中途下了车。

太子一见吴嘉雯就大声喊：“喂，阿 Man，你怎么跟黑警在一起？”

吴嘉雯听到以后不敢说话，显然还有点畏惧太子这个人。

程天把她挡在身后，警告道：“你别想骚扰证人，否则我告你妨碍司法公正！”

“死八婆，我保证你很快就会后悔！”随后太子又狠瞪了程天一眼，“有本事你们保护她一辈子！”然后带着火鸡转身离开。

吴嘉雯跟着程天上车不久，忽然她的手机响起，吴嘉雯低头一看，发出一声惊呼。

程天见吴嘉雯脸色不对，连忙追问：“怎么了？”

与此同时，程天的手机也响了起来，接通电话对面传来赵盈盈的声音：“出事了，保护证人组的同事说吴柏文不见了！”

程天直接挂断电话，一拍大腿骂道：“一定是太子在搞鬼！”

吴嘉雯早已乱了阵脚，惊慌失措地攥着程天的衣袖：“阿天，柏文不会有事吧？”

程天一边开车一边安慰道：“你放心，我肯定会把柏文救回来！”

自从向莫耀强辞行之后，韦俊轩多数时间都窝在家里。刀头舔血了那么多年，他终于有了一点属于自己的闲暇时间，只是这与他当初期望的升职、加薪、坐办公室相差太多。他已经整理好行李，随时能离开。此时恰好百无聊赖，拿出了卧底日记翻看起来。

这满满的一大本，也是他这么多年惊心动魄的生活，而这些恐怕再也没人会关心。

就在这时，忽然响起了重重的敲门声，韦俊轩浑身一震，轻手轻脚地走到门口，从猫眼里往外看去，只见程天一脸焦急地站在外面。

韦俊轩虽然不知道程天想干啥，可还是打开了门。

程天一进门就说："嘉雯的弟弟不见了，我怀疑被太子给抓走了，用来威胁嘉雯不给修平做证，虽然法官已将案子延期，可我们找不到柏文，嘉雯就无法上庭做证，那修平的案子就麻烦了！"

韦俊轩愣了一下，说："你想让我去救吴柏文？这样搞我有九条命都不够死！"

程天知道自己在强人所难，但也别无他法，说："俊轩，我知道你很为难，但只有你最熟悉太子这帮人，而且凭借你的能力，也是最有可能救出他的人，我们唯一的希望就是你了。"

韦俊轩苦着一张脸说："阿天，眼下我自身难保，正打算永远离开香港地区啊！"

程天看他无论如何不肯答应救人，抬手指着俊轩说："好，我祝你一路顺风。"接着他转身出门，头也不回地走了。

韦俊轩在客厅站了很久，突然他攥紧了拳头，又深吸好几口气，才快速走出房门。

·第15章·

太子之死

连环圈套

昼尽夜至，一座座高楼大厦如同淬火一般黯淡下来，各种酒吧则渐渐红热，成为城市的主角。

在一间酒吧的角落里，韦俊轩跟火鸡正一杯接一杯地对饮庆祝。

韦俊轩看到火鸡已经烂醉，再次举杯说：“火鸡，我本来应该去法庭旁听，但最近接了个大生意忙死了，这杯酒算道歉，祝你这个案子旗开得胜！”

火鸡满面红光，举着酒杯高兴地说：“谢谢 Turbo 哥，有太子哥和基爷罩着，我们肯定赢。”说完他一饮而尽。

韦俊轩又给他斟满了一杯酒，说：“那些差佬自以为了不起，现在还不是被你给戏耍了，火鸡，我再敬你一杯！”

火鸡听他这么说更开心，嘴里打着酒嗝，又强行喝了一杯，很快醉倒在了沙发上。

韦俊轩拍了拍他的脸，看他没反应，便伸手到他口袋里翻找，最后找出一把集装箱的钥匙来，上面写着“新界”的字样，并刻着一个星形的标志。他把钥匙在倒膜胶上按了按，又原样放了回去。

韦俊轩用力把他拍醒，佯装喝醉：“我有点醉了，今天就先这样吧，要我帮你叫车？”

火鸡大笑说：“你醉了就先走，我还没醉，还能继续喝。”

“我不行了，先回去了，你慢慢喝吧。”说完韦俊轩拍了拍他，摇晃着走出酒吧。

韦俊轩离开酒吧后，直接驱车来到新界的货柜屋区。在一间间货柜屋前，他掏出倒膜胶，仔细对比钥匙和货柜锁上的标志。半小时后，他终于找到了对应的标志，知道他要找的地方就在附近。

韦俊轩找了个废弃的铁架，小心地爬到高处。果然看见不远处有一间箱屋正亮着灯。他贴着墙潜行过去，扒着窗户往里一看，正好看到嘴里塞着布条的吴柏文五花大绑地躺在床上，几个小混混则坐在一边打瞌睡，窗台下面，有一个电热壶的灯闪烁着。

韦俊轩想了一想，轻轻地把窗户打开一条缝，扯出了棉布窗帘，掏出打火机点燃，然后掉头向附近的警察岗狂奔。

次日一早的天上居，一干人等聚集在莫耀强的家里。

莫耀强和太子坐在沙发上，韦俊轩则站在一边。

太子气冲冲地指着韦俊轩说："Dr 先生，你来主持公道，吴嘉雯的弟弟昨晚上被警察救走了，我问过火鸡是怎么回事，他说头一天 Turbo 去找过他喝酒，时间也太巧了吧？肯定是他暗中动了手脚！"

韦俊轩连忙解释："Dr 先生，我因为没去旁听火鸡的庭审，才请喝酒给他打气。"

太子冷笑一声说："从没见你给火鸡打过气，怎么突然对他这么好？"

韦俊轩大声反问道："火鸡的案子与我无关，我为何要动手脚？"

莫耀强听到这里，他咳嗽了几声喝道："够了，你们不要吵了，太子的话虽然有道理，但你并没有证据，新闻我看了警方说是不安全用电导致起火，不过 Turbo 你既然说自己无辜，不妨证明给大家看看。"

韦俊轩十分愕然地反问道："怎么证明？"

"你是个聪明人，自己用脑袋想想吧。"说完，莫耀强看了看韦俊轩，"我提醒你，如果真是你捣鬼，那就等着家法伺候吧！"

太子斜眼盯着韦俊轩，嘴角微微一翘，心里竟有几分报复成功的快意。

十几分钟之后，在一家老式酒楼的外面，韦俊轩躲在街角静静等待。

吴柏文获救之后的当晚，程天给韦俊轩打了个电话。电话里程天提到他答应了请赵盈盈和吴嘉雯吃饭，而这家酒楼正是他请客吃饭的"御用酒楼"。

果然，没过多久，程天、赵盈盈和吴嘉雯从一辆车里走出来，三个人进了酒楼。

韦俊轩捏了捏手上的纸袋，暗自咬了咬牙，也跟着走了进去。他来到二楼，选了一个角落的位子，看看桌号是 27 号，这才拨通了许修平的电话："修平，我在老地方等你，位置是 37 号桌。"

韦俊轩一边喝茶，一边小心地观察着。过了一会儿，他看到许修平匆匆走上楼，坐在了贵宾房附近的桌子上，拿出手机开始发短信。

韦俊轩感觉到手机不停振动，仍然耐心等待。终于，他看到吴嘉雯从贵宾房走出来，立刻拿起纸袋追上前去，从后面撞了吴嘉雯一下，又把纸袋丢到地上，接着迅速转身跑出酒楼。

吴嘉雯的心情不错，刚刚程天和赵盈盈一直夸她在法庭上表现很好，认为她的证供非常有力。所以当她在走廊里被撞到时只是吓了一跳，也没有特别生气。然后她看到脚边的地上有一个纸袋，上面写着许修平三个大字。

吴嘉雯本能地捡起纸袋，四下张望就看到了坐在附近的“许修平”，便走了过去。

许修平也看到了吴嘉雯，连忙站了起来，笑着说：“嘉雯，这么巧！”

吴嘉雯把纸袋递给他说：“更巧的是我捡到了你的袋子。”

许修平满脸疑惑地接过纸袋，打开看了看，只见里面是几本书，摇了摇头，又递还给她：“这不是我的东西。”

吴嘉雯惊讶地说：“不是？这上面写有你的名字。”

韦俊轩站在远处看着他们，用手机拍了几张照片。

第二次庭审后，特定的安全屋内，程天、赵盈盈、吴嘉雯围在桌边，全都阴沉着脸。

几张照片的影印件摆在桌子上，照片里吴嘉雯正接过许修平递来的一个纸袋，刚刚在法院里，火鸡的律师突然提出质疑吴嘉雯的证人资格，并提供了照片证明嘉雯收取了许修平的贿赂。

吴嘉雯极为懊恼地说：“可那个纸袋里只有几本书啊！”

程天却仔细分析道：“证人和犯人在上庭前不该接触，被人拍到了这种相片，很难说清楚，另外单从照片上来看，根本看不到袋子里的东西，现在对方说修平装了钱入袋想收买你，这明显是一个精心策划的圈套。”

赵盈盈拍了一下桌面说：“这肯定是太子搞的鬼，可修平怎会突然去酒楼？”

与此同时，在莫耀强家的客厅里，莫耀强坐在沙发上小啜红酒，太子和韦俊轩各持酒杯，坐在他两边。

“太子，你的麻烦就快完了。”莫耀强摇晃着红酒杯，“Turbo，你担心许修平？”

韦俊轩甩了甩脑袋说：“不担心，许修平只要跟我们对着干，就是我的敌人！”

莫耀强看了看太子开解道：“太子，经过这件事你要记住两点，第一，做事要谋定而后动，别等出了事再想办法善后；第二，疑人勿用，用人勿疑，出了事不能借题发挥，跟自己人内讧。”

太子连连称是，一句话都不敢多说。

莫耀强看他唯唯诺诺，摇了摇头，又对韦俊轩说："你做事很干净利落，我本以为你做不到，已经让 Roy 给你准备了一颗子弹，现在我很开心，因为人才难求呀，至于谁是谁非，我并不在乎。"

痴心难改

次日一大早，韦俊轩心事重重地把车停进财务公司的地下车库。

韦俊轩刚熄火下车，程天突然从角落里冲过来，一把抓住他，把他推在车门上。

程天平日喜怒不形于色，此刻竟然满面怒容，质问道："你为何要设局害修平？你明知案子如果输了，修平可能会坐牢？现在他不是因为案子会败诉，而是他最好的兄弟竟然从背后捅了他一刀！"

韦俊轩无心辩解，无可奈何地说："我也不想，上次救那个男孩，太子和莫耀强都开始怀疑我，莫耀强说已经给我准备了一颗子弹，唯有按照他的吩咐做事，不然就送我上路。"

程天听罢愣了一下，放开了他："既然如此，你怎么不事先跟我说？"

韦俊轩苦笑着说："跟你说有用吗？古 Sir 终止了我的行动，我不再是警察了，我只能做个小混混。我想过离开，但莫耀强死盯着我，根本就走不掉，你以为我想看修平败诉？如果是的话我也不会冒险去救吴嘉雯的弟弟了，搞成这样确实是因为我贪生怕死，但我也只能跟修平说一句对不起。"

程天难过地看着他，十分愧疚地说："对，你有你的难处，我们帮不了你太多。"

韦俊轩也摇了摇头说："我本来是想豁出去骂你和古 Sir 一顿，总之以后再有机会碰头，你抓我时少打我两拳吧！"

程天双手按住韦俊轩的肩膀，诚恳地说："别逼我亲手抓你，过正常人的生活吧。"

"你多管管修平吧！"韦俊轩打开他的手，推开程天转身离去。

整整一天韦俊轩都魂不守舍，下了班他鬼使神差地来到那家私人俱乐部赌场。正所谓喝凉水都倒霉，很快韦俊轩就输光了，他喝完最后一杯酒，落寞地走出大门。

"Turbo。"此时他忽然听到有人叫自己，不用转身，他已知道这声音的主人。

韦俊轩转头看到一身黑色短裙的 Jessie 正笑嘻嘻地站在不远处，接连好几天不见面，她似乎更加光彩照人了。

Jessie 见他回头，迈开修长笔直的双腿，几步走到他身边："这么早就走了？"

韦俊轩强颜欢笑道："手气不好，提前输光啦。"

Jessie 看他愁眉不展，赶紧开解道："没关系，能赌不算输，咱们换个地方继续玩儿，你等会想去什么地方？云顶？拉斯维加斯？或者过海去澳门地区，澳门地区距离最近，不耽误你明天做事。"

韦俊轩看她挖空心思逗自己开心，握住她的手："见到你，我哪儿都不想去了。"

Jessie 任韦俊轩握着自己的手，开心地一笑，用指甲轻轻地抠抠他的掌心。

半个小时后，二人来到一家五星级酒店开房，空气中弥漫着暧昧的香甜。韦俊轩和 Jessie 像两条蛇一样疯狂地缠绕着，从床边到地上，又从椅子上到桌子上，再从墙边到浴缸。等到激情彻底褪去，才筋疲力尽地倒回床上，同时相视而笑，仿佛整个世界只剩下了彼此。

韦俊轩深情地凝视着身旁的人说："你就是我的解药呀，以后我心情不好就找你。"

"怎么？我只是你发泄的工具吗？"看到韦俊轩的脸色尴尬，Jessie 又赶紧进行补充，"不用怕，我喜欢你需要我。"

韦俊轩深受感动，这时 Jessie 坐起来，拿起刚摘下来的项链，韦俊轩帮她重新戴好。

韦俊轩曾多次见到这条项链，耐不住好奇："你这条链子挺特别。"

Jessie 露出温暖的笑容说："这是我外婆送的礼物，我以前在巴黎住过，后来爸妈因为交通意外死了，外婆把我一手养大，这条项链她打算在我出嫁时当嫁妆，不过后来她说，怕自己的记性越来越差，所以提早送给了我，让我随时贴身戴着！"

韦俊轩看到她的脖颈在项链的衬托下，显得更加雪白细腻，忍不住伸手去抚摸。

Jessie 略略缩了缩脖子，然后任韦俊轩的手指抚摸，幽幽地说："上次你不是说有人不让你见我吗？"

韦俊轩的手指停了一下，语气平淡地说："那个人已经走了。"

夜色郁郁，如同一个满怀心事的浪人。韦俊轩低着头拐过一个街角，一个女人迎面走过来。他本能地侧身避让，对方又挡在了他面前。韦俊轩抬起头，发现来者竟是赵盈盈。

韦俊轩冲她耸了耸肩，说："对不起，我要回家了，有事明天到我公司去说。"

他刚要走，赵盈盈一把拉住他："俊轩，你为什么要故意隐瞒我？你为什么不告诉我你是去当卧底？你为什么要一个人硬扛？我是你的女朋友，这么大的事你却不跟我说？”

这一连串的发问让韦俊轩浑身颤抖，他嘶哑着嗓子：“我不知道你在说什么。”

赵盈盈的眼泪一下子流了出来，说：“阿天已经全都告诉我了！”说完，她一头扎进韦俊轩的怀里，呜呜地哭了起来。

夜里的大海，深沉而苍凉。海浪扑在沙滩上，粉碎成一摊一摊的泡沫。

韦俊轩和赵盈盈坐在车里，静静地听着涛声阵阵。过了好一会儿，赵盈盈才平复好情绪说：“这几年我总有一种感觉，你并没离开过警队，虽然你暂时不在了，但早晚还会回来，之前出了那么多事，你的所作所为让我失望透顶，想不到你竟然独自承受了那么多。”

听到赵盈盈吐露真情，韦俊轩却自嘲地笑笑说：“可我已经被古 Sir 革职了，没办法回警队当差了，我现在无话可说，毕竟没死已算命大。”

赵盈盈听后既惋惜又心疼，她摸着韦俊轩的脸道：“当初你应该告诉我呀，钱我可以帮你想办法还，但你把我扔在一边，考虑过我的感受吗？知道这三年我过的是什么生活吗？”

韦俊轩看她眼里泪光闪烁，就跟当年伤心的时候一模一样，忍不住想安抚她，可依然狠心说道：“我是个自私鬼，从决定做卧底那一刻起，我们之间就完蛋了，迟点我会离开香港地区，从今以后你就当没遇见过我吧，也不知道我的卧底身份，你会遇见更好的男人。”

赵盈盈一把抱住了他，大哭着说道：“不要，我们可以重新开始！”

韦俊轩轻轻推开了她，打开车门，走向沙滩。

赵盈盈也开门下车，奔跑过去，从后面把他抱住，哭着说：“我跟你一起走，我再也不会让你离开我了！”

韦俊轩见赵盈盈痴心难改，也忍不住叹了一口气，顿时心乱如麻。

太子之死

当莫耀强让韦俊轩到九龙的一家健身房见他时，韦俊轩感到特别意外。依照莫耀强的处事风格，一般不会让别人知道他经常出入的地点。直到韦俊轩按地址赶到健身房，莫耀强正在跑步机上跑步，看到韦俊轩进来，他边跑边说：“Turbo，你最近身体怎么样？上来试试。”

韦俊轩知道这是高级私人场馆，尴尬地笑着道：“Dr 先生，我没加入这里的会员。”

莫耀强见状也笑了笑说：“这很简单，你找 Roy 提交一下指纹就能注册了。”

站在一边的 Roy 拿出一个印模，递给韦俊轩按指纹。

韦俊轩按好指纹后，Roy 收起印模转身离开，不一会儿就拿回来一张 VIP 卡。

韦俊轩经过几年警校的训练体力并不差，但与莫耀强相比还有点差距，他在跑步机上跑了没多久就已经气喘吁吁，只好暂时停了下来。

莫耀强瞥他一眼说：“我有件事给你做，做完后你可以去治病了。”

韦俊轩霎时间双眼一亮，说：“Dr 先生，你要我做什么？”

莫耀强非常平淡地说：“帮我查一个人，我怀疑他背叛了我，找到证据你就去治病。”

韦俊轩立刻点头答应下来：“Dr 先生，请您放心吧，我一定帮您办好！”

莫耀强很满意地微微颔首，他又提了一档速度，开始继续锻炼身体。

与此同时，太子酒吧里，太子正跟火鸡在窃窃私语。

太子的手机突然响起，他看到来电显示是莫耀强，连忙接通之后，就听电话那头命令道：“太子，这次交易你带着 Turbo 一起去，让他见识见识。”

太子内心特别虚，但他还是不敢反驳，只能一口答应下来。

看太子挂了电话，火鸡心虚地问：“太子哥，Dr 先生莫非起疑心了？”

太子根本猜不透莫耀强的心思，他轻轻地摇了摇头。

火鸡害怕地说：“Turbo 比较鬼精，若被他发现……”

太子抬起手打断他，说：“先别着急，我自然会有办法解决。”

一个钟头之后，韦俊轩家楼下的停车场里，一个小混混鬼鬼祟祟地蹿到他的车后边，用一把钥匙打开后备厢，将一包毒品塞到杂物下面。

过了一会儿，韦俊轩下了楼，坐上自己的车。然而车刚开出停车场，就被一辆车给拦了下来。

程天、林家豪下了车走过来，让韦俊轩摇下车窗：“现在怀疑你藏毒，我们要搜查！”

韦俊轩耸了耸肩，摆出一副你们随便搜的样子，很痛快地下了车。

一番搜查后，程天一无所获，只好放韦俊轩平安离开。

看着韦俊轩扬长而去，林家豪疑惑地问：“难道有人报假警？”

程天神色凝重地摇了摇头，自言自语道：“我看没那么简单。”

位于合联社的一个货仓里，火鸡正指挥小弟们把货装车。众人正逢忙碌的时候，忽然韦俊轩走进来，看到眼前的场面大喝道：“全都给我停下来，太子哥人呢？”

火鸡看他竟然出现，知道计划出了意外，赶紧大声喊：“别停！继续搬！”接着他转过身，指着韦俊轩怒骂，“你算老几？这些事一直由太子哥做主，这里没你什么事了！”

众小弟看到他们争吵，一个个面面相觑，不知道该听谁的好。

就在这时，火鸡的手机响了，他手忙脚乱地挂断电话。

韦俊轩知道他手机有鬼，一个箭步冲上来，把他的手机打掉在地。

只见屏幕上显示出一个未接来电——江叔。

韦俊轩指着他说：“原来是你跟福兴堂勾结，此事我一定会告诉 Dr 先生！”

火鸡被吓到双脚发软，就在这时，太子突然从一旁出现：“又怎么了？”

韦俊轩看到太子出现，连忙指着火鸡说：“太子哥，原来火鸡是福兴堂派来的内鬼！”

“我最恨内鬼！”然后太子突然转过头，抬手指着韦俊轩倒打一耙，“Turbo，你既然勾结福兴堂的泰迪走货，今天我就要清理门户，你们把他给我做了！”

本来仓库的小弟原本就是太子的手下，听到太子的命令，齐齐向韦俊轩扑过去。

韦俊轩大惊之下，立刻明白过来，他大叫一声：“原来是你！”想要逃走，却发现已被太子的手下包围了。

太子分开众人，对韦俊轩冷笑着说：“我本来挺看重你，可惜你知道得太多了。”

韦俊轩知道自己难逃一死，把心一横：“你今天杀了我，Dr 先生不会放过你的！”

太子放声狂笑说：“他知道个屁，只要先除掉你，整个合联社就是我的天下了！”

就在此时，忽然一个重物从天而降，砰地砸在了太子身后的小弟身上。太子转头一看，竟是他派出去陷害韦俊轩的那个小弟。

此时火鸡已经指着高处惊恐地叫起来：“太子哥……”

太子惊讶地顺着他的手指看去，只见货架上 Roy 单手持枪，正冷冷地指着自己。

半小时后，太子酒吧的办公室里，莫耀强端着一杯酒坐在一张真皮沙发上，他的手机播放着莫扎特的小夜曲。

大门被人给推开，Roy 把太子一把推了进来，随后韦俊轩也跟了进来。

终于，一个乐章结束，莫耀强对太子说：“太子，上路之前要给你妈打个电话吗？”

太子面如死灰，特别有骨气地说：“不必了。”

莫耀强盯着太子问道：“你跟我多年，知道我的脾气，快说你跟江叔是怎么回事？”

“我和江叔勾结，把从泰国运来的海洛因分拆卖给福兴堂。我错了，我对不起社团，对不起您！”太子知道莫耀强心狠手辣，搞不好要连累老妈，只好如实交代。他忽然话锋一转，极为阴毒地瞪着韦俊轩，“但 Turbo 跟福兴堂和警察都纠缠不清，他留在社团绝对是一个祸根！”

韦俊轩听见他还想拉自己下水，愤怒地说：“你现在还想含血喷人？！”

莫耀强抬手制止韦俊轩，对太子说：“很好，你肯说实话，眼下我给你一个机会。”

Roy 一言不发地走上前，掏出两把枪，一把递给韦俊轩，另一把递给了太子。

莫耀强直接下了命令道：“你们互相视对方如死敌，反正你们俩今天只能活一个。”

太子眼睛一转，立刻举枪向韦俊轩开枪，韦俊轩大吃一惊，本能地开枪还击。

只听一声枪响，太子肩膀炸开一团血花，他惨叫一声倒在地上，痛得满地打滚。

因为太子的枪里没有子弹，韦俊轩把枪一丢，向后退了一大步，脸色也煞白如纸。

莫耀强对正在哀号的太子说：“对不起，我原谅你没用，因为背叛我的人注定不会有好下场。”他又转过头对韦俊轩，“Turbo，你今天也累了，赶紧回去休息吧，剩下的事 Roy 会处理。”

看到韦俊轩如同行尸走肉般地离开后，Roy 拿出了一张金色的卡片，正是韦俊轩的健身房 VIP 卡，莫耀强满意地对他点了点头。

突然又是一声枪响，太子应声倒地，死不瞑目。

精心设计

韦俊轩从来天不怕地不怕，他想过做很多事，唯独没想过杀人。他失魂落魄地开车回家，发现赵盈盈居然傻等在他家楼下。韦俊轩带着赵盈盈进了房门，打开屋子里的灯。

赵盈盈看到他脸色煞白，关切地问：“你没事吧？我给你打几个电话都没人接。”

韦俊轩抹了把额头的冷汗，摇摇头说：“没事，可能是手机信号不好。”

赵盈盈抱着他，左看右看，继续说：“不对，你肯定有事，是莫耀强逼你贩毒？”

韦俊轩心头更加沉重，一脸疲惫地说：“你别瞎猜，我现在只想睡觉，你早点回家吧。”

赵盈盈紧紧地抱住韦俊轩，在他耳边柔声说：“你上次不是跟我说想去国外重新生活吗？不如我陪你一起去吧？我爸在法国有个农场，我们可以去种葡萄，到时也没人来打搅我们了。”

韦俊轩轻轻地掰开她的手，说：“傻丫头，你是警察，不应该跟我这种人在一起。”

赵盈盈看他直接拒绝了自己，忍不住默默地流出了眼泪，然后走出了韦俊轩的家。

又迎来中饭时间，咖啡厅里，赵盈盈和修平面对面坐着，气氛有点尴尬。

许修平递给赵盈盈一个小盒子，笑嘻嘻地说：“送给你的礼物。”

赵盈盈接过打开，是那条她想了很久的项链：“真漂亮，你怎么知道我喜欢？”

许修平脸色微微一红，说：“每次逛商城你都会盯着它看，我就买来送给你啦，我听阿天说你已经辞了职要跟俊轩出国生活，过几日我的案子也要判了，也不知道以后还有没有机会见面？”

赵盈盈听到他话里无限唏嘘，又想到这些日子他对自己的心意，也跟着难过起来。

许修平看到她双眼黯淡，岔开话题说：“我在巴黎有些朋友，你有事可以去找他们。”

赵盈盈望着对面的男人：“修平，多谢你送我的礼物，能认识你是我最大的福分。”

许修平知道自己已经出局，反而没了拘谨，柔情无限地看着她说：“我心甘情愿。”

说着，两个人举起咖啡杯碰了一下，然后相视而笑，却又各自伤心。

跟许修平道别之后，赵盈盈再次向韦俊轩家走去，正好在路上遇到了他。

韦俊轩再次看到赵盈盈，眼神里掠过些许烦躁。

赵盈盈却毫无察觉，高兴地对韦俊轩说：“俊轩，我已经辞职了，你不用介意啦。”

韦俊轩听了之后，抓着赵盈盈的手：“你怎么这么傻啊！”

赵盈盈还想继续往下说，突然一辆警车开了过来，停在二人的身边。

有两个人从车上下来，其中一个向韦俊轩出示了证件，说：“我是重案组的督察陈兆洋，现在怀疑你跟一宗谋杀案有关，麻烦你跟我回去协助调查。”

赵盈盈听后耳边如同响了一声炸雷，开口质问道：“陈 Sir，你们会不会搞错了？”

陈兆洋知道她是 NB 的警员，对她说：“Madam，有没有搞错他自己最清楚。”说完就给韦俊轩戴上了手铐，把他押进了警车。

十几分钟之后，在重案组的口供房之中，陈兆洋正在为韦俊轩录口供。

陈兆洋把一张照片摆在韦俊轩面前，说：“认不认识这个人？”

韦俊轩看了一眼，照片上太子赤身裸体地躺在一个木柜里，除肩部的枪伤外，额头上多了一个弹孔。他的双眼睁开老大，一副死不瞑目的模样。

陈兆洋又从柜子里取出一个塑料袋，里面装着一张健身房的 VIP 卡，说：“这张是你的卡吧？你看清楚，上面有你的指纹。”

韦俊轩自然明白是何种情况：“陈 Sir，在我律师来之前，我什么都不会说。”

这时程天敲门走了进来，看到房内的情境，已经猜到案情进展不大。

程天主动对陈兆洋说：“师兄，如果你们重案组问完，不如交给我们 NB 跟进吧？”

陈兆洋自然还是要给程天面子，先点了点头，带着自己的人退了出去。

程天望着对面的韦俊轩：“现在只有我们俩，你坦白说出来，我一定会帮你。”

韦俊轩看着他，摇了摇头道：“我也做过警察，律师不来，我什么都不会说。”

程天不死心继续游说道：“我们几个人讨论过你的案情，都认为你没杀人，肯定是有人刻意布局陷害你，现在大家都在担心你，尤其是盈盈，她为了你连警察也不做了，你这样自暴自弃有意思吗？”

看到韦俊轩又摇头，程天忍不住叹了口气。

警察总部的羁留室，古 Sir 跟韦俊轩隔着铁栏对望。

古伟聪的眼神既失望又惋惜，他沉默了很久，才低声说：“我从小看着你长大，本来你很有前途，在警校是拿银鸡头毕业，办事利落，为人聪明机敏，可惜过于急功近利又难以自律，才弄到自己无法回头！”

韦俊轩面无表情地说：“古 Sir，我变成今天这个样子你就没责任吗？”

古伟聪连连摆手说：“俊轩，我今天不想跟你翻旧账，只是想帮你一把。”

韦俊轩对这套说辞早就烂熟无比，此刻听到更烦躁：“我什么都不会说的。”

古伟聪知道他的个性，摇摇头说：“既然你不肯说，那你就好自为之吧！”

丢下这句话，古伟聪便转身离开了，韦俊轩用双手死死抓着冰冷的铁栏，听到黑漆漆的远处传来咔嗒一声上锁的声音，他的心仿佛被关进了一个黑匣子，所有的希望都消失了。

第二天，韦俊轩一早就被带到羁留室的会面房，程天、林家豪和一名律师模样的人正面对面坐着。等到韦俊轩坐好，律师拿出一份文件来，对程天和林家豪说：“麻烦两位阿 Sir，我想单独跟我的当事人谈谈。”

程天和林家豪相视一眼，一起退了出去。

律师和颜悦色地对韦俊轩说：“莫耀强先生委托我来做你的代理律师，关于你涉嫌谋杀何忠太一案，莫先生稍后会帮你做证，这份是他将要讲的供词！”说完，他递给韦俊轩一份文件。

韦俊轩拿起文件仔细看了好一会儿，他才恍然大悟，这全都是莫耀强的精心设计！

·第16章·

神秘家族

龙头坐馆

一扇门，一道锁，宛如分割开阴阳两界。

韦俊轩走出大门，望着眼前的一砖一石，感到恍如隔世。

一辆奔驰车正停在门口，车窗缓缓摇下来，莫耀强笑着冲他招手："Turbo，坐这里。"

韦俊轩上了车，今天负责开车的不是Roy，而是新司机，Roy坐在副驾驶。

看到韦俊轩疑惑的眼神，莫耀强解释道："李东是自己人。"

韦俊轩斟酌许久说："Dr先生，我想明白了。"

莫耀强颇为好奇地问："想明白了？"

韦俊轩一脸诚恳之色道："眼下我的身体还行，想多帮您做事。"

莫耀强意味深长地看他一眼，微笑说："好，非常好！"

韦俊轩沉默了一会儿又问："您怎会有我的入境记录？"

莫耀强不经意地瞥一眼李东："等回去之后，我仔细讲给你听。"

此时，警察局古Sir的办公室内，古伟聪和程天在讨论案情。

程天若有所思地说："莫耀强竟会为韦俊轩做证。"

古Sir亦眉头紧锁："俊轩是深陷其中无法自拔了，但无论如何，莫耀强提供的入境记录没问题，所以俊轩有不在场证据，不能检控他了。"

程天也跟着点头说："其实我去看了入境处的监控，当时确实有一个跟俊轩体型相似的人出关，但拍摄角度不佳，根本看不清。"

“显然是莫耀强为韦俊轩伪造证据，他知道俊轩何时会遇见麻烦，可以肯定这全是莫耀强的精心策划。”古伟聪敲打着桌子分析道。

程天沉思良久才说：“他为何要这样做？”

古 Sir 依靠在椅背上，神情淡定地说：“现在还不清楚，太子之死疑点重重，其中牵涉到帮派斗争，这并非普通命案，要尽快找到杀太子的凶器。”

“Yes，Sir！”程天连忙站起走出办公室。

不一会儿，韦俊轩从莫耀强家中出来，他的疑惑已完全解开。

莫耀强能伪造他的入境记录，全因健身房办 VIP 卡时采集了指纹。如今莫耀强掌握了主动权，而且可能还知道他伪造病例的事，眼下韦俊轩就如同任人宰割的羔羊。

韦俊轩回家之后，发现赵盈盈在打扫房间。

赵盈盈看到他回来，开心地扑到他怀里：“你没事了！”

韦俊轩轻轻推开她，瘫坐于沙发上：“我有不在场证据。”

赵盈盈被他推开后，脸色黯淡了一下，但立刻又堆满笑容，坐回他身边：“我们离开香港地区吧。”

韦俊轩皱起眉头，直接拒绝道：“我还不能走，况且我们俩早就完了。”

赵盈盈的笑容僵在脸上，强颜欢笑道：“我明白你怕连累我，我们……”

不等她把话说完，韦俊轩立马打断道：“你走吧，我很累了。”

赵盈盈默默擦干眼泪，站起来说：“那你早点休息，我明天再来看你。”

韦俊轩立刻喝道：“你以后别来了！”

赵盈盈的肩膀微微一抖，她大步走出房门。当房门关上那一刻，她再也忍不住，背靠着墙，捂着嘴巴无声地哭泣着。

又逢夜风凄冷时，黑漆漆的海水深不见底。

韦俊轩和许修平坐在海边，身旁摆着一堆啤酒罐，两人各拿着一罐啤酒，远眺着海平面，各自想着心事。

过了好一会儿，韦俊轩主动道歉：“对不起，害你的官司打不赢。”

“法官还没判，我自然不算输，我相信法律会还我清白，”许修平又喝了一口啤酒继续追问，“倒是你，太子的事跟你有关？”

韦俊轩把啤酒一口喝光，咬牙切齿地说：“莫耀强搞的鬼，他设计害我又装好人救我，想把我绑死在他身边，现在我只能任他使唤。”

许修平吃惊地反问道：“你怎么不告诉阿天？”

“他做督察，我当小混混，我怎么说？”韦俊轩又打开一罐酒，自嘲一笑，“修平，我之所以跟你说，是因为你没当警察了。”

许修平忧心忡忡地说：“盈盈为跟你复合都辞职了，你别辜负她。”

“我跟她说清楚了，眼下你们关系最好，你要多照顾她。”韦俊轩看着大海，露出无奈的笑容，“我们刚从警校毕业时，程天、你、我和盈盈，都想做一个好警察除暴安良，现在只剩程天了。”

许修平听他这么说，不知如何回答，默默地喝了一口啤酒……

第二天，韦俊轩重新回公司上班，虽然这几天他不在，但有吹水打理，也算井井有条。中饭时间，韦俊轩独自走出大楼，没过多久，他就感到背后有异样。回头一看，只见一个穿着兜帽运动服的女孩正用长镜相机在拍他。

韦俊轩皱眉头走过去，刚打算斥责一番，却见女孩放下了相机，脱下兜帽，笑嘻嘻地看着他，竟然是 Jessie。

韦俊轩又惊喜又疑惑，他开口道：“你为何跟着我？”

Jessie 用俏皮的口吻笑道：“当然是捉奸喽！”

韦俊轩听罢便愣住了，反问道：“捉奸？”

Jessie 则收起笑容，满脸幽怨地说：“上次我在街上看到你跟一个皮肤白白的女孩在一起，这个女的就是不让你见我的家伙吧？你居然还说她已经走了？”

韦俊轩才明白她说的是盈盈，主动解释：“别误会，这跟她无关。”

“真的吗？为什么你跟她见面后，一直不接我电话？”说着 Jessie 从口袋拿出自己的手机，韦俊轩看到上面有 89 次拨出记录都是打给他的，内心深处既好笑又感动。

韦俊轩握住她的手说：“Sorry，我事太多了，真没跟别的女孩在一起。”

Jessie 挣脱他的手，突然用力环抱住他，把脸贴在他的胸膛上，边流泪边说：“你玩玩没关系，但不能突然玩失踪。”说完，Jessie 又忽然把韦俊轩推开，转身快步离去。

韦俊轩在原地看着她的背影，心情如波涛般起伏不定。

与此同时，天上居莫耀强的家里，基爷把刚泡好的茶递给他。

莫耀强喝了一口茶说：“既然太子死了，让 Turbo 上位如何？”

基爷紧皱眉头，但他深知莫耀强的脾气，笑眯眯地说：“你是社团的大老板，我尊重你的决定，我会回去通知别的人，找一天让 Turbo 当坐馆。”

莫耀强把面前的茶一口气喝光，满意地点点头，起身带着保镖离开。

太子下葬

农历八月十一，猴冲虎，闭执日，宜丧葬。钻石坟场外，合联社的人身穿黑衣，围成一团，旁边一字排开停了几辆车。昨天合联社的前当家太子出殡，今天是其下葬的日子。

距离坟场不远处的高地上，程天一行人各带着几个组员坐在车里监视人群。

林家豪拿着望远镜看了一会感叹道：“场面真大，过年都没这么热闹。”

李志忠从他手里接过望远镜，看了看道：“平时影子都看不到的 Lee 哥都来了，还有几个老叔父们，合联社里的人物都齐了。”

“忠仔，人家今天专门送老大下葬，你以为是去野餐？”林家豪正调侃着李志忠，就见太子的灵车缓缓开过来。合联社的人给灵车让出一条路，灵车直接驶入坟场。然而人们并没跟着进去，显然还在等人。

NB 的监控车上，程天看着不远处，忽然提醒道：“车来了！”

只见远处马达轰鸣，一辆黑色的布加迪气势汹汹飞驰而来，转眼就到了坟场门口，然后如同一头狂暴的野兽，又咆哮了几声才熄火。

车门打开，韦俊轩身穿黑色西装走出来，紧接着穿黑衣的吹水也下车，跟在俊轩身后。

韦俊轩看到坟场门口的众人，最前排以基爷为首，包括 Lee 哥在内的社团叔父们，后面是各堂的掌门，再往后为手下跟小弟。众人虽然都等了不少时间，但人人各就其位纹丝不乱。

火鸡身披孝服站在门口，脸色相当尴尬，负责维持秩序的火咀带了几个小弟守在车旁。

看到韦俊轩下车，火咀带小弟们迎上来，齐齐鞠躬大喊：“Turbo 哥！”

韦俊轩冲他点点头，径直来到基爷的面前，当着基爷和前辈说：“基爷，各位叔父，实在不好意思，社团有事要处理，我来晚了。”

基爷故作轻松笑说：“不要紧，今非昔比，你现在的身份不同啦！”

Lee 哥也在旁边笑道：“当然啦，社团最新的掌舵人，自然会比较忙。”

“我们进去吧。”韦俊轩向长辈们笑了笑，在众人的簇拥下进入坟场。

NB 的车上，李志忠不禁说：“一阵不见，Turbo 比以前更威风了！”

林家豪冷哼一声说：“踩着太子的尸体上位，当然威风啦！”

程天则脸色冷到如霜打了一样，捏紧自己的拳头，沉默着一言不发。

社团的一帮人来到太子的坟前，现场早就提前摆好了法事道场。几个道士在摆满贡品的香案前手舞足蹈，嘴里还念念有词，时不时将黄色符纸抛向半空。

太子的棺木已经入土，合联社众人以韦俊轩为首肃立在坟前，火鸡则站在太子的遗像旁。一名法师拿过香来交给火鸡，火鸡先拿香递给韦俊轩。

基爷看到火鸡深低头，拿香的手还微微发抖，便对韦俊轩说：“他是太子的手下，以前的事也不全怪他，以后就既往不咎吧！”

韦俊轩自然要给基爷面子，连连点头，接过火鸡手里的香。

火鸡松了一口气说：“多谢 Turbo 哥！”

随后，韦俊轩当先，众人轮流上香。一时间太子的坟前香烟缭绕，人人肃穆。

就当众人都上好香时，火咀突然跑过来，对韦俊轩说：“Turbo 哥，福兴堂的江叔来了！”

合联社的人面面相觑，韦俊轩吩咐道：“死者为大，请他进来。”

不一会儿，只听脚步声响起，江叔在泰迪和几个手下的护卫下来到太子坟前。他的目光一一扫过面前的人，然后抱拳道：“不好意思，昨天有事去不了灵堂，我刚从澳门地区赶回来，希望没来迟！”

基爷也同样抱拳道：“江叔，你太客气了。”

这时火鸡看看韦俊轩，见他点了点头，才将香递给江叔。

只见江叔上好香后，就如没看到韦俊轩那般，转头对基爷说：“基爷，土葬一向很难办，你们社团真有办法！”

基爷双眉一挑，不动声色说：“这事我不懂，全由 Turbo 负责！”

江叔又斜眼看向韦俊轩，若有所思地问：“你就是 Turbo？我在一场拍卖会上见过你，当时你还是 Dr 先生的小跟班，当真后生可畏，能这么快上位！可惜太子走早了，不过他还活着的话，也轮不到你管事了！”

韦俊轩背后的吹水听他出言讽刺自己老大，向前一步怒道：“江叔，你老人家辈分高，说这话算什么意思？”火咀看他上前，自然也跟了上来。

站在江叔背后的泰迪冷笑一下，暗中跟韦俊轩交换了个眼神。

韦俊轩伸手拦住吹水，假笑道：“江叔，手下没教好，让你见笑了。”

“老家伙，别倚老卖老，我给你面子叫你江叔，”还没等江叔回答，韦俊轩往前凑了凑，在他的耳边低声警告，“你跟太子的事，别以为没人知道，今天葬礼的主角是太子，你聪明的话快滚，不然我送你上路！”

江叔听着先是愣了一愣，脸色铁青地向众人抱拳：“不好意思各位，上完香了，我还有事先走一步！”很快带着泰迪等人匆匆离开。

周围的基爷、Lee 哥等人虽不知发生什么事，但见俊轩几句话就把江叔吓逃，都忍不住暗暗点头。

韦俊轩成功吓退江叔，自己也有点得意，就在这时，他的手机响了一声。他把手机打开，只见屏幕上跳出一条信息，内容为：“恩断义绝，好自为之。”发信人是保险佬。

韦俊轩早料到会有这一刻，却没想到是此地此时。他抬头四下张望，只看到了香烟袅袅。

几天过后，在九龙区的一家法院里，随着法槌的落下，法官正式宣判：“本席宣判被告许修平，身为警务人员在执法期间行为不当，袭击他人造成身体伤害罪成立，判刑六个月，实时执行！”

法院的大门外，在等结果的许家人跟 NB 众警都很失望，他们看着囚车从法院中开出，个个情难自控。赵盈盈见许妈泣不成声，强忍悲痛安慰她，结果自己忍不住也流下了眼泪。

程天看到眼前的场景，想到俊轩陷害吴嘉雯导致修平败诉坐牢，又想到他现在荣升合联社坐馆风光无限，一时间悔恨交加，暗下决心要将其抓捕归案。

此时，韦俊轩也通过手机看到法院宣判的新闻，内心如刀割般难受，一把将茶几上的东西扫到地下。

然而许修平的内心却异常平静。他早已预料到结果，所以从容镇定地接受着。当许修平最后身穿囚服，手捧洗漱用品走进自己的牢房时，他听到远处铁门轰然关闭，知道自己即将开始一段特殊的人生。

神秘家族

夜色如墨，将白天的颜色全部吞噬，此刻正是私人俱乐部最热闹之时。韦俊轩和

Jessie 坐在吧台前，正不断地疯狂对饮。韦俊轩看着舞池里疯狂扭动身体的男女，只顾默默喝酒不语。Jessie 自然能看出他脸色不好，故意说：“你光喝酒又不说话，是心情不好？”

韦俊轩冷淡地反问：“你怎知道？”

Jessie 则微微一笑说：“来找我肯定是因为心情不好。”

韦俊轩听后摆摆手，低声骂道：“胡说八道。”

Jessie 又陪他喝了几杯酒，眼睛一转道：“你不好奇我的职业吗？”

韦俊轩先愣了一下，才淡淡地说：“你想说自然会说，我为什么要问？”

Jessie 差点把肺都给气炸了，她嘴巴一撇委屈地说：“哼，你一点也不关心我，其实我是制片人，上次你看到我拿照相机跟踪你，是碰巧我在你公司旁边采风。”

韦俊轩满脸怀疑之色，他望着 Jessie 问：“拍电影赚钱吗？我看你又有私人游艇，还出入私人赌场，我一直觉得你是富二代。”

Jessie 娇嗔着挥起小拳头打他一拳，结果俊轩手里的酒险些洒出来，吓到她尖叫一声，便把韦俊轩逗笑了。

Jessie 看他终于露出笑容，也跟着笑道：“我有事想让你帮忙。”

韦俊轩喝了一口酒，摊了一下手，示意她继续说。

Jessie 慢慢靠到他的耳边，忽闪着大眼睛说：“我有个制片人让我帮他写一个关于贩毒题材的剧本，我想找你收集素材。”

韦俊轩不动声色地说道：“大小姐，你还真把我当毒贩了？抓到会牢底坐穿啊！”

Jessie 噘起嘴撒娇道：“你去帮我问问吧，江湖救急啊！”

韦俊轩打量 Jessie 道：“你怎么不找泰迪？这事他比我懂。”

“我跟你关系最好，当然先找你，我又没跟他亲热过。”说完 Jessie 又摇摇韦俊轩的手臂，继续哀求，“你就当发善心，帮帮我啦。”

韦俊轩看她像个小女孩般撒娇，点头答应：“好，我帮你！”

半小时后，泰迪兴冲冲地赶过来。他以为韦俊轩找自己喝酒，想不到 Jessie 也在，顿时有点弄不明白。三人先开了一个包间坐好后，韦俊轩把前因后果说完，Jessie 拿出一台 iPad 放到桌上，笑着对泰迪说：“泰迪哥，请开始吧。”

泰迪冲俊轩翻个白眼说：“Turbo 哥，你给我找了个好差事。”

韦俊轩赶紧打感情牌，大笑道：“泰迪哥，我认识的这些人里，关系最好的就是你，只能找你帮忙，你当江湖救急啦。”Jessie 听他把自己刚才的话搬出来用，忍不住扑哧一笑。

泰迪看看二人，挠挠脑袋道：“我确实知道些事，但你不能全写出来。”

Jessie 迅速打了个响指：“那当然，我肯定会保密。”

泰迪想了老半天，才缓缓开口：“你想问那些制造毒品、运货的事我本不该对外说，这次看在 Turbo 的面子上才讲，你千万别乱写，不然会出人命！”

直到泰迪看到 Jessie 郑重其事地点头，轻咳一声说：“众所周知，中国香港地区的毒品货源都集中于泰国，你知道为什么毒品赚钱，搞毒的人却不多？”

Jessie 听他发问，连忙摇了摇头。

泰迪舔了舔下嘴唇，长叹一声道：“我曾听江叔讲过，因为所有的货都由一个中国香港地区的大家族掌控……”

韦俊轩给他倒一杯酒，然后笑着说：“先喝一杯，润润喉。”

泰迪端起酒杯一饮而尽，娓娓道出：“以前英国人用毒品控制我们中国人，自然也包括中国香港地区在内，当年这个家族是负责为泰国人拿货分拆到各个堂口，由此来限制几个社团不产生纠纷。本意确实很好，可久了就变习惯了，这个家族也传代传承了下来，到现在泰国运来的货他们全要抽三成，不管哪个堂口来拿都抽，这个规矩从没变过！”

Jessie 发出惊叹声，追问道：“这个家族叫什么？”

泰迪用余光偷偷扫过她的胸部：“只有江叔这种前辈知道。”

Jessie 不经意地往前一凑又问：“还有别的前辈会知道？”

泰迪见她挺拔的事业线朝自己高高耸起，只感觉就像毒瘾发作，脱口而出道：“怎么没有？那个湾仔的高……”说到这儿，他立马警醒过来，使劲挥挥手，“不能再说了，知道太多不好！”

韦俊轩却嘿嘿一笑说：“湾仔最出名的前辈，不就是高佬 B？”

“这是你说的呀，此时跟我无关了。”泰迪指着俊轩笑道。

“好，跟你无关。”韦俊轩也特意强调道，于是在场的三人皆笑。

次日的黄昏，落日余晖穿过画廊的玻璃，照在陈列着的油画上，给浓重的油彩镀上了一层淡金色。

画廊深处的一个房间，此时灯光已经亮起，一位手指上戴着玉扳指的中年人正手持画笔，在一张宽大的画板上来回涂抹。他的手臂坚定有力，下笔毫不犹豫。画布上深深浅浅的颜色呈现出一幅壮观的画面：只见浅蓝色的霏霏细雨里，街巷深深码头连海。一群群的行人、脚夫和渔民形态各异，纷纷忙着赶路，正是二十世纪六十年代中国香港湾仔的场景还原。

就在这时，画廊里响起清脆的高跟鞋声，中年人画笔轻轻一停，接着又继续画。

不一会儿，一个身材火辣的短裙女子走到他背后，却正是 Jessie。

中年人放下画笔，他拿过一块布擦擦手，头也不回地问："资料收集好了？"

Jessie 伸了个懒腰回答道："还行，大概知道怎么运毒了。"

中年人则笑了起来，接过话茬："中间发生了有趣的事吗？"

Jessie 细细回想好久，打着哈欠说："其实道上也有不守规矩的人。"

中年人饶有兴趣地说："那你要好好跟踪，这么好的素材可别放过。"

反戈一击

正午的阳光照着高尔夫球场，草坪仿佛腾空而起一层绿色的烟雾。此时韦俊轩正准备击球，莫耀强则站在一边指导。风停之后，韦俊轩猛地一挥杆，只听"砰"一声脆响，白色的小球腾空飞起，划出一道轨迹，重重落在球洞前面，然而余势未尽，又往前滚了滚，竟直接滚进球洞。

韦俊轩觉得自己这一杆发挥不错，没想到一杆进洞，当场惊呆了。

莫耀强伸手拍拍他的肩膀，赞扬道："好球，看来你的病快好了吧？"

韦俊轩这才缓过神来，他意识到莫耀强话里有话，于是含糊着应了一声。

莫耀强心情不错，也不继续追问，摆弄着球杆："最近 NB 扫了我们很多地盘的货，你打算怎么办？"

韦俊轩回答道："Dr 先生，放心吧，他们任务交够就会停了。"

莫耀强看似在低头看球，嘴上波澜不惊地说："可福兴堂那边的生意没受影响，NB 好像是专门针对我们呀？因为那个叫程天的咬死不放，如果你需要的话，我可以让 Roy 暗中做掉他！"

韦俊轩心头为之一惊，却不露声色地说："不用，程天向来固执刻板，又特别自以为是，我自有办法对付，如果做掉他，反而会惹来大麻烦。"

莫耀强听着点点头，算认可了他的说法，话锋一转："人总喜欢跟老对手打交道，那此事还是你自己办。"

韦俊轩见莫耀强答应之后，心中的大石才渐渐放下，开口道："多谢您信任，我一定会圆满解决，那我先去安排后续工作了。"

"好，我等你的好消息。"莫耀强冲韦俊轩摆手，他则独自继续打球。韦俊轩离开了球场，准备赶回家里，看怎么才能让程天躲过杀机。

此时，赤柱新修的监狱中，正是囚犯们的午饭时间。囚犯们各成帮派地坐在长椅上，有的往嘴里不停扒饭，有的则大声聊天。许修平面无表情地坐在饭堂角落，独自吃着午饭。

过了几分钟，几个囚犯率先吃完，全走到许修平身边。

其中一人夸张大叫："兄弟们，快过来看，这不是 NB 鼎鼎大名的许 Sir 吗？"

话音刚落，立刻有一群囚犯围过来。先前那人往前迈出一步，装作脚下一滑，把一盒剩饭扣到许修平的头顶。他立刻后退一大步，扮出惊恐的样子说："许 Sir，我不是故意的呀，你别告我袭警。"

许修平脸上没有任何表情，只是把头顶的剩饭扫下来，继续静静吃饭。

另一个囚犯看他没反应，手一扬，饭盒当的一声打在修平额头上，他大声叫起来："哎呀，我也手滑了，许 Sir，你别告我袭警呀。"囚犯们看他演技惟妙惟肖，一起放声大笑。

许修平的脸上依然面无表情，他还是用手把头顶的剩饭扫掉。

这时突然一个人推开众人走过来，一把抓住刚刚动手的囚犯，一拳打在他的脸上，把他打得惨叫一声直接倒在地上。刚才围着许修平的囚犯都后退了一步。只见来人又黑又壮，嘴唇上留着一抹短胡子，脸庞跟手上都是刀疤，他指着众人说："你们都给老子听好了，从今天下午开始，这个娘娘腔由我威哥罩，谁敢动他一下，我扒了他的皮！"

囚犯们听了，都不敢说话，纷纷头也不回地逃走。

威哥看他们跑远后，转头打量许修平几眼，冷哼道："娘娘腔，我替你出头，全因有人给我传话，但凡有人欺负你，你就来找我求救，没人欺负你时，就给我滚远点。"说完他径直走了。

独立的探监室里，韦俊轩看似镇定自若，实则很紧张。过了一会儿，许修平走出来。

韦俊轩看他脸上有瘀青，生气地说："修平，有人打你？威哥这混蛋拿了钱不办事！"

许修平见他发飙，反而笑道："我猜到威哥是你的人，他帮我不少忙。"

韦俊轩暗松了一口气："盈盈有来看过你吗？"

许修平点了点头说："有，阿天也来了，他还跟我谈过你的事，你现在上位当了合联社的坐馆，他很不开心才狂扫你的地盘。"

韦俊轩苦笑着说："他早跟我划清界限了，现在兵抓贼天经地义，你千万要小心，程天又帮不了你，有事你就找威哥，半年很快就过去了，等你出来后我们俩一起干，不当差还有别的事做，我一定支持你！"

许修平亦顺势说："总之大家还是兄弟。"

韦俊轩看到修平没怪自己，心头的大石终于落地，人也轻松不少。

警察局NB古Sir办公室里，程天正跟他汇报近期针对合联社的行动。

古Sir听完后，倚靠着椅背："Good，但韦俊轩总会最后反戈一击，你要当心！"

程天心里明白，开口道："Yes，Sir！"

这时程天的手机突然响起，他抱歉地对古Sir说："Sorry，Sir，我接个电话。"看到古伟聪点头答应，他边讲电话边走出办公室。

新界北的一个公园里，程天驾车赶到后，家豪跟志忠正隔老远监视着坐在湖边垂钓的俊轩。

程天快步走到二人身边问道："有什么动静？"

林家豪扭了扭僵硬的脖子："Turbo哥一早就从家里翻墙跑出来，先带我们去打了几圈麻将，又兜了个圈子逛公园，连鱼都钓上了，说不定等会还要请吃鱼。"

程天望着不远处说："韦俊轩是无财不下手，一定要盯死他！"

就在这时，李志忠看到旁边一个小朋友在玩遥控车，他拍了拍脑袋，跑向路边超市，过了一会儿，拿着个遥控车又跑了回来。

不出片刻，一辆遥控车载着窃听器慢慢开到俊轩旁边的花丛里。

这时吹水突然从远处走过来，手上拿着两个黑色塑料袋。

程天听到耳机里吹水说："Turbo哥，外卖到！"

然后韦俊轩吩咐道："你再点一份金宝的鱼香茄子饭。"

林家豪看到程天愣了一下，问："怎么了？"

程天顿了顿回答道："他从小就讨厌吃茄子。"

接着听韦俊轩继续说："再来份龙井虾仁跟四喜丸子，最后要一碗湾仔码头的饺子。”

吹水也不多问，答应一声就去打电话了。

程天仔细想了想，他对家豪说：“通知各组，交易地点在愉景湾码头！”

李志忠听到这话，恍然大悟，拉上家豪匆匆上车出发。

半个钟头后，NB 的组员已潜伏在愉景湾码头周围。

虽然程天对韦俊轩选择此处交易比较不解，不过这种藏字暗语确实是他惯用的套路。等待许久，火鸡才提着一袋东西出现到马路上，片刻后又有一台高级轿车停到他身边。一个衣着华贵的泰国人在保镖陪同下下了车，跟火鸡打了个招呼，然后他挥挥手，保镖便从后备厢拿出一个皮箱。

“Action！”眼看着双方完成交易，程天冲对讲机里下令，自己持枪率先冲出藏身处，还不忘大喊：“警察，全不许动！”就在这瞬间，他猛地瞥见轿车的车牌是 CC 开头，一股不祥之感猛然升起。

·第17章·

两 个 愿 望

两个愿望

偌大的会议室里只有程天独自黑着脸，他中了韦俊轩的圈套。

几分钟后，门被人推开，古 Sir 跟着一个总督察走进来，坐到程天对面。

总督察瞟一眼程天，又低头看一遍文档："程 Sir，你当差多年，怎么会犯如此低级的错误？把泰国王子当成大毒枭？幸好人家泰国王子不追究，到时不只是你完蛋，就连我跟伟聪都要下课！"

程天低着头道歉："对不起，我一时判断失误。"

古 Sir 开始为程天打圆场："这事纯属意外，他是中了古惑仔的圈套。"

"程 Sir，你是我们警队的明日之星，这次我对事不对人，希望你别有包袱，以后办案谨慎点。"接着总督察又对古 Sir 说，"伟聪，上头很关注此事，我看你的人这几天也辛苦了，让他们休息几天吧！"讲完便起身离开。

夜幕降临，被放了长假的程天怅然若失地来到一家大排档，独自喝闷酒。

此时，不远处一个身材高挑的啤酒妹正疯狂地在推销啤酒。

程天看到食客们有的挥手驱赶，有的动手动脚，就没人肯做她生意，于是挥手招呼她说："小妹，来几瓶啤酒。"

啤酒妹听到他的声音愣了一下，快步走过来，竟是吴嘉雯。

程天一看到她，便想起修平锒铛入狱，不愿冲其撒火，于是掏出 500 块："这是 500 块钱，千万别来烦我！"

"你是老板，你说了算。"吴嘉雯也很委屈，她接过钱快速走开。

一拨一拨的客人来了又离开，只有程天坐在位置上不停喝酒。

夜色越来越深，大排档的食客也变少，最终只剩程天一人。

吴嘉雯已经收工换好衣服，去找老板结账。回头一看程天醉倒在地，一个身穿黑色套头衫的人正翻他的口袋。

吴嘉雯冲过去大喊："喂，你干什么？"

套头衫抬头一看是个女孩，边翻边恐吓道："你少管闲事！"

吴嘉雯指着地上的程天："这家伙是督察，你抢他的东西等于找死。"

这时大排档的老板也抄着菜刀冲过来："阿 Man，出什么事了？"

套头衫见老板手里拿着菜刀，便直接跳起来逃走了。

吴嘉雯走过去把程天扶起，对大排档老板说："没事，我朋友喝多了。"

大排档老板摇摇头："你男朋友吧？喝成这个鬼样子。"

对此吴嘉雯只能尴尬一笑，把程天拖到附近一个公园的长椅上醒酒。

程天半搂半挂在吴嘉雯身上，突然一阵干呕，张嘴吐了她一脚。

吴嘉雯尖叫一声，抬手打他一拳，一边自认倒霉，一边掏出湿巾把脚擦干净。这时程天吐了酒，缓缓苏醒过来，看到吴嘉雯手里拿着一张湿巾，便顺手抢过来擦嘴。

吴嘉雯目瞪口呆地看着他："喂，死程天，你怎么醉成这样？"

"吴嘉雯？"程天斜着眼看她，又从皮夹里翻出 500 块来，"你走吧！"

吴嘉雯见状哭笑不得，她接过钱恶狠狠地骂道："哼，你以为我不敢要吗？刚才你喝醉了差点被人抢劫，要不是我出手，你身上连一分钱都没了！"

"多谢，算我欠你一个人情，你要什么我都答应。"程天醉醺醺地说。

"你等一下。"吴嘉雯从口袋掏出手机，边录边问，"程天，我要什么你都答应？"

程天豪气万丈地说："对，如果你要我娶你，我就立刻跟你结婚！"

吴嘉雯不禁小脸一红，低声骂道："呸，谁要嫁给你！我有两个愿望。第一，希望有人陪我去吃一顿法国大餐，不能用三明治那种快餐糊弄，要一顿吃好几个小时的那种才行。"

然后，吴嘉雯又再次补充道："第二，我爸还没出事前，曾带我去过一个地方看日落，那儿有个湖就像天上掉下来的一面镜子，当太阳下山时，好像有两个太阳特别美，不过我忘记具体位置了，我想再看一次那样的风景。"

程天直拍胸脯承诺道："好，那咱们就去吧，反正我也正休假。"

说完之后，程天突然又干呕起来，吴嘉雯连忙躲到一边去。

第二天，程天醒来时已日上三竿，他抬头仔细看看，发现正躺在自家的床上。

宿醉的头疼猛烈袭来，他抬手按着太阳穴，怎么都想不起自己怎么回的家。

这时霞姐敲门走进来，颇为心疼地问：“醒了？要给你泡杯参茶？”

程天揉了脑袋道：“好，多谢阿妈，昨晚我怎么回的家？”

“盈盈送回来的呀，当时你浑身脏死了。”说完霞姐甩手走了。

程天嘟囔着下了床，拨通赵盈盈的电话：“盈盈，昨晚你送我回家了？”

赵盈盈在电话那头说：“你忘了？嘉雯打电话给我，叫我来接你的呀。”

“我忘了啦，怎么又是她？”程天拍拍额头，又躺回了床上。

此时，在吴嘉雯的家里，Coco 对着镜子化妆，看到嘉雯刚起床，调侃道：“柏文才住校，你就放飞自我了，昨天跟程 Sir 很刺激吧？”

吴嘉雯想到昨天夜里，小脸又一红，大声吼道：“你胡说什么？”

Coco 露出意味深长的表情，笑说：“有人说会立刻娶你呀！”

吴嘉雯十分害羞地拿枕头砸她，还大吼道：“死丫头，你敢偷看我的手机！”

Coco 把脑袋往后一缩，笑着说：“其实都怪你自己呀，半夜偷偷看视频，睡着之后耳机掉下来都不知道，我被你吵到睡不着觉。”

吴嘉雯听她这么一说，小脸更红了，内心却偷偷暗喜。

说出去的话如泼出去的水，位于旺角豪华的一家法式餐厅内，程天拉长了脸跟兴高采烈的吴嘉雯一起坐在餐桌旁，一位衣着考究的服务生为二人添好了红酒之后，主动退到不远处。

吴嘉雯特别兴奋地说：“我第一次来高档的地方吃东西，谢谢你请客。”

程天喝了一口红酒说：“不过你这服务费太贵了吧。”

吴嘉雯继续追问：“昨晚你不是答应我两个愿望了吗？”

这下轮到程天直接愣住，立刻反问：“我怎么没印象？”

吴嘉雯看到他的表情，立刻想掏出手机证明，结果突然心头苦闷，她直接站起来：“算了，我只是个小妹，没资格吃你的大餐！”说完她推开椅子，大步往餐厅外走。

程天这才发现，吴嘉雯今天特意穿了一件很漂亮的晚礼服。他猜想自己肯定答应了她什么事，心情顿时焦虑不少。

福兴 Linda

九龙一家私人健身会所里，崭新的器械全摆放在一角。

钻石 VIP 区，莫耀强和俊轩在跑步机上慢跑，Roy 默默站在一边。

莫耀强看到韦俊轩奔跑的速度跟自己差不多，脸上露出赞许的表情道："Turbo，现在你成功解决了程天，眼下可以趁机把毒品市场扩大。"

韦俊轩说出心中的顾虑："Dr 先生，如果扩大市场，恐怕会被福兴堂反扑。"

莫耀强无所谓地说："江叔勾结太子，破坏了规矩，不用跟他们客气。"

韦俊轩自然不敢反对，他唯有说道："好，我去想办法解决。"

"反正你尽管放手去做。"莫耀强满意地笑了笑，他关掉跑步机，慢慢停下来看向韦俊轩，"我还有点事要办，你继续锻炼吧。"然后向 Roy 招手，二人走出健身室。

夜色浓重，湾仔公园附近的小巷内，一个身材高大的中年人正从一家夜店走出来。他本来就喝了点酒，脚步有些错乱，还没走两步，就看到一个身穿黑色短裙的女孩背着路灯站在街边。

大汉看她的背影窈窕细致，邪笑着走了过去。突然从巷子中冲出一个黑衣人来，猎犬一般将大汉抓住按到墙上。女孩悠悠转身，灯光下她的酥胸高耸，一双大眼睛流露出嘲讽的笑意，她的中文名叫汪紫琪，英文名为 Jessie。

Jessie 走到大汉面前，用粉白浑圆的膝盖缓慢而用力地顶住大汉胯下。

大汉痛到高声惨叫，Jessie 一把捏住他的喉咙，让他只能小声呜咽。

过了一会儿，Jessie 放开他，冷笑道："高佬 B，知道你犯了什么错吗？"

高佬 B 强忍身下的痛楚大骂："死八婆，你敢动我？"

Jessie 则冷笑连道："上个月是你拿了山狗的货？"

高佬 B 壮着胆子说："我抢他的货，跟你有什么关系？"

Jessie 伸出纤细的玉手摸着他的脸，极为温婉地说："你抢货就是坏了规矩，他没有那批货，拿什么交账？"随后，她突然用力一划，暗藏于假指甲中的刀片将高佬 B 从左眼到右颊，划出一道又长又深的血痕。只听他惨叫一声，鲜血狂涌而出。

高佬 B 已知来人是谁，哆嗦着身子说："麻烦告诉陈爷一声，我再也不敢了！"

与此同时，韦俊轩和泰迪聚在私人俱乐部的 VIP 包厢里旁观一桌赌局。

此刻赌桌正中坐着一个三十来岁，浑身珠光宝气的女人，身侧有个二十出头的小白脸，紧贴着帮她看牌。赌桌周围坐了俊轩经常遇到的三个老赌客。桌子对面，荷官刚发完一轮牌，四人恰好玩梭哈。

泰迪低声对俊轩介绍道："她就是Linda，娱乐圈的大姐头，旗下有很多艺员跟她混，那些女演员、大哥们拿货都找她，以前主要跟Tina进货，Tina出事后江叔让我伺候她，她很难搞！"

韦俊轩望了一眼Linda旁边的人，追问道："那个小白脸是谁？"

"小白脸呀！"泰迪奸笑着说，韦俊轩也跟着笑了。

韦俊轩旁观了几轮，发现Linda的性子很急，动不动就梭哈，几局下来输了不少。

韦俊轩趁着一局结束，跟一个熟客耳语几句，把他换了下来，笑着对众人说："不介意一起玩吧？"

Linda斜眼瞥他一下："只要你的钱够多，当然欢迎。"

泰迪在旁边小声提醒："Linda姐，他是我朋友Turbo。"

Linda没搭理泰迪，扬起脸对俊轩说："名字很酷，看牌技如何了。"

韦俊轩淡淡一笑，摆摆手说："小玩几把，不需要牌技。"

Linda见他面不改色，脸上露出赞许的神色。一旁小白脸见了，则死死盯住俊轩。

开始的几轮，大家的牌都平平无奇，Linda跟韦俊轩亦互有输赢。接下来的一轮，Linda终于拿到了"Q"和"7"两对，另一个赌客拿到一对"K"，韦俊轩的明牌里则是一对"2"带单张"K"。

"拿到好牌，肯定跟到底。"拿到一对"K"的赌客，把筹码全推出去。

韦俊轩瞄到Linda看看牌面，又看看底牌，犹豫不决，她在担心最后一张K的去向。

小白脸故意虚张声势："我们葫芦最大，铁定赢！"

那赌客故意用激将法："你们要是葫芦，还犹豫什么呢？"

"你们一个葫芦，一个三条'K'，我怕连底裤都输了，这把我不跟啦。"韦俊轩悄悄计算了一番，然后把自己的牌一合，暗中将底牌露给Linda看了看，正是第四张K。

Linda看俊轩一眼，对那赌客说："我确实不是葫芦，如果你是三条'K'，这些钱你全拿去。"然后，她把所有的筹码都往桌上一推。

那赌客脸色一灰，把牌盖起来，明显他之前在虚张声势。

小白脸连忙去拨筹码，Linda很嫌弃地看他一眼。

半小时后，俱乐部的贵宾房里，Linda半躺在真皮沙发上，韦俊轩和泰迪坐在两边。三人各捧着一杯酒，小白脸陪伴于Linda的身边，抱着她那双腿，十分殷勤地按摩着。

Linda喝了一口酒，才向俊轩发问："你'K'和'2'两对最大，为何弃牌了？"

韦俊轩很自然地说："区区几十万元而已，重要的是能认识Linda姐。"

还没等 Linda 开口说话，小白脸抢先：“Linda 姐，当心他不怀好意！”

就在这时，突然门被打开，冲进两个人来，为首的是吹水和火咀，他们身后还跟着一个年轻女孩，一见小白脸就扑了过去，又抓又咬嘴里乱骂：“你这个臭男人，居然真在外面鬼混！”

小白脸大惊失色，刚要解释，已被吹水和火咀扯起来劈脸打了好几拳。他顾不上惨叫，只好惊慌地大声说：“Linda 姐，不是这样的……”

吹水和火咀边骂他劈腿边把他拖出去，自始至终，Linda 没有开口说半句话，只是饶有兴致地旁观着。等到闹剧结束，大门重新关上，Linda 突然很幽默地说：“想不到 Turbo 哥还是个导演，剧情安排很精彩，收尾特别快。”

随后，Linda 又喝了一口酒说：“我知道你想让我买你的货，但我不是江湖人，却懂江湖事，你是合联社的龙头老大，如果我跟你合作，福兴堂我要如何交代？”

一旁的泰迪赶忙接话说：“Linda 姐，Turbo 跟我是哥们儿，我验过他的货，比以前 Tina 给你的要好，价格还很便宜，正所谓有钱一起赚。”

Linda 低头想了一阵，才慎重地提出要求：“我要验你们的货。”

韦俊轩看泰迪一眼，对 Linda 举杯：“行，随时恭候大驾。”

随后，泰迪跟 Linda 举杯与韦俊轩碰了一下，三人一起把酒喝光。

骏业宏开

三天之后，阳光斜照的一个下午，大厦背后拖出来一道长影。

韦俊轩和吹水陪着 Linda 刚参观完合联社的一间毒品仓库，并向她展示了最新的各类软毒品。Linda 显然对毒品非常熟悉，整个过程只是仔细观察，一言不发。韦俊轩看她经验老练，反而有点忐忑，但脸色却毫无变化。末了，三人从大厦里出来，上了韦俊轩的商务车。

Linda 主动开口说：“你们的货比福兴没好多少。”

韦俊轩也不生气，他接茬道：“大家货源一样，制毒师也差不多，所以货的差别也不大。但 Linda 姐你见多识广，我们的货无论气味、纯度还是外观、包装都比福兴好，而且我们的货送货还快，至于价格方面，我给你打九折。”

韦俊轩看到 Linda 眉头一挑，知道她已心动，转头对吹水说：“把东西拿来。”

吹水将一个公文袋递过来，韦俊轩把它转交给 Linda：“我知道你最近在跟老公争抚养权，我认识一个律师打这类官司很强，可以说全港最厉害，这是他送我的资料！”

Linda 看了俊轩一眼，打开公文袋，里面全是她老公偷情的照片，这才对俊轩刮目相看。她收起照片，面带笑意道：“Turbo 哥，以后请多关照。”

韦俊轩点头感谢道：“Linda 姐，别太客气，大家相互关照。”

合作已达成，Linda 拿着公文袋离去，韦俊轩也赶着去跟莫耀强交差。

在天上居莫耀强家的大厅里，黑胶唱片机放着拉赫曼尼夫的第三钢琴协奏曲。莫耀强躺在沙发上，微闭双眼正仔细品味乐曲，这时 Roy 将俊轩带进来。韦俊轩静静地等待乐曲结束，莫耀强冲 Roy 打个手势，Roy 关掉唱片机。

莫耀强站起来，拍着俊轩的肩膀说：“最近我对你很满意！”

韦俊轩赶紧道：“多谢 Dr 先生，其实吹水也帮了我不少。”

莫耀强让他坐到沙发上，自己也坐下来：“心怀宽广，你确实是帅才！”

韦俊轩见莫耀强心情正好，便趁机说：“您上次说社团青黄不接，其实还有很多能干的人才，比如火鸡、吹水、火咀。不妨多给他们些机会，万一将来我出事，也有人能把社团扛起来。”

莫耀强听了放声大笑，他语重心长地说：“Turbo，别担心了，只要我还活着你就没事。”

韦俊轩知道莫耀强还不想放他走，只好尴尬赔笑，心头却烦恼不已。

从莫耀强家里出来后，韦俊轩漫无目的地开着车，想着自己虚无缥缈的前途，不知不觉开到了当年跟赵盈盈一起吃饭的餐厅附近。韦俊轩睹物思人，想起往事，再看看也差不多到晚饭时间，突然心血来潮，停好车子走进餐厅。

他看到餐厅已重新装修过，有种物是人非之感，唯独餐牌上还是那些老菜色。

他点了几个过去常吃的蒸凤爪、炒牛河、叉烧包，边看手机边等上菜。

突然，一个人走过来，坐在他的对面。

韦俊轩抬起头，只见来人竟是赵盈盈，忍不住诧异问：“你怎么在这？”

赵盈盈笑嘻嘻地说：“我今天偶然经过，你的车停在外面，我就进来看看。”

韦俊轩极为冷淡地说：“我们不方便见面。”

赵盈盈质问道：“为何不方便？我离开 NB 了，我就是个普通人！”

韦俊轩大吼道：“赵盈盈，你到底想干什么！？”

赵盈盈望着俊轩温柔地说：“俊轩，我知道你很想快点离开香港地区，我也跟我爸谈妥了，修平还专门帮我们联系好了他的老同学，只要你说出发，我随时都可以。”

韦俊轩不耐烦地说："我们已经结束了，你跟我在一起会没命的啊！"

这时伙计过来上菜，好奇地看了看二人，然后转头走了。

赵盈盈看看桌上的菜小声道："你点的跟当年一样，都是我爱吃的菜。"

"那你自己吃个够。"韦俊轩站起来，快步走出餐厅。

赵盈盈愣在原处，眼看俊轩驾车离去，眼泪夺眶而出。

同一时刻，位于旺角的一间私人画廊里，Jessie 站在一名中年人的身后，看他正画着一幅海上日出的油画。直至他画到最后，Jessie 开口说："陈先生今天画的海上日出虽然简单，但充满了生命力！"

"你很会看画，希望不久的画展上，能多来一些像你这样识货的人！"陈先生放下画笔，把手擦干净之后，他又转了转手上的玉扳指，"上次搜集的资料有用吗？"

"有，资料很准确，为公司赚了不少钱，还教训了犯规者。"

"让这些家伙知道什么叫规矩，不守规矩的人要好好教训。所以我喜欢条理清楚的事情，社会秩序井然，大家才能安居乐业。"陈先生嘴上说着伸手摸向 Jessie 的纤腰。

Jessie 贴了上去，主动抓起他的手，放到大腿处……

几天后，由合联社直接控股的最佳娱乐公司正式成立，韦俊轩身为大股东代表早早来到现场。此时众多宾客已到场，一身盛装的 Linda 正跟来宾寒暄。

看到韦俊轩到场后，Linda 向宾客们点点头，快步朝俊轩走了过来，上下打量了一下面前西装革履的男人，直接夸道："这套西装很适合你。"

韦俊轩唯有苦笑一下："全靠 Linda 姐支持，我们最佳娱乐公司才能开业！"

Linda 也特别爽快地说："客气了，毕竟我也是股东，这算是合作双赢啦。"接着她向助手打个手势，助手把讲稿送上来，"会议 20 分钟后开始，我们先给你准备了讲稿，你仔细看看。"

韦俊轩笑着接过讲稿，再次感激道："有 Linda 姐坐镇，我正好高枕无忧。"

二人正互相说着话，大门被人打开，两个工人抬进一个特别大的花牌，上面写着"俊业宏开"。

韦俊轩走过去问工人："花牌上的字没写错？应该是骏马的骏。"

结果只听见嘻嘻的笑声，一身华贵礼服的 Jessie 从花牌后钻出来："你韦俊轩的'俊'，难道不如骏马的'骏'吗？"

韦俊轩眼见 Jessie 也来捧场，一时特别高兴："原来是你呀。"

Jessie 东张西望地看了一阵，很惊讶地说：“你的搭档真厉害，半个香港地区娱乐圈都被她拉来了，你大张旗鼓地开娱乐公司，多半有人会认为你想把钱漂白。”

韦俊轩刮一下她的鼻子说：“你又胡说八道，我是一个正经的生意人。”

说完，两个人互相眨眨眼，然后同时笑出了声。

家贼难防

白天的影视基地里永远是一片繁忙景象，无论何时都人气不减。当红女星 Bobo 却神态萎靡地坐在一台丰田保姆车的沙发里，她边补妆边疯狂打哈欠。Linda 主动陪在她的旁边，时不时还夸她几句，以此来逗她开心。

这时一个工作人员跑过来：“Bobo 姐，导演说你的戏要调，先上后两场，服装道具也会换。”

Linda 快速挥挥手说：“这事你不要烦 Bobo 姐，去跟她的助手说。”

工作人员等了一会儿，终于看到 Bobo 的助手拎着两大袋东西现身拐角处，连忙跑过去，看了看她手里的服装：“导演说 Bobo 姐的戏换了，你快把服装还回去，换成 A7、A8 两套。”

“你没搞错吧？我辛苦拿过来，又要还回去？”说话之人是吴嘉雯。

Linda 在车里听到嘉雯还嘴，把头伸出窗外大喊道：“赶紧去，不然就滚蛋！”

吴嘉雯只好往回走，就听 Bobo 在车里尖叫：“吵够了吗？给我买杯咖啡！”

Linda 朝嘉雯招手：“Bobo 姐爱喝 Cappuccino，奶泡多一点，别放肉桂，记住了吗？”

吴嘉雯拉长着一张脸没好气地说：“记住了！”

随后 Bobo 又发号施令：“我把化妆袋留现场了，你帮我拿回来。”

吴嘉雯答应一声，拔腿就跑，生怕还会被吩咐别的事。她先跑回库房还衣服，又冲向附近的咖啡店买咖啡，最后赶去拍片现场拿化妆袋。等她赶到拍片现场，看见一个戴黑口罩的人正翻 Bobo 的化妆袋，大声叫：“喂，你干什么？”

那人回头看到吴嘉雯，立刻掉头就跑，他仓皇中衣服被一个桌角勾了一下，露出腰间纹着的一头蝎子。吴嘉雯看他的背影已经消失，只感觉有点熟悉，可又认不出是谁，只好走过去拿起化妆包返回 Bobo 的保姆车。

此时 Linda 早已等在车外，看到吴嘉雯过来，生气地说：“拿个东西也那么慢？”

说完她抢过化妆包，也不拿咖啡，就钻进了车里，“砰”的一声关上车门。

吴嘉雯站在门外，气得七窍生烟。就在这时，她隔着车窗上的防隐私玻璃，隐约看到 Bobo 从包里翻出一袋白色的东西，急急忙忙地吸了下去。

过了一会儿，车门打开，Bobo 精神抖擞地下车，吴嘉雯知道她刚吸了毒。

几分钟后，拍摄现场，Bobo 正和男主角上演拥吻的场景。

吴嘉雯站于摄影机后，看着演员们娇揉造作地做各种动作。忽然，她看到 Bobo 的眼睛越瞪越大，嘴角还有点抽搐，汗珠从额头渗出来。起初她还能尽力控制，终于她发出一声嘶吼，一把抓住男主角直接咬住他的胳膊。

男主角大叫一声，挣脱她的双手，导演瞬间站起来：“卡！你们搞什么？”然而 Bobo 跟失去理智一样，疯狂地向别的人扑去。人们开始尖叫着乱逃，一时间场面混乱至极。

很快便有人报警，半个钟头后，CID 先赶到现场，然后程天等人也开车赶到。程天到达时 CID 的伙计刚问完吴嘉雯，他看到吴嘉雯衣服凌乱，狼狈不堪，又想到自己之前对她太过粗鲁，于是开口道：“怎么了？他们说刚才有人被 Bobo 追着打，不会就是你吧？”

吴嘉雯把衣服整理好，仍然心有余悸：“还好没被她咬到，都怪 Coco 介绍我来当助手。”

程天沉思片刻问道：“CID 怀疑她吸毒，你是她助手，知道什么吗？”

吴嘉雯回想了一下说：“她今天回来就萎靡不振，后来叫我去买咖啡，又叫我帮她拿化妆袋，拿来后我看她好像从袋里拿了东西吸，因为车窗贴了膜，没看清楚。”

程天眉头紧皱道：“她误吸复合型的浴盐，估计是被毒贩耍了。”

吴嘉雯大声叫道：“对了，我去拿化妆袋时，看到有人翻她的东西。”

程天眉头一挑追问：“那人长什么样？”

吴嘉雯摇摇头说：“他戴了帽子和口罩，只看到他腰后有文蝎子。”

程天立刻掏出一个本子记下，笑着说：“你这个信息很重要，多谢你啦。”

吴嘉雯发现自己帮到了程天，也跟着开心起来。她看程天在本子上专注地写东西，意外发现他认真做事的样子很帅，耐不住好奇道：“你休完假了？”

程天还在继续记录，头也不抬地说：“我休什么假？天生劳碌命。”

吴嘉雯本想继续多聊一下，结果 NB 的成员叫程天回去开会，便直接返程。不多时一群警察聚集到 NB 的会议室，古伟聪、程天和别的警员全部到齐，一起讨论当红女星 Bobo 的涉毒案。

程天率先开口说：“医院报告显示，Bobo 吸食的浴盐纯度很低，因为里面有很多杂质，所以才会出事！”

林家豪单手握拳开骂：“这些毒贩真是害人不浅！”

古伟聪也微微点头道：“这事不简单，Bobo 这种高级买家应该有长期固定的毒品渠道，况且毒贩提供这样的毒品，会断了自己的财路，这些家伙应该没那么笨。”

李志忠试探性地问道：“会不会有人故意针对 Bobo？”

程天认为他的猜测不无道理，揉了揉鼻子说：“不排除这个可能，但归根结底还是因为合联社最近过于活跃，还涉足了娱乐圈，才引发出连锁反应。”

林家豪挠着脑袋说：“娱乐圈算福兴堂的地盘，这是要两家社团开战？”

古伟聪拍了拍手说：“好了，会议到此结束，不管如何，你们赶紧去查清楚。”

所有的警员看向古伟聪，整齐地回答道：“Yes，Sir！”

夕照如金，山青似玉。山脚下一条僻静的小路上，停着一辆黑色的宝马车。

一个戴口罩的黑衣人小跑过来，东张西望了一会儿，打开门钻进车中。

黑衣人关好车门，将口罩摘下，却是火鸡。只听他长吐一口气：“我已照您的吩咐，用有杂质的货去掉了包，女明星 Bobo 还躺在急诊室里急救，能不能活看运气了。”

火鸡身旁坐了一个人，此人满头的白发，蓄着山羊胡，正是福兴堂的江叔。

江叔拍拍火鸡的肩膀说：“最好救不活！”

火鸡突然想起一件事来，他很担忧地说：“我换货时貌似被吴嘉雯看到了。”

江叔听了直皱眉，他凶神恶煞地对火鸡道：“吴嘉雯？那我们就把她做掉！”

火鸡听江叔这么一说，打了个寒战，凭空泛起一身鸡皮疙瘩。

第18章

泰国遇险

黄雀在后

天色渐晚，落日西沉，街头巷尾的酒楼餐厅开始变热闹。潮州酒楼的办公室里，基爷正在煮工夫茶。韦俊轩坐在他身边，表面气定神闲，心里却还想着Bobo的浴盐案。

基爷泡好一杯茶，递给韦俊问道："你没发现到饭点了，为何没客人？"

韦俊轩接过茶喝上一口，反问道："怎么回事？"

基爷给自己也斟了一杯："Turbo哥，你砸了自家招牌，害我跟着倒霉。"

韦俊轩听到基爷的责备，开始辩解："基爷，说话要讲证据吧？"

基爷把茶一口喝干，长叹道："反正你尽快搞定此事。"

韦俊轩沉默良久应承道："基爷，这事我会给社团一个交代！"

韦俊轩告别基爷，赶回财务公司的办公室，他先给Linda打了几个电话，结果对方始终不接。韦俊轩把手机扔在一边，开始考虑种种可能，这时吹水和火咀走进来。

吹水十分严肃地说："Turbo哥，我把货都仔细查过了，根本没有问题。"

火咀跟着补充道："送货的小弟也说没问题，而且Linda还当面验过！"

韦俊轩阴沉着脸说："现在有两个可能，不是Linda就是有内鬼。"

吹水似笑非笑地说："大佬，那个Linda对你有意思，应该不会害你。"

韦俊轩望着自己的两个小弟道："如此一来，很有可能是江叔出手了。"

说到这儿，韦俊轩才明白对方动手脚的时机恰到好处，说明对交易的情况相当清楚。他突然想起一个人来，立刻对吹水和火咀说："你们查查火鸡的下落！"

晚上七点半，弥敦道的街上已是华灯璀璨。

街头一家老牌茶餐厅里，吴嘉雯和 Coco 正在吃饭闲聊。

吴嘉雯拿起叉烧包咬了一口：“都怪你，请我吃叉烧包就 OK 了？”

Coco 却笑意满满地说：“Man 姐，你原谅我啦，不然再给你多点两份？”

吴嘉雯又咬了两口包子，冷哼道：“还有那个死程天，居然也不安慰我！”

Coco 特别好奇地追问：“喂，你们不是刚吵过架吗？又和好了？”

吴嘉雯使劲摇摇头说：“这事不能告诉你！”

Coco 轻轻地撇撇嘴，低声骂道：“哼，小气鬼。”

两个人正说说笑笑，一个身穿红色短袖夹克的男人走了过来。

这个男人看到吴嘉雯，故作惊讶地说：“吴嘉雯？”

吴嘉雯抬头看到火鸡，想到之前他绑架吴柏文，脸立刻拉得老长。

火鸡看出来吴嘉雯的敌意，但他有任务在身，仍厚着脸皮说：“好久不见，最近如何呀？”顺势坐到了吴嘉雯身边。

吴嘉雯正要赶他走，又想起或许能从他嘴里套出些消息，凭此帮到程天，于是耐着性子说：“还好，你现在怎么样？”

火鸡叫了一杯咖啡，试探着问：“关于 Bobo 的事，你爆点料来听一下。”

吴嘉雯耸耸肩说：“我只知 Bobo 吸了浴盐，你没听到什么风声吗？”

火鸡很虚伪地假笑着道：“什么风声？我根本不知道。”

这时，店里伙计正好端咖啡过来，结果他不小心脚下一滑，一杯咖啡洒在火鸡身上。

火鸡顿时跳了起来，本能地一掀衣服抓住伙计大叫：“喂，你瞎了吗？”

与此同时，吴嘉雯看到火鸡的腰间有一个蝎子文身。吴嘉雯脑海中灵光一闪，意识到火鸡就是翻 Bobo 手袋的人，赶紧起身说：“我突然想起还有点事，那我就先走啦，你们慢慢吃。”

Coco 一脸惊讶地说：“喂，还有一份叉烧包没上。”

“你帮我打包。”吴嘉雯说完就快步走出茶餐厅。

火鸡发觉吴嘉雯举止古怪，也顾不上跟伙计纠缠，第一时间追了出去。

吴嘉雯跑出茶餐厅后，快步转入一条横巷，掏出手机给程天打电话。

电话铃响了一阵，程天终于接了，吴嘉雯紧张地低声说：“程天，我知道那天是谁动了 Bobo 的手袋。”她刚要说出火鸡的名字，忽然一个人拿着一支电枪猛扑过来，往吴嘉雯腰上一捅，她就被电昏了。

吴嘉雯的手机掉落在地，只听话筒里传来程天的声音：“喂？怎么了？你在哪儿？”

火鸡连忙冲过去，用脚把手机踩碎，又一脚把它踢到墙角的垃圾堆里。

火鸡惊魂未定地左右看看，拽住昏倒的嘉雯，往旁边的停车场拖去。

此时在街边停着的一辆车里，韦俊轩旁观下整个过程。

却说程天见吴嘉雯那边电话断了线，一时间心乱如麻，立刻给 Coco 打电话。三十分钟后，他开着车火急火燎地赶到茶餐厅。

结果只听 Coco 说："Man 姐刚还跟我一起吃东西，然后火鸡来了不久，Man 姐就说有事先走，火鸡也跟着一起走了，后面我等叉烧包打包，别的事就不知道了。"

程天知道大事不妙，正想联系林家豪，突然手机响起，显示为一个陌生号码。

程天接通电话，话筒传出被变声器处理过的神秘声音："想找到那个小妞，你赶紧上车听我的指挥，只能你一个人来。"

程天来不及考虑，发动自己的车子，按照电话提示前行。

Coco 看他来去匆忙，看看桌上两大袋叉烧包，无奈地耸耸肩。

此时，火鸡把车停到一个偏僻的山脚下。这地方四下无人，周围漆黑一片，只有火鸡的车灯格外刺眼。他立马关掉车灯，黑夜仿佛一个盒子把他扣在中间，火鸡一时有点害怕，又把车灯给打开了。

火鸡等了一会儿，确定四下无人，这才推门下车，走到车尾附近。

只听车尾箱传出踢踏声以及呜呜声，车身也随之开始轻晃，显然里面的人在拼命反抗。火鸡一把拉开车尾箱，自动亮起的灯光照在被绑着的吴嘉雯身上。

火鸡对着她叹了口气："阿 Man，你别怪我，因为你知道的太多了！"

火鸡又把车尾箱关上，从裤袋里摸出一根烟点燃，靠着车尾开始抽。

此时，山上稍高一点的树林深处，韦俊轩正用微光望远镜监视着火鸡。

借刀杀人

程天按照神秘人的指使，关闭了车灯，火速朝山脚下开去。

不一会儿，神秘人的电话又打过来："前面的电线杆旁有小路，你直接转过去。"

程天内心疑窦丛生，可还是只能按指令开车。

另外一边的火鸡已连续抽了四五根烟，然后他听到一阵马达声响起，接着车灯一闪，一辆黑色的宝马车开过来，直接停到他的车后。

江叔开门下车，来到火鸡的面前问道："你约我到这干什么？"

火鸡把烟头往地上一丢，用脚踩灭说："我抓到吴嘉雯了！"

黑夜里看不清江叔的脸，只听他质问道："你动手解决就行，叫我来干什么？"

火鸡迟疑了一会儿，小声反问江叔："杀人要坐牢，我能不杀她吗？"

"她必须死，不然你我会倒大霉！"江叔不想跟火鸡瞎扯，他盯着火鸡发问，"你把人藏在何处？赶紧给我看看。"

此刻藏身于树林的韦俊轩，他看到江叔现身后，不禁有点小紧张。

韦俊轩再次拨通程天的手机，低声警告道："你到了没？如果到了就把车停在下面，自己上来救人，这里停有两辆车，千万要带好武器，三分钟内你到不了，就等着给那个女人收尸吧！"

另一边火鸡已经打开车尾箱，江叔瞧了一眼命令道："你负责干掉她！"

火鸡看看灯光里吴嘉雯惊恐的眼神，又看看江叔狰狞的面孔，迟迟不敢动手。

江叔等了一会儿，看火鸡畏畏缩缩，便骂道："你太没用了！"

随后，江叔掏出枪指着吴嘉雯的脑袋："小姑娘，别怪我，是你时运不济！"

吴嘉雯害怕地呜呜乱叫，紧闭上了眼睛。

江叔正要开枪，结果背后有人大喊："警察，不许动！"

千钧一发之际，程天以最快的速度赶到，他还大口大口地喘着粗气。

江叔本能地身子一猫，回头借着车尾灯光看到一个黑影冲上来，抬手就是一枪，结果打到了程天的脚边。程天向前直接一扑加前滚翻，成功藏到江叔的宝马车后。

火鸡听到枪响，双手抱头趴下。江叔啐了他一口，矮身冲车尾摸去。

江叔轻手轻脚地来到车尾，悄悄探了一下头，发现车后连鬼影都没一个，暗叫一声不好，刚要转身时程天就在他身后喝道："江叔，快把枪放下！"

原来在江叔行动时，程天早已反过来绕到他身后。江叔怎肯束手就擒，猛地往旁边一跳，反手就是一枪。程天也果断开枪反击，正中江叔的前胸，把他打得飞起来，"砰"的一声向后倒在地上。

程天举枪走到江叔身边，将他手里的枪踢飞，看到一个黑影正踉踉跄跄地逃窜，大喊一声："站住，不然我开枪了！"

正在开溜的火鸡浑身一抖，双手抱头蹲下，完全不敢反抗。

程天跑到火鸡车的车尾箱，对正呜呜叫的吴嘉雯说："你等我一会儿。"

程天去给火鸡戴上手铐后，又折回来给吴嘉雯松绑，再把她从里头抱出来。

吴嘉雯今夜死里逃生，紧紧抱着程天的肩膀喜极而泣。程天想到她冒险给自己打电话，心中也很感动，双臂轻轻抱住吴嘉雯，轻声安慰：“放心吧，你没事啦。”

树林里的韦俊轩看到这一切，脸上露出满意的微笑。他拔出手机卡，在一块石头上碾碎，转身消失于树林深处。

次日一早，警察局古 Sir 的办公室，程天正向他汇报昨晚的情况。

听完程天的汇报，古伟聪脸上的笑容很明显，他边笑边说：“Good，苏哲江为福兴堂的龙头，他一死福兴自然会元气大伤，不过这事涉及持械绑架，你要跟重案组那边交代清楚。”

程天清楚相关的流程，他点点头说：“Yes，Sir！”

古 Sir 又继续问：“关于你说的那个神秘人，你怎么看？”

程天想了想回答道：“对方的指示非常明确，应该是一直在近距离监视江叔和火鸡，可惜当时是夜里我看不清，已经派人去现场周围搜查了，不过他特意提醒我带武器，应该是想借刀杀人。”

古 Sir 也点头表示赞同，双手合十说：“吴嘉雯认出火鸡跟 Bobo 的浴盐案有关，连带着牵出幕后黑手苏哲江，他们俩要杀人灭口，而神秘人要借刀杀人，显然跟他们有仇。”

程天亦想到了这一点，接茬道：“韦俊轩的嫌疑最大。”

古 Sir 捏着自己的下巴说：“不错，这事非常像他的手法，虽然全是我们的猜测，我想提醒一下你，韦俊轩是一个很聪明的对手，千万要加倍小心，不能感情用事！”

“Yes，Sir！”程天向古伟聪敬礼，转身走出办公室后，他忽然想到如果韦俊轩只想借刀杀人，有在意过吴嘉雯的死活吗？一念至此，他的背脊一阵发凉。

此时的天上居，莫耀强家的大厅内，唱片机正放着轻快的进行曲。曲子放完后 Roy 才打开房门，领着俊轩和泰迪走进来。莫耀强坐于沙发上，身前的茶几上早已摆好几杯红酒。

看到泰迪，莫耀强满脸笑容地捧着一杯红酒站起来，递给他之后说：“Turbo 常常夸你，说你办事果决，我们虽然不是一个堂口，但正所谓英雄不论出处啊！”

泰迪听到莫耀强夸奖自己，连忙接过红酒说：“Dr 先生，您过奖啦，江叔一死福兴堂已不如昔日了。”

莫耀强却哈哈一笑，给韦俊轩投去一个眼神，他自己没接话。

韦俊轩知道莫耀强的心思，对泰迪说："Dr 先生想捧你坐江叔的位子！"

泰迪听到韦俊轩的话，他叹息道："让我上位有点难。"

莫耀强大手一挥笑吟吟地说："放心吧，我有办法帮你坐上去。"

泰迪见莫耀强信心十足的模样，也不忘拱手道："多谢 Dr 先生！"

韦俊轩抬起右手拍拍泰迪的肩膀，大笑着说："泰迪哥，等你当上福兴堂的老大，我们两家社团再也不用拼命了，毕竟都算自家兄弟，有钱一起赚！"

莫耀强特意补充道："你们俩本来就是好兄弟，将来合联社和福兴堂联手，一起做大买卖赚大钱，称霸香港地区的整个毒品市场！"

泰迪听着将红酒一口干了，满面红光地说："以后请 Dr 先生多关照。"

韦俊轩认为莫耀强话里有话，看他脸上信心爆棚的样子，不禁满心狐疑。

泰国遇险

次日一早，程天来到吴嘉雯的家门外，正犹豫着要不要敲门。

忽然，门被打开了，Coco 径直走出来，看到程天站在门口，吓了一跳。然后她脸上露出神秘笑容，故意对房里大喊："Man 姐，你的程 Sir 来了！"接着她看程天一眼，笑眯眯地说，"你自己进去吧，我正好要出门，就不打扰你们啦。"

程天一时有些尴尬，他干笑两声，才慢慢地走入屋内。

随后房里传出吴嘉雯的喊声："程天，你先坐一会儿，我马上出来。"

程天没有答话，先关上了房门，四下打量。自从吴柏文住校后，Coco 常来借宿，房间的风格更像闺房了。过了好一会儿，吴嘉雯打扮完毕从房内走出来。

程天见她有化妆，忍不住问道："怎么？你要出门？"

吴嘉雯先摇了摇头，随后又点了点头。

程天一时搞不清状况，直接从口袋里掏出一个苹果手机，然后解释道："我们一个兄弟在巡逻时找到了你的手机，不过已经粉身碎骨啦，所以我买了个新的给你。"

吴嘉雯连忙接过手机，眼睛一转说："那我要先存你的号码，以后有情报能马上告诉你。"

程天翻了个大白眼说："以后别再乱来了，你原来的通信录我都导进去了。"

吴嘉雯的脸上露出失望之色，又低头想了想说："那我请你吃饭吧。"

程天故意坏笑着调侃道："只是吃饭这么简单？"

吴嘉雯的脸色一红，扮了个鬼脸："大不了再陪你逛街、买东西、看日落咯。"

程天张大眼睛颇为夸张地说："哎呀，这是谁陪谁啊？"

吴嘉雯一把抓住他的衣袖撒娇道："那我不管，你看我都准备好了。"

程天无奈地耸肩说："好啦，我可能前世欠你的，今生要来还债。"

"哼，我以后就是你的债主了！"吴嘉雯看他答应，高兴地笑起来。

此时在莫耀强家的家庭影院里，他与俊轩正看着一部海洛因的纪录片。全片详细讲述泰国罂粟农场的种植方法，还连带有制毒过程。看完纪录片后，莫耀强喝了一口红酒："知道赌百家乐为何都爱买闲呢？"

韦俊轩深谙此道，立刻回答："因为买庄赢了要抽佣，买闲能全赚！"

莫耀强赞许地点点头："对，其实我们本地的毒品市场也分庄跟闲。"

韦俊轩想起之前泰迪讲的故事，脱口而出道："我听说香港地区的毒品是被一个家族所控制，但凡进行交易他们都要抽成，他们就是毒品庄家吧？"

莫耀强轻晃酒杯里的红酒，似笑非笑道："不错，他们归属于陈氏家族，虽然陈家表面上已洗白成合法商人，但其实到了今时今日，无论什么堂口从泰国进货都会被抽佣，这个不成文的规矩，一直是业内的法则。"

莫耀强转头看韦俊轩正在专心听，将杯子里的红酒喝干，继续往下讲："不过规矩也要有变化，现在新一代的百家乐，买庄只有六点赢时才能收一半，赌场都能与时并进，为什么毒品生意不行？所以我认为，如今该打破传统了。"

韦俊轩清楚他又有任务吩咐，忙问道："Dr 先生，你想我怎么做？"

莫耀强拍拍韦俊轩的肩膀："当初我带你和太子去泰国见毒王郑金灿，除了要进货之外，还想谈谈这事，现在你再替我去一趟泰国，会一会郑金灿。"

韦俊轩沉默了一会儿问："我何时出发？"

"今晚！"莫耀强见韦俊轩的脸色不对，他知道对方的想法，再次给俊轩喂了一颗定心丸，"你放心吧，会有人陪你一起，只要此人与你同去，郑金灿一定会见你！"

韦俊轩虽然一头雾水，可只能点头答应，告别莫耀强回家休息。

深夜时分韦俊轩上了一艘船，他走上船头后看到郑颂坤正扶着栏杆看海。

郑颂坤从小就在中国香港地区留学，没人知道他是泰国毒王郑金灿的独子。后来因牵涉泰国黑帮纷争，他便逃入九龙城的唐楼，隐姓埋名于一家文身店打杂，从此销声匿迹。郑金灿曾多次派人到港寻访无果，想不到被莫耀强找了出来。

韦俊轩走到他的身边，拍着其肩膀说："很快就到家了。"

郑颂坤回头看看俊轩，用相当流利的粤语说："我此刻是近乡情怯。"

韦俊轩听他说出如此老气横秋的话，微微一笑劝道："老话常说可怜天下父母心，别顾虑太多东西，你老爸肯定早就盼着你回家了。"

郑颂坤心情稍微好受了些，继续远眺黑雾弥漫的前方。

二人成功偷渡到泰国后，很快与郑金灿的人接上了头。便跟上次一样，由一批武装护卫护送着他俩前往毒王的岛心豪宅，足足用了一个小时才抵达。韦俊轩一下船就远远看到郑金灿身边拥簇着几个仆人，一大群人站于门口痴等，虽然脸色平静，举动却难掩内心的激动。

大公子回家的事，导致整个豪宅都洋溢着喜庆的气氛。为了庆祝此事，郑金灿在竹屋里大摆宴席，一是给儿子接风洗尘，二是向莫耀强和韦俊轩表示感谢。

宴席上，郑金灿向俊轩再三敬酒道："感谢你送他回来，以后有事尽管提。"

韦俊轩也不敢居功，忙笑着说："此事是 Dr 先生的吩咐，我只负责跑腿。"

郑金灿轻轻挥了挥手，淡淡地说："这都无妨，反正这份人情我会还。"

韦俊轩趁着他心情好，认为时机已到，放下筷子道："郑先生，其实 Dr 先生派我前来，除了送令公子回家，还有一件大事，我们合联社想直接跟您做生意，避开陈家的抽佣，十成的佣金大家对半分，Dr 先生让我问问您的意思。"

郑金灿听他说到生意，停下了筷子，过了良久才说："我吃饭时不谈公事，这次如果不是你对我有恩，早把你给扔出去了，反正传统的老规矩不能破，年轻人你别太嚣张了！"

韦俊轩忍不住追问："可您上次为何愿意跟我们做交易？"

郑金灿不悦地瞥他一眼，冷声道："上次因为有人安排，但这次他肯定不知道，看在我儿子的份儿上，我们干了这杯酒，此事我当你没说过。"说完他举起了酒杯。

韦俊轩眼见事情就要功亏一篑，站起来说："郑先生如果不答应，我回去也很难跟 Dr 先生交差，我只希望郑先生考虑一下，这事对我们都大有益处。"

郑金灿把酒杯往桌上一顿，酒洒得满桌都是，站在餐桌周围的几个护卫一起上前，纷纷举枪指向韦俊轩的脑袋。

"敬酒不吃吃罚酒，我这次破例见你，已坏了江湖规矩，你既然回去不好交代，那就别回去了！"郑金灿转头对护卫们下命令，"他也算对我有恩，记住给他留个全尸！"

韦俊轩大吃一惊，只觉眼前一黑，他被一个大袋子兜头罩住，然后几道绳子粗暴地在身上缠了几圈，便被人扛了起来。

老挝毒王

几分钟后，韦俊轩被地扔到一条船上。他奋力挣扎，便吃了几下枪托。随后一个护卫将船划离岸边，另一个护卫在俊轩身上绑了大石头。二人把船开到河中央，俊轩被扔进河中。

韦俊轩发现河水从周边涌来，瞬间将他淹没。他屏住呼吸，开始用力挣扎，可惜也没成功。他再也忍不住，喝了两大口水，河水直接灌到了胃里，最终眼前一黑失去知觉。

不知过了多久，韦俊轩张嘴喷出一道水柱，咳嗽好几声，才缓缓醒来。韦俊轩徐徐睁开眼，发现自己正躺在一艘渔船的甲板上，一个女人正帮他做胸外按摩。

韦俊轩又吐出几口水，意识才恢复。那女人看到他醒来，就停下动作坐到他身边。只见她身材火辣，头发早已湿透，这人居然是 Jessie，韦俊轩顿时很疑惑。

韦俊轩强撑着站起来，渔船周围是茫茫大海。

Jessie 拢拢头发站起来说："我们在回国的路上。"

韦俊轩转头盯着她："你一直在跟踪我？"

Jessie 走到他身边，低声说："别问了，之前我做的事，都是奉命行事。"

韦俊轩露出难以置信的表情，他自嘲地笑了笑："我差点就爱上你了。"

Jessie 愧疚地低下头，抚弄着脖颈上的吊坠，一时无言以对。

夜幕降临，莫耀强家的客厅里灯光璀璨，照在一架钢琴的表面，如同流动的水银。

莫耀强正弹奏着贝多芬的《月光奏鸣曲》，不一会儿 Roy 带着韦俊轩步入房内。

莫耀强直到弹出最后一个音符仍意犹未尽，他停了一会儿，又仔细擦完琴键，才站起来问："俊轩，泰国的事不顺利吗？"

韦俊轩低头答道："郑金灿不愿跟我们合作，我尽力了。"

莫耀强把韦俊轩带到沙发前，示意让他坐下，然后从酒柜拿出一瓶酒和两个酒杯，给自己和韦俊轩各倒了一杯，重回沙发上坐好："果然如此，郑金灿向来做人死板。"

韦俊轩喝了一口酒，忍不住问："Dr 先生，您在医学界很有成就，为何非要卖毒呢？"

莫耀强微笑着说："因为现实世界和精神世界为一体两面，精神上的快感自然必不可少。"

韦俊轩想了想："后面我们怎么办？"

莫耀强喝了一口酒，才回答道："目前的金三角地区，除郑金灿种罂粟外，还有老挝毒王汉沙，我以前跟汉沙联络过，你去泰国时他就回复我了，同意跟我们交易。"

韦俊轩继续追问："我要去老挝一趟吗？"

莫耀强摇头回答道："下次我们直接去交易就行。"

韦俊轩脸上虽然露出喜色，内心却不禁怀疑，难道 Jessie 救自己是他的安排？

韦俊轩的思绪很乱，一口喝光杯中酒，不再胡乱猜测。

周末的白天，天气晴好，利于出行。

莫耀强一大早便让 Roy 通知俊轩穿好正装，一起去参加一个慈善画展。

韦俊轩注意到，这次开车的是司机李东，Roy 坐在副驾驶位。

半小时后，车子停入画廊的专用车位。韦俊轩跟着莫耀强下车，就看见展厅的门侧挂了条长幅，用黑色字体写着陈坚慈善画展，两边还摆有花篮。

此时门口已围满了记者，一个五十岁左右的中年人笑容满面地站在门口，当有一些重要的贵客到来就会上前迎接。这人就是陈坚，Jessie 穿着华贵的礼服站其身后。

韦俊轩看到 Jessie 很吃惊，Jessie 自然也看到了他，她赶紧移开目光。

这时，陈坚看到莫耀强，走过来跟他握手，韦俊轩发现陈坚戴了个玉扳指。

莫耀强也伸出手轻握一下，开口笑道："陈先生，我今天特地来瞻仰你的作品，他是我的助手俊轩，办事很利索。"

韦俊轩很恭敬地冲陈坚说："陈先生好。"

陈坚反复打量俊轩，然后向 Jessie 招手，"我的助手汪紫琪，也帮了我很多。"

Jessie 款款走来，分别跟莫耀强和俊轩握手。

画展将会持续三天，今天为首日，因此很热闹。韦俊轩不懂油画，跟在莫耀强身后学习，一直参观到画廊闭馆才离去。在一台蓝色宾利车上，陈坚跟 Jessie 坐于后排，开始谈画展之事。

陈坚忽然话锋一转道："韦俊轩不错，以后会取代莫耀强。"

Jessie 听他说到俊轩，便岔开话题："您对莫耀强不满意？"

"对，毕竟他想坏我的规矩。"说到这儿，陈坚又把话题转回来，"这次我让你去救人，你没跟他说什么吧？"Jessie 一脸从容地说："什么都没说，全是按照您的吩咐行事。"

陈坚脸上露出满意的笑容，然后对 Jessie 说："好，你办事，我很放心。"

就在这时，陈坚的手机响起，他接通电话，突然暴怒道："什么？"

随后用另一只手掐住 Jessie 的大腿，后者痛到紧闭双目。

·第19章·

兵不厌诈

暗通款曲

随着清晨第一缕阳光点亮狮子山的山顶，整个香港地区顿时苏醒过来。

元朗一家花炮馆的门口，一早就有不少人进进出出。直到中午时分，一辆辆豪车先后到达。每辆车上都会下来一两位衣着华贵的人，由站于门口的黑衣人迎进店内。

等到下午一点多，一辆蓝色宾利停到门口，一个中年人从车上下来。只见他的头发花白，手上戴着一只硕大的玉扳指，来者自然是陈坚。陈坚进了花炮馆的前厅，穿过一条走廊，又进了一个暗门，这才来到会议厅。

只见会议厅里正中间摆了一张普通的木桌，上面放着四瓶极为昂贵的红酒。七八个人围坐于桌前，面前都摆好了酒杯。最当中一个位子空着，摆有一张太师椅。

陈坚看到莫耀强和基爷分主次坐在太师椅旁，犀利的眼神扫了过去。莫耀强自然亦看他一眼，却什么都没做，只是微微一笑。陈坚“哼”了一声，走过去坐到太师椅上，等候在旁的小弟给大家依次倒酒。还没等陈坚开口，莫耀强边摇晃着杯中酒边问：“陈先生一早把我们召集起来开会，是有事要说吗？”

陈坚强压住心中的怒火，沉声说：“各位都是各个堂口的当家人，废话我就不多说了，我阿爷当年统一江湖，拿到泰国的货源。因为不希望有人为了利益而争斗残杀，所以才定下一套规矩。从此社团与社团之间相安无事，大家各做自己的生意，这算中国香港地区毒品市场的传统！”在座的几个人连忙附和称是，自然都懂是陈坚想敲打某些人。

陈坚用食指敲打着桌子说：“现在有人私下找汉沙入货，试图打破规矩！”

各当家人知道他是针对莫耀强，均不敢乱接话。

莫耀强打了个哈哈说：“陈先生误会了，我确实没按规矩办事，但我没破坏规矩，陈先生的家族有海洛因从泰国进口的代理权，可我的货是从别的地方进入，就如现在的水货那样，以后我们的货会按水货海洛因出售，让买家多一个选择。”

陈坚黑着脸厉声质问：“你的货价更低，让别的堂口怎么办？”

莫耀强从容不迫地说：“毒品也算商品，自然分三六九等，我们从老挝拿低价货主要卖给低端买家，不影响别的堂口卖泰国货。往后我们还会继续从泰国进货，按传统的规矩交佣，如果别的堂口想试新货源，可以找合联社谈。”

诸位当家人听了面面相觑，均各怀心思，连出言反对的都没有。

陈坚原本是想发动各堂口打压莫耀强，结果被他反将一军，心中怒火更盛。他抬手使劲一拍桌面道：“俗话说，无规矩不成方圆，莫耀强你钻空子避开传统，我劝你适可而止，如果有人违背传统，影响到我们家族的利益，他一定没好下场！”

莫耀强自然赶紧下这个台阶，他端起面前的红酒杯笑道：“我明白啦，陈先生你真是宽宏大量，您说的话我一定谨记于心，我们大家一起敬陈先生一杯！”

众人听后，纷纷举起酒杯，陈坚则一饮而尽，把杯子往地上一摔离去。不少人见陈坚已走，自然也纷纷离席，最后只剩莫耀强和基爷二人。基爷对莫耀强说：“我们的红酒从智利转运，比以往要慢半个月。”

莫耀强自己倒了一杯酒说：“没事，此事你让 Turbo 去办，别跟他说太多。”

基爷迅速点点头，脸上露出满意之色。

眼看太阳即将西沉，天色临近黄昏，依然有不少人在忙于工作。

程天正坐在吴嘉雯打工的大排档边吃饭边等她收工。

结果等了两个小时，吴嘉雯才换好衣服出来，手中拎着啤酒说：“老板请客。”

程天不禁摇摇头叹息道：“早知你要忙这么久，我就把你的啤酒都买了。”

吴嘉雯听后先嘻嘻一笑，反问程天：“那你怎么没买？”

程天顿时不知如何回答，便岔开话题道：“对了，你怎会在这儿上班？”

吴嘉雯打开啤酒喝了一口说：“像我这种没念过什么书的人能干什么？现在柏文读名校我担心他被同学看不起，我也要多挣点钱，买些名牌衣服、计算机什么的给他。”

程天想了想很谨慎地说：“做临时工不是长久之计，可以的话找份有前途的工作，现在做事都要用计算机和软件，我回头问问我朋友的设计公司收不收学徒吧，你去实习一下也好。”

“真的吗？那这就太好了，如果有人肯教，我一定好好学！”结果她仔细想了想又说，“还是算了，我要努力挣钱，柏文还想读大学，我做什么工作无所谓。”

程天听她这样说，只好继续开解：“既然你说你弟弟很聪明，以后帮他申请一份助学金，学费你不必担心，等柏文大学毕业找到工作，你也无须这么辛苦。”

吴嘉雯听完程天的话，心生甜蜜问道：“你怎么突然这么关心我？”

程天傻愣了片刻，用手挠挠头：“我之前不也是这样？”

吴嘉雯却笑意满面，眨了眨眼睛：“你这样会让我以为你想追我。”

程天尴尬地笑笑，不知如何回答，唯有岔开话题：“喝酒吧你。”

晚风吹来，酒香弥漫。不知何处传来了一首老曲子，悠悠扬扬地飘荡着。

此时，Jessie 身穿一件黑色的高开衩丝质长裙，坐在一家高级酒吧吧台前的高脚凳上喝酒。酒吧大厅里五颜六色的灯光闪烁，俊男靓女来来往往，而她始终是焦点中的焦点，吸引着每一位客人的目光。

不一会儿，韦俊轩走进酒吧，在门口驻足张望片刻，径直朝吧台走来，坐到 Jessie 身边的高脚椅上，开口道：“你好，我要一杯威士忌。”

Jessie 把身前的一瓶红酒推给他：“你不尝尝这瓶酒，智利运来的货。”

韦俊轩不好意思地笑了笑：“我刚看过一批货，你这么快就收到风了？”

Jessie 也跟着淡淡一笑：“莫耀强做的那些事，我们其实都一清二楚，陈坚他特别记仇，反正这事还不算完，总有一天陈坚会让莫耀强付出代价。”

“在我的眼中他们都是一路人。”韦俊轩正说着就开始握住 Jessie 的手，“他们两个算老虎，我们俩算狐狸，老虎现在要开战，狐狸也该暗自筹划了。”

Jessie 任他握着自己的手，转头望向他：“真让人看不透你的心。”

韦俊轩亦把玩着她的手笑道：“你不是也一样？”

半小时后，一间高级酒店的房间里，在灯光的照耀下，Jessie 和韦俊轩拥吻在一起……

兵不厌诈

朝阳初升，红色的朝霞如同海上燃烧的火焰。码头上，韦俊轩倚着一道栏杆远眺这壮观的景象。

过了一会儿，赵盈盈拿着两杯咖啡走过来，她递给韦俊轩一杯：“昨晚你没回家，莫耀强又强迫你做事？”

韦俊轩接过咖啡说：“你就想问这个？你又在我家门外等了一夜？昨天晚上其实是基爷找我去喝酒，虽然我是管事之人但他的辈分高，我怎么也要给他个面子。”

赵盈盈喝了一口咖啡担忧地说：“我们还是早点离开香港地区吧。”

韦俊轩也长叹一口气：“时机还不成熟，等莫耀强跟陈坚开战再说。”

赵盈盈看着他关切地说：“你现在没有豁免权了，违法肯定会坐牢。”

韦俊轩转头对她苦笑了一下：“盈盈，咱俩之间已经完了，我根本配不上你。”

赵盈盈激动地抓住他的手，神色坚定地说：“不，我就要跟你在一起！”

韦俊轩一时也于心不忍，伸手抚摸了一下她的头发。赵盈盈顺势把头依偎在他怀里，欣慰地笑了起来。韦俊轩的眼中，却流露出少许不可捉摸的神情。

中午十二点多，九龙城杂货店内客人不太多，吴嘉雯混在其中挑选零食。突然，有一只手拍了她一下。吴嘉雯惊讶地转过头，发现有名黑色紧身运动装的女孩正笑嘻嘻地盯着她看。女孩那双大眼睛俏皮地眨着，这个女人就是Jessie。

吴嘉雯一时没有认出她来，一脸疑惑地问：“你是？”

Jessie 抓住吴嘉雯的手说：“嘉雯，我是汪紫琪，小时候我们还一起玩儿呢。”

吴嘉雯被她提醒，便惊呼道：“你是舞蹈班的紫琪？多年不见你变靓啦！”

Jessie 亦很开心地说：“你还是一点都没变，我一眼就认出你了！”

吴嘉雯看了看手表，主动提议道：“走，一起去吃东西，我们好好聊聊。”

两个人好友重逢，自然是充满了惊喜跟兴奋。她们先交换了电话，又从杂货店走出来，直接拐进附近的一家餐厅。

此时，程天坐在一台车里，直接停到了韦俊轩家楼下。韦俊轩专门从窗户中往下看了一会儿，发现周围确实没可疑车辆才下楼。他低着头钻进程天的车，程天慢慢发动车子，沿着街向海边疾驰。

“你约我是想自首？”程天边开车边问，“要我带你去警局做笔录？”

韦俊轩不禁笑了起来，单刀直入道：“我这次找你，就想跟你谈个合作。”

程天切地笑了一声，冷嘲热讽道：“Turbo 哥，你还想再玩我一把？”

韦俊轩知道他想套自己的话，刻意避开这个话题说：“阿天，我真没想过要耍你，我只想离开合联社，可莫耀强不让我走，不如我帮你抓了他，最近香港地区来了一批货，你们 NB 也有收到风吧？”

程天听后皱眉反问道：“我凭什么要帮你？”

韦俊轩早就准备好了理由，很从容地说：“因为我们都想抓到莫耀强。”

程天冷笑一声说：“你是想利用我对付他，让你更快上位吧？”

“随便你怎么想，如果错过这次机会，以他的谨慎与狡猾，恐怕永远都抓不到他了，反正我偷听到他提到这么一样东西。”韦俊轩将一个贴纸贴到汽车显示屏上。

程天瞥了一眼，上面是一串字符 CP7323，追问道：“这是什么？密码？”

韦俊轩懒洋洋地打了个哈欠回答道：“具体情况我也不清楚，他不是所有的事都会告诉我，但我怀疑跟这次的交易地点有关，也算我跟你合作前的一点诚意。”

程天沉默好半晌，突然开口问道：“如果这次真的抓住了他，你会重回正途吗？”

程天的话触动了俊轩内心的深处，仍要硬着心肠说：“我没机会回头了。”

程天不再说话，阴沉着脸停车。韦俊轩跳下车子，向渡口匆匆走去。

程天看着他逐步远去的背影，感觉这个昔日的好兄弟既熟悉又陌生。

黑夜，如同一只猫无声无息地到来。

陈坚家的书房内，亮着一个大灯和两盏补光灯，光都集中到中央的画板上。陈坚一手持笔，一手捧墨，正在为一幅水墨画上色。Jessie 则静静地站在他身后，看他在纸上画了一头跃起的羚羊。那羚羊线条有力，活灵活现，仿佛要从纸上跳出来那般。

陈坚一边画一边问：“最近莫耀强又有一批货到香港地区，Turbo 不知道？”

Jessie 面无表情地说：“不知道，莫耀强对他还是有所保留。”

陈坚冷笑连连道：“莫耀强是个老狐狸，我要你跟 Turbo 说的你说了吗？”

Jessie 不住地点头回答：“全按您的吩咐说了。”

陈坚顿时心情大好，放声大笑道：“莫耀强想耍小聪明，找英国人出货，他以为能蒙混过关，其实他走的路别人早已走过，只要我们刻意进行指引，他必死无疑！”

陈坚换了另一支笔，饱蘸浓墨，在羚羊脚下重重勾勒出几道粗线条，只见画面立刻变成羚羊正跳下悬崖的场面。

陈坚把笔放好之后，转身向 Jessie 微微招手，Jessie 便走过来坐到他的大腿上。陈坚抚摸着她的大腿说：“Turbo 没怀疑你的身份？”

Jessie 自然不动声色地说：“动了感情的男人都是白痴。”

陈坚又开始大笑，朝她的腿上重重拍了一巴掌。

同一时刻，莫耀强的奔驰车正沿着高速路飞驰。韦俊轩皱眉望着夜色中的窗外，内心却越来越不安。韦俊轩舔了舔下嘴唇问：“Dr 先生，我们这是去何处？”

莫耀强沉默片刻才回答：“我有点事要离开香港地区，现在我们去机场。”

韦俊轩一时间没缓过神，但还是追问：“要我一起吗？可我没带护照。”

莫耀强果断摇了摇头：“社团事多你要负责处理，此次 Roy 陪我去就行。”

随后，莫耀强又提高声音命令道：“李东，你找个地方停车。”

过了一会儿，车子停到了路边，放下韦俊轩，又匆匆向着黑夜深处狂奔。

人赃并获

早晨十点，阳光正好。

警察局 NB 会议室里，警员们已全部到齐。程天按动了幻灯机的开关，屏幕上显示出几张莫耀强在机场和街道上的照片。程天望向众警问道：“这是我们刚从国际刑警手中获取的照片，照片显示莫耀强已离港一周。可根据线报，他可能会亲自参与近期的一宗毒品交易，大家有什么看法？”

林家豪翻阅着面前的资料说：“情报科查到一群英国毒贩已入境。”

李志忠紧接着分析道：“Turbo 没跟莫耀强走，这次会是他主持交易吗？”

程天捏紧下巴冲志忠说：“你继续盯 Turbo，我提供的密码查清了吗？”

李志忠轻轻摇摇头：“CP7323 不是车牌跟坐标，暂时没查出来。”

程天还是发布新命令道：“编号涉及交易地点，你们多帮志忠查一查。”

深夜时分，韦俊轩在自家床上睡意正深，忽然感到有人在拍自己。

他缓缓睁开双眼，发现房里的灯已经打开，Roy 居然正站在他的床头。

韦俊轩立刻想到，今天就是交易日。他本能地向书桌看去，正好瞧见 Roy 把他的手机没收。Roy 拍了拍韦俊轩的肩膀：“赶紧起来吧，Dr 先生有命令，让我们马上出发。”

Roy 平时说话极少，韦俊轩知道他随身携带的只有命令和子弹，当下不敢迟疑，连忙起来穿好衣服，然后到卫生间里洗了一把脸，这才和 Roy 一起匆匆下楼，钻入莫耀强的奔驰车。奔驰车刚开动不久，停在前一个街口的黑色丰田车亦悄悄跟了上去。

此时警局 NB 的办公室内，所有的警察都忙着破译密码。

李志忠的电话突然响了。他接通电话，听了几句之后便道：“天哥，刚才跟踪队的伙计来电话，Roy 连夜把 Turbo 带走了，他们把人跟丢了。”

程天低头看看自己的手机，却没收到任何信息，他想要编辑短信，突然想到了之前的事故，犹豫了一下，又停了下来，对李志忠说：“让追踪队掉头回去一趟，看看 Turbo 家的卫生间是不是亮着灯。”转头又继续吩咐林家豪：“柴头，赶快联系交通科，看他们能做什么。”

程天吩咐完毕，继续对着密码冥思苦想，不禁想起如果许修平在也许就能破解这个难题了。又联想到莫耀强与修贤公司的关系，立刻拍拍手说：“大家把 CP7323 和修贤科技共同搜索一次，看下有什么结果。”

不到一分钟，李志忠就叫起来：“找到了！修贤科技在元朗有一个货柜，编号是 CB7323，跟密码就差一个字母！”

林家豪喃喃自语道：“CP7323、CB7323 听上去差不多，没这么巧吧？”

这时李志忠的电话又响起来，他一把抓住电话，听了两句，对程天说：“天哥，跟踪队的兄弟说，Turbo 家厕所的灯确实亮着！”

程天知道自己不能犹豫，站起来大声说：“今天就是莫耀强交易的日子，交易地点初步判断为元朗修贤科技货仓附近，柴头通知古 Sir 并联系支援，其余兄弟跟我带上装备立即出发！”

所有的警员一起站起来，大声敬礼说：“Yes，Sir！”

另一边，Roy 驾车并没直奔目的地，而是兜了几个圈子，确定无人追踪后，这才风驰电掣地向元朗开去。韦俊轩坐在后排假寐，心里却疑惑万分，他知道莫耀强向来小心，可没想到竟如此隐秘。他唯独确信一点，自己和 Roy 都不是交易执行人，莫耀强绝对会出现在交易现场。

车子震了一下，开过减速带，进了货柜场。Roy 又转了几个弯，才把车停稳。

韦俊轩睁开眼睛，只见车窗左右都是整齐的货柜，车前不远的地方，一辆黑色的商务车停于路边，两个身穿黑衣的人站在车前。韦俊轩和 Roy 一起推开门下了车，对面商务车内也下来一个身穿格子衬衫的外国人。

此时此刻，忽然一个货场保安拿着手电走过来，看到这么多人聚在一起，用手电晃了晃。一个黑衣人立刻走过去，掏出一把枪指着他。保安吓到把手电一扔，缓缓举起双手。

韦俊轩转头一看，只见身边的货仓上用白漆涂着修贤科技 CB7323，立刻明白这地方就是交易地点，然后发觉自己给了程天一个错误的代码，不由苦笑了一下。

Roy 低声命令道："你去打开货仓的箱子，货就在药下面。"

韦俊轩无奈地走过去打开货仓，果然看到一箱药品下面有一个大皮箱。

他故意开始磨蹭，装作东翻西找，内心却焦虑到了极点。

就在这时，忽然响起一声尖锐的猫叫。众人都被吓了一大跳，纷纷回头看过去，只见昏暗的灯光下，一只黑猫从不远处的一个货柜堆上跳下来，飞快地逃走了。

韦俊轩知道程天已经到了，这才把皮箱提出来。Roy 也没多问，只是向对面穿格子衬衫的外国人挥挥手。便见格子衬衫打了个电话，然后从车里拿出一台电脑，走了过来。

此时程天和 NB 的警员已经就位，刚才的黑猫正是程天扔出去的信号。

李志忠看到交易开始了，却没见莫耀强的身影，低声问程天："莫耀强呢？"

程天揉了揉眼睛说："这么重要的交易，他肯定会到场，继续等等看。"

这时对讲机里传来林家豪的声音："支援组已就位。"

交易场内，韦俊轩已经将皮箱交给格子衬衫，准备开始验货。

格子衬衫验货成功，然后他打开计算机，开始将钱打到莫耀强的账户。

韦俊轩见莫耀强竟还不现身，他转头四下张望，看到 Roy 依旧一言不发地站在原地，知道他跟自己一样，都不过是莫耀强的傀儡。既然如此，莫耀强应该就在附近。韦俊轩仔细地四下寻找，他意外发现刚才闯进交易现场的保安放下了双手，正专心摆弄手机，脑中不由灵光一闪。很快格子衬衫已转账完毕，朝 Roy 竖起大拇指。

韦俊轩知道机不可失，他朝那个保安边跑边喊："Dr 先生，小心有鬼啊！"

那保安浑身一震，抬起头来。程天早已注意韦俊轩的举动，看到他最后目光落到保安身上，瞬间恍然大悟。等到韦俊轩扑上去，保安抬起头来，灯光的照射下，程天认出对方是化过装的莫耀强！

程天立刻对对讲机下令："Action！千万注意保证 Turbo 的安全！"

便听一阵尖锐的警报声响起，警员们从通道两边冲进来："警察，不许动！"

英国人立刻退缩到车后向警察开枪，Roy 飞身扑向莫耀强，想掩护他逃走。

现场顿时枪声大作，整个局面乱成一团。就在这时，韦俊轩一阵翻滚，滚到货仓旁的一辆集装箱卡车下，奋力从货柜场的另一头爬出去，一头钻进漆黑的夜色里。

而眼下的交易现场，莫耀强、Roy、格子衬衫男，还有黑衣人此时都已经举起了双手。因为他们每个人的身上，都有七八个激光瞄准器的光点在轻轻地抖动着。

幕后赢家

次日晨光普照，莫耀强昨夜落网之后，又迎来了崭新的一天。此时在陈坚家的花园里，陈坚跟 Jessie 正听着莫耀强被捕的新闻。等到新闻结束，陈坚一脸得意地说："莫耀强这次别想翻身了！"

Jessie 站在陈坚背后，为他捏着肩膀道："Turbo 这次的表现也不错。"

陈坚随意摸着她的手说："你好像很了解他。"

Jessie 却很调皮地说："要让他替你卖命，不了解他怎么行？"

"想起当年在孤儿院见到你时，你亦毫不起眼，当时比你可爱聪明的孩子太多了，但我偏偏选中你，就证明我的眼光不错。"陈坚再次想起了当年他与紫琪初见的场景。

Jessie 微笑着道："您放心，您对我多年的栽培，我一直都铭记于心。"

陈坚单手抓住她的手，把她慢慢拉到自己的怀中，笑着说："你明白就好。"

正所谓有人欢喜有人愁，程天已经赶到监狱探望许修平。

许修平看到程天便急切地说："我看新闻知道我哥被你们抓了。"

程天没有否认，他收到许修平让狱警传达的消息后，就知道他要说什么。

许修平不等程天回答，难为情地恳求道："洗黑钱我想他肯定干过，但毒品事他应该没参与，我知道警队有纪律，但你能念在我们兄弟多年的情分上能下手轻一点吗？我眼下已经坐监了，如果阿哥再出事，我爸妈估计会崩溃。"

程天见许修平双眼通红，既难过又无奈地说："我只能保证他不会被恶意栽赃，但毒品运输、存放和交易都在你们公司的货仓，他没办法洗脱关系，就算我不出手，财务调查科的伙计也会去抓他，你我只能相信法律自有公证。"

"我当初相信法律，现在还不是照样坐监？你不帮我就当刚才的话没说过，恭喜你这次踩着兄弟的哥哥破了大案。"许修平讲完之后，还不忘大吼一句，"程 Sir，你马上就会高升了！"

随后，许修平转身回监，程天却是苦着脸离开，他决定去找古伟聪谈谈。

正午时分，基爷的潮州酒楼之中，基爷正在等韦俊轩。

不一会儿，韦俊轩匆匆赶到，他见基爷一人坐在沙发上，心事重重的模样。

看到韦俊轩进来，基爷让他坐下，单刀直入地问：“Dr 先生的事你怎么看？”

“我找律师看过，证据齐全还有英国佬的口供，脱罪很难。”韦俊轩摇头道。

基爷斟酌了许久才说：“Dr 先生希望我们把他弄出来！”

韦俊轩瞪大眼睛追问道：“弄出来？去劫狱吗？香港地区历史上从来没有人成功过，我们有本事做到才怪，就算成功了也会惹怒警方，到时我们整个社团都要完蛋！”

基爷突然深深地盯着他：“实不相瞒，我去见过 Dr 先生了，他说是因为你在现场喊他的名字才会出事，还怀疑你把他出卖给了 NB！”

韦俊轩连忙否认道：“当时我发现 NB 在监视我们，我担心他出事，才叫他快走。我也没料到 NB 竟然事先收到风，调了一大批警察，我以为凭我和 Roy 能救他脱离险境。”

基爷听他解释完，挥了挥手：“你的这些解释我不知真假，总之 Dr 先生叫你无论如何都要把他弄出来，他让我提醒你，你还有一份罪证在他的手上，你自己看着办吧！”

韦俊轩听到这儿，暗暗摇摇头，才发现莫耀强虽然聪明绝顶，还是被陈坚玩弄在股掌之中。韦俊轩从酒楼里出来，刚走出两个街口，便听到喇叭声响，转头一看，只见一辆保时捷越野车已悄无声息地开到他身后。车窗玻璃后面，Jessie 正笑着在招手。

韦俊轩亦冲她挥挥手，拉开车门坐到副驾驶位上。

Jessie 边开车边说：“基爷找你？是跟你商量莫耀强的事？”

韦俊轩微微点头回答道：“对，想让我去劫狱，并拿太子之事威逼。”

Jessie 鬼马地眨眨眼说：“陈坚也想用它威胁你，我说我能搞定你。”

韦俊轩还是拉长着一张脸道：“我是被你搞定了，但它会成为我的弱点。”

Jessie 在一个红灯前停下，转头看着他说：“你只要乖乖听话就好。”

韦俊轩不禁苦笑一声说：“明白，毕竟我也没别的选择，陈先生这么神通广大，连莫耀强的司机居然都是他的人，后面就算有人跟我说 Roy 是他安插的人我都信。”

两个人说着说着，已经来到韦俊轩的家楼下。Jessie 刹好车，把两条修长的腿从座位上伸到韦俊轩的怀里。

就在这时，赵盈盈刚拐过墙角，看见车里的情形，手中的两个袋子直接落地……

赵盈盈打车赶到监狱的探监房，许修平惊慌失措地看着赵盈盈哭个不停，想要劝慰，却又不知道说什么好，想了半天才说：“盈盈你别哭了，难道是俊轩出事了？”

怎料赵盈盈听了，越哭越厉害，把许修平急得抓耳挠腮，险些跟着哭出来。

又过了一会儿，赵盈盈才慢慢平复好，用手擦去眼泪。她突然对许修平强笑了一下：“修平，我很感谢你，在这个世上除开爸妈之外，只有你对我最好了，你放心吧我没事。”

许修平不知她心中所想，反而更加担心：“盈盈，有什么事赶紧说啊！”

“修平，我真的没事，现在才明白有些东西强求不来。”赵盈盈站起来凄然一笑，她停了停又补充了一句，“我会再来看你，里面日子不好过，你自己要多保重。”

许修平望着赵盈盈伤心离开的背影，仿佛他的心被挖了一块那样难受。

与此同时，Jessie 带着韦俊轩走进陈坚家的花园，二人早已面色如常。

陈坚看到二人进来，便对 Jessie 说：“桃姐炖了燕窝鸡，你帮我去看看。”

等到 Jessie 走开了，陈坚又亲热地对韦俊轩说：“来，给你介绍一下，这是李东，你已经见过他。”他话音刚落，一个人从旁边走出来，冲韦俊轩微微一笑。

韦俊轩早已知道他的身份，仍假装吃惊地说：“你是莫耀强的司机？！”

陈坚却笑着解释道：“以后我们都是自己人，没他的话你早就死了！”

韦俊轩再次装出惊讶的样子，眉头紧皱道：“您是说……”

“没错，莫耀强再也不能用那把枪威胁你了。”很快陈坚话锋急转，他盯着韦俊轩直截了当地问，“现在你脱离了莫耀强的控制，不如我捧你当合联社的大当家？”

韦俊轩虽然脸上不动声色，可心里早乐开了花，因为他才是幕后最大的赢家。

·第20章·

一诺千金

兄弟决裂

初冬日短，天清气凉，最宜操办晚宴。基爷的潮州酒楼下午就开始张灯结彩，到了夜晚，门前两排灯笼一字排开，将一条街照得如同白昼。

灯光下，一排花牌沿着墙直接堆叠到了两边的巷口，正中最大最贵气的一个，飘带上赫然写着“山哥”的字号，正是陈坚派人送的。六点过后，合联社的众多堂主掌门都穿戴整齐，由正门鱼贯而入。七点整正式开始，包括福兴堂泰迪在内的各堂口老大均全部到齐。

酒楼内堂，韦俊轩西装笔挺，胸口戴着红花，吹水跟火咀站在他身边。

泰迪走过来朝他挤挤眼睛，低声道：“Turbo 哥，你这打扮是要结婚吗？”

韦俊轩冲泰迪一笑，也低声说：“万事俱备，我就差一位新娘了。”

此时以基爷为首的合联社众叔父长辈，正分别跟各路江湖大哥们寒暄，小弟们亦相互打招呼。总之全都喜气洋洋，场面十分热闹。

过了一会儿，基爷端着两杯酒走过来，递给韦俊轩一杯说：“既然这次陈先生推荐你坐 Dr 先生的位，那以后就由你领头带大家干，希望你好好努力，别让人小看我们合联社。”

韦俊轩看他皮笑肉不笑，知道他另有想法，接过酒杯说：“基爷，您放心吧，我当时之所以反对劫狱，是因为此事对社团有害，并非不想帮 Dr 先生，请您多体谅。”

基爷心中不爽，但表面却道：“我明白，陈先生给我讲过。”

两个人说完之后，貌合神离地呷了一口酒。

韦俊轩冷眼看着基爷走开，无意间发现一个酒楼伙计正在偷拍，低声对吹水说：

“吹水，抓住那个人！”

还没等吹水动手，旁边的火咀立功心切，抄起一个烟灰缸就冲上去，大叫一声：“你拍什么呢？”直接抡起烟灰缸打得那伙计满脸是血。

全场的人瞬间安静下来，惊讶地转头看着这边。

韦俊轩皱着眉头大喊：“火咀住手！”

只听堂外一阵纷乱，一群身穿警服的警察冲进来，带队者径直喝道：“全部散开！”他转头看着韦俊轩，“Turbo，你别瞎闹事，我们反黑组盯你们很久了，若敢非法集会闹事，我让这家酒楼关门大吉！”

韦俊轩冷哼一声道：“阿 Sir，我们搞公司年会呀，不算非法集会吧？刚才我们的职员跟这个伙计有点冲突，最多算是斗殴伤人，你不用这么大阵仗吧？”随后他转头对火咀下令，“火咀，你跟阿 Sir 回去讲清楚，千万别太担心，我会安排律师陪你去。”

火咀答应了一声，二话不说直接站出来，一脸无所谓的样子。

众警被韦俊轩的话说得哑口无言，只好带着火咀退出去。

参加宴会的人看到这群警察来时气势汹汹，去时偃旗息鼓，全都放声大笑。

等到警察全都退出去，韦俊轩才转过身举起酒杯，对众人说：“各位兄弟长辈，今晚我们合联社大喜，多谢诸位赏光。以后生意上还请多关照，一杯薄酒不成敬意，我先干为敬！”说完他便一口闷了。

堂内所有的人都同时举杯起立，异口同声地说：“干杯！”

堂外的小弟们也跟着起身附和，一时间整个酒楼热闹到了极点。

韦俊轩的目光扫过全场，嘴角露出淡淡的笑意。

次日中午，韦俊轩在停车场取车时，赵盈盈突然走向他。

韦俊轩还没说话，便听赵盈盈说：“韦俊轩，我这次来是想警告你！”

韦俊轩听到她冰冷的话愣了一下，说：“盈盈，我也是身不由己。”

赵盈盈冷笑着大声咆哮：“你别解释了，三番五次说要离开香港地区，我本以为你是被迫走不掉，可见到你那副乐在其中的嘴脸，我才明白你在骗我，反正我知道那个女人迟早会害死你！”

赵盈盈说完便转身逃开，韦俊轩想叫住她，张了张嘴，终究无法开口。

接下来的一段时间，合联社和福兴堂冰释前嫌。别的堂口慑于莫耀强的前车之鉴，也都安分守己，一时间江湖上风平浪静。

时光飞转，转眼就到了许修平出狱的日子。其间莫耀强已被判决入狱，韦俊轩收到他几次消息都完全不理。

这天下午，韦俊轩刚准备开车去酒吧喝几杯，忽然听到车载收音机播报出一则新闻："今日上午在中环某商厦顶层，一名男子堕楼丧生，死者被证实为上市公司修贤科技的董事长兼 CEO 许修贤。"他愣了一愣，改变主意，发动车子向赤柱开去。

四十分钟后，韦俊轩坐到了赤柱监狱的探监室里，等待良久才看到许修平慢慢走出来。只见他眼神呆滞，犹如行尸走肉那般，立刻明白他已知道哥哥的死讯，也同样替他感到难过。

韦俊轩故作开心地说："修平，你马上就要出狱了，3 月 1 日是个黄道吉日，还利见大人，正好去见你爸妈。"

"俊轩，我哥死了。"许修平突然看向他说道，然后双手掩面痛哭……

3 月 1 日一早，程天穿戴整齐准备出门。

霞姐看看他打趣道："穿这么帅是去见我儿媳妇吗？"

程雅诗也接话道："阿哥，上次你身边的高个子女孩，会是我未来大嫂吗？"

"八卦妹，少胡说八道啊！"程天伸手拍了一下她的脑袋，佯装出发怒的模样，又转头对霞姐，"妈，今日修平出狱，我去接他过来食晚餐。"

霞姐轻轻地点点头说："修平被冤枉坐监，他哥眼下又出事，我们是该多关心关心他，我早就知道今日修平出狱，昨天提前去买了菜，等阵我多煲些鸡爪汤给他喝。"

霞姐说完又想了想，追问道："雅诗说的那个女孩是怎么回事？"

"别听她乱讲，我出去了。"程天说完抓起桌上的车钥匙跑出家门。

程天开车先去买了一些新鲜的水果，然后以最快的速度开到监狱。

程天刚到门口发现有台奔驰车停在那儿，韦俊轩正倚靠车门站着。

程天把车开到与他并排，也下了车。两个人相视一眼，默默无言。

过了一会儿，监狱大门打开，许修平抱着一个袋子走出来。

程天连忙迎了过去，许修平抬头看看他，眼神空洞无物。

程天伸手去接他怀里的袋子，微笑着说："修平，我们回家吧。"

许修平突然把袋子一丢，狠狠一拳打到程天脸上，嘶声大吼道："你答应过替我照顾家人，却逼死了我大哥，你还有脸来见我？”随后，他提起地上的袋子，向韦俊轩走去。

一诺千金

许修平出狱后的几天，韦俊轩一直在关心他的状况，结果不断传来坏消息。许修贤坠楼死后，修贤科技因资产冻结导致负债危机，濒临破产。许父因此中风，家中的大嫂又闹着分家产，整个许家风雨飘摇，似乎就快垮了。重压之下，许修平一夜之间仿佛老了很多。

这天韦俊轩在财务公司查账，忽然火咀走进来，给他一张申请表：“Turbo 哥，这个我想先给您看一下。”

韦俊轩扫了一眼，发现是一张借款申请，借贷金额为两千万港币，借款人是许修平，连忙说：“你让他进来。”

许修平跟火咀走进总经理办公室，结果却见到了韦俊轩，不由为之一愣。

韦俊轩示意火咀出去，然后对许修平说：“修平，你先坐。”

修平坐在一旁的沙发上，韦俊轩也起身坐到他身旁。

许修平看了看周围的环境：“想不到你是这家财务公司的老板。”

韦俊轩语重心长地劝道：“修平，我知道你现在需要很多钱。但借高利贷光利息都会活活把你给拖死，你目前有没有别的办法？或者我拿些社团的货款帮你救急？”

许修平叹息着摇摇头：“根本借不到钱，而且我不能连累你。”

韦俊轩转念一想继续问：“还有什么款项没收回吗？”

许修平苦笑了一下，说：“有一笔，莫耀强之前拿了公司两千万的现金采购仪器，这笔钱我想应该还存在，但他会还吗？”

韦俊轩捏着下巴道：“若是现金的话钱应该还在，我去帮你找找看。”

许修平惊讶地看着他：“你别乱来啊！”

韦俊轩拿起桌上的车钥匙，自信满满地说：“你先回去吧，我有办法搞定。”

许修平只好点点头跟许修平走出公司，到地下停车场就各自分别了。

韦俊轩发动自己的车子赶往壁屋的监狱。

一个钟头后，韦俊轩现身探监室，莫耀强则徐徐从另外一边走出来。

许久不见，韦俊轩看他身穿囚服，头发胡须有些凌乱，全然没有昔日的学者风范，揉了揉鼻子说："Dr 先生，好久不见。"

莫耀强哼了一声骂道："你个忘恩负义的东西，找我有什么事？"

韦俊轩纠结片刻才开口说："Dr 先生，我来是因为我朋友的哥哥许修贤死前放了两千万现金在你手里，你能把这笔钱还给他的家人吗？他们眼下很需要这笔钱。"

"你别觉得陈坚可靠，他老奸巨猾，早晚会让你死无葬身之地，至于那笔钱你想拿回去，就先帮我离开这儿！"很快莫耀强就不搭理韦俊轩，起身回了监仓。

韦俊轩从监狱里出来，一时间胸闷气郁，便给 Jessie 打了个电话。

旺角一家五星级酒店的房间里，窗帘紧闭，昏黄暧昧的壁灯照在韦俊轩的脸上，他枕着双手难以入睡。一条白皙的手臂伸过来，紧紧搂住他的脖子，接着 Jessie 披散着头发爬上他的胸膛，说："还在想许修平的事？"

韦俊轩把手放下来，爱抚着她光滑的身体："我在想怎么救莫耀强。"

Jessie 像猫一样俯身舔了一下他的耳朵："其实你不该帮他。第一，你帮他等于影响陈先生的部署，很多人会受牵连；第二，如果你真帮了他，莫耀强绝对不会放过你；第三，这事太危险了，你可能会有生命危险！"

韦俊轩双手抱住她的后背，一个翻身把她压在身下："哪条对你更重要？"

天色渐暗，大排档渐渐热闹起来，食客亦逐步变多。

吴嘉雯身穿啤酒妹的制服，一边推销啤酒，一边等程天下班过来。

这时一辆保时捷越野车开过来，停在了路边。一个身穿高档套装的女人下车，远远看到在卖啤酒的吴嘉雯，大步走了过去。同时吴嘉雯也注意到了这个女人，等她走到近前，吴嘉雯才认出此女为 Jessie。

Jessie 也认出了吴嘉雯，两个人异口同声地问："怎么是你？"

几分钟后，吴嘉雯换好衣服跟 Jessie 找了一张桌子坐下。

吴嘉雯不好意思地说："多谢你，你把酒买完时，老板都吓坏了。"

Jessie 微笑着端起酒杯说："好让你早点收工呀。"

吴嘉雯也端起酒杯，惊讶地说："你要开车还喝酒？"

Jessie 跟她碰了一下杯，一饮而尽道："你穿制服我差点没认出来。"

吴嘉雯也喝了口酒，说："你跟女强人那样开着豪车，我也没认出你来。"

Jessie 笑着继续道："主要是公司在附近拍片，我过来喝个啤酒就走。"

两个人说说笑笑，喝了好几瓶酒，吴嘉雯顿时想起程天要来。

吴嘉雯忽然惊慌起来，她对 Jessie 说：“等下有个朋友来，可能会说你。”

Jessie 则借着酒意说：“谁这么无聊，就跟……”

说话间，Jessie 忽然想到她跟韦俊轩初见的情形，忍不住笑出声来。

吴嘉雯四下里看看，一脸疑惑地自言自语道：“怎么还没来？”

Jessie 见她焦虑的样子，又调侃道：“这个朋友不一般，能介绍给我认识？”

吴嘉雯脸上一红，连忙狡辩说：“只是普通朋友啦。”

此刻，大排档附近的一个拐角后面，程天正紧皱着双眉盯住她们。

另一边，韦俊轩跟 Jessie 分开后立刻赶回合联社的酒吧，并叫吹水来办公室开会。这个时候，韦俊轩和吹水正站于办公桌前，桌上摆了一张中国香港地区地图。

吹水望了望韦俊轩道：“Turbo 哥，我已经联络好南亚帮的阿星，他说人手、枪支都没问题，而且路线也打听好了。他还保证说，既然收了我们的钱，万一出事会把事揽上身，绝不牵连我们！”

韦俊轩皱眉听他讲完，随口敷衍了一声。他知道劫狱事大，搞不好就玩火自焚，他要走一步险棋。若不成就帮不了修平，而修平还得因他坐牢。

吹水还在说：“这事可以安排我们的兄弟做呀，我们堂口又不是没人。”

就在这时，韦俊轩的手机突然响起。他低头看看号码，脸色阴沉不少。

韦俊轩赶到陈坚家时，陈坚、Jessie、李东都在客厅。

陈坚一见韦俊轩就问：“我听说你想救莫耀强？”

韦俊轩心里一动，又不敢看 Jessie，主动低下头，算是默认。

陈坚不动声色地说：“本来这是你们社团内部的问题，我不该插手，但在香港地区劫犯可不是小事，你冒这么大的风险去救他，也算对他有情有义，我很欣赏！”

韦俊轩听出他话里有话，不敢隐瞒，于是说：“莫耀强不肯还我朋友的一笔钱，我朋友走投无路，我只好放手赌一把。”

陈坚转着手上的玉扳指：“欠债还钱，天经地义，这事我帮你解决。”

韦俊轩听后喜忧并存，还是要笑着道：“多谢陈先生！”

交易失败

春日清晨，凉风微香，不少白领已经在挤地铁去上班了，韦俊轩才刚醒来。

他收到了 Jessie 的短讯："看新闻。"

韦俊轩打开手机新闻，翻看今日消息，只见粗体大字写着："涉毒生物科技行业精英、前香港地区杰出人物莫耀强于狱中与人斗殴致死。"他心里一惊，再往下翻，又看到一条："知名上市企业修贤科技获巨额援助起死回生！"

游艇俱乐部的船上，韦俊轩和 Jessie 并肩而立。

Jessie 拢了一下头发："你看新闻了？许修平之事他帮你搞定了。"

韦俊轩看看她追问道："我上次准备劫犯之事，也是你告诉陈坚的吗？"

Jessie 先点点头，又摇了摇头："我什么都没说，李东才是告密者。"

韦俊轩皱着眉头继续说："莫耀强是被陈坚找人去狱中灭口的？"

Jessie 深吸一口气对俊轩说："不该问的别问，反正结局皆大欢喜。"

韦俊轩笑了笑补充道："明白，看样子我还要去感谢他。"

Jessie 极为担忧地说："我知道你心中不服，但现在不能跟陈坚硬拼！"

韦俊轩迅速拉住她的手："你放心吧，我都明白。"

Jessie 看了他一会儿，再次反问道："你真的明白？"

韦俊轩重新拿起她的手，放到自己的胸口处。

不远处的岸上，李东靠着一个石墩，正拿望远镜监视着二人。

此时警察局 NB 程天办公室内，程天和赵盈盈围坐在一起。

程天轻咳一声提议道："休息够了？有没有想过回来帮忙？"

赵盈盈则一脸意外地反问："我都辞职了，还能回来吗？"

程天一笑解释道："我跟古 Sir 讨论过，虽然上面批了你那封辞职信，但你有很多假期，所以你算休假并非正式离职，虽然可能会被上面批评你几句。"

看赵盈盈沉吟不语，程天又继续说："最近我们正缺人手，回来帮我吧。"

赵盈盈小心翼翼地问："阿天，我这么又走又回，会不会太任性了？"

程天摆了摆手调侃了一句："放心吧，毕竟你是我们公认的警花。"

赵盈盈仍然很谨慎地说："那我争取提前适应一下。"

隔天一大早，程天把所有警员召集到会议室。当赵盈盈也一身制服走进来时，林家豪和李志忠带头鼓掌。程天拍了拍手，面向众警说："盈盈归队，她我就不多介绍了。"

警员们则纷纷恭喜赵盈盈归队，会议室内瞬间喜气洋洋。

程天抬手示意大家安静，他开口道："我们先分析案子，给盈盈拉进度。"

李志忠迅速打开幻灯机，屏幕上出现一对年轻夫妇在街头购物的照片。

李志忠一边播放，一边说："这两个人是老挝毒王汉沙的儿子仲英夫妇。他们最近到了中国香港地区，名义上是旅游购物，但 Turbo 身边的两个帮手吹水和火咀一直陪伴左右，Turbo 也开始跟他接触！"

"仲英的爸爸虽然是一代毒王，但汉沙从不让他儿子碰毒品生意，这次他来中国香港地区跟 Turbo 接触，应该会进行交易！"程天望着那张照片，边讲边留意赵盈盈的表情。

赵盈盈面无表情地说："眼下流行子承父业，估计是想铺路吧。"

程天想了想道出自己的看法："如今中国香港地区的毒品绝大部分来自泰国，老挝毒王的行为可能会给毒品市场带来巨大影响，大家不能掉以轻心，一定要时刻盯紧了！"

所有的警员一起敬礼道："Yes，Sir！"

正午十一点半，合联社的制毒工厂里，韦俊轩正带着仲英参观冰毒生产线。

仲英一脸欣羡地望着一包包雪白的毒品从传送带上转下来，他露出满意的笑容道："我们也试过制冰毒，但效果并不理想，还是你们厉害呀！"

韦俊轩即刻接话道："我们都想赚钱，用冰毒换你们的海洛因，怎么换我们可以再商量。"

"这个提议很不错。"仲英随手拿起一包毒品，仔细打量着。

韦俊轩知道他的想法笑道："这包你拿回去，就当送的样品好了。"

仲英却把毒品放回去，笑了笑说："不必，行走江湖，自然要懂规矩。"

两个人对视一眼，同时笑了起来。

接下来的几天，韦俊轩带着仲英四处游玩购物，NB 紧逼监视却始终徒劳无功。

五天后的一个上午，程天突然走进古 Sir 的办公室："有消息了，Turbo 今晚会在码头出一批冰毒，我打算多带些伙计去抓人！"

古 Sir 抬头看了一眼程天，反问道："可靠吗？"

程天很果断地点头说："是 Turbo 的心腹所说，可信度很高！"

古 Sir 转念一想又下令道："我再调几个组进行支援，你千万别失手！"

程天当即立正敬礼，然后大声说："Yes，Sir！"

深夜的海水如一头漆黑的怪兽，无声地啃噬着码头。程天带了几组警员提前埋伏于码头周围。过了一会儿，一辆银灰色小货车远远地开过来，停到一处杂物旁边。

接着从车上下来两个人，正是吹水跟火咀。程天用微光望远镜看到二人先四下看了一会儿，吹水拿出手机打电话，然后指挥火咀从车上提出一个皮箱，藏到杂物的后面。

许久之后，一辆黑色轿车停到货车旁边。从车上又下来两个人，其中一个提着皮箱，另一个则不停地打电话，很显然韦俊轩和仲英都在使用电话遥控交易。

程天正聚精会神地观察，忽然听到一阵螺旋桨的响声，只见一架无人机飞了过来，停到他们的头顶，盘旋了一会儿，立刻飞走了。与此同时，位于交易现场的四个人拔腿便跑。

程天愣了一下，意识到这架无人机有鬼，他冲对讲机喊："马上抓人！"

众警立刻跑到码头边上，结果早就没了人影，只剩两辆车跟两箱毒品。

返回的路上，李志忠怒骂道："Turbo 太狡猾了，今晚又白忙一场！"

林家豪接过话茬说："没办法，这家伙也当过警察，自然比较狡猾！"

赵盈盈给大家打气："虽然我们没抓到人，但至少把毒品给缴了。"

程天也点了点头鼓劲儿道："对，反正抓到这群毒贩是迟早的事！"

赵盈盈侧过脸看着窗外的夜色，忽然萌发出一种找回自我的轻松感。

清除卧底

绵软的音乐混杂着洗发水的香甜在房里弥漫。韦俊轩刚刚穿好衣服，Jessie 则在浴室里冲凉。

韦俊轩一边傻笑，一边环视着房间：被子和枕头都掉在地上，桌子斜着，椅子翻倒，就连电视机都歪了，Jessie 的衣服则散布各处，忍不住说了一句："简直是罪案现场！"

Jessie 正好关上淋浴出来。她头发束着，用一块浴巾裹着身体，裸露在外的身体因为淋了热水而呈现出一种诱人的粉红色，更显性感娇嫩。她倚着门框说："你还说，每次你都像土匪那样。"

韦俊轩哈哈一笑："陈坚有没有怀疑你？"

Jessie 走过来，用手搂住他的脖颈："你应该问他有没有信过我，安排李东监视我们。"

韦俊轩用嘴唇在她脸颊上蹭了一下："你觉得我们在玩火？"

Jessie 笑着说："对，因为太平淡的人生没意思。"

韦俊轩亦补充道："我也一样。"

Jessie 轻轻把他推远，看着他的眼睛说："今天话很少，你有心事？"

韦俊轩放开 Jessie，在床头坐下来，若有所思地说："我跟汉沙的儿子仲英交易时很小心了，但还被 NB 盯上了，肯定是提前收到线报，而且此次 NB 的人大张旗鼓，显然对线报很有信心。"

Jessie 点头说道："你们社团有内鬼，可能还不止一个！"

韦俊轩转头看着她："你来帮我。"

一星期后，最佳娱乐公司总裁办公室里，Jessie 将一本资料放到韦俊轩面前。

Jessie 倚在韦俊轩身边，边翻开资料给他看边解释："这几天，我接触了你们社团跟你关系比较密切的三十七个人，整理出了这份资料，应该能帮到你。"

韦俊轩惊喜地揽住她的腰，说："这么厉害？难怪陈坚那么器重你！"

"少花言巧语。"Jessie 继续翻开资料，指着一张照片说，"你看这个黑鬼谦，五年前加入合联社，老爸因为贩毒，所以他做不了警察；你再看这个，大头标，曾经犯强奸罪，而且是强奸女警，坐了四年，警队肯定不会找他当卧底！"

韦俊轩看她将每一个人的背景都调查清楚了，解释又简明扼要，忍不住连连点头。

Jessie 一口气说了二十多个不是卧底的成员，突然指着一个人说："他的嫌疑最大。"

韦俊轩看到她指的名字，喃喃自语道："原来是他！"

傍晚时分，天色昏沉。

韦俊轩开车载着吹水、火咀和几名小弟在一条小路上飞驰。

吹水看看窗外景色荒凉，疑惑地问："Turbo 哥，今天不是去飞鹅岭提货吗？"

韦俊轩把车刹停在了路边喝道："全部下车。"

几个人陆续下了车，吹水东张西望，这里是山脚下一处偏僻的空地，附近既没车辆也没库房，又再次问道："Turbo 哥，我们来这干什么？"

韦俊轩突然掏出手枪指着他的太阳穴，冷冷地说："你怕什么？因为你是卧底？"

吹水吓了一跳否认道："Turbo 哥，我不是卧底呀，你别吓我啊！"

韦俊轩厉声说："我一直很奇怪，每次都被 NB 的人发现，想不到你是卧底！"

吹水看韦俊轩声色俱厉，吓到他跪在地上，边哭边说：“Turbo 哥，你入社团那么久我一直跟着你，我做什么你都知道，我真的不是卧底呀！”

韦俊轩不再看他，把手枪递给火咀命令道：“我最恨二五仔，替我杀了他！”

火咀手里握着枪，迟疑地说：“Turbo 哥，吹水对你很忠心，不可能是卧底吧？”

韦俊轩生气地说：“为什么你都要跟我作对？杀了他之后，你坐吹水的位置！”

火咀听他威逼利诱，却始终犹豫。

韦俊轩叹了口气说：“火咀，你犹豫就露馅了，因为你才是真正的卧底！”

火咀整个人为之一愣矢口否认道：“Turbo 哥，你误会我了！”

还没等他说完，韦俊轩打断了他：“我说去飞鹅岭提货，我们这些人只有你动过手机。”

火咀知道露馅了，举枪就要指向韦俊轩。突然，吹水从地上一跃而起，拦腰抱住火咀把他拖倒在地，然后用膝盖顶住他的后背，从他手里夺下枪交给韦俊轩，又伸手在他兜里翻了翻，找出一个老式的手机。

韦俊轩从吹水手里拿过手机，打开屏幕一看，只见已拨电话里有一个叫“捡破烂”的家伙：“要不要我重拨一下。看看接电话的是程 Sir，还是林 Sir？”

“火咀，刚开始 Turbo 哥跟我说时我还不信，没想到果然是你这个二五仔！”很快吹水立马飞起一脚重重踢在火咀的背上，然后咬牙切齿地说，“Turbo 哥，让我做了他！”

韦俊轩却拦住了他：“不，留着他还有用！”

一小时后，警察局 NB 的会议室，全体警员在做行动前动员。

此时屏幕上正显示着一张地图，上面用红圈圈出了主要的坐标，并注明了信息。

程天对整装待发的警员们说：“根据线报，今晚 Turbo 和合联社几个主要人物将到这个仓库清点毒品，大家打起精神来，争取抓到他，对方可能会携带武器，大家要注意安全，开始清点装备，五分钟后出发！”

所有的警员一起说：“Yes，Sir！”

五分钟后，警员们分乘一辆指挥车和两辆战斗车开出警局，风驰电掣地向目标地驶去。

程天带队来到合联社货仓外后，分派各组分别执行冲锋、断后、包抄任务。

全体警员振作精神，各就各位，向货仓逼近。

此时程天看到货仓里虽然亮着灯，窗口却没人影，知道情况不对，立刻下令破门。

随着一声巨响，爆炸物把大门炸开。程天和赵盈盈带着负责冲锋的警员们各持枪械从正门冲进去，林家豪、李志忠也从后门攻入。等众警看清货仓里的情况，全都被震了个目瞪口呆。

只见空空如也的仓库中，围坐着五六个被打得鼻青脸肿的人。

这些人手脚被绑，只穿着一条短裤，在凉夜里冻得瑟瑟发抖。

程天一眼就认出来，这些人中间的那个是火咀。

林家豪愣了半天才开口问道："这些都是什么人？"

程天轻轻摇了摇头，心中默默回答："他们都是没身份的人。"

·第21章·

铤而走险

暗网暗战

韦俊轩成功清除卧底后，毒贩与警方的暗战引起全港热议。

警方展开了高调的猎鹰行动，对各区的娱乐场所进行全面打击。

基爷的潮州酒楼里，陈坚、韦俊轩、基爷、李东以及各堂口的当家围坐在一张圆桌边，人人默默无语。

基爷拿起一杯茶，愁眉紧锁地抱怨道："Turbo 捅了马蜂窝，我们也跟着遭殃，警方连我这个酒楼都不放过，每天来查一次，搞到完全没人敢来消费。"

看到基爷发话，Lee 哥也附和道："现在天天被警察扫场，收入大跌啊！"

"我理解大家的心情，不过 Turbo 清除内鬼并没错，今天我叫大家来，就是要给大家介绍一个年轻人的玩意。"陈坚冲韦俊轩点了点头，"Turbo，你负责详细讲讲。"

韦俊轩扭了扭脖子说："传统的方法是现场交易，然后带回场子里分销。但国外则开始流行通过暗网散货。"

基爷、Lee 哥以及年龄较大的当家人均面露不解之色。

韦俊轩继续解释："暗网是特殊加密的网站，与澳门地区的博彩网站一样，我们给买家一个账号，他可以登上去进货，这样整个交易都不用见面，身份也高度保密，我们坐在马桶上都能把货卖去美国，如此一来警方根本查不到我们。"

众人听韦俊轩这么一解释，顿时都兴趣大增。

"我一直想把暗网引入本地市场，如果大家同意，就交给 Turbo 负责，成功之后别的社团再加入。"陈坚趁热打铁望向俊轩说，"我给你一个月时间搞，你有没有信心？"

韦俊轩想了想道："此事我准备了一部分，但因缺少专家，所以有点慢。"

基爷则淡淡地说："这事你要想办法解决，毕竟现在你是当家人。"

陈坚打圆场道："Turbo，你尽管放手去做，我们先干一杯，预祝你成功！"

众人同时站起来干杯，个个兴高采烈，唯独韦俊轩眉头紧锁忧愁万千。

夜深人静时，韦俊轩敲了敲许修平家的房门。许修平打开门后，本能地往外面张望了一下。

韦俊轩苦笑着说："你放松点，我没当 UC，你也不是警察了。"

韦俊轩看到许修平的电脑开着，旁边放了一个杯面，地上的垃圾箱里，全是廉价食品的包装。

许修平注意到他的目光，叹息道："没办法，虽然公司不用关门，但董事会不同意我进公司，我又有案底找不到工作，现在只能打零工，各方面节省一点。"

韦俊轩想了想说："你来帮我吧，我缺计算机方面的专家。"

许修平愣了一下，摇头拒绝道："我不想当黑社会。"

韦俊轩自嘲一笑道："修平，其实我也想脱离黑社会，所以准备把生意转型，慢慢调整成正经生意，我现在开了一家娱乐公司，正缺一个可靠的人帮我管。"

许修平迟疑了半天，依然答道："我考虑一下先。"

韦俊轩也不想强迫他，又再生一计说："你先去我公司上班，就当是实习期，让你亲眼看看，如果你认为不好随时可以走人，我按照兼职的工资跟你算。"

许修平听他这么说，只好点头答应。

进入最佳娱乐公司后，许修平很快适应了公司的计算机工作。他留心观察许久，发现这家公司果然只承接一些演艺方面的业务，之前的担心也随之消失了。

某天一早，许修平要开车去上班，突然程天从车后转出来拦住："修平，最近你在韦俊轩公司上班？"

许修平自从动手打过程天后一直对他有些愧疚，此时见到他问起，便老实回答："不错，我现在走投无路，而且我仔细观察过，他的公司没问题，俊轩说他以后会慢慢转型，最终退出黑社会。"

程天摇摇头劝告道："修平，俊轩确实讲情义，我也知道他不会害你，但他泥足深陷，做事都身不由己，他现在帮你，可能是想利用你，不信我们赌一把，如果我赢了，我希望你能抽身，由此保全自己。"

许修平疑惑地问："怎么赌？"

此时，在陈坚家的花园里，陈坚正描摹一株桃花，Jessie 把俊轩领了进来。

陈坚边为桃花着色边说：“希望你是来跟我说暗网工程很顺利。”

“陈先生，暗网工程很慢，我想找个人来帮忙。”韦俊轩如实答道。

“你指的是许修平？他以前可是个警察，怕不好控制吧。”陈坚冷笑着说。

韦俊轩信心十足地保证：“我自有办法。”

陈坚手上的笔一刻不停，说：“此事全权由你负责，别出岔子就好。”

韦俊轩答应一声，斜眼瞥了一下 Jessie，发现 Jessie 也向他投来一瞥。

二人眉来眼去，全被站在一旁的李东看个清楚。

转眼夜幕降临，晚饭时间已过。最佳娱乐公司里，许修平吃着泡面在加班。

韦俊轩提着外卖推门进来：“修平，我给你买了叉烧包和蒸凤爪。”

许修平一边工作一边说：“这么好？你又接了什么活？”

韦俊轩把外卖放好之后，笑了笑道：“对，下周有个美国明星要来，他要我先到他的私人网站上去预约，他那个网站要很多验证，我根本看不懂，只好请你帮我啦。”

许修平白了俊轩一眼：“就知道你无事献殷勤，赶紧把网站给我。”

韦俊轩把网址和账号密码发给修平，修平打开一看问道：“怎么是暗网？”

韦俊轩装傻充愣道：“暗网是什么？你快帮我搞好啦，不然公司要赔钱。”

许修平摇了摇头，登录了网站，看到有一封固定格式的邀请信，便点了发送。等到页面显示发送成功。韦俊轩收起笑容，对许修平说：“修平，我跟你说个事你别怪我，陈坚让我在一个月内搞出贩毒的暗网，刚才你做的是一次毒品交易，你也因此成了我们的一员，希望你能理解我的苦衷。”

韦俊轩说完，默默等待着许修平发火，想不到修平只是嘴角抽动几下，又沉默了一会儿，长叹一口气：“事到如今，怪你也没用了，我们是好兄弟，这事我会帮你。”

东窗事发

NB 会议室内聚集着一帮警员，准备开始新的行动部署。

程天坐在最前排的桌上皱眉道：“根据情报科的资料，本月香港地区的毒品市场表面平静，韦俊轩的毒品生意却越做越大，出货量还多了一成，连各区市场的占有率也多了三成。”

李志忠捏着下巴道：“韦俊轩肯定用了别的渠道！”

赵盈盈补充道：“根据数据显示，泰国那边出了不少货。”

林家豪双手抱头道：“毒贩太狡猾了，很难当场人赃俱获。”

程天轻咳一声说：“美国警方发来消息，他们截获了一批从看国香港地区发出的毒邮件，还证实邮件是暗网发起的毒品交易，我怀疑与合联社有关。”

李志忠一拍脑袋道：“难怪我听人说毒品市价变低了！”

林家豪自言自语道：“暗网很复杂，韦俊轩找谁帮忙运营呢？”

程天首先想到修平正帮韦俊轩做事，内心已暗自思量。

正午，警局楼下茶餐厅里，程天边看餐牌边等吴嘉雯。

过了好久，吴嘉雯才赶到，她坐下就说：“抱歉，西贡堵车。”

程天一脸好奇地问：“你去西贡干什么？”

吴嘉雯翻着餐牌：“昨晚我家天花板漏水，半夜去 Jessie 家了。”

程天听到这话，他忙追问道：“她是你朋友？”

吴嘉雯很高兴地说：“十几年没见了，是儿时舞蹈班里的好朋友。”

程天越听越心惊，装作不经意地问：“她的职业是？”

吴嘉雯很骄傲地说：“当导演，经常拍广告片，还开跑车。”

程天能确定这个 Jessie 是陈坚的副手，他沉默片刻道：“她没提过她跟俊轩的关系很好吗？你搬来跟我住吧！”

吴嘉雯惊讶地说：“她没提过呀，但韦俊轩开了家演艺公司，她又是一个导演，互相认识也很正常，我等天花板修好就搬回去。”

程天看劝不动她，又不能跟她明说，唯有叮嘱道：“我的身份要保密。”

吴嘉雯“哼”了一声说：“我懂，反正你别瞎担心了。”

程天无奈地点点头：“好啦，点个叉烧包吧，你最爱吃的东西。”

很快到下午茶时间，陈坚家的花园里摆了桌椅，一群人正围着桌子喝茶开会。

韦俊轩喝了茶开口道：“自从我们用网络出货后，生意多了四成，还节省了人手方面的成本，利润提高了两成，之前的损失很快能补上。”

陈坚很满意地说：“好，你办事，我放心。”

韦俊轩见陈坚兴致正高，又跟他聊了两句，便说：“陈先生，那我先回去做事了。”说完他瞟一眼 Jessie。

看到陈坚点头，Jessie 开口道：“我送你。”

陈坚突然下令道：“Jessie 留下，我有事跟你谈。”

等到韦俊轩走远，陈坚对 Jessie 和李东说：“他是个聪明人，但始终为江湖中人，他除了为我赚钱，以后只能当我的替死鬼，我最相信的人只有你们俩，所以你们别让我失望！”

李东狠狠地点头说：“放心吧，陈先生。”

李东点头说：“永不背叛您。”

Jessie 却心不在焉，过了半天才说：“我也一样。”

陈坚看她魂不守舍，心里不悦，于是伸手去拉她的手臂。想不到 Jessie 轻轻地挣开了，一脸歉意地说：“对不起，我今天身体不太方便，我先走了陈先生。”说完她起身走出花园。

看她走远之后，李东在旁边小声说：“她这个月不是这几天。”

陈坚听后重重地“哼”了一声：“盯紧她！”

傍晚，天边余晖如火。飞鹅岭附近的一块空地上，韦俊轩的车正停在那一直没熄火，只见车子在有节奏地抖动。不远处的树林里，李东正举着一部长焦相机，暗中疯狂偷拍。

几个小时后，陈坚家的客厅里，陈坚和李东一坐一站，在电脑里查看韦俊轩和 Jessie 拥吻的照片。陈坚边看边转动玉扳指，脸色很难看。许久后，陈坚皱眉问道：“阿东，你说这算戏假情真吗？”

李东挠了挠头说：“Jessie 肯定动了情。”

陈坚其实早有结论，此刻听到李东的话更生气：“韦俊轩真是胆大包天！”

李东咬牙切齿地说：“陈先生，您要我干什么？”

陈坚摇头回答道：“抓住他的把柄，然后名正言顺干掉他！”

李东心领神会，他笑着道：“好，此事由我负责。”

铤而走险

自从吴嘉雯搬到 Jessie 家后，程天无时无刻不在担心。然而几天过去倒也平静无事，再加上他要专心调查暗网，便把此事放下了。结果吴嘉雯突然给他打电话约见面，程天听到她吞吞吐吐，连忙赶了过去。

茶餐厅里，当程天赶到时，吴嘉雯正喝着奶茶等了许久。

程天坐下来不动声色地问：“你在电话里没讲清，到底看到了什么？”

吴嘉雯看到程天，定下心神低声说：“昨天 Jessie 洗澡时，我去借用她的卸妆水，在她化妆包里看到了白粉！”

程天微微点点头，追问道：“然后呢？”

吴嘉雯喝了口奶茶继续说：“当时我想，她做导演嘛，吸一点也正常，结果夜里我去洗手间，看到她在房里打包称白粉，她不会是贩毒吧？我告诉你算不算报警？但我不想你抓她去坐监啊！”

程天不禁长叹一口气：“现在知道我为何反对你跟她一起住了？”

吴嘉雯极为惊讶地反问道：“你早就知道了？”

程天无奈地耸耸肩：“本来此事我不该告诉你，你的这个朋友其实特别厉害，她不但跟 Turbo 的关系好，还是一个大毒枭的心腹，我们 NB 盯她很长时间了。”

吴嘉雯立马愣住了，她不敢相信自己的朋友竟是毒贩……

夜色浓重，先起了雾，又慢慢地下起小雨来。

基爷的潮州酒楼里，陈坚和基爷待在一间包房里窃窃私语。

过了一会儿李东敲了敲门，带着韦俊轩走进来。

韦俊轩看到陈坚脸色不好，小心地问：“陈先生，你找我有什么急事？”

陈坚故作轻松一笑道：“我突然想起，你有些账没算清楚！”

韦俊轩听他这么说，不禁开始发虚，私底下的事太多，一时也想不清了。

基爷看他沉默不语，专门提醒道：“Turbo，是关于我们社团的那笔账，之前你不是说有一千万多的进账吗？这钱正好能还我们欠陈先生的一笔款。”

韦俊轩眼皮先是一跳，唯有继续拖延：“陈先生、基爷，现在社团生意太多，收支款项比较复杂，我正在仔细核对，反正钱都在账上，等我查到就立马还陈先生钱。”

陈坚听了故作大方道：“Turbo，我给你三天时间，把这笔账算清楚。”

韦俊轩知道大事不妙，也只能咬牙答应。

陈坚的宾利车上，李东边开车边说：“陈先生，Turbo 的账做得一塌糊涂。”

陈坚望着窗外冷笑着说：“他其实是一个贪心之人，当人被贪婪蒙蔽，那他全身就都是弱点，我并不急着送他上路，我要留着他，让他接受更多的教训！”

此时在 Jessie 家里，Jessie 已经确定陈坚已开始对韦俊轩下手，一时间忧心忡忡。

就在这时，吴嘉雯敲门走进来道：“Jessie，我这几日一直打搅你，真的很不好意思，我有个朋友要去美国了，叫我去帮忙看房子，所以我打算搬过去，你放心我还会常来看你。”

Jessie 舍不得她走，于是说：“不用这么着急吧，可以多陪我两天吗？”

吴嘉雯避开她的眼神：“我只是不想麻烦你。”

Jessie 感觉她有点奇怪，伸手想拉她，吴嘉雯却迅速避开了。

Jessie 顷刻间恍然大悟，她盯着嘉雯：“终于被你知道了。”

吴嘉雯愕然地望着她，Jessie 打开手袋，把一袋一袋白粉拿出来摆到了桌上说：“你现在看到了，我确实是大毒枭陈坚的手下，同时我还是他的一个玩具。”说着，她将身子一抖，把真丝睡衣脱了下来，接着她又把内衣也脱掉，把自己展示给吴嘉雯。

吴嘉雯惊讶地张大嘴巴，因为她全身都是各种瘀青和伤疤，与她白皙粉嫩的身体形成强烈的对比。

吴嘉雯鼻子一酸小声问道：“他这么对你，你为何不离开他？”

Jessie 摇了摇头长叹道：“父母意外死亡后，我便被送到孤儿院，受尽折磨。就在我绝望之际陈坚救了我，他把我养大还供我读书，我欠他太多太多了。”说着她低头摸了一下身上的伤痕，“相比之下，这些又算什么？”

吴嘉雯不忍心看，捡起睡衣来披到她身上：“你太傻了。”

Jessie 一脸平静地说：“这么多年来，他把我培养成一个工具，只能帮他贩毒，供他独自享受，就在我要认命时，我遇到了 Turbo，他让我重新活过来，让我再次拥有了灵魂。”

吴嘉雯心想 Turbo 虽然表面风光，一样是前途暗淡。但她看到 Jessie 双眼光芒闪烁，也不忍开口打击。

Jessie 眼中的光很快暗了下去，自嘲地笑道：“其实 Turbo 也跟我差不多了，眼下陈坚已经开始对付他，他也快小命不保了。”说着，她的眼中竟流下泪来。

吴嘉雯拿起纸巾递给她：“你别难过了，其实路取决于你怎么选，我以前也跟毒贩搞在一起，如今也开始努力改变，虽然你比我更惨，但你比我聪明，你一定能改变自己。”

Jessie 感激地看看嘉雯微笑道：“你赶紧走吧，你是我最好的朋友，也是除了 Turbo

唯一在乎我的人，我不想害你。”

吴嘉雯看她这个样子，想了想说：“你只要不贩毒，我就留下来陪你。”

“真的？”然后 Jessie 直接把桌上的白粉全用发卡划开，倒进洗手池里。

却说韦俊轩从潮州酒楼出来，便心事重重地回到娱乐公司。

此时已过了下班时间，只有许修平还在认真检查系统。

许修平看到韦俊轩回来，主动问道：“你不是去跟陈坚吃饭吗？”

韦俊轩极为颓废地说：“别提了，我之前拿社团的 1200 万元炒期指，亏了不少，暂时弄不出来，刚才陈坚问我要账，我也不知怎么办。”

许修平则出主意道：“找 Jessie 试试看，或者你调别的东西周转一下？”

韦俊轩被他提醒，一拍手说：“陈坚和基爷能盯住账，却盯不住货。”

许修平惊讶地说：“你要私自出货？现在程天正盯着你，这样太危险了。”

韦俊轩狠下心肠咬牙道：“放手赌一把，总比活活等死强！”

心生退意

绵绵细雨已经连续下了几天，好不容易停了一会儿，到晚上又开始下。

警局所有的警员都已下班，程天刚写完报告想离开，古 Sir 推门而入。

古 Sir 看到程天脸上略有疲态，关心地问：“这么晚还不走？”

程天伸了个懒腰解释道：“刚写好明天要给你的报告，你要现在看吗？”

古 Sir 赶紧摆摆手笑着说：“你都说明天才给，那我明天再看，我也好久没跟你一起吃饭了，趁今晚我老婆和孩子去参加婚宴，咱俩一起去吃潮州菜如何？”

程天赶紧拍了个马屁说：“长官请客，吃什么都行！”

就在这时，程天的手机忽然响起，他看了一下信息说：“有线报，今晚 Turbo 要出一批货，只剩半个小时，来不及 Call 支援了！”

“我跟你去！”古伟聪看到程天迟疑，“我抓毒贩时，你还是小屁孩呀！”

一路上程天把车开到飞快，很快就赶到毒品仓库所在的工厂大厦。远远地看到韦俊轩手提一个行李箱，跟吹水依次钻进一辆小货车内，他也赶紧偷偷跟了上去。

程天的车子刚跟上来，就被 Turbo 发现了，他怒骂道：“真是阴魂不散！”

这时吹水也从后视镜看到程天的车：“Turbo 哥，后面有警察！”

韦俊轩想了想说："你在前面那个红绿灯搞他，我带货先走！"

另一边程天看到韦俊轩的车子突然降速，慢慢开到红绿灯前停下来。他知道按照韦俊轩的脾气，能冲的绿灯肯定不会提前刹车，猜到对方心中有鬼，当下全神戒备地减速，慢慢靠近小货车。

突然，小货车开始疯狂倒车，砰一声撞到程天的车头上。

吹水立刻跳下车，指着程天大骂："阿 Sir，你会不会开车呀？"

程天也下了车反驳道："喂，明明是你的车撞我。"

这时他发现韦俊轩从副驾驶提着箱子下车，正打算追却被吹水拉住了。

"你今天不赔钱别想走。"吹水用力把程天拦腰抱住，大声叫起来，"警察打人啦，警察撞车还打人！"

就在这时，韦俊轩已经跑进雨夜深处，他一口气穿过三个巷口，又拐进一条横巷，才停下来大口喘着粗气。忽然，一辆车缓缓停到巷口，车门打开后，一个身材高大的中年人走下车，迈步到韦俊轩面前。

韦俊轩抹掉脸上的雨水，只见昏黄的灯光下，来人如同一尊铜雕，威势逼人，正是他曾经的上级古伟聪。

韦俊轩非常恐惧，忍不住大声叫："古 Sir，能给我一条活路吗？"

黑暗中韦俊轩看不清古伟聪的眼睛，但他能感到两束灼热的目光从自己的双眼刺入内心深处。

细雨淅沥声中，古伟聪沉声说："俊轩，我来就是为了给你一条活路！"说罢，他掏出腰后的手枪，瞄准了韦俊轩……

此时程天在一个交通警的帮助下摆脱了吹水，他还听到不远处传出的枪声。

程天想起古伟聪顿时大惊失色，一把抢过交警的摩托车往枪声处赶去。很快他就在巷口发现古伟聪的车，往前再走两步，只见一个身材魁梧的人影倚着墙坐在地上一动不动。

程天连忙跳下车扑过去，红着眼大叫一声："古 Sir！"

却听古伟聪很尴尬地说："别叫到我像快死了一样，我刚截住了韦俊轩这臭小子，正想着将其逮捕，结果被偷袭推到了垃圾桶上，摔了一跤又扭到脚，我开枪也没打中他！"

程天见古伟聪没事，不由转忧为喜，忍不住笑着说："没抓到韦俊轩不要紧，你都一把老骨头了，没什么闪失就好。”

随后，程天双手握拳道：“韦俊轩拒捕加袭警，要把他抓回来问话！”

古伟聪烦躁地摇了摇手说：“这地方连个摄像头都没有，他找个律师就糊弄过去了，再说我们两个人有两把枪还让他跑了，你还嫌不够丢人吗？”

第二天，午饭刚过，韦俊轩就带着一个手提箱赶到陈坚家。

此时陈坚正和基爷、李东在花园喝茶聊天，见到韦俊轩便叫他一起坐下。

韦俊轩把手提箱放在桌上，打开后只见里面全是一卷一卷的钞票。

韦俊轩指着那些钱说：“陈先生，这总共 1200 万元，都是不连号的真钞。”

李东站起来，抽出几卷检查，又往手提箱里抓了一把，估了估数目冲陈坚点点头道：“没问题。”

陈坚转转手上的玉扳指，似笑非笑道：“好，果然守信用，多谢你了。”

韦俊轩再次说：“这是交收上的小失误，以后绝不再犯！”

陈坚语带双关地说：“你知错能改即可，若明知故犯那就只能家法处置！”

等到韦俊轩和基爷都离开，李东才开口问：“陈先生，您为何不揭穿他？”

陈坚喝了一口茶说：“这些是人家社团家务事，我们不方便干涉太多，这次算他走运，但我会像挤牙膏一样慢慢把他挤干，等他失去利用价值再处置他！”

离开陈坚家后，韦俊轩开车载着基爷来到潮州酒楼，一路上一言不发。

直到二人走进办公室，分宾主坐好，基爷才问道：“你没话要跟我说？”

韦俊轩沉默了一会儿说：“这几天我想过，社团坐馆我没资格当。”

基爷盯着他的双眼看了一会儿，摇摇头说：“可你不做谁能做？”

韦俊轩回答道：“当初陈先生让我做坐馆，基爷你不赞成，你心中有自己的人选，现在我成了众矢之的，我怕不但自己没有什么好下场，还会牵连社团。”

基爷自然对韦俊轩当坐馆不满，事到如今他也无法改变，于是推托道：“这事现在我说了不算，改天你自己去跟陈先生说。”

韦俊轩听懂了基爷的话外音，明显是不想管此事，他起身走出办公室。

·第22章·

插翅难飞

最终任务

清明节后，香港地区的雨季如期而至。

最佳娱乐公司总裁办公室内，韦俊轩看着绵密的雨水打在巨大的落地玻璃窗上，一滴滴撞得粉碎，一时竟出了神。

坐在他对面许修平开口道："俊轩，你走神了？"

韦俊轩猛然惊醒反问道："对不起，我刚说什么了？"

许修平无奈地说道："你说陈坚让你代表社团去泰国交易。"

韦俊轩苦着一张脸："他说这是我最终的任务，做好就放我走。"

许修平想了一会儿摇头道："估计没这么简单，陈坚一直跟郑金灿合作，而郑金灿跟汉沙争生意，关系特别糟糕。这也是当初莫耀强会选汉沙的原因，他现在就想利用你跟汉沙的关系占好处，搞不好你会引火烧身！"

韦俊轩特别果断地说："我是身不由己，留在社团必死无疑！"

许修平站起来，走到他面前许诺道："我陪你去！"

韦俊轩露出微笑道："修平，我自己去吧，你还有父母要照顾。"

许修平极为认真地说："俊轩，我眼下也算社团的一员了，如果你在泰国发生意外，我的日子亦不会好过，所以无论是帮兄弟，还是帮我自己，我都要陪你去！"

韦俊轩见修平坚持，便无奈地说："好吧，现在我信任之人只有你和吹水了。"

此刻在陈坚的花园之中，陈坚正靠在椅子上抬头望打着顶棚的雨水。

过了好一会儿，李东带着 Jessie 走进来。

陈坚看到 Jessie 说："你过来，我给你看些东西。"语毕向李东点点头。

李东拿出一个公文袋，从里头掏出一沓照片。

Jessie 的心咯噔一跳，定睛看去，都是吴嘉雯和程天嬉笑打闹的照片，亲热无比的情境，她忍不住惊讶地问道："嘉雯认识程天？"

陈坚转转玉扳指，意味深长地说："Jessie，正所谓人心难测，有时你相信一个人，到头来你会发现对其一无所知，你的朋友吴嘉雯是如此，Turbo 亦是如此，这两个人以前都帮警察做过事。"

Jessie 猜到陈坚要对吴嘉雯不利，连忙解释道："陈先生，我认识吴嘉雯十几年，我很了解她的为人，她一定不会出卖我们，我求您放过她吧！"

陈坚摇了摇头，直接拒绝道："Jessie，我能相信你，可不信外人，你要记住，就算是你最好的朋友，也可以出卖你。不过既然你开口求我，我可以不为难她，你邀请她来住几天，等 Turbo 完成任务，我自会放吴嘉雯回去。"

Jessie 刚想再说，却发现那叠照片还夹杂着一张她跟 Turbo 拥吻的情形，心底瞬间凉透，不敢继续求情了。

陈坚看到她的神情，再次安排道："你要去泰国监视 Turbo，别让他乱来！"

Jessie 自然不敢拒绝，唯有低声说："我知道了。"

陈坚向她招招手又往自己的腿上拍了拍，Jessie 却如同没看见一样，冷声说道："陈先生，如果没什么事，我先回去了。"说完，她向陈坚鞠了一躬，转身快步离开。

等她走远之后，李东相当疑惑地问道："陈先生，你饶恕这些人了？"

陈坚心情很不好，恶狠狠地说："这帮人若想找死，我何必饶恕呢？"

李东顿时明白了陈坚心中所想，静静站在一旁不再说话。

夜色渐深，警察局证物房内，程天盯着莫耀强的遗物若有所思。

古伟聪推门而入，盯着程天问："阿天，有什么发现？"

程天指着已经分门别类的杂物："这些单据、证件还有别的随身物品，都已整理清楚，没什么可疑之处。"随后，他从杂物中拿出一把钥匙，"只有这把钥匙，还没猜到真正的用途。"

古伟聪微微点头说："破案不能急，你明天要赶飞机，这事我会让志忠跟进。"

程天也揉了揉眼睛说："我有预感，这把钥匙铁定藏有一个大秘密。"

古伟聪亦接茬道："对，每一个物件都可能是关键线索，这次你去泰国，也要留意搜集陈坚的犯罪证据，但记住你在泰国没执法权，安全回来才是你的首要任务！”

程天把物证放回原处说：“Yes，Sir！”

随后程天与古伟聪告别，回到了家中休息，第二天一早便成功登机。

几个小时后，程天所乘的飞机降落在泰国机场，旧相识差齐已在出口处等候多时。

看到程天出来，差齐迎上去跟他握手，很感慨地说：“程 Sir，好久不见，你比上次来老了不少。”

程天轻拍差齐的肩膀，讪笑道：“没办法，我是劳碌命，恭喜你升职了。”

差齐得意一笑，四下看看问道：“对了，许 Sir 这次怎么没来？”

程天不禁感慨道：“唉，别提他了，这次只剩我们并肩作战了。”

差齐以为程天暗示许修平跟巴色一样出了问题，便不再继续追问。

在带程天回警局的路上，差齐边开车边说：“根据国际刑警的消息，这次毒贩们的动作很大，从中国香港地区过来的主要有两男一女，其中主要目标为 Turbo，泰国这边郑金灿会亲自出动，而且他的死对头汉沙也来了，估计会有一场好戏！”

程天舔了舔下嘴唇问：“Turbo 到泰国了吗？”

差齐望了望前方回答道：“还没，情报显示他先去了澳门地区，又飞到福冈，而且刚订了去暹粒的机票，估计是故意选了一条迂回路线，反正他最终还会到达泰国，我们也会严密监视郑金灿跟汉沙的动静，只要他们进行交易，到时便可一网打尽！”

程天见差齐信心十足的样子，他不好出言打击，毕竟抓毒贩并不简单。

当天夜里，一艘改装过的快艇乘着夜色劈开海浪，在一处荒凉的海边抛下三个人，又匆匆开走了。

夺命杀局

清晨，随着牛车的铃铛在街道中响起，泰国的小镇开始被唤醒。

韦俊轩、Jessie 和许修平选了个民宿过夜，此刻已聚到餐桌前商量行动。

许修平吃了一口东西：“这个咖喱味好重，我去买瓶可乐，你们要喝什么？”

韦俊轩笑了笑说：“我要一杯咖啡。”

Jessie 则冷淡地说：“我不用。”

看着许修平的背影，Jessie 的眼神里充满了不信任。

韦俊轩自然看在眼里笑着道：“修平是我过命的兄弟，他绝不会害我们！”

Jessie 不置可否地说："我刚和李东通过电话，他交代了这次交易的细节。我们负责向汉沙买第一批货，再帮汉沙和郑金灿铺路，达成合作协议，以后他俩怎么合作与我们无关！"

韦俊轩仔细想了想追问道："不过，他们真的会讲信用吗？"

Jessie 点了点头分析道："陈坚这人爱面子，他答应了就不会反悔。"

韦俊轩握住她的手说："此事结束我会离开社团跟香港地区，你有何打算？"

Jessie 坚定地反握住韦俊轩的手："我会跟你走，就算是死也要死在一起！"

此时泰国警局差齐的办公室里，程天和差齐正边喝咖啡边等消息。

差齐喝了一口咖啡，好奇地问："你们的线人真厉害，不过你不怕情报有误吗？"

程天故作神秘地说："我这个线人很聪明，应该没问题，我有一个请求，如果见到 Turbo，希望你们尽量别伤他，一定要保住他的性命，我要亲自抓他回去接受法律的制裁。"

差齐沉默了一阵才说："你们香港地区对毒贩没有死刑，这种人必须枪毙！"

程天叹了口气解释道："但 Turbo 曾是警方的卧底，上次我们围剿郑金灿的农庄，是他冒着生命危险传了情报，他变成这样我亦有责任，所以我想给他改过自新的机会。"

差齐被程天给打动了，点点头说："我明白了，我会尽量不伤他。"

这时程天的手机突然响了，他低头看看短信："有线报了，他们在 Samyan 的一个菜市场！"

差齐一下子跳了起来，快步走到外间，对外面的警员们说："全体注意，准备出发！"

半小时后，程天和差齐赶到 Samyan 的菜市场。

差齐带人去了解情况，几分钟后回来说："有几个人看到两男一女三个中国人租了一辆三轮摩托车沿着这条路往北走，大概刚走了十几分钟，还随身带着一个皮箱。"

程天想了想分析道："摩托车开不远，说明交易地点可能在附近。"

差齐跟着点点头说："我也这么想，我现在就叫支援。"

与此同时，韦俊轩开着摩托车，正载着 Jessie 和许修平一路向北。

这时忽然路边响起马达的轰鸣，几辆改装过的皮卡车从远处的野外开了过来，紧跟在韦俊轩的车后。韦俊轩往后视镜看了看，知道是汉沙到了，于是伸手向后竖起大拇指。

韦俊轩带领汉沙的车队，又往前开了一会儿，隔老远就看到了郑金灿工厂的闸口，主动放慢了车速。只见闸口前站着四五个手持步枪的保安，闸口旁边有两个高高的哨楼，每个哨楼上都站着武装守卫警戒。

韦俊轩在闸口旁边下了车，Jessie 和许修平也跟着下车，汉沙在武装护卫的保护下走了过来。Jessie 先进闸口去跟郑金灿见面，韦俊轩和汉沙带着众人待在原地等候。

几分钟后，Jessie 跟郑金灿的助手快步走出来，跟门口守卫说了几句，守卫点头示意放行。

汉沙立刻大手一挥命令道："上车！"

众人都钻进汉沙的越野车和皮卡，陆续开到工厂中间的空地上。

韦俊轩和汉沙的人下车，工厂周围全是武装护卫，每个人的脸上都充满杀气。

这时一个房间的门被打开了，郑金灿和李东相继走出来。汉沙自然也看到了郑金灿，故意大声嘲讽道："郑金灿，你在这地方准备了不少人，确实很有架势啊！"

郑金灿淡淡地说："如果选择在老挝交易，你肯定不只准备这点人吧。"

韦俊轩看到二人话头不好，连忙劝道："二位，我们眼下都是为了求财，那些老账何苦重提？能够碰面就已经等于各自拿出了诚意，别的事完全可以坐下来慢慢谈。"

汉沙再次大声说："若不是看到合联社的份儿上，我根本不想来！"

郑金灿则阴沉着脸："废话少说，先进去谈判吧。"

几分钟后，众人在一个房间的方桌坐好，郑金灿的手下开始依次倒茶。

"远来是客，先喝点茶。"郑金灿做了个请的手势，说罢他先喝了一口。

汉沙也跟着端起茶杯，一口喝了个精光，脸色才好看不少。

然后韦俊轩为双方介绍了具体合作细节，汉沙听完脸上露出了笑容。

"为了合作能顺利开始，我们合联社先向郑爷和沙爷购买第一批货。"韦俊轩示意许修平把随身带着的皮箱摆上桌，并第一时间打开箱子，只见里头都是一扎一扎崭新的美金。

韦俊轩指着箱内的钱："这有 2000 万美金，沙爷可以点一下。"

汉沙看到满满一大箱美金，摆了摆手很潇洒地说："不用点了。"

话音刚落，郑金灿的手下忽然发难，举枪瞄准汉沙和他的几个手下。

汉沙一愣，立刻明白中计，颇为凶狠地说："郑金灿，你竟然暗算我！"

郑金灿冷声说道："这次多亏 Turbo 帮忙，我才能把你引出来！"

此时不但韦俊轩心凉到了极点，Jessie 也是惊讶地看向李东。

"这是陈先生的意思。"李东忽然掏出手枪，一枪打在汉沙的眉心。

汉沙眉间“砰”地炸出一片血花，直接倒在了地上，眼睛还死死盯着韦俊轩。

插翅难飞

当郑金灿与汉沙翻脸之时，泰国警方已锁定郑金灿的工厂，并开始实施“全军出击”作战。在差齐的指挥下，上百名警察分乘十五辆战斗车、六辆装甲车，从三面向郑金灿的工厂靠拢。

直至李东向汉沙开枪的瞬间，工厂岗哨上的守卫发现警察的车队，连忙鸣枪。顷刻之间，装甲车上的大口径机枪如炸雷般响起，直接把两个岗哨轰到稀烂。

房间之中，郑金灿的护卫纷纷开枪将汉沙的手下击毙，然后保护郑金灿向后门撤离。李东却想抢走桌上的装钱皮箱。但恰巧一串子弹射穿墙壁，打到他的脚下，他怕失去小命便掉头逃离。

Jessie 眼看任务功亏一篑，愤恨到了极点，举起枪指着许修平质问道：“是你引来了警察？”

许修平毫不畏惧地说：“你们别再错下去了，这是你们最后回头的机会！”

韦俊轩一手拉住 Jessie，一手抓起皮箱：“不要杀修平，我们快走！”

许修平抬手抓紧韦俊轩的肩膀劝道：“俊轩，你要逃避到何时？”

韦俊轩望修平一眼，直接用力挣脱，拉着 Jessie 逃出后门。

这时先冲出后门的郑金灿和李东，已经一头闯入泰国警察的包围圈。他们先靠着几辆车跟警察对射几个回合，转眼间就被装甲车密集的火力狂扫到抬不起头来。

有几个彪悍的护卫还想顽抗，很快就被占据了最佳射击点的狙击手击毙。

韦俊轩见场面混乱不堪，迅速左右张望了一下，拉着 Jessie 猫下腰往旁边一个塌陷的角落摸去。李东转头看见他们，也迅速跟了过去。三个人依次蹿进两间厂房中的缝隙，侧着身子拼命往外挪动。

缝隙尽头紧贴着工厂的外围木墙，韦俊轩看到有几块木板已发霉，奋力一脚把木墙踢出个大洞，带上 Jessie 迅速冲出去。

墙外不远处堆着一片比人还高的茅草，二人正想冲过去，忽然听到一个声音：“警察，不许动！”

韦俊轩和 Jessie 停下了脚步缓缓转身，程天拿着手枪站于墙边。

Jessie 闪身挡在韦俊轩的身前，小声说道：“Turbo，你快走啊！”

韦俊轩反而把她拉到身后："如果我最好的兄弟要我死，我心甘情愿，阿天你开枪吧，你不开的话我们就要走了。"他说着就开始掩护 Jessie 往茅草丛退去。

程天心中纠结到了极点，大声警告："俊轩，你跟我回去还有活路，如果落到泰国警察的手里，你要被枪毙啊！"

韦俊轩一面慢慢后退一面喊："跟你回去，自然要被分开关男女牢房，我们即使死在泰国，还能同生共死！"

依然暗藏于墙内的李东听到工厂内枪声越来越小，他知道若再拖延一刻怕是会凶多吉少，便一咬牙，奋力往外飞扑，接力就地侧滚翻，转眼也冲进了茅草丛。

程天内心挣扎不已，根本没料到后面还有李东，刚要举枪射击，眼前已经没有了李东的踪影，他再回头一看，韦俊轩与 Jessie 亦消失于茅草丛里。当下程天懊恼中还夹杂着沮丧，又想起差齐还不清楚修平的身份，赶紧返身向工厂里狂奔。

此刻工厂的战斗已经结束，差齐带着十来个警察围住工厂中间的空地，正清点抓到的毒贩以及缴获的毒品。只见郑金灿、许修平都双手抱头跪在当中，汉沙的尸体躺在一边，旁边堆着整箱的海洛因。

差齐也认出了许修平，他刚想说什么，又看到程天朝他跑过来，见修平毫发无伤，亦松了一口气对差齐说："修平是我的线人。"

差齐恍然大悟，把修平从地上拉起来："我还以为你也变节了！"

许修平则解释道说："我没当警察了，只是以线人身份帮助阿天。"

差齐赞许地点点头说："无论是警察或线人，只要心怀正义就行！"

程天恶狠狠地说："可惜被 Turbo 跟李东逃了！"

差齐完全没放在心上，微笑着说："这次我们抓到郑金灿，还同时解决了汉沙，已算大获成功，漏网的犯人我会发布通缉令，不能让他们轻易逃脱！"

许修平听了，暗自为韦俊轩担忧起来。

此时，在香港地区一家高级私人健身房里，一位职员将家豪和盈盈领进莫耀强以前的VIP房间。二人在房里搜索了一会儿，终于从更衣柜的暗格里发现一个黑色的铁盒子。

二人对视一眼，赵盈盈掏出一把钥匙打开盒子，里面放着手枪和 U 盘。

泰国的雨夜多了几分清香，少了几分喧闹。

程天和修平睡不着觉，正谈论韦俊轩和 Jessie 这对亡命鸳鸯。

突然程天的手机响起，他看到来电人是古伟聪，连忙接通电话。

只听古 Sir 说：“你那边的事我知道了，泰国警方对你们赞誉有加。”

程天开口反问了一句：“多谢古 Sir，你是有新情况？”

古 Sir 回答道：“国际刑警的情报，陈坚的私人飞机已从澳洲起飞，他可能会去泰国。”

程天很是疑惑地问：“如今泰国天下大乱，他来干什么？”

古 Sir 叹了口气说：“现在我们还不清楚，总之你们要严密监视，听说韦俊轩和 Jessie 还在逃亡，我命令你要抓住他们，尤其是韦俊轩，必须把他带回来接受法律的制裁！”

程天果断道：“Yes，Sir！”

等到程天挂断电话，许修平说：“陈坚这时来泰国，他是想对付韦俊轩？”

程天也点点头说：“应该是吧，因为 Jessie 知道他那么多事，他肯定会进行灭口，我们要比他先找到韦俊轩才行！”

尘埃落定

清晨，一辆宝马车从新曼谷国际机场出发，匆匆向市中心驶去。

一个小时后，乔装打扮过的李东敲开曼谷酒店一间总统套房的门。

此时陈坚正站于窗前，轻轻转动玉扳指俯视着曼谷的风景，看到李东进来问道：“有没人跟踪你？”

李东回答道：“没有，如今泰国不安全，您不用亲自来，有事交我做就行。”

陈坚摇了摇头叹息道：“我来泰国为了两件事：一郑金灿虽然死了，可泰国的生意对我至关重要，我必须亲自见见的他儿子郑颂坤，以免被人捷足先登；二我要 Jessie，看她能否回心转意。”

李东颇为担忧地说：“可您现在露面会不会太冒险了？”

陈坚摇摇头笑着说道：“不，泰国交易我没参与，警察不能把我怎么样，我反而担心 Turbo 这个小混蛋，当初我好心放他一马，如今却是养虎为患！”

李东提醒他说：“Jessie 选择跟 Turbo 逃亡，估计很难回头了！”

陈坚一脸杀气地说：“那就把她杀了，我们要尽快找到这两个人。”

李东挠了挠头道：“连泰国警察都找不到人，我们想找恐怕更难。”

陈坚走到写字台前，指着已经打开的计算机：“世上有种东西叫植入式芯片。”

下了一夜的雨终于停了，太阳却还没有出来。

一条僻静的小路边，韦俊轩和 Jessie 正在一辆小货车上相拥着取暖。

Jessie 的手机响了一下，她低头看了看道：“李东说陈坚来了想见我们。”

“这人心机太深。”韦俊轩不禁皱眉看向身旁的人，“难道陈坚还有撒手锏？”

Jessie 仔细想了想，突然惊呼道：“对了，嘉雯还在他手上！”

韦俊轩直接一愣问：“阿 Man？”

Jessie 回答道：“陈坚威胁我抓她，关在他别墅的地下室中，如果不抓她就要对付你，还有我的项链可能丢在工厂里了，我必须去找回来才行！”

韦俊轩若有所思地抚摸着她的头发：“太冒险了，我再给你买一条吧。”

Jessie 疯狂摇头说：“那条项链除是外婆留给我的纪念品外，还有一块芯片，里面有陈坚在瑞士银行的转账记录，拿到这个保命牌，陈坚就不敢对付我们了。”

韦俊轩愣了一下，想了半天，才问道：“你确定丢在工厂了？估计明天警察就会撤走，到时我陪你一起去找。”

Jessie 把头拱进俊轩的怀里：“我愿与你同生共死，但我更想你能活下去！”

韦俊轩知道她回应的是昨天说过的话，忍不住拍了拍她的背。

天还没完全放晴，又下起小雨，直到次日早上阳光才穿透云层洒向大地。

程天刚刚起床就接到古 Sir 的电话，他黑着脸把许修平叫起来：“古 Sir 收到新消息，说今天中午韦俊轩会回郑金灿的工厂找东西！”

许修平奇怪地反问程天：“古 Sir 真神通广大，连这都知道？”

二人正说着差齐快速走了进来：“陈坚有动静，但我的人跟丢了！”

程天立刻提了个要求说：“我希望你能帮我一个忙。”

正午阳光明媚，工厂的废墟被雨水冲刷了两天，破败中终于有了一番生机。

韦俊轩与 Jessie 悄悄摸进工厂，里面果然一个人都没有。两人沿着当天的逃跑路线，开始仔细展开搜索。找了半个小时，正准备放弃之际，韦俊轩意外发现一片浮土下隐约有金属反光。他小跑过去徒手挖开浮土，底下果然是 Jessie 的项链。他惊喜万分地转头对 Jessie 说：“我找到了！”结果却见 Jessie 的表情凝滞，正一脸惊恐地望着一堵矮墙。

很快陈坚从矮墙后转了出来，李东持枪站在他身旁，李东摆了摆枪口，示意二人站到一起。

Jessie 慢慢走到韦俊轩身边，紧紧拉住了他的手。

陈坚很愤怒地冷笑："你们真甜蜜啊！"

韦俊轩心有不甘地问："你怎么知道我们在这？"

陈坚很得意地说："Jessie 是我的人，我在她身上植入了 GPS 芯片！"

Jessie 本能地摸了摸自己的身体，一脸愤恨地说："你个死变态！"

陈坚却咬牙切齿地骂道："Turbo 明知道你是我的人，还要专门勾引你，他更变态，他不配拥有你，我才是你的真命天子，只要你杀了他跟我回去，我可以既往不咎！"

韦俊轩忽然大笑道："陈坚，你这个可怜虫，迟早众叛亲离，你不把人当人看，别人也不会将你当人，你满嘴的规矩和爱，其实就是一个虚伪的伪君子！"

陈坚听后勃然大怒命令道："李东，杀了他！"

李东立刻扣动扳机，只听"砰砰"两声枪响，却是 Jessie 胸前中弹。

随后，李东的后脑炸开，二人几乎同时倒地。

紧接着程天跟修平，还有差齐一起跑过来，刚才击毙李东的是差齐。

韦俊轩看到方才李东开枪的瞬间，Jessie 不顾一切地扑过来替自己挡住子弹，只觉得浑身的血液霎时间都被冻住了。然后他"扑通"一声跪于 Jessie 的身边，抓起她尚且温热的手，仰天号啕大哭。

另一边，陈坚发现大势已去，对程天说："程 Sir，若我回不去香港地区，你女朋友活不过今晚！"

程天用枪指着陈坚道："我其实都知道，你把她关在你家的地下室里。"

陈坚顿时大吃一惊，程天又继续说："再告诉你一个消息，我们找到了莫耀强保留下来的账单，而你通过瑞士银行的转账记录，也封存于韦俊轩手上的项链内。"

这时韦俊轩愤怒地跳起来，挥拳将陈坚打倒嘶吼道："你准备牢底坐穿吧！"

差齐顺势将陈坚打上了手铐，并用枪顶着他的脑袋，以防其继续逃跑。

许修平拦住韦俊轩说："俊轩，这种人渣自有法律审判，别弄脏你的手。"

程天迈步到韦俊轩面前，立正敬礼说："见习督察韦俊轩！欢迎归队！"

许修平激动地抱住俊轩的肩膀反问："俊轩，你何时又当了卧底？"

时空转回到那夜雨中的小巷，古伟聪举枪瞄准俊轩的额头："我就是来给你一条活路……"

·尾声·

时间如梭，半年之后，陈坚的多项罪名成立，被判终身监禁。

基爷转至幕前继任合联社坐馆，但在一次交易中被福兴堂泰迪手下枪杀。

泰迪管理的福兴堂做大，但经过警方的连续围剿，从此一蹶不振。

程天因功升职，成为全港最年轻的高级督察，并与吴嘉雯着手准备婚礼。

许修平被授予香港地区最杰出好市民奖，后经修贤科技董事会决议，出任修贤科技总裁，并与赵盈盈开始热恋。韦俊轩因功升任见习督察后，被调至警校担任教官。

此外，一处公墓多了块素雅的墓碑，上面刻着爱妻汪紫琪，立碑人为韦俊轩。

图书在版编目 (CIP) 数据

战毒 / 黄育德剧本原著；王文杰小说改编 .
—北京：中国法制出版社，2020.7
ISBN 978-7-5216-1063-5

Ⅰ . ①战… Ⅱ . ①黄… ②王… Ⅲ . ①长篇小说－中国－当代
Ⅳ . ① I247.5

中国版本图书馆 CIP 数据核字（2020）第 083478 号

责任编辑：郭会娟（gina0214@126.com） 封面设计：李 宁

战毒

ZHAN DU

剧本原著 / 黄育德；小说改编 / 王文杰

经销 / 新华书店

印刷 / 三河市紫恒印装有限公司

开本 / 710 毫米 ×1000 毫米 16 开 印张 / 16 字数 / 284 千

版次 / 2020 年 7 月第 1 版 2020 年 7 月第 1 次印刷

中国法制出版社出版

书号 ISBN 978-7-5216-1063-5 定价：45.00 元

北京西单横二条 2 号 邮政编码 100031 传真：010-66031119

网址：http://www.zgfzs.com **编辑部电话：010-66060794**

市场营销部电话：010-66033393 **邮购部电话：010-66033288**

（如有印装质量问题，请与本社印务部联系调换。电话：010-66032926）